이상준의 **지식시리즈 1**

문학·역사· 철학자들의 여행법

문학·역사·철학자들의 여행법

이상준의 지식시리즈 1

1판 1쇄 인쇄	2018년 10월 10일
1판 1쇄 발행	2018년 10월 15일

지은이	이상준
펴낸이	최광주
펴낸곳	(주)경남신문사

유통·마케팅	도서출판 들불
	경남 창원시 의창구 중앙대로 227번길 16(용호동) 교원단체연합 별관 2층
	tel. 055.210.0901 **fax.** 055.275.0170

ISBN	979-11-963123-1-2

「이 도서의 국립중앙도서관 출판예정도서목록(CIP)서지정보유통지원시스템 홈페이지
(http://seoji.nl.go.kr)와 국가자료공동목록시스템(http://nl.go.kr/kolisnet)에서 이용하
실 수 있습니다.(CIP제어번호 : CIP2018031720)」

이상준의 **지식시리즈 1**

문학·역사·철학자들의 여행법

이상준 지음

들어가면서

이제 여행은 사치품이나 옵션이 아니라 거의 필수품이자 생활의 한 방식이 됐다. 이를 반영하듯 2017년 하반기~2018년 상반기까지 1년 동안의 해외여행수지를 분석한 〈1년간 해외여행·유학에 325억 달러 지급…여행수지 적자 최대〉라는 제목의 기사를 보자.

〔지난 1년간 해외여행과 유학비 등으로 지급한 금액이 크게 늘어나며 여행수지 적자도 사상 최대를 기록했다. 오늘(2018.8.4.) 한국은행 경제통계시스템을 보면 국제수지에서 여행지급은 작년 7월부터 올해 6월까지 1년간 324억9천만 달러다. 현재 환율로 환산하면 약 36조 원 규모다. 일반 여행은 288억 달러, 유학연수는 36억8천만 달러이다.

반기별로는 작년 하반기 162억8천만 달러로 역대 1위였고, 올해 상반기가 162억1천만 달러로 역대 2위이다. 여행지급은 1년 전(2016년 7월~2017년 6월, 289억5천만 달러)에 비해선 12.2% 늘었다. 이는 출국자 수가 많이 증가한 데 따른 것이다. 작년 7월부터 1년간 출국자 수는 2천819만 명으로 전년 같은 기간에 비해 15.7% 증가했다.

이 기간 여행수지 적자는 179억4천만 달러로 사상 최대였다. 작년(−139억5천만 달러)보다 28.6% 증가했다. 반기별로는 작년 하반기가 94억4천만 달러로 역대 1위, 올해 상반기가 85억 달러로 역대 2위였다.

여행수지 적자 확대에는 출국자 수 증가와 함께 중국인 관광객 등 입국자 수 감소가 영향을 줬다. 지난 1년간 입국자 수는 1천380만 명으로 전년(1천589만 명)에 비해 13.2% 줄었다. 이 가운데 중국인 입국자가 409만 명으로 전년(650만 명)에 비해 급감한 영향이 컸다.

여행수입이 145억5천만 달러로 작년(150억 달러)에 비해 소폭 줄었다. 최근엔 여행수지 적자가 다소 축소되는 추세다. 올해 6월엔 12억 달러로 작년 동월(13억9천만 달러)에 비해 줄었다. 여행지급은 25억6천만 달러로 1년 전(24억1천만 달러)보다 늘었지만 여행수입이 13억6천만 달러로 1년 전(10억2천만 달러)보다 증가했다. 해외여행객이 늘지만 입국자 수도 증가하고 있어서다. 중국의 사드(THAAD·고고도미사일방어체계) 관련 조치에 따른 기저효과와 대북 리스크 완화 등으로 중국과 일본인 관광객들의 발걸음이 늘고 있다.)[1]

여행은 비용이 비교적 많이 드는 삶의 이벤트다. 금전뿐만 아니라 시간도 허락돼야 가능하다. 그런데 대부분의 여행 후기나 여행지에서 보내온 소식에서 담아둘 만한 지식은 거의 찾아볼 수가 없다. 그저 어디를 여행하고 있으며 뭐가 아름다우며 버킷리스트 몇 번째의 여행지다 등의 멘트와 함께 온갖 현란한 포즈로 찍은 사진이 전부다. 댓글도 딱 두 종류다. 하나는 '부럽다, 좋겠다' '나

---

1) MBN뉴스 2018. 8. 4. 온라인뉴스팀.

도 언젠가는 꼭 가보고 싶다'와 같은 감탄형이다. 다른 하나는 '나도 몇 년 전에 그 길 다녀왔는데(…)'와 같은 동조의 글이다. 후자의 주제는 '난 벌써 다녀왔는데 넌 이제 갔냐'는 '자랑질'이다. 선구자로서 더 알찬 여행을 위해 던져주는 팁은 전혀 없다. 물론 여행의 목적은 개인마다 다르다. 단순히 느끼고 힐링하고 마음을 정화시키는 것만으로도 충분할 수 있다. 이런 내용의 글도 있긴 하다.

〔〈경박하고 무책임한 '관광객으로서의 삶'도 의미가 크다〉

관광이라는 말은 평판이 그리 좋지 않다. 그러나 관광이 그렇게 나쁜 것일까? 관광이 경박한 것은 사실이다. 관광지를 거쳐 갈 뿐이다. 그러나 이처럼 '경박'하기에 가능한 것이 있다. 사회학자 딘 맥캐널(Dean MacCannell)은 『관광객(The Tourist)』이란 책에서 관광을 여러 계급으로 분화된 근대 사회를 통합하는 의미를 갖는다고 말했다. 사람은 관광객이 되면 평소에는 결코 갈 일이 없는 곳에 가고, 평소에는 결코 만날 일이 없는 사람을 만난다. 예를 들어 파리에 가면 "모처럼 왔는데" 하며 루브르 미술관에 간다. 평소 미술관 근처에도 가보지 않은 사람이라도 그리한다. 그리고 그것이 맞다. 미술 애호가만 미술관에 가야 한다는 법은 없다.

또한 관광객은 무책임하다. 그러나 무책임하기 때문에 할 수 있는 것이 있다. 무책임하지 않으면 확산되지 않는 정보가 있다. 무책임한 사람의 무책임한 발언이 우리의 미래를 열지도 모른다. 일본인은 '마을 사람'을 좋아한다. 한 곳에 머물러 쉼 없이 노력하는 사람을 매우 좋아한다. 그러나 나는 '나그네'이고 싶다. 아니, 그보다 '관광객'이고 싶다.

계속 나그네로 살아가는 것은 힘든 일이다. 각오가 필요하다. 배낭여행자가 되어 인도를 방랑하는 것은 젊지 않으면 어렵다. 달리 말해 이는 지속 가능한 삶의 방식이 아니다. 따라서 나는 나그네와 마을 사람 사이를 오가는 것이 가장 자연스럽다고 본다. 관광이란 바로 이 '왕복'을 의미하는 말이다. 검색이란 일종의 여행이다. 검색 결과를 바라보는 우리의 시선은 관광객의 시선과 닮아 있지 않은가?)[2]

    그러나 아쉽다. 우리가 주로 접하는 여행 관련 문자나 동영상을 예로 들어 보자. 어느 나라 어느 곳을 여행한다는 둥(주로 우리가 쉽게 갈 수 없는 먼 외국이다. 동남아나 일본 정도는 씨도 안 먹힌다), 뭘 먹고 있다는 둥, 사진과 동영상을 올려 내 속을 다 뒤집어 놓는다. 사진과 관련된 역사적 의미라도 한 줄 달아줬으면 눈곱만 한 지식이라도 늘었을 텐데, 글자라고는 그곳 위치와 명칭뿐이다. 갑자기 인간 내비게이션이 된 건가? 온통 현란한 옷·모자· 선글라스 등으로 멋이란 멋은 다 냈고 온갖 개폼까지 잡아가며 찍어 보내준 사진을 보고, 나더러 뭘 어쩌라는 건가. 난 먹고사느라고 꿈도 못 꾸는데, 그런 명승지 풍경은 인터넷 검색하면 전부 볼 수 있는데(전문가들이 심혈을 쏟은 것이라 정말 한 폭의 그림이다. 게다가 해설까지 있어 유익하다), 그리고 (이건 진짜 중요하다), 정작 난 그들의 일거수일투족에 별 관심이 없는데! 평소에는 연락 한 번 없다가 왜 갑자기 친절(?)을 베푸는 걸까? 머나먼 타국으로 떠나 있으니 조국도 생각나고, (별로 친하지는 않지만) 그래도 친구라고 문득 생각이 나서 그랬다면 좋다. 과연 그런가? 한마디로 자랑질이다! 열은 좀 받기는 하지만, 뭐 또 그것까지도 좋다. 친구니까, 동창생이니까, 모임에서 분기별 또는 1년에 한 번씩이라도 보는 사이니까, 가끔 예식장이나 장례식장에서라도 만나는 사이니까. 그런데 보내는 너 한 번의 터치로 인해 친구 몇 혹은 수십·수백 명이 허비해버리는 소중한 시간을 생각해봤는가?

---

2) 「악한 연결: 검색어를 찾는 여행(2014)」, 아즈마 히로키, 북노마드, 2016, p.51~53.

도대체 정신이 온전히 박힌 건가! 제발 그러지 말자! 내가 왜 너의 생각 없이 던진 돌에 맞아 피를 흘려야 하는가 말이다.

최소한 타인에 대한 배려심은 꼭 챙겨서 여행을 떠나기 바란다. 유명 작가들이 여행에서 얻은 경험을 통해 일취월장한 사연들을 책으로 펴낸 전원경 작가도 이렇게 일갈한다. "대부분의 (유럽) 여행기는 감탄기·자랑기·자기 식대로 즐기기다. 예쁜 사진 속 여행자들은 언제나 유럽에 있다는 사실만으로도 문화인이 된 것처럼 뿌듯하게 웃으며 우리를 쳐다보고 있다. 부러우면 지는 거라지만 이런 여행기들은 언제나 우리의 염장을 지른다."[3] 알랭 드 보통(Alain de Botton, 1969~)의 여행 에세이 『여행의 기술(The Art of Travel, 2002)』(이레, 2004)을 떠올려볼 수 있겠다. 윌리엄 워즈워스·빈센트 반 고흐 등 여행을 동경하고 사랑했던 예술가들을 안내자로 등장시켜, 여행에 끌리게 되는 심리와 여행 도중 지나치는 장소들이 주는 매력에 대해 이야기하는 책이다. 1953년 5월 29일 에베레스트를 최초로 등반한 영국 탐험대의 에드먼드 힐러리(Edmund hillary, 뉴질랜드의 탐험가, 1919~2008은 이렇게 말했다. "우리가 정복하는 것은 산이 아니라 바로 우리 자신이다(It is not the mountain we conquer but oureslves)."[4] 그리고 미국 보스턴 웰즐리(Wellsley)고등학교의 '2012년 졸업 축하 연설'이 유튜브를 통해 전 세계에 널리 퍼지며 일약 유명해진 영어교사 데이비드 매컬로(David McCullough, Jr.)는 연설의 말미에서 이렇게 강조했다. "여러분은 자기 깃발을 꽂기 위해서가 아니라 도전을 받아들이기 위해, 즉 공기를 즐기고

3) 『문득(文得) 여행』 정원경, 모노폴리, 2018, p.119.
4) 『교양의 발견』 이근철, 한국경제신문, 2018, p.275.

풍경을 감상하기 위해 산에 오르는 것입니다. 여러분이 세상을 보기 위해 오르는 것이지, 세상이 여러분을 보도록 하기 위해 오르는 것은 아닙니다. 파리에 머물기 위해 파리에 가는 것이지, 여러분이 작성한 '죽기 전에 해야 할 일들(Bucket List)' 목록에서 파리 여행 항목을 지워버리고 자신의 속물근성을 축하하기 위해 가는 것은 아닙니다."[5]

이런 말이 있다. '내가 아는 만큼만 세상은 보인다!', '개 눈에는 똥만 보인다!'고. '어떤 삶을 살 것인가?'에 대한 해답으로 영국 철학자·수학자인 버트런드 러셀(1872~1970)은 『나는 왜 기독교인이 아닌가(Why I Am Not a Christian)』(1952)에서 이렇게 말했다.[6]

"훌륭한 삶이란 사랑에 의해 고무되고 지식에 의해 인도되는 삶이다!"

그리고 『리스본행 야간열차』(2004)의 저자인 페터 비에리가 '교양인'에 대해 말한 다음의 문장도 되새길 필요가 있다. "〈개인 사상으로서의 교양〉: 교양인이란 세상을 살아가는 자신만의 방향성이 있는 사람이라고 할 수 있다. 그렇다면 이 방향성에는 어떤 가치가 있을까? '아는 것이 힘이다!' 교양의 개념을 대표하고 있는 이 말에는 자신이 가진 지식으로 남을 지배하라는 뜻은 없다. 지식의 힘은 다른 데 있다. 지식은 희생자가 되는 것을 막아준다. 뭔가를 알고 있는 사람은 불빛이 반짝거리는 곳으로 무작정 홀릴 위험이 적고, 다른 사람들이 그를 이익 추구의 도구로 이용하려고 할 때 자신을 지킬 수 있다. 정치나 상업 광고 안에서 이런 일들은 빈번하게 일어난다. 교양을 쌓는 이는

---

5) 『너는 특별하지 않아(You are not special, 2014)』 데이비드 매컬로, 민음사, 2016, p.56~57.

6) 『나는 왜 기독교인이 아닌가(Why I Am Not a Christian, 1952)』 버트런드 러셀(Bertrand Russell, 영국 철학자·수학자, 1872~1970), 사회평론, 2005, p.84.

단순한 궤변적 외양과 올바른 사고를 구별할 줄 안다. 〈역사의식으로서의 교양〉: 교양인이 가지는 계몽적 의식에는 비판적 의식과 회의적 경계심 말고도 다른 것이 있다. 거기에는 역사적 호기심이라는 특징도 포함된다."[7]

　익숙하지 않은 곳은 그 자체로 신비스럽다. '희소성의 원칙'에서 벌써 반은 먹고 있다. 그만큼 한번 마음먹기 어려운 결정이기 때문에 사전지식을 가져가면 보는 눈이 달라진다. 희귀한 경관에 더해 역사적 의미나 관련 지식이 오버랩되면 그 감흥은 몇 배로 커진다. 바로 '지식에 의해 인도되는 삶'의 묘미다.

　그런데 여행사가 제공하는 참고자료나 현지 가이드의 설명은 대부분 칭찬과 찬양 일색이다. 가장 미흡한 부분은 전체 맥락이나 역사적 사실에 대한 언급이 없거나 간혹 있다 하더라도 깊이가 없다는 점이다(틀리는 경우도 더러 있다). 그들은 주목적이 영리추구이기 때문에 그럴 수밖에 없을지도 모르겠다. 하기야 대부분의 여행자들은 그저 눈앞에 보이는 풍경에 젖어들고 사진 찍기에 바쁘니까. 결국 좀 더 심오한 지식은 각자의 숙제로 남게 된다. 여행은 온몸으로 하는 공부다. 공부의 효과는 철저한 예습과 복습이다. 어느 정도 사전지식이 있어야 의문도 생기는 법이다. 이 책이 여행을 위한 사전 안내서 또는 예습서로, 그리고 현지에서는 참고서로 활용될 수 있을 것이다. 좀 더 업그레이드된 여행에 도움이 됐으면 하는 바람이다. "뒤통수로 여행하지 마라"는 제목의 글을 소개하고 본론으로 들어가겠다. 참고하시라.

―――――――

7) 『페터 비에리의 교양 수업(Wie wäre es, gebildet zu sein?, 2018)』 은행나무, 2018, p.14~18.
　　Peter Bieri: 스위스 출신 독일 작가, 『리스본행 야간열차(Nachtzug nach Lissabon = Night Train to Lisbon, 2004)』를 '파스칼 메르시어(Pascal Mercier)'라는 필명으로 발표(2013년 빌 어거스트 감독이 영화로도 제작), 1944~.

〔당연한 것을 깨는 여행을 위해 몇 가지 지켜야 할 것이 있다. 우선, 관광지만 찾아다 녀서는 안 된다. 명소의 풍경은 어디를 가도 비슷하다. 기념물이 있고, 관광객이 모이고, 사진 찍기가 주를 이룬다. 이런 곳에서 새로운 자극을 바랄 수는 없다.

두 번째, 사진 찍기는 최대한 자제해야 한다. 사진 찍기는 생각을 정지시킨다. 사진을 찍기보다는 그 이면에 존재하는 문화를 관찰하고, 왜 그런 문화가 생겨났는지 생각해야 한다. 『나는 빠리의 택시 운전사』로 큰 화제를 불러 모았던 홍세화 저널리스트는 "여행을 뒤통수로 하지 말라"는 조언을 하기도 했다. 유명 관광지를 사진의 배경으로 놓고 사진만 찍다가는 마음으로 풍경을 느끼고 사유하는 시간을 빼앗기고 뒤통수만 호강시킨다는 이야기다.

세 번째, 반드시 현지인이 사는 곳을 방문해봐야 한다. 대부분의 관광지에는 현지인이 살지 않는다. 하지만 문화를 경험하려면 반드시 현지인이 사는 곳을 둘러봐야 한다. 삶이 만들어내는 각양각색의 모습을 관찰하다 보면 내 삶의 모습도 새롭게 보이기 마련이다. 가능하면 인사도 건네보고, 짧은 언어 실력이라도 용기를 내 말을 붙여보자.

나는 여행을 하면 느낄 수 있는 자유가 좋았다. 한국을 떠나는 순간 모든 상식과 의무를 벗는다. 이러한 자유로움은 분명 글을 쓰는 데에도 도움이 된다.〕[8]

---

8) 『필력: 나의 가치를 드러내는 글쓰기의 힘』, 이남훈, 지음미디어, 2017, p.162~163.

제1장

여행을
왜 하는가?

Lee Sang Joon · Knowledge Series 1

**If you have knowledge,
let others light their candles at it.**

당신에게 지식이 있다면 남들도 그것으로 자신의 촛불을 밝힐 수 있도록 하라. (마가릿 풀러)

:
:

'유사성 원리'와 '감염 원리'

여행하는 심리학자 김명철 교수가 책『여행의 심리학』(2016)에서 〈우리가 유적지에 끌리는 2가지 원리〉라는 제목으로 쓴 글을 보자. 이 글에서 그는 '유사성 원리(Law of Similarity)'와 '감염 원리(Law of Contagion)'에 주목한다.

〔우리가 역사 유적을 좋아하는 데에는 생각보다 깊은 심리적 뿌리가 있다. 우리는 흔히 멋진 역사 유적이 동화나라에 들어가는 듯한 매력이 있다고 여기기도 하고 마법 같은 매력을 지녔다고 말하기도 한다. 실제로 우리가 역사 유적과 유물에서 매력을 느끼는 메커니즘은 우리가 마법에 혹하게 되는 메커니즘과 맞닿아 있다.

제임스 G. 프레이저의 유명한 인류학 시리즈인『황금가지(=겨우살이, The Golden Bough』(1890)는 마법의 작동 방식을 설명하는 가장 오래되고 유명한 이론서 중 하나이다. 프레이저는 특히 마법의 '유사성 원리(Law of Similarity)'와 '감염 원리(Law of Contagion)'에 주목한다.

유사성 원리는 비슷한 행동이나 현상이 비슷한 결과를 부른다는 인간의 원초적 믿음에 바탕을 둔다. 일례로 우리나라에서는 가뭄이 들었을 때 땅이나 강에 물을 뿌리는 행동(비가 오는 것과 비슷하다)으로 기우제를 대신하고 부채질(바람만 씽씽 부는 가뭄과 비슷하다)을 금지하기도 했다.

반면 감염 원리란 "한 번 접촉한 것은 영원히 접촉된 것이다"라는 믿음을 뜻한다. 즉 세종대왕이 만졌던 물건은 그가 죽고 사라진 뒤 몇 백 년의 시간이 흘러도 여전히 세종대왕의 손길이 남아있는 것으로 여겨진다. 그래서 여러 문화권의 마법사들은 누군가를 강력하게 저주하기 위해 항상 그 사람의 몸에 닿았던 물건이나 그 사람의 신체 일부(머리카락·손톱 등)를 필요로 했다. 만일 어떤 사람의 옷자락이나 머리카락 등을 이용해서 그 사람을 본뜬 인형을 만들고 그 인형 목을 싹둑 잘라버리며 저주를 내린다면, 이는 감염 원리와 유사성 원리를 모두 충족하는 무시무시한 마법이라 할 수 있다.

폴 로진(Paul Rozin)을 비롯한 여러 심리학자는 우리가 여전히 유사성 원리와 감염 원리 같은 미신적인 사고의 영향을 받는다고 말한다. 예를 들어 빠르게 쑥쑥 자라는 콩나물을 먹으면 우리의 키도 쭉쭉 자랄 것이라 생각하고, 인간의 성기를 닮은 음식을 먹거나 정력이 강하다고 알려진 동물을 먹으면 정력이 좋아질 것이라고 생각한다. 시험을 보기 전에는 물건이 떨어지는 게 너무 싫고 미끌미끌한 미역국도 먹기 싫다. 우유로 세수하면 피부가 하얘질 것만 같다. 또한 누가 "이것은 살인범 유 아무개가 범행 중 입었던 옷인데 아주 깨끗하게 세탁했으니 네가 입도록 해라" 이렇게 말한다고 해서 그 옷을 선뜻 받아 입을 사람은 드물 것이다. 이런 옷은 이미 살인범과의 악과 그의 끔찍한 행위에 '감염된' 옷이기 때문이다. 마찬가지로 사랑하는 강아지가 죽었을 때 강아지가 쓰던 담요와 장난감과 옷을 쉽게 버릴 수 있는 사람도 드물다.

이런 생각과 느낌은 모두 비합리적이다. 그러나 인류는 이런 비합리성을 아름다운 문화로 승화시키기도 한다. 예를 들어 작가가 유사성 원리를 잘 활용하면 멋진 복선과 암시, 상징을 만들어낼 수 있다("무진에 명산물이 없는 게 아니다. (…)그것은 안개다" – 김승옥의『무진기행』에서).

또한 감염 원리를 문화적으로 승화시키면 위대한 역사 유적과 고귀한 유물을 갖게 된다. 우리는 경주 토함산 석굴암에서 장엄함과 아름다움뿐만 아니라 신라 사람들의 숨결과 손길을 느낄 수 있다. 우리는 이런 연결의 느낌을 바탕으로 유적과 유물에 역사적·사회적·철학적인 의미를 부여한다. 이에 따라 석굴암은 신라의 역사와 신라 사람들의 수학적인 능력과 한국인의 자부심을 상징하는 장소가 된다.

결론적으로 말해서 역사 유적은 감염 원리에 따라 강한 힘을 부여받은 여행의 요소이며 시각적 경외감, 판타지 세계에 들어간 듯한 느낌, 역사적 의미, 지적 흥미 등의 다양한 만족감을 두루 제공한다는 사실이다.)[1]

---

1) 『여행의 심리학: 유쾌한 심리학자의 기발한 여행안내서』, 김명철, 어크로스, 2016, p.108~112.

여행을 하는 많은 이유들

　여행은 크게 두 가지 형태로 나뉜다. 스스로 결정해야 하는 배낭여행과 일정에 짜여서 편하게 다니는 패키지여행이다. 배낭여행자를 '배낭족'이라 부르고, 패키지여행자들을 '트렁크족'이라고 부른다. 어떤 형태든지 간에 여행은 낯선 곳에서 낯선 사람들과 만남과 헤어짐을 통해 많은 것을 배우는 인생수업이다. 여행을 하는 이유는 사람마다 제각각이다. 별 생각 없이 여권에 도장만 찍어오는 가장 초보 수준의 여행부터(보통 사진만 찍느라고 정신없고 SNS·카톡·BAND에 올리느라 정신이 혼미하다), 자신을 성찰하기 위한 여행, 아픔을 치유하기 위한 여행, 문학·예술의 발상을 위한 여행, 선진 문물·문명을 체험하기 위한 여행, 역사의 아픈 현장을 직접 체험하고 느끼기 위한 다크 투어리즘(Dark Tourism=Grief Tourism) 등 다양하다.

　예로부터 동서양을 막론하고 여행은 중시됐다. 그만큼 여행에 대한 명구도 많다. 생텍쥐페리(Saint-Exupéry, 1900~1944)는 "대지는 저 모든 책들보다 우리들에 관해 더 많은 것을 가르쳐준다"고 말했다.[2] 알베르 카뮈(Albert

Camus, 1913~1960)는 "당신은 경험을 창조해내는 것이 아니다. 그것은 반드시 체험해야 하는 것이다"고 했다.[3] 프랑스의 유명한 작가이자 철학자인 보부아르(Simone de Beauvoir, 1908~1986)[4]는 다음과 같은 문장으로 개성과 행복을 설명했다. "다른 사람들처럼 평범하게 살되 그 누구와도 다르게 사는 고유한 삶에 행복이 있다.[5] "여행은 초기화 버턴과 같다"[6]는 말도 있다. 여행은 세상 밖으로만 나아가는 것이 아니라, 내면에 있는 상처와 직면하게 하는 내적 여정일 경우도 있다. 니콜라부비에(Nicolas Bouvier, 스위스 작가·사진작가·고문서학자·시인, 1929~1998)는 이렇게 말했다. "당신을 파괴할 권리를 여행에 주지 않는다면 여행은 당신에게 아무것도 가르쳐주지 않을 것이다. 그것은 이 세상만큼이나 오래된 꿈이다. 여행은 마치 난파와도 같으며, 타고 가던 배가 단 한 번도 침몰하지 않은 사람은 바다에서 다시는 돌아오지 못할 것이다."[7] 또 아우구스티누스(Aurelius Augustinus, 히포의 주교, 396~430)는 이렇게 말했다. "사람들은 높은 산, 바다의 넘실 대는 파도, 강물의 드넓은 조류, 별들의 운행들을 감탄하기 위해 외국에 갑니다. 그러나 정작 자신들이 가진 신비는 생각 없이 지나쳐버립니다."[8] "모든

2) 『인간의 대지(Terre des Hommes, 1939)』 생텍쥐페리, p.서문.
3) 『날을 세우다: 세상에서 가장 단단한 나를 만드는 법』 허병민, KMAC, 2018, p.116.
4) 시몬느 드 보부아르는 책 『제2의 성(Le Deuxième Sexe』(1949)에서 "여성은 태어나는 것이 아니라 만들어 지는 것"이라고 여성의 종속성에 대해 일갈했다.
5) 『내가 함께 여행하는 이유: 나와 너를 잃지 않는 동행의 기술(Die Kunst, Gemeinsam zu Reisen, 2015)』 카트린 지타, 책세상, 2016, p.27.
6) 『JTBC 스페셜 다큐』 〈론리 플래닛: 남들이 가지 않은 길〉, 2017.8.22. 방송 BBC 2014년 제작 『Lonely Planet』(1부, 그리스 출신 체험 및 소개자, 모로코의 서부 마라캐시·Marrakes와 사히라 사막 등 방영)
7) 『세상의 용도(L'Usagr du Monde, 1963·1985·2014)』 니콜라 부비에, 소동, 2016, p.664.
8) 『심연: 나를 깨우는 짧고 깊은 생각』 배철현, 21세기북스, 2016, p.212.

인생은 혼자 떠나는 여행'이라고 사라 밴 브레스낙(Sarah Ban Breathnack, 미국 저널리스트·작가)은 말했다. 누구나 혼자 있고 싶을 때가 있다. 혼자 산다는 것은 싱글이나 독신으로 사는 게 아니라 더불어 살아가는 삶 속에서 고유한 자신만의 즐거움과 아름다움을 추구한다는 뜻이라고 했다."[9]

신영복 교수(성공회대 석좌교수 역임, 1941~2016.1.15. 향년 74세)는 책 『더불어숲: 신영복의 세계기행』(1998·2015)에서 이렇게 썼다.

〖여행에는 두 가지 의미가 있다. 떠남과 만남이다. 떠난다는 것은 자기의 성(城) 밖으로 걸어 나오는 것이며, 만난다는 것은 새로운 대상을 대면하는 것이다. 성(城)의 의미가 비단 개인의 안거(安居)만을 의미하는 것은 아니다.

우리는 20세기(이 책의 초판은 1998년에 나왔다)를 떠나려 할 것이 아니라 우리들의 현재 속에 완강하게 버티고 있는 20세기의 실상을 직시하는 일에서부터 시작해야 한다고 생각한다. 우리가 경계해야 할 것은 떠남에 대한 기대와 새로운 만남에 대한 환상이다. 떠나지 못한다면 만날 수도 없는 법이다. 만남을 위해서 우리가 할 수 있는 일은 다른 사람들의 삶에 대하여 겸손한 자세로 다가가는 것뿐이다. 그것을 우리의 잣대로 평가하고 함부로 재구성하는 것은 오만이며 삶과 역사에 대한 무지가 아닐 수 없다.

우리가 우리를 시원히 떠날 수 없듯이 그들 역시 떠날 수 없는 그들의 과거를 짐 지고 있다는 사실을 통감했다. 유적지는 물론이며 세계의 곳곳에서는 (당시의 기준에서는) 최선의 결정(結晶)들이 여지없이 깨어진 흔적을 목격하지 않을 수 없었다. 그 땅, 그

---

9) 『네팔 히말라야 배낭여행』 이상배, 주변인과 문학, 2016, p.4.

사람들의 최선을 업신여기고 서슴없이 관여하고 있는 강자의 논리를 목격하지 않을 수 없었다. 강자의 논리는 비단 정치·경제적인 지배력을 장악함에 그치지 않고 과거 유적의 미학까지도 재구성함으로써 사람들의 심성마저 획일화하고 있었다.

군자는 화(和)하되 동(同)하지 않는다고 하였다(『논어』의 '화이부동(和而不同)'이다). 차이와 다양성을 존중하고 평화롭게 공존하는 것이 화(和)의 원리이다. 이에 반하여 동(同)의 논리는 병합하여 지배하려는 획일화의 논리이다. 세계화는 바로 이러한 동의 논리였다. 패권적 지배이며 일방주의적 강제와 오만이었다.

여행은 돌아옴이었다. 자기의 정직한 모습으로 돌아오는 것이며 우리의 아픈 상처로 되돌아오는 것이었다. 그런 점에서 여행은 귀중한 공부였다.)[10]

10) 『더불어숲: 신영복의 세계기행(1998·2015)』, 신영복, 돌베개, 2015, p.8~15.

히말라야 여행에 관하여

히말라야[11) 12) 13) 14)]는 6월부터 8월까지가 우기(雨期)다. 이 시기에는

---

11) 『매달린 절벽에서 손을 뗄 수 있는가: 『무문관(無門關)』, 나와 마주서는 48개의 질문』, 강신주, 동녘, 2014, p.84~85.

산스크리트어로 생각해 보면, 히말라야는 '힘(Him)'이라는 어근과 '알라야(Alaya)'라는 어근으로 구성되어 있다. 힘이 눈(설 · 雪)을 의미한다면, 알라야는 저장(장 · 藏)을 의미한다. 그래서 인도로 구법 여행을 떠났던 중국 승려들은 히말라야 산맥을 한자로 설장산(雪藏山)이라고 표현했다. 그러니까 눈을 가득 저장하고 있는 산, 즉 '만년설을 가득 품고 있는 산'이라는 뜻이다.

불교 유식학파(唯識學派)의 사유에서 '알라야'라는 개념은 아주 결정적인 역할을 한다. 유식학파는 인간의 가장 심층에 있는 의식을 바로 '알라야 의식(Alaya-Vijñāna)'이라고 부른다. 중국을 포함한 동아시아에서는 '알라야 의식'을 한자음으로 표기해서 '아뢰야식(阿賴耶識)'이라고 부르기도 한다. 어쨌든 유식학파에서 알라야 의식을 강조하는 것은 우리 마음의 가장 심층부에는 과거 자신이 경험했던 모든 것이 일종의 무의식적인 기억으로 남아 있다고 생각했기 때문이다.

(이상준: '히말라야 14좌'는 히말라야 산맥과 카라코람 산맥에 걸쳐 분포하 있는 8,000m급 산봉우리 14개를 지칭하는 말이다. 14좌 외에 8,000m가 넘으면서도 주봉과 산줄기가 같아 위성봉으로 분류되는 얄룽캉(8,505m)과 로체샤르(8,400m)를 더해 16좌라고 부르는 사람도 간혹 있으나 '좌'는 별자리의 항성(위성에 대비하면 행성)이며 '위성봉'은 말 그대로 위성의 지위에 있기 때문에 16좌라는 것은 존재하지 않는다.

일반적으로 히말라야 산맥은 서쪽으로는 파키스탄 북부 지방인 카슈미르에서부터 네팔을 거쳐 동쪽으로는 부탄에까지 이르는 광대한 산맥을 말한다. 하지만 종종 파키스탄 북부 지역을 카라코람 산맥으로, 나머지 지역을 히말라야 산맥으로 구분해서 부르기도 한다. 히말라야에는 세계에서 가장 높은 산인 에베레스트(8,848m)를 비롯해서 대다수 8,000m급 산들(14좌 중 9좌)이 분포해 있다. 히말라야는 동서 2,500km, 남북 300km에 이르는 거대한 산맥으로, 이 1/3에 해당하는 800km가 네팔 영토에 펼쳐져 있다.

여행객들이 적어 조용하다는 이점이 있는 반면 산(山)거머리 등과 전쟁을 해야 하는 불편함도 있다. 반면 우기 철을 피해 건기 철을 선택하면 전 세계에서 몰려든 사람들과 전쟁을 치러야 한다. 세상만사 다 일장일단이 있는 법이다.

〔〈여행의 전주곡은 본곡보다 농밀하다〉

피천득 선생의 수필집에서 읽은 글 가운데 특별히 기억에 남는 에피소드가 있다. 선생이 귀하고 비싼 음악회 표를 얻었는데 부득이 가지 못할 사정이 생겼단다. 그래서 아는 일본 여인에게 표를 선물했더니 그녀가 살짝 실망한 눈치더란다. 그 기색에 주는

참고로 유럽의 알프스(Alps) 산맥의 경우 남서쪽 지중해의 이탈리아의 제노바에서 북동쪽 오스트리아의 빈까지 1,200km의 활모양을 하고 있다. 알프스의 60%는 독일에 있고, 최고봉은 몽블랑(Montblanc, 4,810m, 프랑스)산이고 세계자연유산으로 지정된 것은 융프라우(Jungfrau, 4,166m, 스위스)산이다. 물론 에베레스트산도 세계자연유산으로 지정되어 있다.〕

12) 『황하에서 천산까지』, 김호동, 사계절, 2011, p.20~21.
에베레스트(M.T. Everest)의 원래 이름은 '초몰랑마'(성스러운 어머니)인데 1865년에 영국인들이 조지 에베레스트(Gorge Everest)라는 자기네 지리학자(측량기사)의 이름을 따다 붙인 것이다. 에베레스트를 최초로 정복한 팀은 1953년 5월 29일 영국 탐험대의 에드먼드 힐러리(Edmund Hillary, 뉴질랜드의 탐험가, 1919~2008)와 텐징 노르게이(Tenzing Norgay, 네팔 셰르파)다.

13) 『엄마 인문학: 공부하는 엄마가 세상을 바꾼다』, 김경집, 꿈결, 2015, p.53~54.
에베레스트도 동양을 비하적으로 표현하는 말인 '오리엔탈리즘'적 표현이다. 이 이름은 영국 측량단이 전임 단장이었던 에베레스트 경을 기려 붙인 이름이다. 하지만 본래 이름은 따로 있다. 네팔에서는 '하늘의 어머니'라는 뜻의 '사가르마타(Sagarmatha)', 티베트에서는 '세상의 여신이자 어머니'란 뜻의 '초모룽마(Chmolungma)', 중국에서는 '주목랑마(珠穆朗瑪, 티베트어로 '주목'은 여신, '랑마'는 세 번째라는 뜻이므로 '제3의 여신'이란 뜻)'라고 부른다. 하지만 우리는 여전히 세계 최고봉이 있는 그 산을 에베레스트 산이라고 부른다. 흔하게 볼 수 있는 오리엔탈리즘 중 하나다.

14) [에베레스트 트레킹] 요즘은 하늘길이 열려 상대적으로 많이 수월해진 관계로 일일 평균 500여 명의 인파가 도착하여 혼잡하다.
 • (카트만두→)루클라 공항(Lukla Airport) 도착(해발 2,850m): 항공 이동. 옛날에는 여기까지 도착하는 데 2주가 걸렸다.
 • (루클라→)남체 바자르(Namche Bazar) 도착(해발 약 3,450m): 포터(porter, 짐꾼) 동반하여 2일 소요. 히말라야로 향하는 길목에 있는 마을로 산을 오르내리는 사람들에겐 휴식 같은 친구이자 고소적응을 위해 머무는 곳이다.
 • (남체→딩보체→고락셉→)베이스캠프(Base Camp, EBC) 도착(해발 5,364m): 포터 동반하여 3~4일 소요.
네팔은 1950년부터 외국에 문호를 개방하여 많이 상업화되었으나, 여전히 에베레스트를 다시 찾는 비율이 40%를 넘는다.

사람이 서운했을 것이다. 그런데 그녀의 말을 듣고 그런 기운이 싹 가시더란다.

"선생님, 음악회에서 직접 음악을 듣는 것도 즐겁지만, 음악회 가기 전에 미리 그 곡을 들으면서 느끼는 즐거움 또한 결코 시들한 게 아니거든요."

그 설렘의 시간이 짧은, 받은 일정의 음악회 초대이니 그 설렘을 오래 누리지 못하는 아쉬움을 표현한 것이다. 그런 설렘을 느낄 수 있는 사람이라면 언제든 행복할 것이다. 그 말을 들었던 선생도 아마 어린아이처럼 순진무구한 웃음으로 답했을 것이다. 그 모습이 동화처럼 선명하게 그려진다.

설렘. 그게 바로 여행이 주는, 아니 여행에서 느끼는 것보다 더 달콤한 선물이다. 막상 여행지에 가면 고생도 해야 하고 뜻하지 않은 일로 힘들기도 하지만 떠나기 전 설렘은 무제한으로 누릴 수 있는 즐거움이다. 그래서 항상 여행은 그 전주곡이 달콤하다. 때로는 본곡보다 더 농밀하다. 어떤 변주곡이 생길지 모른다. 그러나 그건 낯섦에 대한 두려움이 아니라 그 낯섦을 즐기고자 하는 기꺼움이다. 그게 바로 '묶임'을 풀고 '벗어남'을 즐기는 핵심이다.(p.19~20)

〈여행은 장소가 아니라 생각의 이동이다〉

모든 시작에는 그 이전의 시간이 있다. 여행을 떠나기 하루 전날 만끽하는 설렘은

---

15) 『시대와 지성을 탐험하다』, 김민웅, 한길사, 2016, p.24~25.
아나톨 프랑스(Anatole France, 1844~1924)는 저명한 프랑스 작가·소설가이다. 그는 동물을 빗대 명언을 여럿 읊었다. "베르제 선생의 강아지는 하늘의 푸르름을 쳐다본 적이 없다. 먹을 수 있는 것이 아니기 때문이다. 그 강아지에게는 푸른 하늘, 여름 저녁의 노을, 눈 내린 숲의 아름다움은 관심사가 아니다."
{이상준: 가장 유명한 그의 명언은 "**한 동물을 사랑하기 전까지, 우리 영혼의 일부는 잠든 채로 있다**"이다. 『동물을 사랑하면 철학자가 된다』, 이원영, 2017, p.73 참조.
〈아나톨 프랑스 거리(Left Bank of River Seine): 센 강변의 헌책 노점상거리 일부 구간〉 예부터 작가와 예술가들이 한가로이 강바람을 맞으며 책을 들춰보던 이곳은 파리를 배경으로 하는 소설이나 영화에도 빈번히 등장하곤 했다. 이곳을 즐겨 찾던 피츠제럴드·헤밍웨이 같은 미국 작가들에 의해 '레프트 뱅크(Left Bank)'로 불렸으나, 파리 출신 작가인 그의 이름을 따서 '아나톨 프랑스 거리'로 불리는 구간도 있다. 아나톨 프랑스 자신도 센 강변에서 고서점을 하던 집에서 태어났다. 『책 여행자(히말라야 도서관에서 유럽 헌책방까지)』, 김미라, 호미, 2013, p.200~202 참조}

사랑에 빠졌을 때의 설렘만큼 새콤달콤하다. 그거면 됐다. 굳이 먼 길 아니어도, 오랜 시간이 아니어도 좋다. 아나톨 프랑스(1844~1924)[15]의 말처럼 "여행은 장소의 이동이 아니라 생각의 이동이다."(p.20)

〈순례는 묻는 것이고, 순례자는 묻는 사람이다 〉

순례는 '내가' '멀리 그리고 분명히 보는' 힘을 얻는 과정이다. 그런데 자칫 나를 놓고 순례지에만 마음을 쏟는 것은 아닌지 돌아볼 일이다.(p.91)

그렇다. 순례는 '생각할 시간'을 오롯이 자신에게 할애하는 여정이다. 파울로 코엘료(Paulo Coelho, 브라질 소설가, 『연금술사』 등 저자, 1947~)는 미련 없이 길을 나서고 일을 복잡하게 만들지 말라고 충고한다. 그는 『순례자(O Diario de um Mago=The Pilgrimage, 1987)』에서 의미심장하게 말한다.

"산이 높다는 걸 알기 위해 산에 올라가는 건 아닙니다." 굳이 산에 오르지 않아도 높다는 걸 안다. 산에 가는 것은 산과 교감하는 나를 만나기 위함이다. 이름을 에베레스트라 부르건 초모랑마라 부르건 사가르마타라 하건, 겨울에 북면으로 오르건 여름에 남면으로 오르건, 중요한 건 내가 산과 어떻게 교감하고 대화하며 나 자신을 똑바로 바라보느냐 하는 것이다. 그게 순례의 진면목이다. 그런데도 우리는 배를 항구에 묶어두고 그 안전함과 소유의식만 만끽할 때가 얼마나 많은가. 그래서 코엘류는 덧붙인다. "배는 항구에 있을 때 가장 안전하지만 배는 항구에 머물기 위해 만들어진 게 아닙니다."(p.93~94)

〈우리는 매일 순례자가 된다 〉

이반 일리치((Ivan Illich, 오스트리아 철학자·신학자, 1926~2002)의 평생 동료이자 최고의 도반이었던 리 호이나키(Lee Hoinacki, 미국 사상가, 1928~2014)는 『산티아고,

거룩한 바보들의 길(El Camino: Walking to Santiago de Compostela)』(1996)에서 "길바닥에 아무렇게나 널려 있는 돌들을 밟으면서, 쏟아지는 빗방울을 맨몸으로 맞으면서, 질척이는 진창길의 진흙이 신발에 달라붙어 발걸음을 옮기기가 어려울 때" 오히려 자연과 교감할 수 있었다고 고백한다. 그 교감은 바로 묻고 대답하는 것이다.(p.95)

〈같음은 쉬우나 어울림은 어렵다〉

편안함과 자연의 조화를 함께 추구하는 것은 일견 모순처럼 보인다. 그런데 그 둘을 동시에 누리고 싶은 욕망을 갖는다. 그런 모순적 바람이 아름다운 풍광 속에 별장 같은 집을 소망하게 만든다. 그렇게 욕망은 때로는 모순으로, 갈등으로 다가온다. 공자는 화이부동(和而不同)이라 했지만, 말이 쉽지 공자의 덕성에 미치지 못하는 범인인 까닭에 이를 실천하기란 어렵다. 『논어』「자로 편」에서 "군자는 화이부동하는 사람이며, 조화롭게 살되 자신을 잃거나 놓치지 않는 삶을 산다"고 했다.

나와 다르다고 일일이 타박하고 간섭하며 제 잘난 맛에 취해 사는 건 군자의 몫이 아니다. 조화는 대충 어울리는 게 아니다. 상대의 존재를 받아들이고 그의 생각과 느낌을 인정하되 나를 버리지 않는 것이다. 그저 꽃 몇 송이 나란히 놓는다고 조화(調和)가 되는 것이 아니다. 그건 단순히 조화(造花)일 뿐이다.

그러니 우리는 쉽게 남과 같아지려 한다. 상대가 나보다 더 강하고 부유하며 똑똑하면 최대한 거기에 맞추고 따른다. 그건 쉽다. 하지만 그런 동이불화(同而不和)는 소인의 몫이다.(p.102~103)

〈여러 개의 감각을 아우르면 일상이 지루하지 않다. 연세대학교 청송대(聽松臺)를 떠올리며 〉

연세대학교 청송대가 생각난다. 흔히 '푸른 소나무(청송, 靑松)'를 떠올리기 쉽지만 원뜻은 '솔바람 소리를 듣는(청송, 聽松)' 숲길이다. 시각만으로 생각하면 다른 게 들리지 않는다. 나무를 '듣는다'는 건 참 섹시하다. 가시적 대상은 때로 보는 것보다 듣는 것이 더 황홀하고, 가청적 대상은 일부러 눈으로 그려보는 것도 때론 즐거운 일이다. 이른바 공감각 혹은 복합감각이라는 건 우리의 감각을 거스르는 것이 아니라 감각을 아우르는 것이기에 훨씬 더 웅숭깊다. 풍경이 전해주는 바람은 듣는 것이 아니고 보는 것임을 주말의 산행에서도 새삼 깨닫는다. 여러 개의 감각을 아우를 수 있다면 일상이 지루하지 않을 것이다. 하기야 시인이 그렇게 표현해주는데도 타성적 일상은 시 한 편 제대로 읽지 못하기에 그걸 누리지 못할 뿐이지만.

한 가지 감각에만 함몰되지 않고 최대한 다양한 감각을 열어놓은 것, 그것만으로도 하루의 밀도가 달라질 것이다. 그래야 '삶의 결'을 다듬을 수 있다.

말을 건다는 건 그런 것이다. 오늘 하루 또 묵묵히 걸어야 할 길이 앞에 놓여 있다. 한 번도 가보지 않은 길이지만 낯설지는 않을 것이다. 어제 걸었던 길과 크게 다르지 않을 것이다. 그러니 '낯선 익숙함'이라도 하나하나 누려보면 그것만으로도 족할 것이다. 달라지는 풍경이 중요한 게 아니라 달라지는 내 마음의 밀도가 중요한 것이니, 불가에서 말하는 일체유심조(一切唯心造)의 경지가 그게 아니고 무엇이겠는가.(p.113~114)

〈히말라야에서 도서관을 만나다. '미래를 보려면 도서관에 가라'〉

도서관의 가치를 인식하는 것만으로도 미래는 희망적이다. '과거를 보려면 박물관에 가고, 현재를 보려면 시장에 가고, 미래를 보려면 도서관에 가라'는 말은 상징적이다. 나는 히말라야에서 미래를 만났다.(…)(p.119)

〈침대에서 죽기를 바랐다면 떠나지 말아야 했다〉

우리는 모두 걷는다. 삶은 걷는 일이다. 베르나르 올리비에(Bernard Olivier, 프랑스 기자·칼럼니스트, 1923~)는 『나는 걷는다(Longue Marche: 2000, Vers Samarcande: 2001, Le Vent des Steppes: 2003)』에서 고백한다.

"홀로 외로이 걷는 여행은 자기 자신을 직면하게 만들고 육체의 제약에서 그리고 주어진 환경에서 안락하게 사고하던 스스로를 해방시킨다." 겉보기에 고통스러워 보이는 걷기에 대한 아름다운 낙관주의가 꼭 올리비에만의 몫은 아니다. 그는 권고한다. "이 장면을 마음속에 잘 간직했다가 세상이 번잡함으로부터 평정을 잃으려 할 때마다 꺼내 보리라."

멈추면 그 길을 모른다. 걷는 일은, 그래서 산다는 것은 좀 더 깊은 곳을 향해 빠져드는 도취감과 같다고 그는 말한다. 다만 걷는 데서 오는 행복감에 취해 몸의 경고를 무시하는 어리석음을 범하지 말라고 타이른다. (p.268~269)』[16]

신영복 교수가 책 『더불어숲: 신영복의 세계기행』(1998·2015)에서 〈문화는 사람에게서 결실되는 농작물입니다: 카트만두(Kathmandu)에서 만나는 유년 시절〉과 〈밤이 깊으면 별은 더욱 빛납니다: 히말라야의 기슭에서〉라는 제목으로 쓴 글을 보자.

〔〈문화는 사람에게서 결실되는 농작물입니다〉

네팔 왕국의 수도 카트만두는 옛날에 산으로 둘러싸인 해발 1,400m의 산상호수였습니다. 만쥬슈리(文珠寶薩)가 큰 칼로 산허리를 잘라 물을 흘려보내고 사람들이 살 수 있는 땅으로 만들었습니다. 이처럼 신(神)이 호수를 마을로 만들어주었다고 구전되어

---

16) 『생각을 걷다: 인문학자 김경집이 건네는 18가지 삶의 문답』, 김경집, 휴, 2017.

오듯이 막상 카트만두에서 가장 먼저 만나는 것이 바로 신입니다.

사원이나 탑에 신상이 있는 것은 물론이고 골목에도 있고, 시장에도 있고, 지붕에도 있고, 처마 밑에도 있습니다. 심지어 연못 속에도 있습니다. 그러나 그 많은 신상들의 모습은 가난한 네팔 사람들의 차림새와 별로 다를 것이 없습니다. 공포의 시바신이 그의 처 파르바티와 함께 듀버 광장을 내려다보는 모습은 마치 창문 열고 바깥을 구경하는 여염집 부부 같습니다.

네팔의 신은 근엄하거나 숭고하지 않습니다. 쿠마리(Kumari, or Kumari Devi, or Living Goddess)라는 살아 있는 여신이 있지만 이 여신은 어린 소녀입니다. 그리고 여신의 역할이 끝난 뒤에는 보통 사람들 속으로 돌아와 대체로 보통사람들보다 못한 삶을 살게 됩니다. 당신이 카트만두에 오면 가장 먼저 수많은 신을 만나게 됩니다. 신은 신이되 사람들과 가까운 자리에 내려와 있는 신을 만나게 됩니다.

그다음으로 만나는 것은 사람들의 손길입니다. 오랜 세월과 풍상에 젖어 갈색을 띠고 있는 목조 사원이나 궁궐 건물에 배어 있는 사람들의 손길을 보게 됩니다. 아무리 허술한 건물에도 창틀과 기둥에는 어김없이 정교하게 조각된 갖가지 문양들이 사람들의 정성스런 손길을 보여주고 있습니다. 노점의 좌판 위에서 햇볕에 따뜻이 익은 자잘한 기념품들에서도 구석구석 사람들의 손길을 느끼게 됩니다.

그리고 그다음으로 사람들을 만나게 됩니다. 아마 신상이나 손길보다 먼저 사람들을 만날지도 모릅니다. 사람들의 순박한 얼굴을 만나게 됩니다. 수줍고 어색해하는 사람들의 눈길과 마주치게 됩니다. 이 순박한 눈길은 험악하게 변해버린 우리들의 얼굴을 반성하게 합니다. 이처럼 카트만두에서 만나는 것은 신상과 사람, 물건과 사람들의 손길이 혼연히 무르녹아 있는 다정한 분위기입니다. 그리고 이 다정함이 사람들의 표정과 마음으로 완성되고 있음을 발견하게 됩니다. 그래서 카트만두의 타멜 거리에서는 유년 시절을 만난다고 합니다. 비단 타멜 거리뿐만 아닙니다. 카트만두의 곳곳에서 우리들의 지나간 유년 시절을 만날 수 있습니다.

아산광장에서 어느 골목으로 접어들더라도 그 좁은 골목을 걸어가고 있는 사람들의 뒷모습에서 우리는 유년 시절을 만나게 됩니다. 그것은 가난했던 어린 시절의 추억이기도 하고 산업화 이전 우리 삶의 모습이기도 합니다. 시간을 숫자로 계산하며 직선과 격식에 갇혀 있던 심신이 그 틀에서 해방되어 맨발과 땅의 접촉에서 건져올리는 편안함, 그것이 바로 우리의 과거이고 우리의 유년 시절이라 할 수 있습니다. 이곳 카트만두의 분지에 괴어 있는 유적과 사람들은 이처럼 커다란 거울이 되어 잃어버린 우리의 유년 시절을 보여줍니다. 카트만두가 호수였다는 사실을 다시 떠올리게 됩니다.

비단 유년 시절뿐만이 아닙니다. 카트만두에는 도처에 삶의 원형을 보여주는 거울이 있습니다. 파슈파티나트의 화장터 풍경이 그렇습니다. 장작더미 위에서 타고 있는 시체나 그 시체를 뒤적여 고루 태우는 사람이나 그 광경을 지켜보고 있는 가족이나 그리고 임종을 그곳에서 기다리고 있는 사람이나 어느 한 사람 슬퍼하는 이가 없습니다. 바로 그 밑을 흐르는 강가에서는 빨래하고, 물 긷고, 식기를 닦고, 머리를 감는 일상이 태연히 진행되고 있습니다. 관광객들만이 이 태연한 광경에 충격을 받을 뿐입니다. 삶과 죽음의 경계를 무너뜨리면서 삶의 찰나성과 삶의 영원성을 동시에 보여줍니다.

닥신카리 사원에서 보는 암흑의 여신 칼리에게 바치는 번제(燔祭)도 그렇습니다. 짐승을 산 채로 목을 베고 솟아나는 피를 신상(神像)에 바르고 자기의 얼굴에도 바릅니다. 짐승의 체온과 비명소리가 채 가시지 않은 피와 그 피로서 행하는 제의는 보는 사람을 당혹하게 합니다. 파이프 오르간의 성가가 은은히 흐르던 성체 미사의 포도주와는 극명한 대조를 보입니다. 그 적나라한 원시성이 우리의 생각을 압도합니다.

나는 카트만두에서 만나는 이 모든 것이 한마디로 '문화의 원형'이라는 생각이 듭니다. 오늘날의 문화가 치장하고 있는 복잡한 장식을 하나하나 제거했을 때 마지막에 남는 가장 원초적인 문화의 모습이라고 생각됩니다. 이것은 사람의 삶과 그 삶에 필요한 최소한의 것으로 구성되어 있는 '문화의 자연'(Nature of Culture)이라고 생각합니다. 문화산업(Cultural Industry)이란 말이 있지만 문화의 본질은 공산품이 아니라 농작물입니다. 우리가 이룩해내는 모든 문화의 본질은 대지(大地)에 심고 손으로 가꾸어가는 것, 그리고 최종적으로는 사람에게서 결실되는 것입니다.

문화가 농작물이란 사실이 네팔에서처럼 분명하게 확인되는 곳도 드물 것입니다. 오늘도 잘사는 나라에서 이곳을 찾아온 수많은 관광객들이 카트만두의 골목을 거닐며 네팔의 나지막한 삶을 싼값으로 구경하며 부담 없이 지나갑니다. 그러나 걱정되는 것은 혹시나 그들이 네팔에서 문화의 원형을 만나고 그 문화의 원형에 비추어 그들 자신의 문화를 반성하는 대신에 네팔의 나지막한 삶을 업신여기지나 않을까 하는 우려입니다.

우리가 문화의 원형을 만난다는 것은 매우 뜻깊은 일이라고 생각합니다. 근대 이후의 산업화 과정은 한마디로 탈신화(脫神話)와 물신화(物神化)의 과정이었습니다. 인간의 내부에 있는 '자연'을 파괴하는 과정이었으며 동시에 외부의 자연을 허물고 그 자리에 '과자로 된 산'을 쌓아온 과정이었습니다. 더구나 앞으로 예상되는 영상문화와 가상문화(cyber culture)에 이르면 문화란 과연 무엇이며 이러한 문화가 앞으로 우리의 삶과 사람에게 무엇이 될 것인가를 심각하게 묻지 않을 수 없게 됩니다. 진정한 문화란 사람들의 바깥에 쌓는 것이 아니라 사람들의 심성에 씨를 뿌리고 사람들의 관계 속에서 성숙해가는 것이라 믿습니다. 바로 이러한 이유 때문에 나는 네팔에서 만나는 유년시절을 통하여 지나간 과거를 만나고, 사람을 만나고, 다가올 미래를 생각하는 일이 어느 때보다 깊은 의미를 갖는다고 생각합니다.(p.76~82)

〈밤이 깊으면 별은 더욱 빛납니다: 히말라야의 기슭에서〉

히말라야를 어둠 속에 묻어둔 하늘에는 설봉(雪峰) 대신 지금은 별이 있습니다. 우리가 희망을 잃지 않는 것은 '밤이 깊으면 별이 더욱 빛난다(夜深星逾輝)'는 진리라고 했습니다. 세월이 힘들고 세상이 무서운 사람들이 자주 밤하늘의 별들을 바라보는 까닭을 알 것 같습니다. 나는 오늘 저녁 이곳에서 비탈진 기슭에서 척박한 다락논을 일구며 살아가는 사람들을 만나고 있습니다. 낮에는 설산을 지척에 두고 밤에는 찬란한 별들을 우러러보며 살아가는 사람들입니다. 이 거대한 어둠과 별들, 그리고 신비로운 설산이 이들의 삶 속에 과연 무엇이 되어 들어와 있는가 하는 물음을 갖게 됩니다. 생각하면 우리의 삶은 이 거대한 우주 속에서 한 개의 작은 점으로 존재한다는 사실을 아득히 잊고 있는 것이 사실입니다. 이 우주와 자연의 거대함에 대한 망각이 인간의 오만이 될까 두렵습니다.

히말라야가 네팔에서 차지하는 무게는 가히 절대적입니다. 그것은 네팔의 문화이며 네팔 사람들의 심성(心性)입니다. 히말라야를 보지 않고 네팔을 이야기한다는 것은 『삼국지』를 읽지 않고 영웅호걸을 논하는 격이라며 플라잉 사이트(Flying Sight)를 내게 권하였습니다. 비행기로 히말라야의 연봉(連峰)을 거쳐 최고봉인 에베레스트까지 비행하는 여행상품입니다. 나는 히말라야 산군(山群)을 비행기로 다가간다는 것이 아무래도 외람된 일이라는 생각이 앞섰습니다. 기껏 한 마리 모기가 되어 거봉(巨峰)의 귓전을 스치는 행위는 내게도 별로 달가운 일이 못된다 싶었습니다.

(…) 포카라(Pokhara, 카트만두에서 200km 북서쪽에 위치)[17]는 히말라야를 바라보며 산길을 걷는 트레킹(Trekking)의 출발지입니다. 트레킹이란 등반과는 구별되는 것으로, 결정적인 차이는 산을 정복하거나 정상을 탐하는 법 없이 산길을 마냥 걷는

---

17) 포카라는 네팔 수도 카트만두에서 경비행기로 30분 거리에 있는 중소도시로, 30km 이내에 안나푸르나(Annapurna, 8,091m) · 다울라기리(Dhaulagiri, 8,167m) · 마나슬루(Manaslu, 8,156m) 등이 있어 등산 · 트레킹을 위한 길목이다. 포카라에는 '티베트 난민촌'도 있다. 페와 호수(Phewa Tal) 등 포카라 인근 어디에서도 이들 산을 조망할 수 있어 관광객들이 많이 찾고 있는데, 특히 인근에 있는 사랑곳(Sarangkot, 1,600m)은 안나푸르나 · 마차푸차레 등 고산준봉을 조망할 수 있는 최적의 장소로 꼽히고 있다.

것입니다. 산과 대화를 나누는 등산인 셈입니다.(…)

히말라야의 최고봉인 에베레스트(Everest)는 영국 측량기사의 이름을 따서 명명한 것입니다. 그러나 이곳 네팔이나 티베트에서는 옛날부터 '큰 바다의 이마'(사갈고트) 또는 '세계의 여신'(초모랑마)이라 불려 왔습니다. 높고 성스러운 곳이라는 뜻을 담고 있습니다. 이곳 사람들은 정상에 오르는 일이 없습니다. 그곳은 정복의 대상이 아니라 경외(敬畏)의 대상입니다. 더구나 정상은 사람이 살 곳이 못됩니다. 그곳을 오르는 것은 없어도 되는 물건을 만들거나 사랑하지 않는 사람을 농락하는 것이나 마찬가지입니다. 산의 높이를 숫자로 계산하는 일도 이곳에는 없습니다. 하물며 정상을 그 산맥과 따로 떼어서 부르는 법도 없습니다. 산맥이 없이 정상이 있을 수 없다는 이치를 그들은 너무나 잘 알고 있기 때문입니다.

1953년 뉴질랜드의 탐험가 에드먼드 힐러리(Edmund Hillary, 1919~2008)가 영국의 에베레스트 등반대에 참가하여, 셰르파 텐징 노르게이(Tenzing Norgay)와 함께 에베레스트를 최초로 정복한 사람으로 기록되고있습니다. 그러나 그는 셰르파와 안내인 등 8천여 명의 도움으로 오른 것이라고 합니다. (그 이전에 이 산을 측량한 수학자는 인도인이므로-비록 그를 고용한 사람은 조지 에베레스트였지만-) 이름을 바꾸어 붙일 이유로 삼기에는 너무나 빈약한 역할이 아닐 수 없습니다. 지금 저만치 어둠 속에 묻혀 있는 마차푸차레(Machapuchare, 6,993m)는 네팔의 성산(聖山)으로 등산이 금지된 산입니다. 그러나 발표만 못할 뿐 누군가가 이미 그 정상을 정복(?)했다는 것은 널리 알려진 사실이라고 합니다. 쓸쓸한 이야기입니다.

당신이 네팔에 오면 먼저 히말라야의 이야기를 들어야 합니다. 등산장비를 짊어지고 히말라야의 어느 정상을 도모하거나, 레프팅을 즐기기 위하여 계곡의 급류를 찾아가기 전에 먼저 히말라야가 우리에게 들려주는 이야기에 겸손히 귀 기울여야 합니다. 모험과 도전이라는 '서부행'(西部行)에 나서기 전에 먼저 어둠과 별들의 이야기를 들어야 합니다. 그들의 숨소리에 귀 기울여야 합니다.

그리고 생각하여야 합니다. 자연이 우리에게 허락하는 문명의 크기를 생각하여야 합니다. '자연'이 우리에게 허락하는 '문화의 모범'을 읽어야 합니다. 그리고 '자연의 문화'(Culture of Nature)가 그 문화의 속성임을 다시 한 번 확인해야 합니다. (p.350~356)〗[18]

산악인 이상배는 『네팔 히말라야 배낭여행』(2016)에서 이렇게 썼다.

〖자신만의 행복을 찾고 싶을 때가 있다. 자유로운 영혼으로 히말라야로 가는 배낭여행은 환경호르몬으로 오염되어가는 문명세상을 멀리할 수 있어 사실은 면역력을 키우는 데도 많은 도움이 된다. 우리네 삶은 평생 사람을 상대하는 직장과 직업의 연속이다. 그러다 보니 자연 속으로 들어가 스스로 힐링하고 싶어진다. 여기에 자유로운 배낭여행만큼 자신을 행복하게 해주는 여행은 없다고 본다.

파블로 피카소는 "삶에서 최고의 유혹은 일"이라고 말한 바 있다. 일의 유혹에서 벗어나지 못하는 당신, 아니 열심히 살아온 당신 떠나라! 가고 싶을 때 가보고 떠나고 싶을 때 떠나라! 어제가 까마득한 옛날 같고 천년 세월도 눈 깜짝할 사이라 했다. 한평생이란 그리 많지 않은 시간 여행이다.(…)

히말라야만 떠올리면 그 순수함이 보석처럼 빛나는 설산의 모습이 생각나 미친 듯 보고 싶어진다. 돈을 세며 살다가 별을 세어보는 히말라야로 떠나는 배낭여행은 비록 고난일지라도 돈으로 살 수 없는 경험부자가 될 것이다.(p.4~5)

---

18) 『더불어숲: 신영복의 세계기행(1998·2015)』, 신영복, 돌베개, 2015.

19) 조지 말로리: George Herbert Leigh Mallory, 영국 등반가, 1886~1924.6.8? 에베레스트 등반을 3차례나 시도했으나 결국 실패하고 3차 등반 중에 실종됐다. 그의 시신은 1999년 5월 1일 발견됐다.

"당신은 왜 산을 오르는가?(Why do you climb the mountain?)"라는 기자의 질문에 세계 최초로 에베레스트 등정에 도전했던 조지 말로리(1886~1924.6.8.?)[19]는 "산이 거기 있기 때문(Because it is there)"이라고 말했다.

"인연이 모여 인생이 된다"라고 한 주철환 교수(PD 겸 방송인, 경남 마산 출신, 1955~)는 다 지나간다는 얘기로 "내리쬐는 햇살, 떨어지는 빗물, 비켜 부는 바람, 무심히 떠도는 구름, 새벽안개, 아침이슬, 무지개도 다 지나간다. 다 떠나간다"고 했다.(p.182~183)][20]

취재와 여행을 합해 수차례 히말라야 산맥에서 보낸 종합지 유일의 '산' 전문 김영주 기자는 이렇게 말한다. "고독은 괴롭지만 한편으로는 평화를 안겨주기도 한다. 히말라야라는 대자연에서, 대도시의 인적 네트워크와 절연된 공간에서 쉼 없이 팔다리를 움직여야 하는 히말라야 트레킹은 진정한 고독의 수행처다. 황량한 빙하에 누워 텐트를 스치는 바람 소리에도 나도 모르게 눈물을 훔치게 되는 고독, 나에게 있어 히말라야의 매력은 바로 그것이다."[21]

20) 『네팔 히말라야 배낭여행』, 이상배, 주변인과 문학, 2016.
21) 『히말라야 14좌 베이스캠프 트레킹』, 김영주, 원앤원스타일, 2014, p.9.

여행과 독서

"독서는 머리로 떠나는 여행이고, 여행은 몸으로 하는 독서다!"(이희인)[22] "책 많이 읽은 자, 책도 읽고 여행도 많이 하는 자를 당해낼 수 없느니라." (김성윤)[23] 등의 말이 있다. 대만 출신 기업가 잔훙즈는 책 『여행과독서』(2015)에서 "'여행과 독서'란 마치 한 쌍의 콤비 같은 것이다"라고 말한다.

『여행의 곁엔 언제나 독서가 있었다. '여행과 독서'란 마치 한 쌍의 콤비 같은 것이다. '여행'이라는 녀석과 '독서'라는 녀석은 언제나 꼭 붙어 다닌다. 그 둘과 함께라면 아주 아주 먼 곳까지도 갈 수 있다.

그래서 그 둘은 온갖 기억이 한데 뭉치고, 수많은 자료는 조각조각 남는다. 좀 더 많이 기억할 수 있으면 좋을 텐데, 그러지 못한다면 적어두고, 기록을 남기자, 생각했다.

---

22) 「여행자의 독서」 이희인, 북노마드, 2010, p.6.
23) 김성윤(영어 교육사업 등 운영) 인터넷 블로그에서, 2015.3.30.

그토록 많은 기억의 단편들을 다 찾아낸다면, 어떻게 해야 할까?

그토록 많은 기억의 단편들이 한데 모이면 본인의 것이 될 수 있지만, 흩어지는 순간 한 올 떨어져 아무것도 남지 않는다. 그러니 가능하다면 여행의 흔적을 남겨야 한다. 가능하다면, 글과 함께 여행을 떠나야 한다.)[24]

일본의 철학자 오가와 히토시(1970~)는 책『아침 3분 데카르트를 읽다: 일하는 당신, 행복한가』(2016)에서 〈세상이라는 이름의 거대한 책, 여행〉 이라는 제목으로 이렇게 썼다.

[사람은 가끔 일상에서 벗어나야 한다. 그렇게 해야 두뇌 활동이 원활해진다. 책을 통해서 얻을 수 없는 정보가 여행에 있다. 데카르트도『방법서설』에서 같은 말을 했다.

"앞으로는 나 자신의 내부에서, 또는 세상이라는 거대한 책 속에서 발견하게 될지도 모르는 학문만을 탐구하겠다고 결심하고 남은 청춘을 그에 매진했다."

그리고 그는 실제로 유럽 전역을 여행하며 돌아다녔다. 여기에서 '세상이라는 거대한 책'이라는 표현이 정말 멋지다. 데카르트는 철학자이기 때문에 모든 대상이 정보를 얻기 위한 서적에 해당한다. 그중에서도 세상은 가장 거대한 서적이다. '거대한'이라는 말에는 두 가지 의미가 포함되어 있다. 첫째는 스케일이 크다는 것이고, 또 하나는 위대하다는 것이다.)[25]

그러나 광고 분야에서 유명한 박웅현(1961~)은 '단순하게 책 읽기의 병폐와

24)『여행과 독서』 잔홍즈, 시그마북스, 2015, p.서문.
25)『아침 3분 데카르트를 읽다: 일하는 당신, 행복한가』 오가와 히토시, 나무생각, 2017, p.23~24.

여행'에 대해 비판했다. 그는 주견이 없는 책읽기는 오히려 해가 된다는 점을 강조한다.

〔대학생들을 대상으로 한 '망치'라는 스피치 프로그램에서 한 여학생이 이런 발표를 했다. 그렇게나 꿈꾸던 유럽 여행을 갔는데 그곳에 나는 없었다고, 그래서 눈먼 여행을 하고 왔다고 말했다. 그리고 이유를 생각해보니 자신이 무얼 보고 싶은지 어떤 것을 느끼고 싶은지 찾지 못하고 그저 책 속에 나오는, 남들이 느낀 것들만 따라가려고 했기 때문이었던 것 같다고 이야기했다.

급기야 유럽에 관한 책을 쓴 모든 사람들이 자신의 여행을 망쳤다고 말했다. 그 친구는 남의 눈을 가지고 여행을 갔기 때문이다. 이런 것들이 책 읽기의 병폐가 될 수 있다고 쇼펜하우어는 지적하고 있다.

요즘 그런 생각이 든다. 남이 본 것을 따라가려고 하기보다는 그 시선으로 내가 사는 동네를 돌아보는 게 더 중요한 것이라고. 군산이 뜬다고 그쪽으로 몰려가고, 강진이나 해남 얘기가 나왔다고 또 그곳을 갈 것이 아니라, 그곳을 바라보는 특별한 시선을 빌려 지금 내가 있는 곳을 살피는 것도 매우 중요한 일이다.〕[26]

이탈리아 출신 유대인 시인 프리모 레비(1919~1987)는 심지어 이렇게까지 얘기했다. "(…) 그리고 책을 읽고 난 다음엔 반드시 덮게. 모든 길은 책 바깥에 있으니까!"[27]

---

26) 「다시, 책은 도끼다」 박웅현, 북하우스, 2016, p.19.
　　프란츠 카프카(1883~1924)는 "책은 도끼가 되어야 한다!"고 말했다.
27) 「지금이 아니면 언제?(If Not Now, When?, 1982)」 프리모 레비, 노마드북스, 2010, p.9.
　　프리모 레비: Primo Levi, 1919~1987.4.11. 아우슈비츠의 트라우마로 자살.

여행과 철학

  철학과 가장 닮아 있는 활동은 바로 여행이다. 익숙한 곳에서 벗어나 새로운 공간에서 사람을 만나 이런저런 이야기를 나누다 보면 안 보이던 길이 드러나는 경우가 많다. 책『여행, 길 위의 철학』(2010)은 자신의 철학을 완성하기 위해 여행을 마다하지 않았던 철학자들의 여행 과정을 보여준다. 이탈리아와 프랑스를 주 무대로 활동하는 12명의 철학자·역사학자·정치학자들이 모여 솔론과 라이프니츠, 루소의 여행을 되짚어가는 과정을 통해 철학을 어떻게 만들어 가는지 어떻게 사유영역을 확장해 가는지 확인할 수 있다. 이 책의 각 저자들은 철인이 다스리는 국가를 실험하기 위해 시라쿠사를 세 번이나 떠난 플라톤, 그리스 세계의 지혜와 오리엔트 지역의 지혜를 비교 습득하기 위해 알렉산드로스의 원정길을 따라 인도까지 여행했던 아폴로니오스를 추적한다. 돈과 영광을 좇아 고향을 떠났으나 기독교로 개종한 아우구스티누스, 자신의 열정과 야망을 실현하고 프랑스·네덜란드·영국·독일·이탈리아를 돌아다닌 라이프니츠, 외로움에 몸부림치며 영혼의 안식처를 찾아 평생을 떠돌아다닌 니체까지 철학자들의 지혜를 찾아 떠난 긴 여정을 보여준다. 이 책에 있는 내용의 일부분을 소개한다.

〔〈서재나 도서관에 파묻힌 여유냐? 광활한 세상을 향한 여행이냐?〉

여유로움은 생각하고 공부하기에 더없이 좋은 이상적인 조건이다. '생각할 여유로움', '지독하게 사랑할' 여유로움, '책을 쓸' 여유로움이 그렇다. 키케로(Marcus Tullius Cicero, 로마 철학자, 기원전 106~기원전 43)는 도서관이나 작은 정원에서도 즐길 수 있는 사람만이 만족스러운 삶을 유지할 수 있다고 했다. '철학자'에게 필요한 환경은 일반적으로 이런 여유로움이 가득한 장소를 말한다. 생각을 직업으로 하는 사람, 철학자는 세상을 초월하고 은둔한 채 책에 묻혀 지내다가 오로지 제자가 찾아왔을 때에만 침묵을 중단한다는 선입견이 있다.

그런데 여행이라니? 어쩌면 '허풍선이 남작'으로 알려진 뮌히하우젠(Münchhausen, 1720~1792)의 '상상 속의 여행'이나 보나벤투라 다 바뇨레지오(Sanctus Bonaventura Bagnoregio, 1217~1274)의 '하느님을 향한 마음속 여행' 같은 은유적인 여행을 떠올릴지도 모르겠다. 마음속을 여행하는 데, 아니 철학을 하는 데 마차나 자전거, 배가 왜 필요했을까? 분명 의미 있는 질문이고, 이에 대한 역사 속 철학자들의 대답도 참으로 다양하고 놀라웠다.

철학자들은 탄압을 피해 도망치느라 여행을 했고, 새 제자를 찾기 위해, 정치인들을 새로운 체제로 인도하려고, 또 순수한 호기심 때문에, 그들 나라의 현인들보다 더 위대한 현인들을 만나기 위해, 그리고 적과 싸우기 위해서도 여행을 떠났다. 단순히 돈을 벌기 위해 떠날 때도 있었다. 그때나 지금이나 철학만으로는 돈벌이가 신통치 않았을 테니까.

〈거의 모든 철학자가 은둔 생활과는 거리가 멀었다〉

플라톤(Platon, 기원전 427~기원전 347)은 왕을 철학자로 만들거나 철학자를 왕으로 만들겠다는 다소 헛된 희망을 안고 시라쿠사(Siracusa, 시칠리아 섬의 동남쪽 53km 지점의 섬)를 세 번이나 다녀온다.

{고대 그리스인들의 여행은 먼 장소로 이동하는 것이었고, 바다를 건너야 했으며, 도로 사정도 좋지 않아 매우 위험했다. 고대 철학자들은 이러한 위험과 어려움에도 불구하고 여행을 계속했다.

플라톤·아리스토텔레스·제논·에피쿠로스학파 등이 아테네에 철학학교를 세웠기 때문에 고대 철학자들이 한곳에 정착해 살았을 것으로 생각하기 쉽다. 하지만 실제로는 고대 그리스와 헬레니즘 시기의 지식인들은 보통 이 도시 저 도시를 옮겨다니며 살았다. 이런 현상은 아테네에만 머무르지 않고 여러 도시를 옮겨다니며 부유한 가정에서 보수를 받고 그들의 자녀교육을 담당했던 소피스트들에게는 두드러진 현상이었다. 철학자들을 포함한 많은 지식인들이 향했던 곳은 올림피아였다. p.28}

아우구스티누스(Aurelius Augustinus, 로마 주교, 북아프리카 알제리출신, 396~430)는 돈과 영광을 좇아 카르타고를 떠나 이탈리아로 갔으나 개종하여 아프리카로 돌아온다. 그 후 40년 동안 누미디아와 모리나티를 여행하며 가톨릭 교리를 전파한다. 이는 믿음의 기적일 뿐 아니라 플라톤 주의 철학, 암브로시우스의 해석법, 포강의 안개와 같은 기적이다.

또 방법이 조금 다른 이슬람 세계의 여행 이야기들도 있다. 그중에서도 가장 특이한 것은 무함마드의 신비로운 여행인데, 그는 '묵상'을 통해 예루살렘과 하늘나라에까지 간다. 아마도 무함마드의 이 여행을 담은 『계단』으로부터 단테가 영감을 얻은 듯하다. {신의 종 무함마드는 메카(Mecca)의 카바(Kaaba) 사원에서부터 예루살렘의 알아크사 사원(Al-Aqsa Mosque)까지 단 하룻밤 만에 다녀왔다. 그는 예루살렘에서 7개의 하늘을 지나 신이 계신 곳까지 승천했다. 승천하는 과정은 -승천하는 동안 예언자는 여러 개의 지옥을 보았으며, 자신과 비슷한 예언자들을 만났고 천사와 왕좌를 보았다― 신기하게도 단테가 천국과 지옥을 여행할 때와 비슷하다. 실제로 미구엘 아신 팔라시오스(마드리드 대학의 아랍어 교수이자 가톨릭 신부)와 엔리코 체룰리 등 명망 있는 학자들은 미라지 (Mi'raj, 승천)에 관한 아랍 작품인 『계단』이 『신곡』을 구상하게 만든 원전이라고 말한다. 922년 순교하여 예수처럼 십자가에 달린 알 할라지를 비롯한 이슬람의 수많은 정신적 지주들은 무함마드의 하룻밤 여행처럼 기상천외한 경험을 반복했다고 전해진다. p.78~79)

또 무함마드의 여행을 통해 우리는 이븐 시나(Ibn Sina, 아비센나·Avicenna는 페르시아 이름의 라틴식 표기, 980~1037)·알 가잘리(al-Ghazali, 1058~1111) 등의 삶에 관해 이해함으로써 철학적이라 하기도, 또 의학적이라 하기도 어려운 그들의 작품을 만나게 된다. 무한한 곳을 향해 날아가는 새의 이야기는 종교적이라기보다는 영지주의적이며, 신 안에서 완전히 자신을 버리는 여행이다.

도미니코회의 토마스 아퀴나스(St. Thomas Aquinas, 이탈리아의 철학자·신학자, 1224?~1274)가 한 여행은 보다 실용적인 여행이다. 그는 아주 어린 시절, '에라스무스(Desiderius Erasmus, 1466~1536) 프로그램'[28] 이 생기기 훨씬 전이었음에도 스승을 찾아 파리와 쾰른으로 갔다가, 센강의 좌안에 대학이 생기자 다시 파리로 돌아온다. 진실에 이르기 위해서는 의심을 가지고 여행을 해야 한다고 했던 토마스 아퀴나스는 '여유로움'을 사랑했음이 분명하다. 그러나 해박한 지식과 출중한 능력 탓에 늘 해야 할 일이 많았던 그는 겨우 50대의 젊은 나이에 여행 도중 죽음을 맞는다. 이미 몇 년 전부터

---

28) 'EuRopean Action Scheme for the Mobility of University Students'의 앞글자인 ERASMUS를 따서 만든 단어로, 유럽 연합의 교환 학생 프로그램을 말한다. 이 프로그램의 기원은 15세기에 문화를 이해하기 위해 유럽 각지를 떠돌아다녔던 에라스무스로부터 유래했다.

글쓰기를 중단하기로 결심한(그때까지 이미 몇 천 쪽에 달하는 글을 남겼다) 상태였다. 그는 모든 작품이 진실을 담지 못한 쓰레기 더미에 불과하다고 느꼈는지도 모른다.

이제 불굴의 라이프니츠(Gottfried Wilhelm Leibniz, 1646~1716)를 살펴보자. 수학 천재로 유명하지만(사칙연산이 가능한 계산기를 발명했는데, 무엇보다 아이작 뉴턴과 함께 정확하고 복잡한 연산이 가능한 초기 계산기를 고안했다), 라이프니츠는 원래 철학자였다. 그는 열정과 야망이 있었고 아마도 이를 실현하기 위해 외교관이 되었던 것 같다. 그는 어느 귀족 가문의 가계도를 완성하는 임무를 맡아 프랑스·네덜란드 (그곳에서 스피노자를 만난다)·독일·이탈리아 등을 쉬지 않고 돌아다닌다. 하지만 그의 진정한 목적은 가톨릭과 칼뱅교·루터교 사이의 화해를 이끌어내는 것이었다. 목적의 난해함에 비하면 그에게 여행의 고통 정도는 우스운 수준이었다.

더욱 흥미로운 사람은 루소(Jean Jacques Rousseau, 1712~1778)다. 그는 단 며칠도 한곳에 머물러 있지 못했다. 이것도 병일까? 정신병? 아니면 나르시즘의 반복되는 형태일까? 단순히 여행을 좋아해서라고 할 수 있을까? 그러나 우리는 그가 가톨릭교와 칼뱅교로부터 여러 차례 처벌받을 위기에서 어쩔 수 없이 여행을 떠나야만 했다는 사실을 알고 있다. 루소 역시 유럽의 여러 나라를 돌아다니며 여러 가지 일(리옹에서는 개인 교사, 파리에서는 재무국장 등)을 한다. 철학만으로는 벌이가 적었기 때문이다. {루소에게는 '영원한 여행자', '정신병적 여행자'라는 별명이 붙었을 정도로 여행광이었고, 늘 여행 가방을 준비해놓았을 정도였다고 한다. p.205~208}

{몽테뉴(Michel de Montaigne, 1533~1592)의『수상록』과 데카르트(René Descartes, 1596~1650)의『방법서설』에 대한 응답으로 루소는 책을 통한 문화체험을 거부하고 직접 경험, 즉 '생생한' 문화 체험의 가치를 옹호한다. 사실 교육의 목적에 있어서 세상의 위대한 책에서 얻는 지식이 잡다한 글들에서 얻는 것보다 더 선호되어야 하며, 직접 눈으로 '보는' 능력은 '읽는' 능력보다 우선시되어야 한다. 따라서 그는 교육 과정의

말미에 학생들이 장기간 유럽을 여행하는 규정을 넣었다. 이렇게 해서 그는 부유한 귀족들의 전통인 '그랜드 투어(Grand Tour)'를 대중적으로 재해석했다. 루소의 작품 덕분에 교육 여행은 1800년대에, 특히 독일을 중심으로 문화의 중심 테마로 자리 잡게 된다. 그리고 '교육'의 철학적 개념에 대해 다시 생각하게 하는 계기가 된다.

괴테(Goethe, 1749~1832)의 『빌헬름 마이스터』에 관한 세 권의 책(수업시대, 편력시대)은 루소의 『에밀』의 영향을 받으며 탄생했다. 우리는 당시의 대중문화에서도 그 흔적을 발견할 수 있다. 독일 학생들이 여러 대학에서 학문을 연마했던 유행이 좋은 예다. p.231~232)

한편, 철학자들은 유럽을 여행하며 이론의 가치를 이해했다. 1849년 템스 강변에서는 미래 『자본론』의 작가 마르크스가 베를린에서 철학을 공부하던 프리드리히 엥겔스와 함께 협력하여 결실을 맺기 시작한다. 엥겔스는 혁명이 일어나기 몇 년 전이었던 1848년, 어느덧 노년에 접어든 셸링(Friedrich Schelling, 독일 관념론 대표론자, 1775~1854)의 강의를 듣는다. 젊은 시절 그와 함께 공부했던 동료들은 조국 러시아로 돌아가 독일 관념론의 기본 원리를 널리 알리고 있었다. 독일 철학의 매력은 1840년대 많은 젊은이들이 슈프레 강 근처로 향하게 만들었는데, 그중 하나였던 미하일 알렉산드로비치 바쿠닌(Mikhail Bakunin, 19세기 아나키스트·무정부주의자, 1814~1876)은 리하르트 바그너와 함께 1849년 드레스덴 폭동의 주인공이 되었다. 그러나 곧 작센주에 지원군을 보낸 프러시아군에 의해 진압된다. 그들은 체포되어 사형을 언도 받는다. 이후 바쿠닌은 러시아에 인도되어 상트페테르부르크에서 감옥에 수감되었다가 시베리아로 추방된다. 바쿠닌은 다시 시베리아에서 탈출하여 일본과 미국을 거쳐 유럽으로 돌아온다. 그의 방랑은 또 다른 혁명을 모색하는 기회였다. 나폴리에서 스위스까지, 아나키스트 바쿠닌과 함께 따라다니는 이름이 있다. 저 세르게이예브와 오볼렌스키 공작부인이다. 특히 오볼렌스키 공작부인의 지원이 없었다면 아나키스트 바쿠닌의 급진적인 사상은 빛을 보지 못했을 것이다.

이렇듯 여러 철학자들이 여인의 도움으로 목숨을 구하기도 하고, 반대로 고통을 당하기도 한다. 문헌학자였던 대철학자 니체(Friedrich Nietzsche, 1844~1900)는 루 살로메에게 버림받는다. 고통과 외로움에 몸부림치며 영혼의 안식처를 찾아 떠돈다. 그는 뢰켄에서부터 토리노까지, 그리고 다시 거꾸로 거슬러 올라와 알프스에 머물기도 했다. 또 리구리아 지방을 산책하고, 소렌토 해변을 거닐었다. 이것들이 모두 달콤한 여행이었다면 그는 정신이상에 걸리지 않았을지도 모른다. 니체는 1889년 초, 정신착란에 빠진다. 방에서 자신은 건강하다 되뇌고 자신을 디오니소스와 알렉산드로스 3세라고 주장하며 성탄절과 새해 첫날을 보냈다. 그는 스스로 한 말이 맞는지도 전혀 분간하지 못하는 상태였다. 니체가 어머니에게 보낸 편지에 썼듯이, 그가 사회적으로 명성을 얻은 것은 정말이지 기적에 가까운 일이었다. 그 후로도 오랫동안 그의 책들은 여러 언어로 번역 출간되었다. 토마스 만의 찬사를 받았으며, 에드바르 뭉크(Advard Munch, 노르웨이 화가,1863~1944)는 그의 초상화를 그렸다. 그리고 그는 지금까지도 젊은 학생들에게 사랑받고 있다.(마리아 베테티니: 밀라노대학교 철학과 교수; 스테파노 포지: 피렌체대학교 역사학과 교수))[29]

---

29) 『여행, 길 위의 철학: 플라톤에서 니체까지 사유의 길을 걷다(2010)』, 마리아 베테티니 등 12명, 책세상, 2017, p.서문.

그랜드 투어(The Grand Tour)

　그랜드 투어(The Grand Tour)는 18세기 유럽귀족의 자녀교육 프로그램
이다. 18~19세기 유럽 각국의 귀족사회에서는 여행을 통한 체험학습이
대유행이었다. 이름하여 '그랜드 투어'. 자녀에게 학식이 뛰어난 가정교사와
함께 유럽대륙 곳곳을 여행하며 현장에서 직접 보고 배울 수 있도록 한
체험학습으로 짧게는 수개월에서 길게는 6~7년까지 소요됐다.
　파리·피렌체·베네치아가 주요 경유지였고 최종 목적지는 로마였다. 특히
영국에서는 그 옛날에 한 해 4만여 명이 유럽에 체류할 정도로 인기가 높았고
그 탓에 대학교육이 위기를 맞기도 했다. 귀족들은 물론이고 세계적인 대문호
괴테, 불멸의 역사가 기번, 시인 바이런도 그랜드 투어 대열에 동참했다. 그
결과 『이탈리아 기행』(괴테), 『로마제국쇠망사』(기번), 장편 서사시 『차일드
해럴드의 편력』(바이런)이 탄생했다. 『국부론』의 저자 애덤 스미스는
가정교사 자격으로 그랜드 투어를 다녀오기도 했다. 애덤 스미스의 그랜드
투어를 소개한 유시민의 글을 보자.

〔애덤 스미스는 스코틀랜드 해안의 커콜디라는 작은 마을에서 세관원의 유복자로 태어났다. 라틴어와 수학 분야에서 뛰어난 재능을 보였던 스미스는 글래스고와 옥스퍼드대학에서 공부했으며, 에든버러대학에서 도덕철학을 강의하면서 철학자로서 명성을 얻었다.

스미스는 1764년부터 3년간 돈 많은 백작부인 아들의 가정교사로서 그 귀공자와 함께 프랑스의 여러 도시를 여행했다(당시 유행했던 '그랜드 투어'를 한 것이다). 이 여행에서 귀공자가 무엇을 배웠는지는 기록에 남아 있지 않지만 가정교사 스미스는 데이비드 흄과 달랑베르, 케네 등 당대의 걸출한 사상가들을 사귀면서 학문적 자양분을 흠뻑 섭취했다. 귀공자의 의붓아버지는 평생 동안 연금을 지급해 스미스의 학문 연구를 지원함으로써 『국부론』의 탄생에 큰 기여를 했다.

스미스는 국부(國富)를 "모든 국민이 해마다 소비하는 생필품과 편의품의 양"으로 규정한 혁신적인 주장을 제시함으로써, 농업만이 부의 원천이라고 주장한 중농주의(重農主義)와 왕의 금고에 쌓인 귀금속의 양을 국부의 척도로 삼은 중상주의(重商主義) 등 낡은 사상의 토대를 일거에 무너뜨렸다. 오늘날 기득권을 옹호하는 데만 혈안이 된 보수적인 경제학자와 정치가들이 자기의 충실한 제자임을 자처하는 걸 알면 저승의 스미스는 아마 속이 편치 않을 것이다.

한때 파리 귀부인의 살롱을 드나들면서 여인들의 사랑을 받기도 했지만 스미스는 평생 독신으로 어머니와 함께 살았다. 깊은 생각에 빠져 허공을 쳐다보면서 정신나간 사람처럼 에든버러 거리를 배회하곤 했던 이 위대한 철학자는, 미완성 원고와 자료를 모두 불태우도록 한 다음 약 3,000권의 장서와 "내가 한 일은 정말 조금밖에 없다"는 말을 남기고 세상을 떠났다. (경제학자 케인스도 죽을 때 미완성 원고를 모두 불태우도록 유언했다. 현실과 괴리된 이론에 대한 고뇌 때문에? 법정스님(1932~2010)도 이런 말씀을 남기고 가셨다. "그동안 풀어 놓은 말빚을 다음 생에 가져가지 않으려 한다.

내 이름으로 출판한 모든 출판물을 더 이상 출간하지 말아주기를 간곡히 부탁한다."-
이상준)]³⁰⁾

"영국의 신부 리처드 래설스는 1670년『이탈리아 여행』이라는 저서에서 '프랑스와 이탈리아를 일주하는 그랜드 투어를 다녀온 사람만이 리비우스와 카이사르를 이해할 수 있다'고 말했다. 이 책의 출간을 전후해 영국 등 유럽 전역에서는 부유한 상류층 자제를 중심으로 유럽 대륙을 여행하는 그랜드 투어가 유행했다. 이때 존 로크·토머스 홉스·애덤 스미스 등과 같은 당대 유럽의 대표 지성이 여행교사로 동행했다. 짧게는 몇 개월, 길게는 수년에 걸쳐 유럽의 유적과 문화를 직접 체험하는 이 여행은 귀족 사회의 기본 인문소양으로 간주되었고 막대한 비용을 당연하게 받아들였다."³¹⁾

그랜드 투어의 태동 과정을 계몽사상에 주목한 박상익 교수의 글을 보자.

〔16세기 종교개혁 이후 유럽 사회에서 해외여행은 매우 위험한 일이었다. 프로테스탄트 국가인 영국의 경우 가톨릭 국가인 프랑스나 이탈리아로 여행하는 것은 원칙적으로 금지되어 있었다. 여행을 통해 가톨릭의 영향을 받게 되어 영혼이 더럽혀질 수 있다는 것이 가장 큰 이유였다. 가톨릭과 프로테스탄트 사이의 극렬한 종교 대립과 갈등으로 유럽 대륙에서 '30년 전쟁'(1618~1648)이 치러질 정도였다. 국내 지방 도시를 제외하고는 여행이란 불가능했고, 대부분 자기 고장에서 살다가 생을 마감했다.

그러나 1700년 이후 계몽사상의 보급으로 종교적 갈등이 누그러졌다. 이성의 중요

---

30) 「유시민의 경제학 카페」 유시민, 돌베개, 2002, p.33.
31) 「매일경제」, 2016.4.1. 강태진 서울대 공과대학교수.

성이 강조되고 새로운 과학이 등장하면서 마녀사냥과 같은 광포한 종교적 박해도 사라지기 시작했다. 이에 따라 전보다 훨씬 자유롭게 가톨릭 국가로 여행할 수 있는 분위기가 형성되었다. 이전까지는 정치적·종교적 박해를 피해 도피하는 여행이 대부분이었다면, 이제는 교육을 전면에 내걸고 당당하게 여행을 떠나는 사람이 많아졌다.

영국 젊은이들이 교육의 방편으로 해외여행을 택한 이유 중에는 당시의 대학교육에 대한 불만도 있었다. 17세기 말부터 영국에서는 옥스퍼드나 케임브리지 등 주요 대학들에 대한 비판과 불만이 점차 고조되었다.

18세기 초가 되면 대학은 텅 비고 그 위상은 한없이 추락했다. 1733년 케임브리지의 크라이스츠 칼리지는 신입생이 고작 3명이었다. 대학의 인기가 하락한 가장 큰 이유는 진부한 커리큘럼이었다. 사회는 급변하고 있었지만 대학에서는 중세부터 계속되어온 케케묵은 교과목이 되풀이되었고, 교수들은 학생들에게 실생활과는 전혀 관계없는 라틴어 고전을 외우게 했다. 귀족과 상인들 사이에 마치 유행병처럼 외국 여행 붐이 일어났다. 특히 유럽의 변두리 국가였던 영국·독일·러시아·스칸디나비아 사람들이 자제들을 외국으로 보냈다. 해외 식민지에서 벌어들인 돈으로 큰 부자가 됐지만 '문화적 열등감'을 떨칠 수 없었기 때문이다. 영국과 독일의 젊은 귀족들은 예법을 익히고 전쟁과 외교를 배우기 위해 반드시 '그랜드 투어'를 해야만 했다.

그랜드 투어는 취향과 교양뿐만 아니라 사상의 전파도 용이하게 만들었다. 볼테르·루소·디드로·기번·흄 등의 저작은 그들의 조국에서 읽힌 것만큼이나 신속하게 (러시아의) 상트페테르부르크나 (이탈리아의) 나폴리에서도 널리 읽혔다. 또한 그 과정은 사상의 전파를 용이하게 했고, 계몽주의를 범유럽적인 현상으로 만드는 밑거름이 되었다. 전 유럽에 지적 평준화가 이뤄진 셈이다.)[32]

---

32) 『나의 서양사 편력 1: 고대에서 근대까지』, 박상익, 푸른역사, 2014, p.250~253.

앞에서 설명한 바와 같이 루소(1712~1778)는 교육의 중요성을 강조했다. 사실 교육의 목적에 있어서 세상의 위대한 책에서 얻는 지식이 잡다한 글들에서 얻는 것보다 더 선호되어야 하며, 직접 눈으로 '보는' 능력은 '읽는' 능력보다 우선시되어야 한다. 따라서 그는 교육 과정의 말미에 학생들이 장기간 유럽을 여행하는 규정을 넣었다. 이렇게 해서 그는 부유한 귀족들의 전통인 '그랜드 투어(Grand Tour)'를 대중적으로 재해석했다. 루소의 작품 덕분에 교육 여행은 1800년대에, 특히 독일을 중심으로 문화의 중심 테마로 자리 잡게 된다. 그리고 '교육'의 철학적 개념에 대해 다시 생각하게 하는 계기가 된다. 그런데 루소는 정작 자신의 자녀들은 모두 내팽개 쳐버렸다.[33][34][35] 너무 힘들었던 시기라서 그랬던지 자식도 눈에 들어오지 않았던 모양이다.

---

33) 『책의 정신: 세상을 바꾼 책에 대한 소문과 진실』, 강창래, 알마, 2013, p.41~49.
  장 자크 루소(Jean-Jacques Rousseau, 1712~1778)의 『고백록(Les Confessions)』(1770 완성, 1778 출간)은 소설은 아니지만 외설적이라는 이유로 교황청의 금서 목록에 올랐다. 사실 루소의 대표작은 『사회계약론』(1762)이 아니라 『신(新)엘로이즈(Nouvelle Héloïse)』라는 연애소설이라 해야 할지 모른다. 『신엘로이즈』는 1761년에 출간되어 40년 동안 115쇄를 찍었다(『인권의 발명』,린 헌트, 돌베개, p.45. 참조). 루소는 마흔이 되던 1762년 4월에 자유 실현에 관한 『사회계약론(Du contrat social)』을, 5월에 인간 교육에 관한 사상을 담은 『에밀(Émile, ou de l'éducation)』을 출간했으나, 파리 의회는 『에밀』을 압수하는 한편 루소를 체포하라고 명령했다. 그는 스위스로 도피했지만 제네바 당국도 『사회계약론』과 『에밀』에 대해 유죄 판결을 내리고 책을 불태우는 등 적대 분위기는 고조되었다.
34) 『필로소피컬 저니(Philosophical Journey)』 서정욱, 함께읽는책, 2008, p.349~358.
  루소는 교육소설 『에밀』(1762)을 통하여 당시대의 교육상을 비판하였고, 이로 인해 (사실은 기독교에 반기를 든 내용이 주된 원인이었다) 당시 귀족들에게 핍박을 받아 책은 불태워졌고, 프랑스에 살지 못하고 스위스로 망명하였다. 루소를 비롯한 볼테르·몽테스키외 같은 계몽사상가들의 자유로운 사상에 힘입어 훗날 프랑스 혁명이 일어나게 된다.
  『에밀』은 고아인 소년 에밀이 태어나면서부터 결혼할 때까지의 인생행로 및 교육철학을 기록하고 있다. 루소는 7살 때부터 『플루타르크 영웅전』을 읽으면서 영웅 리쿠르고스의 교육방법을 아주 좋아했다. 루소는 당시 파리 등에서 성행하던 주입식 교육방식을 반대하고, 전인교육을 위한 체육교육과 바른 품성을 위한 교육을 중시했다. 즉, 대안학교와 같은 자연과함께 하는 교육을 중시했다. 어린이는 외적 환경에 많은 영향을 받고 자란다고 생각하여, 자연의 싹인 어린이를 가능한 한 자유롭고 크게 뻗어나가게 하자는 것이 루소의 생각이었다. 그래서 루소는 아기를 포대기로 싸서 키우는 것도 반대하였고, 어머니가 아닌 유모가 키우는 것 또한 정서상의 교감 등을 문제 삼아 극히 반대하였다. 『에밀』에서 루소가 강조하는 대목들로는 다음을 예로 들 수 있을 것 같다.
  "조물주는 모든 것을 신성하게 창조했으나, 인간의 손길이 닿으면서 모든 것은 타락하게 된다."(첫 문장이다.)

54

"식물은 재배에 의해서 성장하고, 인간은 교육을 통해 형성된다."

35) 『사람이 읽어야 할 모든 것, 책(Bücher, Alles, Was Man Lesen Muss, 2002)』 크리스티아네 취룬트, 들녘, 2003, p.420.

〈루소는 '매정한 아버지'였고, '여성혐오주의자'였다〉

그는 자신의 다섯 아이들 모두를 고아원으로 보냈다. 나중에 그는 그 점을 수치스럽게 여겼고, 궁색한 변명들을 늘어놓았다. 그러니까 당시 "아이들을 양육할 돈이 없었다"는 것이다. 그리고 아이들을 "시민적인 교육이 유약한 영향을 받게 내버려두는 것이 아니라 공공 교육기관의 훈육을 받을 수 있도록 하는 것이 더 낫다"고 여겼다. 그리고 "아이들이 집안을 돌아다니며 떠들고 있는데 어떻게 조용히 글을 쓸 수가 있겠는가?"라고도 반문했다. 현대 교육학의 정신적인 아버지가 되려는 사람은 자기 자신의 아이들 교육에만 매달려 지적 능력을 떨어뜨리고 있을 수 없었을 테니까 말이다.

루소의 아이들은 버려진 아이들로 선언되었고 익명으로 자라났다. 그들은 더 이상 그들의 아버지가, 자신은 아이들을 포근한 아버지의 품으로 안는 지극한 행복을 느낄 수가 없었다고 불평했을 때 흥분할 필요가 없었다. 루소는 아이들을 버린 이유를 정당화하고자, 자신도 기꺼이 고아원에서 자랐으면 좋겠다고 궁색하게 변명했다. 그러면 과연 그가 어떻게 『에밀』(1762)을 쓸 수 있었을까?

여기서 주목할 점은 루소에게서 아동교육은 소년의 교육이라는 점이다. 루소에게 여자의 교육은 의미가 없는 것이, 그가 여기기에 여자들은 비록 생각은 할 수 있지만, 결코 사물의 복잡한 관계들을 파악할 수 없는 존재로 보았기 때문이다. 즉 여자들은 영원히 아이에 머문다는 말이다. 그들의 존재를 규정하는 것은 결혼과 모성이다. 여자들은 본질적으로 단순하고 약하며 수줍어하고, 또한 어떤 경우라도 독립적인 삶을 영위할 수 있는 상태에 있지 않다는 것이다. 루소에게 여자는 남자가 누리는 즐거움의 대상이며 남자에게 의존하는 존재일 뿐이다.

제2장

조선시대의
특출한 여행자들

Lee Sang Joon · Knowledge Series 1

Imagination is more important than knowledge.

지식보다 중요한 것은 상상력이다. (알버트 아인슈타인)

·
·
·

김만덕의 금강산 여행

조선시대에는 일반 여성으로 그 이름이 기록되는 경우는 매우 드물었다. 그런데 조선 최고의 왕조기록인 『조선왕조실록』에 그 이름을 당당히 알린 여성이 바로 김만덕(金萬德, 1739~1812, 정조시대)이다. 김만덕은 여성이라는 한계에도 불구하고 실록에 그 이름을 올렸고, 정조는 특별히 그녀를 궁궐에 초청하고 금강산 유람까지 보내주었다. 또한 정조시대 정승을 지낸 채제공은 그의 문집에서 특별히 김만덕의 전기를 기록하였다. 김만덕이 이처럼 각광을 받은 까닭은 무엇일까? 우선 『정조실록』에서 그 단서를 찾을 수가 있다.

〔제주(濟州)의 기생 만덕(萬德)이 재물을 풀어서 굶주리는 백성들의 목숨을 구하였다고 목사가 보고하였다. 상을 주려고 하자, 만덕은 사양하면서 바다를 건너 상경하여

---

1) 「정조실록(正祖實錄)」 정조 20년(1796) 11월 25일(음력).

금강산을 유람하기를 원하였다. 허락해 주고 나서 연로의 고을들로 하여금 양식을 지급하게 하였다.』[1]

김만덕의 일대기를 책『조선의 여성들』(2004)을 통해 알아보자.

〔〈자기 운명의 개척자〉

『제주도지』(제주도, 1993) 기록에 의하면, 김만덕은 영조 15년(1739), 제주현에서 양인 김응열의 외동딸로 태어났으며, 그녀 위로 만석·만재 등 두 오라비가 있었다고 한다. 영조 26년(1750) 전국을 휩쓴 전염병으로 부모가 죽고 고아가 된 만덕은 어느 기생의 양녀로 들어가 생활하게 되었다. 그런데 조금 자라자 관아에서 그녀의 이름을 기안(妓案)에 올렸다. 조선시대 제도에 비추어볼 때 기생의 딸을 기안에 올리는 것은 당연한 일이었다. 그리고 그녀는 당시 제주에서 이름을 날리던 유명한 기생이 되었던 것으로 보인다.

여기까지 보면, 그녀는 「배비장전」에 나오는 제주 기생 애랑처럼 능숙한 솜씨로 뭇 남성들의 마음을 사로잡으며 자신의 미모와 재치를 마음껏 뽐내며 살았을 것도 같다. 그러나 만덕은 심리적 갈등에 시달렸는데, 그것은 자신이 천한 기생이 되어 집안에 누를 끼쳤다고 여겼기 때문이다. 그녀는 비록 기생으로 살아가고 있어도 스스로 기생이라 여긴 적이 없었다. 출생신분이 천하지 않았어도 한 번 몰락하여 기생이 되었다면 그 후에 다시 원래의 신분으로 되돌아가기란 매우 어려운 일이었다. 그런데 만덕은 23살이 되던 해 제주목사를 설득하여 원래 신분인 양인의 지위를 회복하고 객주를 차렸다고 한다.

해어화(解語花, 말하는 꽃)라는 이름으로도 불렸고, 또 잔치에서 유일하게 왕 옆에 나란히 앉을 수 있었던 존재인 기생. 물론 빼어난 예술적 자질로 많은 남성들의 흠모의 대상이 되어 당대를 풍미했던 황진이 같은 기생들도 있었다. 그러나 아무리 유명했다

할지라도 유흥 공간의 주체는 남성들이었으며, 그녀들은 조선 사회의 잉여적 존재들이었다. 더 이상 천대받는 꽃으로 살기를 원치 않았던 만덕은 불가능해 보이는 자신의 소망에 도전할 계획을 세웠다. 바로 양인이 되는 것이었다. 그리고 실제로 강한 추진력으로 관아를 설득하여 천기(賤妓)의 신분에서 벗어나 양인이 되었다.

대개 조선 기생들이 기적(妓籍)에서 벗어나는 길은 어느 남성의 첩이 되는 것이었다. 또한 이는 대부분 조선 기생들의 소망이기도 했다. 양반의 첩이 되면 더 이상 기생노릇을 안 해도 되고 노후가 보장되는 측면은 있으나 여전히 그 집안의 잉여 존재인 것만은 분명하다. 만덕의 선택은 이 지점에서 차별화된다. 그녀 역시 기적에서 벗어나길 원했다는 점에서는 여느 기생들과 비슷하다. 그러나 그녀가 선택한 방법은 범상치가 않았다. 그녀는 가부장의 그늘 아래에서 간신히 어느 집안의 구도 안으로 들어가 보호받는 첩의 삶을 따르지 않았다. 대신 그녀는 자신의 경제적 기반을 확실하게 마련했다. 이렇게 어느 남성의 첩 대신 객주 주인으로서의 삶을 선택한 그녀는 제2의 삶을 기획할 수 있게 된 것이다.

조선시대에도 신분이 상승되는 경우들은 있었다. 특히 국가에서 인정하는 공을 세웠을 때는 명예직의 벼슬을 내리거나 혹은 면천(免賤)하는 방식으로 신분을 높여준 경우들이 있었다. 그러나 여성이 자신의 설득력과 경제적 능력으로 원래 신분을 회복한 경우는 찾기 어려울 것 같다. 특히 관아 소속의 재산과 같은 기생을 관아에서 순순하게 놓아줄 확률은 더욱 없어 보인다. 그러나 만덕은 그 낮은 확률에 도전하여 자신의 운명을 개척해 나갔다. 직업이 곧 신분이었던 조선 시대에 자신의 운명을 개척한다는 것은 생각조차 하기 어려웠다. 기생은 직업이 아닌 '신분'이었던 것이다.

그러나 만덕은 기생에서 객주 주인으로 삶의 형태를 바꾼다. 그리고 자기 삶의 주인이 되는 데 필요한 조건을 갖춘 그녀는 개인 사업으로 다시 한 번 자신의 삶을 기획하고 경영해 나가, 결국에는 자기 운명의 개척자가 되기에 이른다.

〈크게 벌어 크게 쓴, 진정한 큰손〉

양인의 신분을 회복한 후에도 그녀는 혼자 살았다. 조선시대에 노비나 기녀 등이 아닌 여성이 독신을 선택한다는 것 역시 거의 있을 수 없는 일이었다. 이는 양반 여성이든 양인 여성이든 마찬가지였다. 그런데 만덕은 제주도 남자들을 변변치 않게 여겨 혼인을 하지 않은 것이다. 당시 제주 남자들에 대해 이렇게 생각한 것은 비단 만덕 혼자만은 아니었다. 유언호(1730~1796)가 쓴 「제주오절부전(濟州五節婦傳)」에도 "남자는 적고 여자는 많으니 비록 천한 사람이라도 반드시 2~4명의 첩을 두었으며, 또 밭갈이나 사냥, 나무하고 풀베기 등 힘드는 일은 모두 여자가 하였는데도 한 번 싫으면 쉽게 버렸다"고 기록하고 있다. 제주 여성은 제주 밖으로 나갈 수 없었으므로 만덕도 제주에서 살 수밖에 없었다. 어쩌면 만덕의 선택에는 자신이 한때 기생이었다는 자의식이 작용했을지도 모른다. 그러나 혼자 사는 삶을 선택한 만덕에게 자신에 대한 높은 자존감과 더불어 자신이 속한 사회의 제도를 넘어설 수 있는 결단력이 있었다는 것은 분명한 사실이다.

만덕은 당당한 사업가로 성공했다. 그러나 막상 그녀의 이름이 알려진 것은 단지 그녀가 제주에서 손꼽히는 여성 사업가로, 재산을 쌓아두었기 때문이 아니었다. 그녀의 이름이 제주를 넘어 뭍으로까지 알려지게 된 계기는 그녀가 자신의 재산을 전부 흩었기 때문이다.

1792년부터 제주에는 계속 흉년이 들어 굶주리는 백성들이 많았다. 조정에서는 특별 어사를 파견하여 제주의 사정을 살피고 제주 백성들을 위로했으나, 심각한 흉년으로 인해 굶어죽는 사람들의 숫자는 늘어만 갔다. 1795년 조정에서는 급한 대로 곡물 1만1천 섬을 배로 수송하게 하였다. 문제는 이 수송선 중 5척이 침몰하였고 봄 보릿고개까지 겹쳐 결국 제주도에서는 엄청난 수의 굶주린 백성들이 그냥 죽음을 기다릴 수밖에 없는 형편이 되었다는 사실이었다.

만덕은 드디어 큰 결심을 하게 된다. 소중하게 생각했던 장사 밑천과 여웃돈을 다 찾아

한몫을 만들었다. 천금 남짓 되는 돈으로 셈을 해보니 500여 섬의 쌀과 수송선 및 노련한 사공들을 고용할 정도가 됐다. 다행히도 쌀 500여 섬은 무사히 제주도에 도착할 수 있었다. 그중 1/10에 해당하는 50섬으로는 친척들을 살리고, 그 나머지는 모두 관아로 운반했다. 진휼미였다. 만덕의 쌀은 죽음의 문턱에 다다른 백성들을 살려냈다. 그녀의 은덕은 온 세상에 퍼져나갔다.

『조선왕조실록』에 만덕의 사건이 기록된 것은 나이 57세 때인 1796년 11월이 되어서 였다. 그녀는 20여 세 때부터 열심히 사업을 했고 큰돈을 모았다. 그리고 결정적인 순간, 30년 이상 모아온 재산을 아낌없이 흩었다. 크게 벌어 크게 쓴 여성, 만덕은 진정한 큰손 이었던 것이다.

〈대궐 구경, 금강산 구경을 한 제주 여성〉

제주 목사가 이 일을 적어 임금께 올리니 임금이 기특히 여겨 칭찬하고, 만덕의 소원 하는 바를 들어 시행하게 하였다. 만덕의 기소원은 의외로 소박했다. "다른 소원은 없으나 오직 하나, 한양에 가서 왕이 계시는 궁궐을 우러러보는 것과 천하 명산인 금강 산 1만2천봉을 구경하는 것입니다." 당시 제주도의 여인들은 육지로 나가는 것이 허용 되지 않았으므로, 제주목사는 조정에 민원을 보고하였다. 정조는 흔쾌히 만덕의 소원을 수용하고 적절한 조처를 지시하였다. 1796년 만덕이 서울 궁궐에 오자 정조는 효의 왕후와 함께 직접 만덕을 격려하였다. 이듬해 봄에는 평생의 소원이던 금강산을 유람 하고 돌아왔다. 꿈을 이룬 만덕은 만폭동, 묘길상을 거쳐 삼일포에서 배를 타고 총석 정을 둘러보는 것으로 금강산 유람을 마쳤다. 만덕은 이제 '장안의 스타'가 되어 있었다. 그리고 만덕의 행적은 채제공(蔡濟恭, 1720~1799)의 문집인 『번암집(樊巖集)』 55권에 「만덕전(萬德傳)」이라는 제목으로 기록되었다. 『번암집』에서 '만덕의 이름이 한양에 가득하여 공경대부와 선비 등 계층을 가리지 않고 모두 그녀의 얼굴을 한 번

보고자 하였다'는 기록은 이러한 분위기를 잘 보여주고 있다. 「만덕전」의 후반부는 만덕의 입경과 금강산 여행, 그리고 채제공과의 이별 이야기로 구성된다.

"만덕은 배를 타고 만경창파를 건너서 1796년 가을 서울에 들어와 정승 채제공을 한두 번 만났다. 채제공은 그 사실을 왕께 아뢰었다. 왕은 선혜청에 명하여 달마다 식량을 지급하도록 하였다. 며칠 후에 명하여 내의원 의녀로 삼아 모든 의녀의 반수로 두었다. 만덕은 전례에 의거하여 대궐로 들어가 여러 궁에 문안을 드리고 각기 의녀로서 시중을 들었다. 이에 왕이 전교하기를, '네가 일개 여자로서 의로운 기운을 발휘하여 주린 백성 천여 명을 구제했으니, 참으로 기특하다.' 상으로 하사한 것이 매우 많았다. 반 년 만인 1797년 3월에 금강산에 들어가 만폭동과 중향성의 기이한 경치를 두루 탐방하고, 금불 (金佛)을 만나면 반드시 절을 하고 공양을 드려 그 정성을 다했다. 대개 불법이 탐라국 에는 들어가지 않은 까닭에 만덕이 이때 나이가 58세였으나 처음으로 절과 부처를 구경 했다. 마침내 안문재를 넘어 유점사를 거쳐 고성으로 내려가, 삼일포에서 배를 타고 통천 총석정에 올라 천하의 기이한 경치를 구경하였다."

금강산 유람 후 만덕은 벼슬을 내놓고 제주도로 돌아갈 것을 결정했다. 이때 정조의 최고 참모이던 재상 채제공을 다시 만났다. 처음 상경했을 때도 만난 바 있었던 채제공은 이별의 자리에서 직접 지은 「만덕전」을 그녀에게 주었다. 「만덕전」은 채제공의 문집인 『번암집』에 실려 그녀를 영원히 기억하게 하였다.

만덕은 제주도에 돌아온 후 15년 만인 1812년 세상을 떠났고, 그녀의 유언에 따라 무덤은 제주 성안이 한눈에 내려다보이는 '가운이 마루' 길가에 묻혔다고 한다. 영원히 제주의 연인으로 남기를 원한 것이다. 제주도에서는 해마다 만덕상을 제정하여, 또 다른 만덕을 계속 배출해가고 있다. 제주의 기녀 출신에서 성공한 CEO로 자리 잡은 여인, 나눔의 미덕을 실천한 기부 천사 만덕. 그녀로 인해 조선시대 여성사는 더욱 풍부하게 되었다.)[2]

---

2) 『조선의 여성들: 부자유한 시대에 너무나 비범했던』 박무영 외 2, 돌베개, 2004, p.192~209.

김금원의 금강산 여행(14세에 남장하고)

　김금원(金錦園, 1817~1850년 이후?)은 원주 사람으로 14세 이후 기녀가 되었다가 뒤에 규당학사(奎堂學士) 김덕희(金德喜)의 소실이 되었다. 그는 14세 되던 해인 1830년 남장을 하고 금강산 여행을 다녀올 정도로 당당하고 호탕한 기질을 지닌 여성이었다. 그는 『호동서락기(湖東西洛記)』 한 편을 남겼는데 이는 (여행을 다녀온 지 20년 후인) 금원의 나이 34세인 1850년 봄에 탈고한 작품으로, 자신이 유람한 곳이 처음 금호사군(錦湖四郡)에서 시작하여 관동의 금강산과 팔경을 거쳐 낙양, 관서 만부(灣府)에 갔다가 다시 서울로 돌아왔기 때문에 '호동서락기'라 이름한다고 했다.

　『호동서락기(湖東西洛記)』는 금원 자신이 유람하고 거처한 순서에 따라 일대기적으로 문과 시로 서술한 산문 형태의 글이다. 내용에 따라 크게 세 부분으로 나눌 수 있는데 첫째 부분은 14세에 남장을 하고 금호사군과 금강산, 관동팔경을 거쳐 서울에 돌아오기까지 명승지를 유람한 행적과 감회를 서술한 부분이며, 둘째 부분은 규당학사 김덕희와 소성(小星)의 연을 맺은 뒤 몇 년이 지난 1845년 남편이 의주부윤으로 제수 받아 부임할 때의 정경과 그곳에서의 생활을 기록한 부분이다. 마지막 부분은 남편 김덕희가 벼슬을 사양하고 한강변에 있는 용산 삼호정에서 거처할 때 함께한 생활을 서술한 부분이다.

김금원이 훗날 글 속에서 분명히 밝힌 자신의 생각을 보면 이렇다.

〔형벌 중에 사람을 가시나무 울타리 안에 가두는 '위리안치(圍籬安置)'라는 벌이 있다. 중죄인에게 내려지는 벌이다. 여자로 태어났다는 이유만으로 위리안치와 다름없는 형벌을 받으며 평생을 살아야 한다는 사실을 김금원은 쉽게 받아들일 수 없었다. 김금원은 자신의 생각을 훗날 글 속에서 분명히 밝혔다.

"여자는 규방 문을 나서지 못하고, 집 안에서 술과 음식 만드는 일이나 해야 한다고 하였다. 과연 그것이 옳은가. 옛 문왕과 무왕, 공자와 맹자의 어머니는 모두 덕망이 높았다. 그리고 훌륭한 아들을 낳아 이름을 온 세상에 알렸다. 이름을 빛내는 일이 어렵고 드물긴 해도, 어찌 여자라고 뛰어난 사람이 없겠는가. 여자라는 이유만으로 규중 깊숙이 들어앉아 그 총명함과 식견을 넓히지 못하고, 끝내 사라져버리게 된다면 어찌 슬프지 않겠는가."(김금원 『호동서락기』 중에서)(p.54~55)

김금원의 『호동서락기』에는 봄의 계절만 있고, 여름·가을·겨울이 없다. 지면이 부족하여 적지 못했거나 일부러 기록하지 않은 시간이다. 아주 작은 꽃 하나라도 놓치지 않으려 애쓴 금원이지만 모든 것을 글로 남기기 어려웠다. 『호동서락기』 이후 행적에 대한 기록도 없다.(p.172)〕[3]

---

3) 「오래된 꿈: 14세에 남장하고 금강산 오른 김금원 이야기」, 홍경의, 보림출판사, 2011.

KBS1 TV '천상의 컬렉션' 〈『호동서락기』, 금기를 깬 한 조선 여인의 기록〉 (2017.7.8. 방송)에서 소개된 김금원의 내용은 이렇다.

〔조선에서 여인으로 산다는 것은 어떤 의미였을까. 조선 왕조의 바탕이 되는 『경국대전』에는 "사족의 부녀로서 산간이나 물가에서 잔치를 즐기는 자, 야제(野祭)나 산천 성황 사묘제(山川城隍祠廟祭)를 행하는 자는 장(杖) 100대에 처한다"는 조항이 있다. 아녀자가 여행을 다니거나 산수를 즐기는 것을 엄격하게 금지한 것이다.

이런 시대적 상황 속에서 금기를 깬 한 여인의 기록이 있다. 필사본으로 남아 후대에까지 널리 읽힌 『호동서락기(湖東西洛記)』이다. 『호동서락기』는 충청도 호서지방의 호(湖), 금강산과 관동팔경의 동(東), 평양과 의주를 포함한 관서지방의 서(西), 한양의 락(洛)을 합쳐 만든 제목으로 저자 김금원이 밟은 여정을 고스란히 적은 유람기다.

스스로 '금원'이라는 호를 붙인 14살 소녀가 한 달이 넘게 변변한 교통수단도 없이 떠난 여행. 엄중한 처벌까지 따랐는데도 금원이 여행을 감행한 이유는 무엇일까. 또, 그녀는 어떻게 이 여행을 떠날 수 있었을까. 여염집 아낙은 무릇 규방이나 침선에서 다도를 익혀야 한다고 가르치던 시대. 조선 산천을 마음에 품었던 소녀는 누구도 엄두조차 내지 못했던 일을 계획한다. 바로 여행이다.

그런데 이 여행은 강원도 원주에서 의주를 거쳐 충청북도 제천 의림지와 금강산 관동팔경을 돌아 설악산과 서울까지 이어진다. 각 위치의 직선거리 기준으로도 1,000km에 여행 기간만 한 달이 넘는다. 교통이 발달한 오늘날에도 쉽지 않은 여정이다. 게다가 법도까지 어긴 여행이 관아에 적발되면, 곤장 세례를 피해갈 수 없었다. 하지만 금원은 "여자는 세상과 절연된 깊숙한 규방에서 살면서 총명과 식견을 넓힐 기회를 얻지 못하고 마침내 자취 없이 사라지고 만다면 얼마나 슬픈 일이냐"라고 말하며 끈질기게 부모를 설득해 세상 밖으로 나온다.

세상의 눈을 피하고자 금원은 남장까지 불사한다. 머리를 동자처럼 땋고, 남자 옷을 입으며 길을 떠난 금원의 당시 나이는 14살이었다. 그렇다면 금원이 위험을 불사하고도 여행을 감행한 이유는 무엇일까. 조선에서 15살이 되면 남자는 관례에 따라 상투를 틀고 관모를 쓰고, 여자는 혼례를 치르며 계례에 따라 쪽을 지고 비녀를 꽂아야 했다. 15살이 되면 나라의 법도가 정하는 대로 한 남자의 아내로, 한 가문의 며느리로, 아이들의 어머니로 살아야 하는 것이다. 금원은 그 마지막 기로에서 일생에 단 한 번이 될지도 모를 자유를 찾기 위해 길을 나섰다. 남장까지 하고 떠난 여행에서 금원은 규방에만 있었다면 절대 할 수 없었을 경험을 했다. 여행에서 금원이 겪은 새로운 경험과 그 속에서 느낀 감정들은 『호동서락기』에 오롯이 담겼다.

"지나간 일도 스쳐 지나가면 눈 깜짝할 사이의 꿈에 불과하다. 글로 전하지 않으면 누가 지금의 금원을 알겠는가. (…) 읊은 시들도 흩어져 잃어버릴까, 역시 간략하게 기록한다."(『호동서락기』中)

역사 강사 이다지는 "'남장 여인' 이야기는 조선 후기에 크게 유행했던 코드"라며 남장을 하고 과거시험을 보러 들어간 여인의 이야기를 다룬 『방한림전』 등 구체적인 사례를 들었다.(프로덕션2 박성희 kbs.psh@kbs.co.kr)〗

김삿갓의 방랑길(20세 무렵)

김삿갓(김병연·金炳淵, 1807~1863)은 20살 무렵에 방랑길에 올랐다. 김훈 작가가 쓴 김삿갓에 대한 글을 보자.

〔산천의 아름다움이 김삿갓을 떠돌게 한 것이 아니라 인간사의 더러움이 그를 떠돌게 했다. 그의 조부 김익순(金益淳)은 선천부사였는데 홍경래(반란사건)에게 투항했다. 김삿갓은 〈역적 김익순의 죄를 하늘에 사무치게 통탄하는 글〉로 장원급제했다. 어렸을 때 멸족을 피해서 노루목에 숨어 자란 그는 조부가 누구인지 몰랐다. 그의 운명은 충(忠)과 효(孝)를 모두 버릴 수밖에 없었다. 김삿갓은 충도 아니고 효도 아닌 길을 찾아서 이미 돌이킬 수 없이 무너져버린 시대의 벌판을 떠돌았다. 그리고 그는 그 길을 찾지 못했다.

〈입금강(入金剛)〉은 그가 금강산으로 들어가면서 쓴 시다. 이 시는 무섭고도 단호한 세상 버림의 노래다. 충효가 인간에게 무의미하듯이, 글과 칼도 다 필요 없는 것이다.

〈입금강(入金剛)〉: 금강산에 들며 - 김병연(金炳淵)

"書爲白髮劍斜陽(서위백발검사양): 글 읽어야 백발이요, 칼 갈아야 해 지는 신세

天地無窮一恨長(천지무궁일한장): 천지는 무궁하고, 한 가닥 한은 길기도 하여라

痛飮長安紅十斗(통음장안홍십두): 장안 붉은 술 열 말을 흠뻑 마시고

秋風篕笠入金剛(추풍사립입금강): 가을 바람에 삿갓 쓰고 금강산으로 드노라")[4]

"김병연은 1천여 편의 시를 쓴 것으로 여겨지지만 현재까지 456편의 시가 찾아졌다. 그가 현대인에게도 익숙한 사람이 된 것은, 구전으로만 전해오던 이야기들을 그것도 방방곡곡을 떠돌면서 꽃잎처럼 낙엽처럼 날려버린 시들을 이응수가 전국을 돌아다니면서 모으고 정리하여, 비로소 그가 죽은 지 76년 만인 1939년에 김병연의 첫 시집인 『김립 시집』을 엮어냈기 때문이며, 그 속에 실린 내용과 형식이 다양한 시들과 흥미 있고 통쾌한 일화들을 자료로 삼아, 여러 시인·작가들이 시집과 소설로 발간하였기 때문이기도 하다. 더욱이 근래에 와서 다분히 흥미 위주로 보아온 그의 시들을, 형식의 파격성과 내용의 민중성을 문학사적으로 재평가하는 작업이 몇몇 학자들에 의해 이루어져서 성과를 거두고 있기도 하다. 그는 5살 때부터 이곳저곳으로 피해 살아야 했고, 청년기 이후에는 방랑생활로 일관했기 때문에 생애에 대한 기록이 거의 없어 대부분을 추정에 의존할 수밖에 없다. 그러나 오히려 그런 점 때문에 그가 남긴 시와 일화들이 더욱 신비로우며 흥미롭고 감동적으로 사람들에게 다가오는지도 모른다. 강원 영월군은 매년 10월 25일(전후) 김삿갓계곡에서 '외씨버선길 걷기 축제' 행사를 개최한다."[5]

---

4) 「자전거 여행(1)」 김훈, 생각의나무, 2004, p.152~153.
5) 「뉴시스」 2014.10.23. 홍춘봉 기자.

나혜석의 세계일주 여행

나혜석(羅蕙錫, 호는 정월·晶月, 1896~1948)은 경기도 수원에서 태어나 천부적인 예술성과 명석한 두뇌로 일찍부터 세간의 주목을 받았다. 책『지식 e (8)』(2013)에 수록된 내용을 보자.

〔1913년 진명여자보통고등학교를 수석으로 졸업하고 일본으로 건너가 동경 여자미술 전문대학 서양학과에 입학했다. 조선 여성으로 유화를 전공한 것은 나혜석이 처음이 었다. 1914년 동경 거주 조선인 유학생 잡지『학지광』에 〈이상적 부인〉을 투고한 것을 기점으로 하여 나혜석은 작품과 삶을 통해 신여성으로서 자신의 이상을 체험했다. 1918년 나혜석은 학교를 졸업하고 고국으로 돌아왔다. 이후 그녀의 행보에는 '최초'라는 수식어가 운명처럼 따라붙었다. 1918년 조선 여성 최초로 근대소설『경희』를 발표했다. 일본유학을 다녀온 신여성이 구태에 물든 주변 사람들을 개화한다는 내용이었다. 1921년 조선 최초의 전업작가이자 여성유화가로 개인전을 개최했다.「자화상」(1928) 등의 작품이 유명하다.

1927년 조선 여성 최초로 세계 일주에 나섰고, 1934년 조선 여성 최초로 자신의 이혼 심경을 잡지에 고백했다. 나혜석은 외교관 김우영과 결혼한다. 열 살 연상이었던 김우영은 이미 한 차례 상처(喪妻)한 전력이 있었다. 결혼 전 "평생 지금과 같이 나를 사랑할 것, 그림 그리는 것을 방해하지 말 것, 시어머니와 전실 딸과는 함께 살지 않도록 해줄 것" 등 세 가지 조건이 담긴 '혼인계약서'를 작성해 화제가 되었던 나혜석은, 신혼여행으로 첫사랑 최승구의 묘를 방문하여 더욱 구설수에 올랐다. 훗날 염상섭은 이 사건을 극화하여 소설『해바라기』로 버려 냈다.

외교관의 아내이자, 4남매의 어머니이자 전도유망한 화가였던 나혜석에게 가장 절실했던 것은 여성으로서 자신이었다. 아버지의 축첩문제로 속 끓이던 어머니, 시집가서 같은 문제로 고통 받던 언니, 개명한 오빠와 갈등하던 올케의 불행한 생활에서 여성차별과 억압을 보았던 나혜석은 유학 시절부터 새로운 사상에 이미 매료되어 있었다. 여성의 지위와 권리, 남녀간 평등하고 평화로운 공존을 고민했던 그녀의 문제의식은 1923년「동명」에 게재한 〈모(母) 된 감상기〉에서 엿볼 수 있다.

"조선 남성들 보시오. 조선의 남성들이란 인간들은 참 이상하오. 잘나건 못나건 간에 그네들은 적실·후실에 몇 집 살림을 하면서도 여성에게는 정조를 요구하고 있구려. 하지만, 여자도 사람이외다! 한순간 분출하는 감정에 흩뜨려지기도 하고 실수도 하는 그런 사람이외다. 남편의 아내가 되기 전에, 내 자식의 어머니기 전에 첫째로 나는 사람인 것이오.

내가 만일 당신네 같은 남성이었다면 오히려 호탕한 성품으로 여겼을 거다. 조선의 남성들아, 그대들은 인형을 원하는가, 늙지도 않고 화내지도 않고 당신들이 원할 때만 안아주어도 항상 방긋방긋 웃기만 하는 인형 말이오. 나는 그대들의 노리개를 거부하오. 내 몸이 불꽃으로 타올라 한 줌 재가 될지언정, 언젠가 먼 훗날 나의 피와 외침이 이 땅에 뿌려져 우리 후손 여성들은 좀 더 인간다운 삶을 살면서 내 이름을 기억할 것이리라."

(〈이혼고백서〉 중에서, 1934년 8월 「삼천리」 잡지)

　1927년 남편과 함께 세계여행 길에 오른 나혜석은 파리에서 만난 최린과 불륜에 빠진다. 이 일로 이혼을 당한 그녀는 종합월간지 「삼천리」에 〈이혼고백서〉를 기고, 가부장적 이데올로기의 편협함과 이중성을 고발한다. 그러나 처첩제와 정조관념을 비판하고 여성의 재산분할권과 성적 자기결정권을 주장한 나혜석의 사고는 당대의 가치관이 수용하기엔 너무 급진적이었다. 열렬한 후원자였던 둘째 오빠 나경석이 절연을 선언했고 최린은 그녀를 외면했으며 김우영은 존재를 부인했다. 4남매는 평생 어머니는 물론 외가와도 만나지 못했다. 훗날 한국은행 총재가 된 아들 김건은 나혜석에 대해 묻는 기자에게 "나에게는 그런 어머니가 없다"라고 대답했다.

　『나는 인간으로 살고 싶다-영원한 신여성 나혜석』(이상경, 한길사, 2009)은 그녀의 일대기를 다룬 책이다.)[6]

　헨리 입센의 소설 『인형의 집』(1879)[7]을 패러디해 나혜석이 지은 시 〈인형의 가(家)〉(「매일신보」 1921.4.3.)에서 그의 페미니즘적 사상을 읽을 수 있다.

---

6) 지식 e (8)』 EBS역사채널e, 2013, p.304~308.
7) 헨리 입센(Henrik Ibsen, 1828~1906)은 근대 사실주의 희극의 창시자이며 『인형의 집(A Doll's House)』(1879) 등의 작품이 유명하다. 여성 해방 운동의 기폭제로 평가되는 이 작품은 총 3막으로 구성되어 있다. 한 개인으로서 주체적인 자아를 추구하는 주인공 노라는 새로운 여성형의 대명사가 되기도 했다. 이를 노라이즘 (Noraism)이라 한다. 치밀한 구성과 사실적인 대화를 통해 주인공 노라가 주체적인 생각을 지닌, 한 인간으로 성장해 가는 과정을 묘사하고 있다.
"행복한 적은 없어요, 행복한 줄 알았을 뿐이죠. 나는 친정에서는 아버지의 인형이었고, 여기에 와서는 당신의 인형에 불과했어요."(『인형의 집』에서 노라) 그리고 『인형의 집』의 저자는 입센이지만(그는 페미니스트가 아니었다), 이 소설의 '아내 노라가 집을 나가버리는 결말'은 입센의 아내가 강력히 주장하여 그에 따른 것이라고 한다.[노르웨이 오슬로(Oslo)의 입센 박물관(Ibsen Museet) 해설자}

〔내가 인형을 가지고 놀 때 기뻐하듯/ 아버지의 딸인 인형으로 남편의 아내 인형으로/ 그들을 기쁘게 하는 위안물 되도다

(후렴) 노라를 놓아라 최후로 순순하게 엄밀히 막아 논 장벽에서 견고히 닫혔던 문을 열고 노라를 놓아 주게

남편과 자식들에게 대한 의무같이/ 내게는 신성한 의무 있네 나를 사람으로 만드는/ 사명의 길로 밟아서 사람이 되고자

나는 안다 억제할 수 없는 내 마음에서/ 온통을 다 헐어 맛보이는 진정 사람을 제하고는/ 내 몸이 값없는 것을 내 이제 깨닫도다

아아 사랑하는 소녀들아 나를 보아/ 정성으로 몸을 바쳐다오 맑은 암흑 횡행(橫行) 할지나/ 다른 날 폭풍우 뒤에 사람은 너와 나

(후렴) 노라를 놓아라 최후로 순순하게 엄밀히 막아 논 장벽에서 견고히 닫혔던 문을 열고 노라를 놓아 주게〕

나혜석은 1927년 조선 여성 최초로 세계 일주에 나섰다. 만주 안동현(현재 중국 단둥) 부영사로 일한 포상으로 구미 시찰을 가게 된 남편 김우영(일본 외무성 관리)을 따라가는 것이었다. 1927.6.19.~1929.3.12., 1년 8개월 23일 동안 소련→유럽→미국 등을 여행하였고, 21편의 기행문을 남겼다.[8]

---

8)「조선여성 첫 세계일주기」 나혜석, 가가날, 2018, p.6.

제3장

구국을
위한 여행

Lee Sang Joon · Knowledge Series 1

Travel is never a matter of money but of courage.

여행은 돈의 문제가 아니라 용기의 문제다. (파울로 코엘료)

·
·
·

표트르 대제의 유럽 선진국 여행

우선 표트르 대제(Pyotr Veliky, 1672~1725)와 러시아의 전반적인 역사를 소개하는 두 편의 글을 보자.

〔러시아 제2의 도시 상트페테르부르크는 번영과 수난의 역사적 유적이 많아서 수도인 모스크바보다 관광객이 더 많이 찾는 고도이다.

9세기 키예프 공국으로 시작된 러시아의 역사는 11세기 모스크바 공국을 중심으로 발전하였는데, 1238년에는 몽골의 침략으로 유럽과 단절되는 암흑기를 거쳤다. 러시아가 2백여 년간의 몽골 지배에서 벗어난 것은 모스크바 공국의 이반 3세 때이다. 그는 비잔틴제국 왕실의 공주와 혼인하여 비잔틴의 계승자 그리스정교의 수장임을 자처하였으며 북쪽의 전통적 노브고로드 공국을 지배하는 등 러시아 지역을 합병해 나갔다. 마침내 1480년에는 몽골과의 주종관계를 공식적으로 단절하고 러시아 전역에 대한 지배를 공고히 함으로써 전제군주체제를 확립하여 법률과 행정조직을 만들고 새로운 토지 소유제를 도입하였으며 크렘린 궁을 짓는 등 많은 업적을 남겼다. 이반 4세

때에는 폭정으로 왕권이 더욱 강화되었으며 1610년 폴란드의 침공으로 모스크바 공국은 막을 내리고 로마노프 왕조가 열렸다.

14세기 중엽에 모스크바에 온 프로이센의 귀족을 먼 시조로 하는 로마노프가(家)의 미하일 로마노프가 1613년 즉위함으로써 18대 304년 로마노프 왕조가 열렸다. 제4대 황제인 표트르 대제는 재위 동안 대대적인 영토 확장 정책을 폈는데, 재위 초기에 조선산업을 크게 일으키고 크리미아 반도 쪽으로 남진정책을 폈으며, 북방의 스웨덴 세력에 맞서 북진하면서 발틱 연안으로 나아가 서유럽으로 나가는 해로를 확보하였다. 표트르 대제는 현재의 러시아 영토 대부분을 지배하는 최초의 러시아 황제가 되었다.

그리고 1703년 스웨덴을 마주보는 네바강 하구 부근에 상트페테르부르크를 건설한 뒤 1713년 수도를 모스크바에서 이곳으로 옮겨 1918년까지 2백여 년간 러시아의 수도로 좌정하였다. 소련 시절 레닌그라드로 부르다가 다시 원명으로 복원했다.)[1]

〔〈표트르 대제의 서구화〉

1696년, 24살의 나이에 광활한 러시아 땅의 군주로 등극한 황제 표트르는 문자 그대로 러시아 역사의 흐름을 바꿔놓았다. 훗날 표트르 대제라 불리게 될 이 장신의 황제는 엄청난 신체적인 완력과 식욕과 호기심과 학습 능력을 갖춘 진정한 거물이었다. 거칠면서도 섬세하고 너그러우면서도 교활한 이 지도자는 조국 러시아의 문제가 무엇인지를 정확하게 파악하고 있었다.

지리적으로는 유럽과 접하고 있지만 러시아는 그때까지 유럽으로부터 완벽하게

1) 『역사의 맥박을 찾아서: 세계 역사 · 문화 · 풍물 배낭기행』, 최영하, 맑은샘, 2015, p.66~67.
    상트페테르부르크→제1차 세계대전 기간 페트로그라드→1924년 레닌그라드(레닌 사망을 기리기 위해)·
    1991년 9월 6일 상트페테르부르크 복귀.

격리되어 있었다. 서기 988년에 동방정교를 국교로 택한 이유로 러시아는 오랜 세월 동안 서구 문명의 원천인 그리스 로마 문명과 단절되어 있었으며, 서유럽이 중세를 거쳐 화려한 르네상스기를 맞이하는 동안에도 여전히 중세적인 신비주의의 침침한 어둠 속에 남아 있었다. 서유럽의 눈에 비친 러시아는 야만적이고 미개하고 낙후된 거인이었다. 표트르는 이 촌스럽고 어리숙한 거인 러시아를 세련된 유럽 신사로 바꾸는 것을 필생의 사업으로 여겼고 초인적인 열정을 쏟아부어 이를 실천에 옮겼다.

표트르는 행정부와 군대와 산업, 교육과 문학과 종교, 이 모든 것을 완전히 서구식으로, 그것도 단시간 내에 바꿔버렸다. 그러나 그의 서구화 정책 중에서도 가장 놀라운 결실은 상트페테르부르크의 건설이었다. 표트르의 명령에 따라 네바강 하구의 늪지대는 유럽식의 궁궐과 정원과 조각품으로 가득 찬 화려한 도시로 변모했다.]2)

김환영 「중앙일보」 심의위원이 〈불굴의 의지로 근대화에 나서다: 러시아 근대화를 이끈 군주 표트르 대제〉라는 제목으로 쓴 글을 통해 그의 활약상을 들어보자.

[역사상 최초로 성공적인 서구화를 이끈 지도자는 러시아의 표트르 대제다. 영어식으로는 피터 대제(Peter the Great)다. 그는 일본의 메이지 유신과 중국의 변법자강 운동을 주도한 인물들, 대한민국 산업화의 아버지 박정희 대통령의 대선배다.

당시 유럽인들은 두 세기 반 동안 몽골의 지배를 받은 러시아를 유럽보다 아시아에 가깝다고 봤다. 낙후된 러시아는 무례하고 야만적인 사람들이 사는 유럽의 변두리

2) 「러시아 문학의 맛있는 코드: 푸슈킨에서 솔제니친까지」 석영중, 예담출판사, 2013, p.18~19.

공국(公國)이었다. 폐쇄적인 러시아는 다른 나라들과 교역도 하지 않았고, 해군도 부동항도 없었다. 역사학자들에 따르면 러시아는 유럽 열강의 식민지가 될 가능성까지 있었다. 14~16세기 유럽 전역을 휩쓸고 간 르네상스는 러시아를 비켜갔다.

표트르 대제는 그런 러시아를 43년의 재위 기간 동안 서구 열강들과 어깨를 나란히 하는 대제국으로 만들었다. 유럽의 문화적 변두리인 러시아를 도스토옙스키·톨스토이·차이콥스키 등 세계적인 문호와 악성들을 배출한 나라로 만든 것이다. 한때 미국과 패권 다툼을 벌인 소련의 토대를 마련한 것도 사실상 그다. 그래서 표트르 대제는 '근대 러시아의 아버지'라 불린다.

〈나는 배움이 필요한 학생이다〉

문제는 개혁과 개방이다. 어렸을 때부터 네덜란드·스웨덴·영국·오스트리아·프랑스 등 당시 '선진국'을 흠모하던 표트르 대제는 서구 따라하기로 서구 따라잡기에 나섰다. 법적·제도적 개혁과 개방도 중요하지만 당장 물리적·지리적 개방이 필요했다. 당시 러시아의 항구는 백해(白海)에 있는 아르한겔스크밖에 없었다. 그래서 표트르 대제는 해양에 집착했다. 부동항이 있어야 유럽이나 중동 지역과 교류하고 교역할 수 있기 때문이다.

개혁과 개방 아이디어를 얻기 위해 표트르 대제는 1697년 3월~1698년 8월까지 18개월 동안 서부 유럽을 방문했다. 신하 250명으로 꾸린 대사절단이었다. 떠나기 전 단단히 각오를 다졌다. "나는 배움이 필요한 학생이다"라고 적힌 인장(印章)을 만들었다. 평민 복장으로 서구 유럽을 돌아보며 병원·박물관·극빈자 수용소를 방문하고 치과 의술·수술법도 배웠다. 하지만 주된 목적은 조선술을 배우는 것이었다. 네덜란드의 조선소에서 목수로 일하기도 했다. 배 만드는 기술을 밑바닥부터 배운 그는 1690년대 말 오스트리아와 프로이센으로부터 선박 기술자를 초빙했다. 정복 전쟁에 필요한 전함을 만들기 위해서였다.

〈서구 따라잡기식 서구화의 강행〉

어렸을 때부터 해전 놀이를 좋아했던 표트르 대제가 드디어 해상 팽창에 나섰다. 인구 1400만 명인 러시아에 30만 대군을 양성했다. 부동항을 얻으려면 터키가 버티고 있는 흑해와 당시 군사 강국이었던 스웨덴이 통제하는 발트해로 진출해야 했다. 표트르 대제는 1696년 터키령 아조프를 함락시키고 1698년 러시아 최초의 해군 기지를 타간로크에 건설했다. 발트해를 장악하는 데는 20여 년이 걸렸다. 발트해 연안에 1703년부터 새 수도인 상트페테르부르크를 건설하기 시작했다. 네덜란드인이 설계하고 이탈리아 건축 양식으로 지었으며 이름은 독일식으로 붙인 상트페테르부르크 건설을 위해 10만 명 이상이 사망했다.

표트르 대제의 키는 203cm다. 난쟁이들과 함께 다니는 것을 좋아해 키가 더 커 보였다. 그의 옷으로 키를 추정해보면 183cm 정도에 불과했다는 설도 있다. 그는 술고래였다. '트림 대회'를 여는 등 별난 취미가 있었고, 생경한 음담패설을 좋아했으며 성(性)적으로도 매우 활발했다. 불같이 화를 내면 아무도 막을 수 없었다. 단 한 명, 두 번째 아내인 예카테리나(1세)는 그를 순한 양으로 받아들였다. 그는 31세였을 때 19살이던 하녀 마르타를 보고 첫눈에 반했다. 하지만 마르타는 당시로서는 결혼의 결격 사유인 이혼녀, 고아, 농민 출신에다가 그리 예쁘지도 않았다. 그렇지만 표트르 대제는 마르타에게 홀딱 반해 가톨릭에서 정교회로 개종시키며 이름을 예카테리나로 바꾸게 했으며, 1707년 비밀 결혼식을 올렸고 12명의 자식을 낳았다. 남편이 죽자 아내는 예카테리나 1세로 등극했다.

표트르 대제는 1725년 53세의 나이에 요독증으로 사망했다. 전설에 따르면 물에 빠진 수병들을 구하기 위해 네바강에 뛰어들었다가 병세가 악화되었다고 한다.)[3]

"표트르 대제의 여행은 일국의 최고권력자치고는 독특한 면이 많았다. 그는 최소한의 측근만 데리고 갔으며(250명의 대사절단이었지만 현지에서는 그랬다), 여행 중에는 가명을 썼다. '러시아의 차르가 여기에 왔다고?'라는 말을 듣지 않기 위한 수단이었다. 여러분이 중국을 방문한 김수현이라고 생각해보라. 여러분은 정확히 짜인 일정표에 따라 움직여야 한다. 어디 가서 뭘 하려 해도 주변의 쏟아지는 시선을 받을 것이며, 만나는 사람들은 평소와 달리 어색한 행동을 할 것이다. 조금이라도 색다른 곳에 가려고 하면 경호 따위가 문제가 되어 행동이 자유롭지 못할 것이다. 그러므로 중국인들의 삶 속으로 뛰어들고 싶다면 머리를 길게 기르고 안경을 쓰고 스카프라도 두르는 편이 나을 것이다.

그가 원했던 바는 독일·네덜란드·영국·오스트리아 등 합리주의 문명이 발전한 여러 나라의 삶을 가까운 곳에서 느끼고, 이들에게서 새로운 지식과 문화를 배우는 것이었기 때문이다. 표트르 대제는 이렇게 18개월 동안 유럽 곳곳을 여행하며 각지의 문화와 지식을 익혔다. 심지어 네덜란드에서는 조선소에 취직하여 배 만드는 법을 직접 익혔다고 하니, 우리는 그의 여행이 요즘 말하는 워킹 홀리데이나 해외 연수에 가까운 것이었음을 짐작할 수 있다. 표트르 대제의 여행을 한번 상상해보자. 늘 호기심이 넘치고, 이색적인 문화의 작은 요소 하나조차 놓치지 않으려 하고, 하루하루 배운 것들을 조국 러시아 발전에 적용하려 고민하는 모습을 말이다."[4]

그런데 삼성의 고 이병철 회장(1910~1987)이 고 박정희 대통령(1917~

3) 「하루 10분, 세계사의 오리진을 만나다: 시대의 패러다임을 바꾼 31인 이야기」, 김환영, 부키, 2013, p.23~32.
4) 「여행의 심리학」, 김명철, 어크로스, 2016, p.26~28.

1979)과 골프라운딩 중 "골프와 자식만큼은 마음대로 안 된다"고 했다는 일화가 있듯이, 표트르 대제도 자식농사뿐만 아니라 가정사에서도 완전히 실패했다. "정략 결혼한 왕비 예브도키아는 당연히 사랑받지 못했고 그들 사이에 태어난 황태자 알렉세이 또한 일찍이 표트르 대제의 눈 밖에 났다. 결국 왕비 예브도키아는 역모에 가담했다는 이유로 선대 왕비들처럼 수도원으로 강제로 쫓겨났다. 선배들의 강제이혼 전통을 계승한 표트르 대제는 몇 년 뒤 스페인과의 전쟁 중에 잡혀온 라트비아 여인 예카테리나 1세와 사랑에 빠졌고 그녀와 공식적으로 재혼했다. 그리고 그들 사이에 태어난 아들 표트르에게 왕위를 계승하고자 황태자 알렉세이(1690~1718.7.7, 28세)까지 역모죄로 처형해버렸다. 그러나 이후 표트르 대제의 가정사는 불행의 연속이었다. 새로이 황태자가 된 어린 표트르는 3살에 사망해버리고 그 이후로는 대를 이을 아들이 태어나지 않았다. 그 유명한 18세기 러시아의 이른바 '여왕의 시대'는 표트르 대제의 불행한 가정사의 산물인 셈이다. 더구나 말년에는 그토록 사랑했던 아내 예카테리나 1세가 과거 표트르 대제의 애인이었던 안나 몬스의 남동생과 불륜을 저지르는 바람에 표트르 대제는 화병으로 죽을 때까지 시름시름 앓았다고 전해진다."[5][6]

---

5) 『줌 인 러시아』, 이대식, 삼성경제연구소, 2016, p.97~99.

6) 『주경철의 유럽인 이야기 3』, 주경철, 휴머니스트, 2017, p.84.
   1716년 표트르 대제는 아들 알렉세이에게 마음을 고쳐먹든지 아예 수도원으로 들어가든지 하라며 최후통첩을 했다. 그러자 아들은 동서인 카를 6세가 있는 빈으로 도주했고, 한때는 아버지를 피해 나폴리까지 도망갔다. 표트르 대제는 격노했다. 다 용서해줄 것이니 귀국하라고 달래서 러시아로 오게 한 다음 황태자 계승권을 박탈하고 반역죄로 재판에 넘겼다. 동시에 알렉세이의 지지자들을 조사했다. 이들로부터 원하는 대답을 들을 때까지 채찍질을 했다. 이렇게 조사한 결과를 가지고 128명의 귀족이 참석한 회의에서 알렉세이에게 유죄 판결을 내리고 사형을 선고했다. 그러나 알렉세이는 사형이 집행되기도 전에 페트로파블롭스크 요새의 독방에서 숨을 거두었다. 사인은 뇌졸중으로 발표되었다. 아들 장례식에서 표트르는 하염없이 눈물을 흘렸다. 이 일을 놓고 여러 소문이 돌았으나 진상은 아직도 밝혀지지 않았다.

이 사건은 마치 돈 카를로스-알렉세이-사도세자로 이어지는 '평행이론(Parallel Life)'을 보는 듯하다. 러시아 표트르 대제의 아들 알렉세이 및 영조의 아들 사도세자의 선배가, 150년 전인 16세기 에스파냐에서도 있었다. 에스파냐의 최고 전성기를 이끈 펠리페 2세(Philip II, 1527~1598)의 아들 돈 카를로스(Don Carlos)[7]는, 아버지의 명으로 불볕같이 뜨거운 여름날 마드리드의 첨탑에 갇힌 채 23세(1568년 7월 24일)로 최후를 맞는다. 알렉세이는 28세로 1718년 7월 7일, 사도세자는 27세로 1762년 7월 12일(음력 윤 5월 21일)에 사망했다.

---

7) 「글로벌 한국사, 그날 세계는: 인물 vs 인물」 이원복·신병주, 휴머니스트, 2016, p.174~182.
  실러의 희곡 「돈 카를로스」(1787)와 이를 본뜬 베르디 오페라 「동 카를로스」(1867)의 실존인물이다. 돈 카를로스와 약혼했던 오스트리아 왕녀가 그가 죽은 지 2년 뒤에 펠리페 2세의 네 번째 아내가 된다. 결국 돈 카를로스와 혼담이 오간 여성들 모두 아버지의 부인(펠리페 2세의 세 번째 아내 이자벨도 그랬다)이 된 것이다. 그러니 이 비극적인 왕자의 비통한 죽음이 얼마나 문학적 상상력을 자극했겠는가. 이 이야기가 소설·희곡·오페라로 만들어진 것은 당연하다.(이원복 덕성여대 총장)

니코스 카잔자키스의 세계 여행

현대 그리스 문학을 대표하는 작가이자 '20세기 문학의 구도자'로 불리는 니코스 카잔자키스(Nikos Kazantzakis, 1883~1957)는 1883년 2월 18일, 아직 터키 지배를 받고 있던 크레타 이라클리온(Iraklion)에서 태어났다. 터키의 지배하에서 기독교인 박해 사건과 독립 전쟁을 겪으며 어린 시절을 보낸 그는 이런 경험으로부터 동서양 사이에 위치한 그리스의 역사적·사상적 특이성을 체감하고 자유를 찾으려는 투쟁과 연결시킨다.

니코스 카잔자키스는 호메로스·베르그송·니체·부처를 거쳐, 조르바에 이르기까지 사상적 영향을 두루 받았다. 그리스의 민족시인 호메로스에 뿌리를 둔 그는 1902년 아테네의 법과대학에 진학한 후 그리스 본토 순례를 떠났다. 이를 통해 그는 동서양 사이에 위치한 그리스의 역사적 업적은 자유를 찾으려는 투쟁임을 깨닫는다. 1908년 파리로 건너간 카잔자키스는, 경화된 메커니즘으로부터 자유로운 존재를 창출하려 한 앙리 베르그송과 '신은 죽었다'고 선언하며 신의 자리를 대체하고 '초인(위버멘쉬·

Übermensch)'으로서 완성될 것을 주장한 니체를 접하면서 인간의 한계를 극복하려는 "투쟁적 인간상"을 부르짖었다. 또한 인식의 주체인 '나'와 인식의 객체인 세계를 하나로 아울러 절대 자유를 누리자는 불교의 사상은 그의 3단계 투쟁 중 마지막 단계를 성립시키는 데 큰 기여를 했다. 그의 오랜 영혼의 편력과 투쟁은 그리스 정교회와 교황청으로부터 노여움을 사게 되었고, 그의 대표작 중 하나인『그리스도 최후의 유혹』(1951)은 신성을 모독했다는 이유로 1954년에 금서로 지정되기도 했다.

하지만 그는 1951년(스웨덴 페르 라게르크비스트 수상)·1956년(스페인 시인 후안 라몬 히메네스 수상) 두 차례에 걸쳐 노벨 문학상 후보에 오르는 등 세계적으로 그 문학성을 인정받았다. 다른 작품들로는『오뒷세이아』(1938)『예수, 다시 십자가에 못박히다』『성 프란치스코』『영혼의 자서전』『동족상잔』등이 있다.

니코스 카잔자키스 하면 가장 먼저 떠오르는 소설이 있다. 바로『그리스인 조르바(Zorba The Greek)』(1946)이다.『그리스인 조르바』는 실존 인물 조르바(1867?~1941, 카잔자키스보다 16세 연상, 소설 속에서는 30세 연상)를 만난 니코스 카잔자키스의 체험담으로, 1941년(58세)에 45일 만에 써서 만 2년 동안 다듬은 다음 1943년 8월 10일(61세)에 탈고했다. '나'라는 화자가 크레타에서 갈탄 광산을 하기 위해 일꾼으로 채용한 이가 바로 조르바였다. '오랫동안 찾아다녔으나 만날 수 없던 그런 사람, 살아 있는 가슴을 가진 사람, 위대한 야성의 가슴을 가진 사람이었다.' '소설 속의 화자인 내가 35살일 때 만났던 조르바의 나이는 이미 65세가 된 노인이었다. 결혼은 했으며 슬하에는 딸아이가 하나 있고, 아들은 어려서 죽었다.' 이 소설은 초고를 쓴 지 5년 만인 1946년(63세)에 그리스어로 최초로 출간됐으며. 1947년에 스웨덴어판·

프랑스어판이, 1952년에 영어판(불어판 중역)이 출간됐다. 우리나라에서는 1975년 세계문학전집 중 한 권으로 처음 소개되었으며, 1981년 이윤기의 번역본(그리스어–불어–영어–한국어를 거친 삼중번역)이 가장 널리 읽혔다.[8]

이 책의 주인공은 야생마같이 거칠면서도 신비한 인물 알렉시스 조르바로, 그의 도움을 통해 책밖에 모르는 서생(書生)이 지금까지의 삶에서 벗어나 다른 세상에 눈을 뜨게 된다. 젊은 그리스 지식인이 작품의 서술자로서 조르바라는 인물을 관찰하고 그의 면모를 전달하는 방식이다. 이 소설은 1964년 그리스에서 「희랍인 조르바(Zorba The Greek)」라는 이름의 영화[9]로 제작되었고 1968년에는 뮤지컬로도 나왔다.

『영혼의 자서전』(1956)에서 카잔자키스는 고백한다. "내 영혼에 깊은 자취를 남긴 사람을 거명하라면 호메로스와 부처와 니체와 베르그송, 그리고 조르바를 꼽으리라. 조르바는 삶을 사랑하고 죽음을 두려워하지 말라고 가르쳤다." 유재원 교수의 최신 번역서 『그리스인 조르바: 알렉시스 조르바

---

8) 「그리스인 조르바」, 카잔자키스/유재원 역, 문학과지성사, 2018. 〈중역(重譯)의 한계: 한국 번역서들은 영어·일어로 번역된 책을 재번역하는 경우다〉
이윤기 이후 1994년 김종철 번역으로 청목사에서, 2012년 더클래식(베스트트랜스 역본)에서, 2018년에 서울대 김욱동 교수의 번역본이 출간되어 현재 4종의 번역서가 있다. 이들 모두 그리스어 원작이 아니라 '그리스어–불어–영어'를 거친 영어판을 삼중역한 것이므로 그리스 지명이나 인명에 오류가 여럿 발견된다. 그리고 2018년 5월 마침내 그리스어 원전 번역본이 출시되었다! 역자는 한국외대 그리스학과 명예교수로 카잔자키스 연구자인 유재원. 유 교수는 카잔'차'키스는 잘못된 표기이므로 카잔'자'키스로 불러야 한다고 강조한다. "처음 누군가가 잘못 표기한 것이 굳어졌다는 이유만으로 그냥 계속 쓰는 것은 옳지 않다. 바로잡아야 마땅하다."(p.552) 조르바로 물꼬를 틈으로써 카잔자키스의 다른 작품들도 시간이 흐르면 그리스어 원본으로 번역될 가능성이 생겼다.
〔이상준: 본서에서는 인용한 저작물에서는 원문대로 '카잔차키스'로 표기하고, 그 외에는 '카잔자키스'로 표기한다.〕
9) 영화 「희랍인 조르바(Zorba The Greek)」(1964 그리스, 미할리스 카코지아니스)
안소니 퀸(Anthony Quinn, 1915~2001) 주연, OST는 그리스 출신 거장 작곡가 미키스 테오도라키스(Mikis Theodorakis, 1925~)가 맡았다. 그는 동명의 발레 음악도 작곡하여 1988년 이탈리아 베로나의 아레나에서 초연했는데 그가 직접 지휘했다.

의 삶과 행적』(2018)을 통해 카잔자키스가 외치는 핵심적 명구를 소개
하겠다.

〖"조르바는 먹물들을 구원하는 데 필요한 모든 것을 가지고 있었다. 그는 높은 데서
먹잇감을 발견하여 낚아채는 원시인의 시력과, 매일 새벽마다 새로이 떠오르는 창조성,
그리고 매 순간 끊임없이 바람·바다·불꽃·여자·빵과 같은 지극히 일상적인 것들을
새로운 눈으로 바라보고 영원한 처녀성을 부여하는 순진무구함을 가지고 있었다.
그에게는 확신에 찬 손과, 신선함으로 가득한 마음, 마치 내면에 자신의 영혼보다 더
높은 힘을 가지고 있는 듯, 자신의 영혼을 놀려대는 사나이다운 멋이 있었다. 그리고
마지막으로 인간의 창자보다 더 깊은 내면에서 터져 나오는, 아니 조르바의 나이 먹은
가슴에서 결정적인 순간에 터져 나오는, 구원인 듯한, 거칠고 호쾌하게 껄껄대는 웃음을
가지고 있었다. 그는 겁에 질린 불쌍한 인간들이 마음 놓고 편하게 살기 위해 주변에
세워놓은 윤리·종교·조국과 같은 모든 장애물을 한꺼번에 깨뜨려서 단번에 무너뜨릴
수 있는, 그리고 실제로 무너뜨리는 웃음을 가지고 있었다. (화자인 '나', 이하 '나'로
표기)"(p.8)

"대장, 참 불쌍한 사람이군요. 당신은 먹물이에요. 가련한 양반, 당신은 생애에 단
한 번뿐인 아름다운 초록빛 돌을 (베를린에서) 볼 기회를 차버렸어요. 하느님 맙소사,
언젠가 한 번, 할 일이 없을 때 내 영혼에게 물었죠. '지옥이 있는 걸까, 없는 걸까?'
그런데 어제 당신 편지를 받고 '적어도 몇몇 먹물들에게는 분명히 지옥은 있는 거야'라고
내게 말했죠."(p.13~14)

"왜? 우린 벌써 오래전에 네가 좋아하는 일본인들이 말하는 '부동심(不動心)' '감정도
없는 상태(아파테이아), 동요도 없는 상태(아타락시아)'10) 11) '미소 짓는 무표정한 가면'
에 대해 합의를 보지 않았던가? 그 가면 뒤의 일은 각자의 몫이지."(p.22)

"(…) 그 옛날 친구가 쉰 목소리로 나를 '책벌레'라고 불렀을 때 느꼈던 분노를, 아니 부끄러움을, 다시 느껴보려고 했다. 그가 옳았다. 인생을 그토록 사랑하는 내가 어떻게 몇 년 동안이나 종이와 잉크에만 빠지게 된 걸까! 헤어지던 그날 내 친구는 내가 분명히 깨닫게 나를 도와주었다. 나는 기뻤다. 이제 내 불행의 이름을 알게 되었으니 나는 훨씬 더 쉽게 그것을 극복할 수 있을 것이다.(…)('나')"(p.25)

"나는 떠날 준비를 했고 마치 이번 여행에 깊이 감춰진 의미가 있는 것처럼 매우 감동했다. 나는 속으로 내 삶의 행로를 바꾸기로 결심했다. 나는 '나의 영혼아, 너는 지금까지는 그림자를 보고 만족했지만, 이제 나는 살아 있는 육신을 찾아 나설 거야'라고 속삭였다.('나')"(p.26)

"무슨 생각을 하고 있소? 저울질하고 있소? 한 푼 한 푼 계산하고 있는 거요? 여보쇼, 결정을 하쇼. 계산 따위는 집어치우고!"(p.29)

"나는 조르바야말로 내가 그토록 오랫동안 찾았지만 만나지 못했던 사람임을 깨달았다. 생동감이 넘치는 마음과 뜨거운 목구멍을 가진, 대지의 어머니 가이아에게서 미처 탯줄을 자르지 못한, 길들여지지 않은 위대한 영혼을 가진 사람!('나')"(p.34)

"오른손 집게손가락 절반이 왜 잘렸냐고요? 이게 내 물레질을 방해했단 말이오. 중간에 끼어들어 내 계획을 망쳤어요. 그래서 어느 날 도끼를 집어 들어 잘라버렸죠."

---

10) 「필로소피컬 저니」 서정욱, 함께읽는책, 2008, p.116 · 123.
사모스 출신의 에피쿠로스(기원전 342~기원전 271)는 기원전 307년경 아테네학원을 세웠다. 이들이 말한 쾌락은 저속한 쾌락이 아니라 안정된 마음의 상태, 즉, 아타락시아(Ataraxia, 마음의 평정)를 의미한다. "세상을 초연하게 살자"는 것이다. 스토아 학파에게는 에피쿠로스 학파와 유사한 개념인 아파테이아 (Apatheia)가 있었다. 아파테이아는 모든 감각에서 야기된 걱정과 욕망을 탈피해 이성적인 냉정을 유지한 마음의 경지를 이른다.
11) 「김광석과 철학하기」, 김광식, 김영사, 2016, p.84~85.
"정적인 쾌락이란 마음에 흔들림이 없고(아타락시아 · Ataraxia), 몸에 고통이 없는 것(아포니아 · Aponia) 이다."(에피쿠로스 「선택과 피함에 관하여」에서)

(p.40~41)

"나는 바다와 하늘을 보며 생각에 잠겼다. 무릇 사랑이란 이렇게 해야지. 도끼를 집어 들고, 아프지만 방해가 되는 건 잘라버려야지.('나')"(p.41)

"대장, 이 여자 사타구니에 불이 붙었어요. 이제 빨리 떠나슈!"(p.84)

"세상의 모든 것에는 숨겨진 의미가 있다는 생각이 들었다. 사람·짐승·나무·별, 모든 것이 상형문자다. 그것을 읽어내고 무슨 말을 하는지 알아내기 시작한 사람에게 그것들은 기쁨일 것이다. 하지만 그것들을 보는 순간에도 우리는 그 의미를 이해하지 못한다. 너는 그것들이 사람이고, 짐승이고, 나무고, 별이라고 생각한다. 그리고 세월이 많이 지난 뒤에야 너무 늦게 그것들의 의미를 깨닫는다.('나')"(p.88)

"몇 번 했냐고요? 합법적으로 한 번, 그런 건 한 번으로 족하죠. 그리고 두 번은 반쯤 합법적으로 결혼했죠. 간음으로 말하자면, 천 번, 2천 번, 3천 번, 그걸 어찌 다 기억하겠소?(…) 수탉이 그런 장부 가지고 있습디까? 상관없지 않습니까? 왜 그런 장부를 남기겠습니까?"(p.148~149)

"산다는 게 원래 문제투성이인 거요. 죽음은 문제가 전혀 아니고요. 사람이 산다는 게 뭘 뜻하는지 아세요? 허리띠는 느슨하게 풀고, 남들하고 옳다 그르다 시비하는 거예요." (p.185)

"위대한 예언자들이나 시인들은 이와 비슷하게 모든 것을 처음인 듯 보고 느낀다. 매일 아침 자신들 앞에 새로운 세상이 시작되는 것을 본다. 새로운 세상이 안 보이면 스스로 새로운 세상을 창조한다."(p.243)

"영감님, 제일 좋아하는 음식은 뭔가요?('나')" "다 좋습니다. 모든 음식이 다요. 이 음식은 좋고 저 음식은 싫다, 이런 이야기를 하는 건 큰 죄악이죠. (조르바)" "왜요? 음식을 가리면 안 됩니까?('나')" "절대로 안 되죠! 왜냐하면 굶는 사람들이 있으니까요. (조르바)"(p.301)

"(책 속에서 티베트) 고승들이 제자들을 주위로 불러 모으고 소리친다. '자신의 내면에 행복을 가지고 있지 못한 자는 불쌍하도다!' '남들의 호감을 사기를 바라는 자는 불쌍하도다!' '이승의 삶과 저 세상의 삶이 하나임을 모르는 자는 불쌍하도다!' 날이 어두워져서 더 이상 책을 읽을 수가 없었다. 나는 책을 덮고 바다를 바라보았다. 속으로 생각했다. '나는 부처니, 하느님이니, 조국이니, 사상이니 하는 악몽에서 벗어나야 해.' 그리고 소리쳤다. '만약 벗어나지 못하면 부처와 하느님, 조국, 사상에 치여 불쌍한 존재로 전락하게 될 거야.'('나')"(p.320~321)

"나는 이 세상의 모든 신비스러운 일을 몸소 다 경험해봤지만 시간이 없수다. 한 번은 이 세상을, 다른 때는 여자를, 또 언젠가는 산투리(Santuri)를 직접 겪어봤지만 그런 허튼 소리를 쓰기 위해 펜대를 잡을 시간은 없수다. 그런 시간을 낼 수 있는 작자들은 그런 신비를 경험하지 못하고요. 알아듣겠수?"(p.380)

"모든 건 생각하기 나름이죠. 믿음이 있다면 다 망가진 문짝의 나뭇조각이 성스러운 십자가가 되죠. 믿음이 없으면 성스러운 십자가 전체라도 망가진 문짝이 되고요."(p.387)

"조국으로부터 벗어나고, 신부들로부터도 벗어나고, 돈으로부터도 벗어나고, 탈탈 먼지를 털었죠. 세월이 흐를수록 난 먼지를 털어냅니다. 그리고 가벼워집니다. 뭐라고 말씀드려야 할까요? 난 자유로워지고, 사람이 돼갑니다."(p.393)

"(…) 조국이란 게 있는 한, 사람들은 야수로 남아 있게 마련이죠. 길들여지지 않는 야수로. 하지만 난, 하느님께 영광이 있을지어다! 난 벗어났어요. 벗어났다고요! 하지만 대장은요?"(p.396)

"아뇨 대장! 대장은 자유롭지 않수다. 대장이 매여 있는 줄은 다른 사람들 것보다 조금 더 길기는 하지만 그것뿐이오. 대장, 대장은 조금 긴 끈을 갖고 있어 왔다 갔다 하면서 자유롭다고 생각하지만 그 끈을 잘라내지는 못했수다. 만약 그 끈을 잘라내지 못하면(…)"(p.520)

"어느 날엔가는 그 끈을 잘라낼 거요."('나')(p.521)〗

그런데 카잔자키스는 늘 조국에 대해 고민하던 의식 있는 작가였다. 그는 그리스의 발전을 구상하기 위해 여러 나라를 여행했다. 심리학자인 김명철 교수가 책『여행의 심리학』(2016)에서 해설한 내용을 보자.

〖〈카잔차키스는 그리스의 발전을 구상하기 위해 10년을 여행했다〉
  카잔차키스는 1883년 오스만 제국의 지배를 받고 있던 그리스 크레타 섬에서 태어났다. 카잔차키스는 유구한 독립운동가 집안 출신인 데다가 어린 시절부터 오스만 제국의 그리스인 학살 등을 목격하며 자라나 타민족의 지배를 받는 그리스의 현실에 뿌리 깊은 분노를 품고 있었다.
  그렇지만 카잔차키스를 방랑자로 만든 것은 식민 지배에 대한 분노가 아니었다. 1912년 독립전쟁(발칸전쟁)에 참가(29세 육군 자원입대)하여 그리스 독립의 밀알이 되기까지의 카잔차키스는 오히려 목표 의식이 뚜렷하고 성실한 유학과 지식인에 가까웠다. 그의 진정한 고민은 독립 이후에 시작되었다. 오랜 기간 그리스는 유구한 역사를 자랑하는 유럽 문화의 모태이자 서구 문명의 정신적 고향으로 자리해왔고, 그리스인은 아리스토텔레스나 호메로스 등 창조적인 천재들의 후손으로 여겨져 왔다. 더구나 오스만 제국으로부터 독립을 이루기까지 했으니 더할 나위 없는 유토피아적 분위기에 들떠도 좋을 터였다. 그런데 그리스는 왜 여전히 이토록 전근대적인 모습에서 벗어나지 못하고 있단 말인가?
  카잔차키스는 과거의 화려했던 시절과 오랜 문화적 전통이 그리스 공동체의 발전을 담보해주지 않는다는 사실을 깨달았다. 오히려 그는 그리스 전통문화에 깃든 인습에 주목했고, 긴 세월 오스만 제국의 지배를 받으며 공동체의 자생적 발전 역량이 무너진 것에 안타까워했다. 한마디로 카잔차키스는 독립 후 그리스의 모습에 눈앞이 캄캄해져 버렸다. 그리스의 미래와 그리스 민중의 구원은 어디에 있는가! 나의 구원은 어디에 있는가!

결국 카잔차키스는 10여 년 동안 유럽과 중동, 아프리카 시베리아 등을 방황하며 잡힐 듯 잡히지 않는 답과 구원을 찾아다녔다.[12] 카잔차키스가 당대 그리스 문화에 대해 품고 있던 문제의식과 그가 탐색해본 다양한 대안과 해답은 『그리스인 조르바』를 비롯한

---

12) 『일본 중국 기행(Japan China, 1938)』, 니코스 카잔차키스, 열린책들, 2008.
카잔차키스의 『스페인 기행』(1937) 『일본 중국 기행』(1938) 『영국 기행』(1940)이 대표적인 그의 여행 산물이다. 『일본 중국 기행』에는 중국의 전족 관습, 동양의 젓가락 문화 등 다양한 분야에 대한 호기심과 개인적 소회 등이 담겨 있다. 그가 느낀 중국의 전족 문화에 대한 글은 이렇다.(『일본 중국 기행』 p.160~161)
【중국인들에게 가장 강렬한 관능적 욕구를 불러일으키는 것은 여자의 발이다. 발이 작으면 작을수록 황홀감은 커진다. 아마도 이런 이유 때문에 아주 오래전부터 여자들이 남자를 기쁘게 할 욕심으로 발이 자라지 않도록 어릴 때부터 발을 싸매기 시작했을 것이다.
몇 년 동안 많은 고통을 당한 뒤 네 발가락이 점차 가늘어지고 발바닥이 일어나며 뼈가 뒤틀리고 발전체가 위축된다. 그런 뒤 여자들은 작은 비단 신을 신는다. 이 긴 준비 과정은 매우 고통스럽다. 어린 소녀는 아파서 울지만 그래도 꼼짝할 수 없다. 소녀의 얼굴은 창백해지고 눈은 휑해진다. 중국 속담은 "전족을 가지려면 수많은 눈물을 흘려야 한다"라고 말한다. 그러나 아름다워질 수 있다면 무슨 고통인들 감수하지 못하랴. 발이 작아지고 종아리는 가늘게 되며 허벅지와 허리는 부풀어 오른다. 그리하여 일어날 때 몸 전체가 뒤뚱거리고 넘어질 것같이 불안정한 몸매가 된다. 이제 전족을 완성한 여자는 중국적 아름다움의 최정상에 우뚝 선다. 작은 발을 가지고 그녀는 남자를 사로잡을 수 있다. 뒤틀린 발을 처음 보았을 때 나는 여느 뒤틀린 육신을 본 것처럼 심한 혐오감을 느꼈다.(니코스 카잔차키스)
과거 중국 남자는 성교 시에 여자의 작은 두 발을 들어 올려 그 발로 자신의 양쪽 귀를 쓰다듬거나, 그 발을 자신의 입 속에 집어넣고 애무하는 것을 성교보다 더 큰 쾌락으로 생각했다.
전족한 여자는 걸을 때 발이 작으므로 자연히 다리 사이에 힘이 들어가게 되고, 그리하여 여음(女陰)이 강하게 죄는 힘을 가지게 된다고 믿었다. 전족이 단순히 야만적 관습이라기보다 성적 매력의 한 가지 장치였다는 사실은 오늘날의 여성들이 불편한 하이힐을 계속 신고 다니는 것에서 미루어 짐작할 수 있다.(역자 이종인, 1954~)】
〈카잔차키스의 세계여행 일지〉(『일본 중국 기행』 p.457~466의 연보 요약)
1922년(39세): 아테네의 한 출판인과 일련의 교과서 집필을 계약하며 선불금을 받음. 이로써 해외여행이 가능해짐. 5월 19일~8월말까지 오스트리아 빈 체류, 9월은 베를린 체류
1924년(41세): 이탈리아에서 3개월 보냄
1925년(42세): 10월 아테네 일간지 특파원 자격으로 소련 방문
1926년(34세): 특파원 자격으로 8월 스페인 여행, 10월 이탈리아의 무솔리니 인터뷰 함
1927년(44세): 특파원 자격으로 이집트와 시나이 방문. 10월 말 혁명 10주년 기념으로 소련 정부가 초청하여 방문
1929년(46세): 홀로 러시아 구석구석 여행, 4월 베를린, 5월 체코슬로바키아 여행

그의 여러 작품에 잘 담겨 있다.)[13]

카잔자키스는 『그리스인 조르바』(1946) 『그리스도 최후의 유혹』(1951) 등이 신성을 모독했다는 이유로 1953년(향년 70세)에 그리스 정교회로부터 맹렬히 비난받았고, 이듬해는 로마 교황이 『그리스도 최후의 유혹』을 가톨릭교회의 금서 목록에도 올려버렸다. 이에 카잔자키스는 로마 바티칸과 아테네 정교회 본부에 〈주여 당신께 호소합니다!〉라는 전문을 보내면서 이런 글을 덧붙였다. "성스러운 사제들이여, 여러분은 나를 저주하나 나는 여러분을 축복합니다. 여러분께서도 나만큼 양심이 깨끗하시기를, 그리고 나만큼 도덕적이고 종교적이시기를 기원합니다."

그런데 카잔자키스의 무덤이 그리스 수도인 아테네가 아니라 그의 고향인

1931년(48세): 6월 파리에서 식민지 미술 전시회 관람
1932년(49세): 스페인으로 이주
1933년(50세): 스페인 삶이 녹록지 않아 그리스로 귀환
1934년(51세): 돈을 벌기 위해 2~3학년을 위한 3권의 교과서 집필하여 재정이 호전됨
1935년(52세): 여행기 집필을 위해 일본과 중국을 방문(2월 22~5월 6일)
1936년(53세): 10~11월 내전 중인 스페인에 특파원 자격으로 방문
1937년(54세): 책 『스페인 기행』 출간
1938년(55세): 책 『일본 중국 기행』 출간
1939년(56세): 7~11월 영국 문화원 초청으로 영국 방문, 1940년 책 『영국 기행』 출간
1941년(58세): 8월, 제2차 세계대전이 한창인 때에 『그리스인 조르바(Zorba The Greek)』를 쓰기 시작하여 45일 만에 완성
1943년(60세): 8월 10일, 2년 동안 수정한 끝에 『그리스인 조르바』 최종 탈고
1946년(63세): 5월 19일, 탈고 후 3년 만에 『그리스인 조르바』 그리스어로 최초 출간
1948년(65세): 프랑스 앙티브(Antibes)에 정착하고는 죽을 때까지 계속 여기에 거주
1957년(74세): 중국 정부 초청으로 중국 방문하여 저우언라이(周恩來·주은래)를 만났고, 돌아오는 귀국 편 비행기가 일본을 경유하므로, 중국 광저우에서 예방 접종함. 그런데 북극 상공에서 접종 부위가 부풀어 오르고 팔이 회저 증상을 보임. 백혈병을 진단받았던 독일의 병원에 다시 입원함. 고비를 넘겼으나 아시아 독감에 걸려 10월 26일 사망. 그리스 정교회의 반대로(?) 시신이 아테네를 거쳐 크레타로 운구됨.
13) 『여행의 심리학』, 김명철, 어크로스, 2016, p.25~26.

크레타 섬에 묻힌 것도, 그의 무덤에 나무 십자가밖에 세우지 못한 이유가 교회가 용서하지 않았기 때문이라는 설이 파다했었다. 우선 두 편의 글을 보자.

『그리스도 최후의 유혹』은 나사렛 예수의 인간적인 생애를 그린 소설이다. 나사렛 예수의 생애를 복음서에 나온 사건들에 따라 풍부한 상상력으로 생동감 있게 그려낸 작품으로, 예수는 미리 정해진 길을 따라가는 자신만만한 하느님의 아들이 아니라 인간의 공포와 고통·유혹·죽음을 몸부림을 통해 거울처럼 비춰주는 나약한 존재다. 때로는 어떤 길을 선택해야 할지 혼란스러워하지만, 이야기가 진행되면서 예수가 갈 길은 점점 뚜렷해진다. 그는 자신의 뜻에 따라 운명을 개척한 영웅이다.

이 소설은 복음서의 줄거리를 따라가지만, 배경과 분위기는 카잔차키스의 고향인 크레타 섬이고, 내용은 그곳 농부의 삶이다. 섬세하고 비유적인 문체는 현대 그리스 민중들의 일상용어를 그대로 썼다.

예수의 나이 33세를 빗대어 33장으로 구성한 『그리스도 최후의 유혹』은 카잔차키스가 작품에서 일관되게 그린 '영혼과 육체의 끊임없고 무자비한 싸움'을 다룬다. 예수는 악마의 유혹에 매력을 느끼며 넘어가기도 하지만, 결국 유혹을 뿌리치는 과정을 보여주며 의미를 부여한다.

『그리스도 최후의 유혹』은 무게 있고 의미심장한 소설로, 뛰어나고 독창적인 예술작품으로, 인간의 내면 갈등을 깊이 있게 다룬 문학작품으로 비평가들에게 찬사를 받았다. 이 작품은 널리 인정받았지만, 예수를 정설과 다른 모습으로 그렸다는 이유로 교단에서는 이단이나 신성모독으로 여길 만했다.

카잔차키스는 뉴욕에서 출간된(1951년 원고를 완성했으나 이 책은 그리스에서는 출간되지 않은 상태였다. 『그리스인 조르바』 이윤기 역, 열린책들, p.381 참조)

『그리스도 최후의 유혹』 때문에 1954년 그리스 정교회에서 파문당했다. 미국 정교회는 『그리스도 최후의 유혹』을 매우 추잡하고 불순하고 하느님을 부인한 책이라고 비방했다.)[14]

〔『그리스도 최후의 유혹』은 1988년 마틴 스코세이지 감독이 영화로 만들어 더욱 유명해졌는데, 이 작품은 예수 그리스도의 고귀한 희생을 주제로 했지만, 그가 죽어가면서도 사랑하는 여인과 연애하고 결혼해 행복하게 사는 꿈을 꾸는 장면 등 예수의 신성보다 인간성을 강조했다는 이유로 기독교 근본주의자들로부터 거센 반발을 샀다.

결국 이로 인해 문제가 생겼다. 74살의 카잔차키스가 1957년 여행 중 독일에서 사망하자, 그의 시신은 아테네로 운구되었지만 그리스 정교회의 거부로 교회 묘지가 아닌 고향 크레타 섬 이라클리온의 성문이 내려다보이는 언덕에 안치된 것이다. 나무 십자가 하나가 전부인(파문당해 정식 십자가를 세우지도 못했다) 그의 묘비에는 그가 생전에 미리 써놓은 묘비명이 이렇다.

"나는 아무것도 바라지 않는다. 나는 아무것도 두려워하지 않는다. 나는 자유다."〕[15]

그러나 1946년 그리스에서 첫 출간된 후 70년 만에 그리스 원전을 한국어로 직접 번역하여 『그리스인 조르바』(2018)로 출간한 한국외국어대학교 그리스어학과 유재원(1950~) 교수는 "카잔자키스는 파문당하지 않았다"고 강조한다. 그리고 그의 무덤에 나무 십자가가 세워진 까닭도 고인이 유언으로 그렇게 원했기 때문이라고 지적한다. 유 교수의 글을 보자.

---

14) 『100권의 금서(100 Banned Books, 1999)』, 니컬러스 캐롤리드스, 예담, 2006, p.415~418.
15) 『음악과 함께 떠나는 세계의 혁명 이야기』, 조광환, 살림터, 2016, p.138~139.

[많은 사람들이 그리스 정교회가 카잔자키스를 파문했다고 알고 있는데 이는 명백한 잘못이다. 심지어 그리스에서조차 많은 사람들이 그런 오해를 하고 있다. 이 같은 오해가 널리 퍼진 까닭은 가톨릭 로마 교황청과 그리스 정교회의 아테네 대주교청이 그의 작품들을 금서로 정한 일이 있어서다. 그러나 이미 필자(유재원 교수)가 학술 발표회에서 두 번에 걸쳐 밝힌 바와 같이 카잔자키스는 가톨릭 교인도 아니었고 아테네 교구청에 속한 신자도 아니었다. 한 신자를 파문할 수 있는 권한은 그 신자가 속한 대교구의 수장에게만 부여되는데, 카잔자키스는 터키의 콘스탄티노폴리스(이스탄불)에 있는 세계총대주교청 소속 신자였다. 따라서 그를 파문할 수 있는 사람은 세계총대주교뿐이다. 그러나 세계총대주교청은 카잔자키스를 파문한 적이 없다. 파문하기는커녕 당시 세계총대주교는 크레타 대주교에게 그의 장례식 집전을 맡아 달라고 친히 전화까지 한 바 있다.

또 그가 파문당했기에 그의 무덤에 대리석으로 제대로 만든 십자가를 쓰지 못하고 나무 십자가를 세웠다는 이야기도 잘못 알려진 것이다. 그의 무덤에 나무 십자가가 세워진 까닭은 고인이 유언으로 그렇게 원했기 때문이다.

이에 대한 더 자세한 내용은 필자의 논문 「정교회는 니코스 카잔자키스를 파문했는가?」(『제8회 카잔자키스 이야기 잔치』 2016년, 4~13쪽)를 참고하기 바란다.][16]

---

16) 「그리스인 조르바」, 카잔자키스/유재원 역, 문학과지성사, 2018, p.552~553.

조지 오웰의 다양한 경험

조지 오웰(George Orwell, 영국, 1903~1950. 본명 에릭 아서 블레어, Eric Arthur Blair)은 소련 스탈린주의에 대한 비판을 담은 정치 우화인 『동물농장(Animal Farm)』(1945)으로 명성을 얻는다.[17] 『1984』는 3년 뒤인 1948년에 탈고하여 죽기 1년 전인 1949년에 발표한 소설이다. 이 소설에서 가장 유명한 구절은 "과거를 지배하는 자가 미래를 지배한다. 현재를 지배하는 자가

---

17) 「동물농장(Animal Farm)」 조지 오웰, 코너스톤, 2015, p.156 · 180.
조지 오웰(George Orwell, 저널리스트 · 소설가, 1903~1950)이 1945년 발표한 정치우화 소설 「동물농장」에서 보여주는 핵심 메시지는 "혁명적 이상은 권력 욕구와 결탁할 때 부패한다"는 것이다. 메이저 영감(마르크스와 레닌을 비유, p.156)의 혁명 정신에 따라 동물들은 반란을 일으켜 인간을 몰아내고 그 이상을 실천하고자 했지만, 결국 돼지(주인공 나폴레옹 등)들의 권력 욕구로 인해 실패하고 만다. 이를 통해 오웰은 러시아혁명의 실패를 풍자하고 있다. 사회주의라는 기치로 혁명을 일으켰지만, 결국 '사회주의를 배반한 혁명'이라고 강도 높게 비판한 것이다. 오웰은 러시아식 사회주의는 자신이 바라는 진정한 사회주의가 아니라는 것을 세상에 드러내고자 했다. 그렇다고 오웰이 사회주의 자체를 부정한 것은 절대 아니다. 그는 뼛속까지 민주적사회주의자였다.
「동물농장」은 매우 이례적인 작품이었다. 소련의 스탈린을 우화적으로 비판한 소설이기 때문에 소련을 흠모하는 사회주의자들과 제2차 세계대전에 소련의 도움이 절실했던 영국 정부 모두가 싫어할 것이라 보고 작품 완성 후 출판하기까지 6년이나 걸렸다. 그리고 그가 실패작이 될 게 뻔하다고 했던 작품은 아이러니하게도 미래소설 「1984」(1949)였다.

과거를 지배한다"이다.[18]

조지 오웰의 『1984』에서는 인구의 2%에 불과한 지배계급인 영국 사회주의 내부 당원들이 13%의 실무자 중간계급을 동원하여, 85%의 노동자 계급을 사육하는 동물처럼 지성적인 사고의 싹을 잘라내며 온갖 선전선동과 공포의 조작으로 통치한다.[19] 『1984』는 몸의 통제를 통해 마음을 컨트롤하려는 나라를, 『멋진 신세계(Brave New World)』(올더스 헉슬러, 1932 소설)는 마음을 유혹해 우리 몸을 제어하려는 나라를 소개한다. 하지만 영화 「브라질」(1985, 테리 길리언 감독)의 독재는 인간의 마음과 몸을 송두리째 장악하려는 '백화점식 전체주의'에 가깝다.[20]

조지 오웰의 일대기를 간략하게 소개한다.

〔영국 식민지인 인도 행정부의 아편국 관리인 아버지는 1912년 영국으로 완전 귀국했는데(조지 오웰은 태어난 이듬해인 1904년 교육의 필요성 등으로 어머니와 미리 귀국), 나이 많고 이해심 없는 아버지 때문에 조지 오웰의 방학 생활은 편치 않았다. 1914년엔 이웃집 3남매와 친해져 함께 사냥과 낚시와 야생 조류 관찰을 즐길 수 있었다. 그들을 처음 만났을 때 오웰은 물구나무서기를 하고 있었는데, "왜 그러고 있느냐?"는 물음에 "바로 서 있는 것보다 거꾸로 서 있으면 눈에 더 잘 띄잖아"라고 대답했다고 한다.

조지 오웰은 대학 대신 '인도 제국경찰'에 지원해, 영국 식민지인 인도의 관할이며 외할머니가 살고 있는 버마(1989년 6월부터는 미얀마)에서 5년 동안(1922~1927) 경찰

18) 『1984』, 조지 오웰, 코너스톤, 2015, p.51.
19) 『개인주의자 선언: 판사 문유석의 일상유감』, 문유석, 문학동네, 2015, p.46.
20) 『이상한 나라의 뇌과학』, 김대식, 문학동네, 2015, p.18.

생활을 했다. 24살에 영국으로 돌아온 오웰은 부모와 여동생이 뿌리를 내리고 사는 사우스 월드에 주로 머물며 글을 쓰고, 이따금 부랑자나 노동자들과 어울리고, 이런저런 교사 노릇을 하기도 한다. 그러나 1933년 1월, 여러 해 동안의 몇 차례의 거절과 수정을 거친 그의 첫 책『파리와 런던의 밑바닥 생활(Down and Out in Paris and London)』이 출간되며, 이때부터 조지 오웰이란 필명을 쓰게 된다. George는 가장 흔한 영국 남자 이름이고, Orwell은 그와 인연이 있는 강 이름이자 마을 이름이다. 조지 오웰의 본명은 에릭 아서 블레어(Eric Arthur Blair)이다.

1936년(33살)에 심리학 대학원생 아일린 오쇼네시(Eileen O'Shaugh nessy)와 결혼하고, 며칠 뒤 「코끼리를 쏘다(Shooting an Elephant)」를 기고한다. 오웰이 텃밭을 일구고 가축을 기르며 집필에 몰두하던 7월 스페인 내전이 발발하자, 그는 사태를 예의 주시하다 12월에『위건 부두로 가는 길(The Road to Wigan Pier)』을 탈고하자마자 "파시즘에 맞서 싸우러" 스페인 전장으로 달려간다. 1944년 2월엔『동물농장(Animal Farm)』을 탈고했고, 1945년 2월 「트리뷴」지의 편집장 직을 그만두고 「옵저버」지의 전쟁 특파원이 되어 파리로 간다. 3월에 아내가 수술 도중 사망한다.

오웰도 1947년부터 건강이 좋지 않았다. 그 와중에 예비학교 시절(1911~1916년, 즉 8~13살까지의 학교)의 아픈 추억을 그려낸 에세이 「정말, 정말 좋았지(Such, Such Were the Joys)」를 쓴다(학교의 비방과 관련한 명예훼손 문제 등으로 사후 2년 뒤인 1953년 미국에서 발표. 오웰은 이 학교에 대한 차별과 폭행 등의 아픈 기억이 컸다). 1949년 소설『1984』를 출간한다. 1949년 9월에 건강이 몹시 악화된 오웰은 런던의 한 대학병원으로 옮겨진다. 입원 직후 그는 「호라이즌」지의 편집자 소니아 브라우넬(Sonia Brownell)과 결혼하게 된다. 결혼식은 10월 병실에서 치러진다. 이후 건강은 점점 악화되더니, 스위스 요양원으로 떠나기 며칠 전인 1950년 1월 21일, 조지 오웰은 47세 길지 않은 생을 마감하게 된다.

오웰은 유언대로 자신이 숨을 거둔 지역의 성공회 교회 묘지에 묻히는데 (런던에서 100km쯤 떨어진 작은 마을이다) 우연히도 그가 비교적 행복한 유년 시절을 보낸 템스강 유역과 가까운 곳이었다. 묘비엔 "에릭 아서 블레어 여기 잠들다. 1903년 6월 25일 생 1950년 1월 21일 몰"이라고만 새겨져 있다. 묘비 앞엔 그의 뜻에 따라, 그가 죽은 첫 아내 아일린의 묘에 심었던 장미 한 그루가 심어져 있다.]²¹⁾

『위건 부두로 가는 길(The Road to Wigan Pier, 1937)』은 조지 오웰의 사회주의를 이해할 수 있는 필독서다.²²⁾ 박노자 오슬로국립대학교 교수가 한글 번역서의 '서문'에 쓴 글을 보자.

〔오웰은 '비판적 개인'의 대명사가 된 지 오래다. 자기 자신을 포함한 모든 것에 대해서 매서운 비판정신을 보였던 오웰은 자본주의도, 자본주의와 싸우는 시늉만 했던 스탈린주의도 동시에 비판할 줄 알았다. 20세기 문학 전체를 통틀어 가장 선명하게 '비판적 개인'의 위치를 고수해온 오웰이 죽을 때까지 자신을 '사회주의자'라고 생각했던 것은, 이 세상의 모든 사회주의자들에게 하나의 희망으로 보이지 않을 수 없다. 이는 '민주적 민주주의'와 '비판적개인'의 독립성 사이에 그 어떤 적대적 모순도 존재하지 않는다는 걸 의미하기 때문이다.

오웰의 사회주의를 이해하자면 『위건 부두로 가는 길』은 필독서다. 오웰은 이 책에서

---

21) 『나는 왜 쓰는가: 조지 오웰 에세이(Why I Write, 1946)』 한겨레출판사, 2010, p.저자 소개.
22) 『문득(文得) 여행』 정원경, 모노폴리, 2018, p.313.
위건 부두는 영국 중서부 리버풀 인근에 있는 해양도시다. 위건 부두는 위건 운하에 있던 부두로 산업혁명 당시엔 물동량이 많은 번성한 부두였으나, 1930년대 경기침체로 이미 헐려버렸다. 현재의 그곳 풍경이 궁금해 구글링을 해보니 위건 운하는 보트 낚시를 위한 아담하고 조용한 공원의 모습이다.

노동자에게 인간적 존엄성을 허락하지 않는 비참한 노동과 생활의 여건을 묘사할 뿐만 아니라 노동자에게 인간다운 삶을 가져올 사회주의의 요체도 잘 설명한다. 그의 사회주의는 기본적으로 '상식적'이다. 이 책 말미에 나오는 명언대로 "연합해야 할 사람은 사장에게 굽실거려야 하고 집세 낼 생각을 하면 몸서리쳐지는 모든 이들이다."(p.306) 그들이 마르크스주의를 믿든 안 믿든, 육체노동자든 사무직 노동자든, 어떤 문화적 배경을 가지든 상관없다. 사회주의란 결국 노동하는 인간을 '윗사람' 앞에서 굽실거리는 '개미'로 만드는 자본 독재에 대한 모든 상식적·양심적인 사람들의 반란일 뿐이다. 전태일의 외침대로 '기계'로 살고 싶지 않은 모든 사람들의 연대는 바로 오웰이 원했던 바다. 각종 '이론가'와 '정파'들이 오랫동안 티격태격하면서 노동자들의 연대를 불가능하게 만들어온 한국과 같은 땅에서 오웰의 이야기는 특히 절실하다. 그의 이야기는 우리에게 사회주의적 미래로의 길을 보여준다.」[23]

---

23) 『위건 부두로 가는 길(1937)』 조지 오웰, 한겨레출판사, 2010, p.4~5.

역사학자 강만길의 러시아 '회상의 열차' 여행

대한민국 역사학계의 거장인 강만길(姜萬吉, 마산 출생, 마산고등학교, 고려대학교 사학과, 1933~) 교수는 위험한 20세기에 가장 21세기적인 역사적 비전을 보여준 원로 역사학자다. 그는 우리 땅의 분단 극복을 화두로 삼아 역사 연구를 하면서 '평화의 나침반'이 되어 왔던 인물이다.

소년 시절, 일제강점 말기와 해방정국을 경험하며 역사공부에 뜻을 두게 되어 고려대학교 사학과에 입학했다. 대학원에 다니며 국사편찬위원회에서 일하다 1967년 고려대 사학과 교수로 임용되었으며, 1972년 '유신' 후 군사 정권을 비판하는 각종 논설문을 쓰면서 행동하는 지성인으로 이름을 알리게 되었다. 광주항쟁 직후 항의집회 성명서 작성과 김대중으로부터 학생선동자금을 받았다는 혐의 등으로 한 달 동안 경찰에 유치되었다. 전두환 정권에 의해 1980년 7월 고려대에서 해직되었고, 1983년 4년 만에 복직하여 강단으로 돌아온다. 이후 정년퇴임하는 1999년까지 한국근현대사 연구와 저술활동을 통해 진보적 민족사학의 발전에 힘을 쏟았으며, 2001년 상지대학교 총장을 맡아 학교운영정상화와 학원민주화를 위해 노력했다. 김대중 정권부터 노무현 정권까지 약 10년간 통일고문을 역임했고, 남북역사학자 협의회 남측위원회 위원장, 친일반민족행위 진상규명위원회 위원장, 광복60 주년기념사업 추진위원회 공동위원장 등을 역임했다. 2007년부터 재단법인 '내일을 여는 역사재단'을 설립해 젊은 한국근현대사 전공자들의 연구를 지원 하고 있다. 또한 '청명문화재단'이사장으로서 임창순 상을 제정해 민족공 동체의 민주적 평화적 발전에 공헌한 사회실천기들의 업적을 기리며 한국학 분야의 연구를 장려하고, 청명평화포럼을 통해 우리 사회의 새로운 지향을 모색하고자 노력하고 있다. 현재 고려대 한국사학과 명예교수이며 대표 저서 로는 『조선후기상업자본의 발달』(1973), 『분단 시대의 역사인식』(1978), 『한국민족운동사론』(1989 초판, 2008 개정판), 『통일운동시대의 역사인식』 (1990 초판, 2008 개정판) 『고쳐 쓴 한국근대사』{'한국근대사'(1984)→'고쳐 쓴 한국 근대사'(1994 초판, 2006 개정판)}, 『고쳐 쓴 한국현대사』{'한국 현대사'(1984)→'고쳐 쓴 한국 현대사'(1994 초판, 2006 개정판)}, 『회상의 열차를 타고』(1999), 『20세기 우리 역사: 강만길의 현대사 강의』(1999 초판, 2009 개정판), 『역사가의 시간』(2010), 『내 인생의 역사 공부』(2016) 등이 있다.

강만길 교수의 저작 『회상의 열차를 타고: 고려인 강제이주 그 통한의 길을 가다』(1999)를 통해 고려인 강제이주의 아픈 역사를 알아보자.

〔〈1997년 9월 10일 최초 운행된 '회상의 열차'〉

1937년에 소련의 스탈린 정권은 연해주 지역에 사는 우리 동포들을 중앙아시아 지역으로 강제이주시켰다. 1997년 9월 10일, 그 60주년을 기념하기 위해 러시아 고려인협회와 한국의 '우리민족서로돕기운동본부'가 공동으로 강제이주 때의 여정을 따라 운행하는 특별열차를 내고 그 이름을 '회상의 열차'라고 했다. 블라디보스토크에서 우즈베키스탄 타슈켄트까지 약 8,000km 거리다. 이후에도 여러 단체에서 '회상의 열차' 여행을 다양하게 비공식적으로 운영 중이다.

소련 및 러시아와의 국교가 열리면서 시베리아 지역의 우리 민족 해방운동에 대한 이해를 높이기 위해 현지에 가봐야겠다는 생각을 가졌지만 기회가 잘 오지 않았다. 그런데 마침 공동대표의 한 사람으로 참가하고 있는 '우리민족서로돕기운동본부'의 요청이 있어서 친구 성대경 교수와 함께 '회상의 열차'를 타게 됐다.(p.29) (1990.9.30. 한-러 수교, 1991.12.26. 소련 해체)

우리 일행 중 누군가 '회상의 열차'가 가지는 의미를 말해 달라고 하자 러시아 고려인 협회장 이 올레그 씨가 대답했다. 그는 '회상의 열차'가 가지는 의미는 고려인의 명예 회복에 있다고 말했다. 1994년에 고려인명예회복법이 러시아 의회에서 통과되었지만 아직까지 그것이 실현되지 않고 있기 때문에 고려인들의 명예회복을 위해 '회상의 열차'를 운행한다는 것이다.(p.37)

'회상의 열차'가 가지고 있는 또 하나의 목적은 이번 행사를 통해서 여태까지 적극적 으로 말을 못하고 있었던 고려인 자치주 설치 문제까지도 거론하려는 것이었다. 이 올레그 씨의 말에 의하면 1996년까지 2만6천 명의 고려인들이 중앙아시아에서 연해주로 옮겨왔으며, 지금도 돌아오기를 희망하는 고려인들이 많다고 했다.

중앙아시아지역 고려인들의 연해주 이주 문제는 러시아 고려인들의 생각과 중앙 아시아 고려인들의 생각 사이에, 그리고 러시아 정부와 중앙아시아의 카자흐스탄이나 우즈베키스탄 정부 사이에 차이가 있음을 알게 된다. 러시아 지역의 고려인들은 중앙 아시아 지역의 고려인들이 러시아 지역으로 옮겨오기를 원하는 것 같고, 중앙아시아 지역의 고려인들은 반드시 그런 것 같지는 않으며, 러시아 정부는 또 옮겨오기를 바라는

것 같은데 중앙아시아 국가들은 옮겨가기를 바라지 않는 것 같다는 말이다.(p.41~42)

〈고려인들은 왜 강제 이주되었는가?〉[24] [25]

고려인들이 연해주 지역에 이주한 당초에도 러시아인들은 "만약 러시아와 중국이나 일본 사이에 전쟁이 일어날 경우 러시아에 사는 고려인들이 이들 적국의 간첩망으로 이용될 가능성이 있다"는 우려를 가지고 있었다. 이 같은 생각이 바탕이 된 것이라 생각되지만, 러시아혁명이 성공한 후(1917년) 러시아공산당은 이미 일본 영도가 된 한반도 지역과의 접경지대에 사는 고려인들을 다른 지방으로 이주시키려는 계획을 가지기 시작했다.

그러나 1922년에 진행되었던 이 계획은 한인들의 강력한 반발로 말미암아, 그리고 대규모 이주계획을 실현시키기에는 아직 정치적으로나 경제적으로 그 여건이 마련되지 못한 단계라고 볼 수 있기 때문에 실행이 되지 못했다. 소련공산당이 연해주 고려인들의 이주 문제를 다시 들고 나온 것은 1926년 12월 6일이었다. 전연방소비에트집행위원회 간부회의가 고려인들의 토지정착 문제에 대해 4가지 결정을 했다. 그리고 이 결정은 1927년 1월 28일부로 러시아연방 인민위원회결정으로 확인되었다.

---

24) 2017.12.15. 방송 〈'KBS스페셜' 고려인 강제이주 80년, 우즈벡 사샤 가족의 아리랑〉
   1) 2,500여 명의 고려인 지식인 강제 처형. 1937년 9월 강제이주 직전에 연해주에 거주하던 고려인 항일 독립투사와 지식인 등 2,500여 명을 비밀리에 처형했다. 일본제국에 동조한다는 누명을 씌워!(항일운동의 대부 최재형 선생은 1920년 4월 7일(양력) 일본 경찰에 의해 이미 처형당했다.)
   2) 스탈린(1922~1952년까지 30년간 통치)이 강제이주를 자행한 이유
      다음과 같은 어지러운 상황을 우려하여 혹시 고려인들이 일본에 동조할 가능성을 아예 없애버리기 위해 강제이주시킨 것이다! 첫째, 동쪽에서는 일본이 중일전쟁(1937년 7월 7일~1945년 8월 제2차 세계대전 끝)을 일으켜, 소련의 동쪽이 불안했고, 둘째, 서쪽의 상황을 보면, 독일의 분위기가 심상치 않았다.
25) 『우크라이나, 드네프르 강의 슬픈 운명: 역사·정치·경제·사회의 모든 것』, 김병호, 매경출판, 2015, p.50~51. 〈스탈린 강제이주와 우크라이나의 고려인〉
      우크라이나에는 3만 명 남짓의 고려인들이 살고 있다. 러시아(10만 명)를 포함한 독립국가연합(CIS) 각지에 사는 50만 명의 전체 고려인 숫자에 비하면 작은 규모지만 우크라이나 내 소수 민족 가운데 그처럼 강인한 생명력을 가진 민족도 없을 것이다. 특히 고려인과 우크라이나인은 스탈린 압제(1922~1952년까지 30년간 통치)의 피해자였다는 점에서 공통분모가 있다.

소련 당국은 이 계획에 의해 블라디보스톡('동방 정복'이라는 뜻) 구역에 있는 고려인 15만 명(당시) 중 약 10만 명을 구역 밖으로 이주시키려 했다. 그러나 고려인들의 반대와 소련 당국의 준비 부족으로 1928년~1929년 사이에 1,279명이, 1930년에 1,626명이 이주했을 뿐이었다. 1930년에 이주한 고려인들 중 170명이 카자흐스탄으로 갔다. 이 이주 계획은 1931년 2월에 중단되었다.

1937년에 들어서서 숙청이 시작되면서 일본이 파견한 스파이가 한반도, 만주 등 중국 북부, 소련에 퍼져있다는 기사가 소련 공산당 공식 일간지 「프라우다(Pravda)」에 게재되었다. 일본이 이해 7월 7일 중일전쟁을 도발하자 소련은 8월 21일 중국의 국민당 정부와 불가침 조약을 맺었다. 중국과 불가침조약을 맺은 바로 그날, 소련 인민위원회와 볼셰비키당 중앙위원회는 극동 변경지역에서 고려인들을 이주시키는 결정을 채택했다. 그 공식적인 이유는 "극동지방에 일본 정보원들이 침투하는 것을 차단하기 위한 목적"이라 했다.(p.71~74)

(1991년 12월 26일자로) 소련이 무너지고 러시아가 개방되면서 1937년 강제이주에 대한 비밀문서들이 개방되기 시작했다. 이창주(李昌柱) 교수(러시아 국립 상트페테르부르크 국제관계학부 석좌교수이자 국제한민족재단 상임의장)가 펴낸 『1920년~30년대 러시아의 고려인 비록(秘錄)』에는 소연방인민위원회의·전 연방공산당 중앙위원회의 1937년 8월 21일자 '극동지방 국경지구 조선인 주민의 추방에 대해서'라는 문서가 수록되어 있다. 그것에 의하면 "소연방인민위원회의·전 연방공산당 중앙위원회는 다음과 같이 결의한다. 극동지방에서의 일본의 스파이 행위 침투를 저지하기 위해 다음의 모든 조처를 취할 것"이라 하고 12개조의 결정을 했다. 여기에는 "즉시 퇴거에 착수하여 1938년 1월 1일까지 완료할 것"이라는 내용이 들어 있다.(p.57~58)」[26]

---

26) 「회상의 열차를 타고: 고려인 강제이주 그 통한의 길을 가다」, 강만길, 한길사, 1999.

연해주(沿海州), 즉 프리모르스키 지구(Primorsky Kray)의 현재 인구 230만 명 중 고려인은 약 4~5만 명(강제이주 귀환자 3만 명 포함)이다. 연해주 최대의 도시는 블라디보스토크(인구 약 60만 명, 루스키 섬·Русский остров이 절경)이고, 이곳에서 북쪽으로 약 100km 차로 2시간 거리에 있는 연해주 제2의 도시는 우수리스크(Ussuriysk, 조선인들이 러시아에 들어온 최초의 땅이다)로 인구는 약 17만 명, 제3의 도시는 나호트카(Nakhodka, 동쪽 항구도시로 인구 약 16만 명)이다.

러시아에는 또 하나의 아픈 섬 사할린이 있다. 포츠머스(미국 뉴햄프셔 주에 있는 군항도시) 조약으로 러일전쟁 이후부터 1945년까지 일본이 섬의 남쪽 지역을 점령하고 있었다. 많은 일본 기업이 사할린에 진출했고, 궁핍한 일본의 농민들도 일거리를 찾아 이주했다. 강제연행된 조선인도 많이 있었다. 일본이 패전할 당시에는 일본인이 약 40만 명, 조선인이 약 4만 명 정도 살았다. 1946년 12월, 연합군 총사령부와 소련이 협정을 체결하여 일본인은 대부분 귀국했다. 그러나 여러 사정으로 사할린에 남을 수밖에 없었던 일본인도 많았다. 현재 사할린에 남은 일본인 약 400명 중 70%가 여성이다. 이들은 바로 조선인 또는 소련인과 결혼한 여성이었다. 외국인과 결혼한 여성은 일본 국적이 인정되지 않았고, 자녀들도 일본 국적이 아니었기 때문에 그들은 일본으로 돌아갈 수 없었다.

한편, 사할린에 연행되어 강제노동을 해야 했던 조선인 역시 그대로 이국 땅에 방치되었다. 소련이 북위 38도 이북 출신자 가운데 북한에 돌아가기를 바라는 사람들만 귀국시켰기 때문에, 사할린에 남겨진 조선인은 약 80%가 38도 이남 출신이다. 한국인의 귀국 운동은 소련이 해체된 1991년 이후 극적으로 진행되었다. 그때부터 조금씩 귀국이 진행되다 2014년 말까지 4,293명

('사할린한인역사기념사업회' 홈페이지와 여러 매체 참조)이 한국에 영구 귀국했다. 사할린에서 귀국한 한국인은 경기도 안산시 '고향마을'을 비롯해 경북 고령 '대창양로원' 등지에 정착했다. 오랜 소원이었던 고국행이 현실로 이루어진 것이다. 그러나 영구 귀국을 할 수 있는 대상은 1945년 8월 15일 이전에 사할린에 거주했거나 출생한 사람과 그 배우자였기 때문에 이들의 자손은 귀국할 수 없어 어쩔 수 없이 이산가족이 되었다. 따라서 귀국하고 싶지만 자식들과 헤어지기 싫어 사할린에 남은 사람도 있는 것이다.[27] [28]

연해주는 항일 독립운동의 주요 거점이었던 만큼 위대한 독립투사들도 많았다. 대표적인 인물인 최재형 선생과 이상설 선생을 간략하게 소개하고자 한다. 먼저, 교과서엔 한 줄도 실리지 못한 잊힌 의인으로 순국 100주기를 앞두고 있는 최재형(崔在亨, 함경북도 경원군 출생, 1858? 1860?~1920) 선생이다. 함경북도 노비 출신이라 정확한 출생연도도 모른다. 하지만 그는(안중근의 1909년 10월 26일) 하얼빈 의거를 지원한 러시아 '한인민족운동 대부'였고, 전 재산을 바쳐 안중근 의사를 돌본 "진짜 카네기 같은 사람"(도올 김용옥)이었다. 문재인 대통령 부부는 2017년 9월 6~7일 러시아 블라디보스토크에서 열리는 제3차 동방경제포럼 참석차 러시아를 순방했다. 부인 김정숙 여사는 방러 첫 일정으로 항일 독립운동의 주요 거점이었던 연해주 우수리스크에 있는 '고려인 문화센터'를 방문하고, '이상설 선생 유허비'[29]는 참배했다.

---

27) 「한국과 일본 그 사이의 역사」, 한일공동역사교재 제작팀, 2012, p.190.

28) 「사할린: 이규정 현장취재 장편소설」(전3권, 1996→개정판 2017)도 있다. 이규정: 경남 밀양 출생. 신라대학교 교수, 소설가, 1937~2018.4.13. 향년 82세. 소설 「사할린」은 1996년 출간된 「먼 땅 가까운 하늘」의 개정판.

29) '이상설 선생 유허비'는 우수리스크 인근 솔빈강변에 있다. 솔빈강(率賓江, 수이푼강=라즈돌나야강 · Reka Razdolnaya)은 926년 발해 멸망 당시 거란과의 항쟁에서 발해 병사들이 피로 물드는 걸 보고 발해 여인들이 슬피 울었다고 하여 '슬픈강' 또는 '죽음의 강'이라는 아픈 전설이 있다.

그러나 같은 우수리스크 시내에 있는 '최재형 선생 고택'은 방문하지 않은 점은 아쉬웠다. 최재형 선생 관련 신문기사 중 일부를 소개한다.

〔〈사망 후 가족은 강제이주, 무덤도 못찾아〉

(…)안중근 사망(1910.3.26) 후 일본 압박으로 최재형의 입지는 좁아졌다. 하지만 1911년 독립후원단체 '권업회(勸業會)'를 세워 항일운동을 지속한다. 1919년엔 상하이 임시정부 재무총장에 추대되기도 했다.

그러나 1920년 4월 5일. 그는 일본군 손아귀에서 벗어나지 못하고 붙잡혔다. 재판 없이 이틀 만에 총살당했다. 당시 상황은 정확하지 않다. 최재형기념사업회 문영숙 상임이사[30]는 "최재형이 감옥을 옮기던 중 총살당했다는 게 일본 측 기록"이라며 "그냥 끌고 가다 쏴 죽였다는 딸들의 진술과 배치된다"고 설명했다.

묘소는 찾을 수 없다. 일본이 가족에도 장지 위치를 알리지 않아 매장지는 유실된 상태라고 문 이사는 말했다. 이후 1937년, 최재형 가족도 소련 정권에 강제이주당해 뿔뿔이 흩어졌다. 자녀 1명은 키르기스스탄(Kyrgyzstan) 지역으로, 1명은 카자흐스탄(Kazakhstan)으로 가는 식이었다. 2018년 초 겨우 찾아낸 최재형 선생 부인 최 엘레나 여사의 묘소는 키르기스스탄 비쉬케크(Bishkek) 공동묘지에 있다.

---

30) 현재 사단법인 최재형기념고려인지원사업회(최재형기념사업회로 통칭) 상임이사를 맡고 있는 문영숙 작가(1953~)가 쓴 소설 『까레이스키, 끝없는 방황』(푸른책들, 2012)은 스탈린에 의한 고려인의 강제이주를 소재로 하고 있다. 문영숙은 조선인들이 멕시코로 이주하여 겪은 기구한 인생사를 다룬 『에네껜 아이들』(푸른책들, 2009) 및 『독립운동가 최재형: 시베리아의 난로 최 페치카』(서울셀렉션, 2014)라는 소설도 썼다.
최재형기념사업회는 특히 2020년 최재형 순국 100주년을 앞두고 2017년 11월 22~23일 서울 용산아트홀 대극장에서 뮤지컬 「페치카(PECHIKA): 안중근이 끝까지 지킨 그 이름」을 공연했다. 2018년 7월 5일 「페치카」 갈라콘서트도 KBS홀에서 무료로 2차례 개최했다.
그리고 이수광(충북 제천 출신, 대한민국 팩션의 대가, 1954~) 작가도 역사소설 「대륙의 영혼 최재형」(랜덤하우스코리아, 2008)에서 '한국의 체 게바라' 최재형의 파란만장한 삶을 조명하고 있다.

〈교과서엔 한 줄도 없다〉

독립운동에 인생 모든 걸 쏟았지만, '최재형'이란 이름은 한국인에게 아직 생소하다. 고등학교 한국사 교과서에도 그는 없다. 1952년 사망한 최재형의 부인 최 엘레나도 완전히 잊힌 상태. 남편뿐 아니라 항일의병, 그리고 남겨진 안중근 가족까지 돌봤던 그는 키르기스스탄 비쉬케크 공동묘지에 묻혀 있다. 묘소 위치는 올해 초에 비로소 확인됐다.

〈국립묘지 안장은 불가능할까.〉

문 이사는 "공훈기록이 남지 않아 '최재형 가족'이란 기록만 갖고는 안장이 안 된다는 국가보훈처의 답변을 들었다"고 말했다.

〈"정부가 더 관심 기울였으면…"〉

정부는 1962년 최재형을 안중근 등과 함께 유공자로 서훈했지만 '대우'는 그에 못 미쳤다. 러시아(구 소련) 국적이었기 때문이란 의견이 지배적이다. 묘소 대신 위패를 국립묘지에 모신 것도 2015년이 돼서다. 국가보훈처는 올해부터 순국추모행사를 지원하기 시작했다. 2018년 가을엔 그의 고택이 있는 러시아 우수리스크에 '최재형 기념관'이 문을 연다.

문 이사는 "정말 많은 일을 하신 분인데 남은 사료가 많이 없어 안타깝다"며 "국가의 적극적인 관심이 필요하다"고 말했다.)[31]

31) 「헤럴드경제」, 2018.4.21. 윤현종 기자.
32) 「뉴시스」, 2018. 3. 14. 〈헤이그특사 주역 이상설 선생 추모일은 순국일에 맞춰야〉
  -현재 4월 22일(음력 3월 2일) ⇒ 4월 1일(음력 윤 2월 10일)로-
  1907년 '헤이그특사 사건'의 주역이자 충북 진천의 대표적인 독립운동가인 보재 이상설 선생의 추모일이 순국일과 달라 이를 바로잡아야 한다는 주장이 제기됐다. 충북대 박걸순 교수는 선생의 순국일이 일제 측 기밀문서와 「신한민보」(1917.5.24.) 신문 등을 근거로 1917년 4월 1일(음력 윤 2월 10일)이라고 주장하고 있다. 이상설선생기념사업회는 해마다 4월 22일(음력 3월 2일) 추모제를 거행하고 있다.(진천 강신욱 기자)

보재(溥齋) 이상설(李相卨, 충북 진천 출생, 1870~1917, 향년 47세)[32] 선생은 1907년 을사늑약(1905년 11월 17일)의 부당함을 알리기 위해 대한제국 고종의 특사로 이준(1859~1907.7.14. 자결, 49세)·이위종(1884~1924?, 40세) 선생과 함께 네덜란드 헤이그 제2회 만국박람회에 특사로 파견됐다 (1907.4.22.~7.14.). 그러나 외교권이 없는 나라의 대표라는 제국주의 열강의 반대로 실패하고, 이후 각국에서 외교운동을 벌였다. 1914년 이동휘·이동녕 등과 함께 중국과 러시아령 등에 있는 동지를 모아 대한광복군정부(최초의 국외 임시정부)를 세웠다. 러일전쟁(1904.2.8 1905.9.5. 포츠머스 조약) 10주년을 맞아 반일감정이 고조된 러시아 분위기와, 한민족이 연해주에 최초로 이주한 지(1863년 가을) 50년이라는 시점에 맞춰 군자금을 모을 수 있다는 복안도 깔려 있었다(6개월 후 해산). 그러나 1914년 3월(?) 출범한 대한광복군정부는, 같은 해 7월 28일 제1차 세계대전 발발로 러시아가 전시체제에 돌입하고 러일동맹이 성립됨에 따라 러시아 정부의 탄압을 받아, 그해 9월에 그 모체인 권업회와 함께 더 이상 활동하지 못하게 되고 말았다. 이상설 선생은 일본으로부터 사형 선고를 받고 러시아에 머물며 항일운동을 전개하던 중 1917년 병으로 숨을 거뒀다. 그는 근대수학 교과서 『산술신서(算術新書)』(1900년, 사범학교 및 중학교용)를 집필해 근대수학 교육의 아버지로도 불린다.

「동아일보」 김광현 논설위원은 〈두 영웅의 만남〉이라는 칼럼에서 "안중근이 가장 존경한 인물은 이상설"이라고 했을 정도로 이상설의 내공은 대단했다.

〔1905년 을사늑약 보름 전 의정부 참찬에 발탁된 보재(溥齋) 이상설은 늑약이 아직

고종 황제의 비준 절차를 거치지 않아 효력이 발생하지 않았다는 걸 알고 "차라리 황제가 죽음으로써 이를 폐기해야 한다"는 상소를 올렸다. 그의 기개는 높았다. 그는 1907년 이준 이위종과 함께 고종의 밀사로 헤이그 만국평화회의에 파견돼 열강 대표를 상대로 을사늑약의 부당함을 피를 토하는 심정으로 호소했다. 그러나 제국주의 시대 약소국 특사에게 돌아온 것은 멸시와 냉담뿐. 이 사건을 빌미로 일제는 고종을 강제 퇴위시키고 군대를 해산한 뒤 1910년 강제합병으로 치닫는다.

궐석재판에서 일제로부터 사형선고를 받은 이상설은 간도, 하와이, 상하이를 거쳐 블라디보스토크로 옮겨 다니며 독립운동을 벌였다. 조국의 군대 해산을 바라본 안중근 역시 망명길에 올라 간도를 거쳐 1909년 의병활동을 위해 블라디보스토크로 왔다. 두 애국독립투사의 만남은 필연이었다. 이토 히로부미를 처단한 안중근 의사는 뤼순 감옥에서 이상설에 대해 "재사로서 법률에 밝고 필산(筆算)과 영어, 일본어, 러시아어에 능통하다. (…)애국심이 강하고(…) 동양평화주의를 친절한 마음으로 실천하는 사람이다"라고 평을 남겼다.

최근 일본과 러시아 극동문서보관소에서 '일제 스파이의 대부'로 불리던 식민지 조선의 첫 헌병대장 아카시 모토지로의 비밀 보고서가 발견됐다. 이 보고서는 "안응칠 (안중근 의사)의 정신적 스승이자 사건 배후는 이상설" "안응칠이 가장 존숭(尊崇)하는 이가 이상설"이라고 언급했다. 영웅은 영웅을 알아본다고 했는데 바로 이런 경우다.

유학자였지만 이상설은 화장하고 제사도 지내지 말라는 유언을 남겼다. 망국의 신하로 묻힐 조국이 없고 제사도 받을 수 없다는 뜻이었을까. 요즘 밖으로는 구한말을 연상시킬 만큼 나라가 긴박하고 안에서는 혼돈이 드러나고 있다. 이런 때일수록 선생의

기개와 애국심이 그리워진다. (2018년 4월) 22일이 선생의 101주기다.)[33]

---

33)「동아일보」, 2018.4.20. 〈두 영웅의 만남〉

제4장

작가들의 여행

Lee Sang Joon · Knowledge Series 1

We only see what we know.

우리는 우리가 아는 것만 볼 수 있다. (요한 볼프강 폰 괴테)

:
:

여행을 떠날 때마다 우리는 인생의 터닝포인트를 기대한다. '뭔가 달라져야 하지 않을까?' 하고 생각하는 순간 가장 먼저 떠오르는 것도 여행이다. 대작가들도 그랬다. 그들은 문득 떠난 여행에서 또 다른 문을 보았고(門得), 그것을 걸작으로 써냈다(文得).(정원경)

정원경은 영화 「불후의 명작」「예외 없는 것들」(2006) 조감독을 맡았으며, 여행과 여행기를 연료로 영화 시나리오와 인문학 관련 글을 쓰는 작가다. 그는 책 『문득(文得) 여행』(2018)에 오늘날 예술이라는 광대한 우주에 눈부신 별로 빛나고 있는 작가, 예술가들에게 중요한 터닝포인트가 된 여행을 집중적으로 탐색한 내용을 담았다. 25명의 작가들이 남긴 여행기, 대표 작품을 바탕으로 그들의 여정을 함께 따라가면서 삶에 닥친 위기와 좌절, 공황상태, 작품세계의 전환기를 어떻게 맞이하고 극복했는지 생생하게 설명하고 있다.

이 책은 크게 다섯 가지 테마로 구성되었다.

첫째, '도피, 숨어서 울다'에서는 삶의 위기에서 때로는 정처 없이 때로는 홀로 먼 이국땅에서 자신의 길을 탐색한 작가들의 여행을 다루고 있다.

안데르센, 하이네, 앙드레 지드, 카렌 블릭센이 바로 그들이다.

둘째, '방랑, 길에서 쉬다'에서는 뚜렷한 목적 없이 마음이 이끄는 대로 떠돌거나 영감을 얻기 위해 낯선 길을 걸었던 작가, 독특한 여행기를 쓴 작가들을 다룬다. 마크 트웨인, 로르카, 세스 노터봄, 빌 브라이슨의 여행을 탐색한다.

셋째, '모험, 생사를 걸다'에서는 극한 직업으로서의 작가들의 삶을 들여다본다. 극한의 순간에서야 제 모습을 드러내는 인간의 본성을 발견한 호메로스, 안톤 체홉, 헤밍웨이, 마이클 크라이튼의 여정을 따라가다.

넷째, '순례, 두 번 살다'에서는 보다 새로운 지혜를 구하고 상처받은 영혼의 치유를 위해 떠난 순례길을 조망한다. 연암 박지원, 괴테, 존 스타인벡, 서경식의 순례길이다.

다섯째, '역사 현장, 무덤을 파다'에서는 증언자가 되기 위해 어두운 역사의 한가운데로 뛰어 들어간 작가들의 뜨거운 여정을 체험할 수 있다. 여기에는 카잔자키스, 조지 오웰, 강만길, 카푸시친스키의 혼이 담긴 여정 등이다.

이 책에 수록된 몇 사람의 여정을 통해 여행의 의미를 되새겨보자.

[도피 1. 작가 안데르센의 19세기 지중해 여행: 동화작가가 동심을 잃었을 때 (p.19~20)
안데르센(Hans Christian Andersen, 덴마크 작가, 1805~1875)은 울적함을 달래기 위해 먼 여행길에 올랐고, 이 여행은 『지중해 기행』(1842)이라는 여행기로 우리에게 남아 있다. 이 대목에서 우리는 그의 인생에서 여행이 어떤 의미를 지니는지, 그의 여행기에서 우리가 무엇을 기대할 수 있을지 어렴풋이 예감할 수 있다. 여행은 가난이 그의 상상력을 옥죄어 올 때 작가로서의 돌파구가 되어주었고, 야속한 편견에 시달릴 때 상처가 깊어지기 전에 피할 수 있는 도피처가 되어주었다. 또 훗날 세 번의 실연으로 인한 독신 생활에서 그 외로움을 달래주었던 것도 여행이었다.

118

특히 이후의 그의 작품들을 살펴보면 여행이 그의 창작활동에 얼마나 절대적인 영향을 미치고 있는지 알 수 있다. 그는 여행 중에 접한 수많은 이야기를 모아 일종의 세계동화 모음집이라 할 수 있는 『안데르센 이야기집』(1835 등 다수)을 펴냈고, 『지중해 기행』 이후에도 10년 주기로 『스웨덴 여행기』(1851) 『스페인 여행기』(1863)를 썼으며, 건강이 악화되어 더 이상 여행을 할 수 없을 지경이 될 때까지 여행을 계속했다.

그는 자신 소유의 집을 놔두고 지인들의 집이나 별장을 옮겨다니며 지내는 시간이 더 많았으므로, 죽는 그날까지 여행을 했다고 할 수 있다. 이에 더해 지인들의 집에서 많은 사람들에게 중요한 이야깃거리는 그의 여행담이었으니, 안데르센의 인생에 있어서 여행은 빛이자 소금이었다.

도피 2. 시인 하이네의 하르츠(Harz)산 도보 여행: 어느 낙제생의 특별한 산행 (p.26~41)

하이네(Heinrich Heine, 독일 출생 유대인 시인, 1797~1856) 어머니의 교육열은 대단했다. 중산층 상인 집안의 안주인이었던 그녀는 아들에게 원대한 기대를 품었다. 교육은 매우 이성적이고 현실적인 계산 하에 진행되었다. 상류층 지인들의 성공사례와 인맥을 고려하여 실현 가능한 진로를 정하고, 그에 따라 맞춤교육을 한 것이다. 여기까지는 그럴 수도 있겠다 싶지만, 문제는 시대가 워낙 격변기이다 보니 그 목표를 자주 수정해야 했다는 점이다.

어머니의 목표는 왕국의 고관대작에서 사업가로, 사업가에서 법률가로 바뀌었고, 하이네는 그때마다 전공을 바꿔 빡세게 공부를 해야 했다. 윗동네 덴마크에서 안데르센이 무학의 설움에 괴로워하고 있는 동안, 아랫동네 독일의 하이네는 이렇게 과도한 스펙 쌓기에 시달리고 있었던 것이다. 가난의 고통이 없었다고 해서 하이네의 상황이 더 나았다고 할 수는 없다. 자신의 본성대로 살지 못하는 것 자체가 큰 고통이고, 재능이 컸던 만큼 고통도 컸을 것이기 때문이다.

과외, 인문과 상업학교, 수차례의 (은행) 인턴생활, 사업 실패, 법대만 세 군데를 다닌 실로 대단한 여정이었다. 어머니도 대단하지만 시키는 대로 공부를 해낸 하이네도 참으로 대단하다. 하이네 어머니의 철저함과 집요함을 실감하고 싶다면 그녀의 초상화를 찾아보시길. 그렇다면 이 파란만장한 모자의 수업시대는 어떻게 끝났을까?

어머니의 헌신을 배반할 수 없었던 하이네는 다시 마음을 잡고 괴팅겐 대학으로 돌아온다. 그리고 1년 후 마침내 법학박사 시험에 합격, 3년 과정을 6년을 걸려 마치게 된다. 그러나 하이네가 학위를 딴 것은 법관이 되기 위한 것이 아니었다. 그는 지겨운 공부를 끝내고 본격적인 시인으로 살기로 이미 마음을 굳힌 상태였던 것이다.

어차피 시인 나부랭이나 될 것이었다면 성직자나 만들 것을. 어머니의 25년간 질주는 이렇게 가장 원치 않았던 대재앙으로 끝나버린다. 몸소 천재적인 시인을 낳아놓고 필사적으로 시대를 따라잡으려 했던 어머니의 모습이 안쓰럽다. 그런데 모자가 이 난리를 치고 있는 사이 그의 아버지는 무엇을 하고 있었을까? 그는 어떤 사람이었을까? 그의 아버지 잠존 하이네는 아름다운 머릿결과 성스러운 외모, 관대하고 낙천적인, 특히 여성들에게 더 친절한 '도련님 같은' 남자였다고 한다. 어머니의 교육열에 시달리면서도 변함없이 무심하고 태평하게 시를 썼던 하이네의 영혼은 그의 아버지로부터 온 것이었다. 하이네는 『회상록』 제5부에서 아버지에 대해 이렇게 말한다.

"거칠 것 없는 삶의 기쁨이 나의 아버지의 성격상 기본 특징이었다. 아버지는 향락을 추구했고, 쾌활했으며, 장미 같은 분이었다. 그의 마음속은 언제나 잔칫날이었다. 가끔 춤곡이 제대로 울리지 않아도, 그는 바이올린들의 음을 맞추었다. 언제나 하늘처럼 푸른 명랑함과 경쾌함의 팡파르. 어제 일은 잊어버리고 다가오는 아침은 생각하지 않으려는 태평스러움!"

하이네가 하르츠로 여행을 떠난 것은 법대를 졸업하기 1년 전이었다. 베를린과 함부르크 등지를 떠돌던 그는 법률가의 길에 대해 진지하게 고민하며 괴팅겐으로 돌아왔다. 그가 법률가에 대해 깊은 고민을 한 이유는 어머니의 소망도 있었지만, 그동안 발표한 몇 편의 비극과 2권의 시집이 큰 반응을 얻지 못한 이유도 있었다. 그는 고등학교를 졸업할 무렵부터 어머니 몰래 많은 시를 써 왔다. 훗날 아름다운 노래가 될 시들 대부분을 이미 써놓았지만, 당시의 그는 늦깎이 법대생에 불과했다. 따지고 보면 그림 형제도, 괴테도 법대를 나와 공직수행과 작품 활동을 병행했으므로 법대를 포기할 명분이 없었다.

그는 미루고 미뤄온 숙제를 하려고 어렵게 책상 앞에 앉았지만 막상 시작하지 못하는 어린아이와 같은 처지였고, 끝내 뛰쳐나가 산으로 숨었다. 그가 향한 곳은 하르츠였다. 하르츠는 독일의 정중앙에 위치한 산간고원 지대이다. 과거 동서독의 경계에서 동쪽으로 살짝 치우쳐 있는, 우리나라로 치자면 충북과 비슷한 위치라고 할 수 있다. 그것은 과거 동독의 땅이었던 관계로 우리에겐 덜 알려져 있지만, 독일 최고의 자연경관지구이자 수많은 신화가 살아 있는 명소로, 드넓고 깊숙하게 우거진 숲의 구석구석에 신비롭고 잔혹한 민담이 전해 내려오기에 안데르센의 대선배인 그림 형제가 민담설화를 수집하러 자주 찾았던 곳이었다. 즉 이곳이 바로 백설공주가 일곱 난쟁이와 살던 곳, 숲속의 공주가 잠자던 곳, 신데렐라가 살던 산골마을, 헨젤과 그레텔의 남매가 영아살해를 당할 뻔했던 깊은 숲속, 빨간 모자를 쓴 소녀가 심부름을 가던 숲길의 현장인 것이다. 민요와 민담은 하이네에게도 중요한 영감의 원천이었기에 그는 그곳으로 향했던 것 같다.

하르츠에서 돌아온 하이네의 마음은 다시 잔칫날이 되었다. 뭔가 새로운 예감에 휩싸여 희망에 부푼다. 예감은 틀리지 않았다. 그는 이 여행 이후 오래도록 염원하던 두 가지 소망을 성취한다. 그는 다음 해 드디어 법학박사 시험에 합격하며 기나긴 수업에 종지부를 찍는다. 최하위의 턱걸이 합격이었지만 상관없었다. 그리고 바로 그다음 연작시 〈귀향〉과 〈하르츠 기행〉과 〈북해〉를 묶은 『여행화첩 (Reisebilder)』(1826) 1권으로 인기작가가 된다. 안데르센과 마찬가지로 그도 여행기를 통해 작가로 인정 받았던 것이다.

도피 3. 작가 앙드레 지드의 콩고 식민지 여행: 나는 알게 되었다. 그러니 말을 해야 한다. (p.42~53)

앙드레 지드(Andre-Gide, 프랑스 소설가, 1869~1951)와 아프리카의 인연은 길고도 깊다. 그는 22살 때부터 평생 동안 10여 차례에 길쳐 아프리카(알제리, 콩고 등)를 여행했다고 한다.

소년 앙드레 지드는 엄격한 집안 분위기와 사촌누이 마들렌으로부터의 실연에 괴로워하며 성장한다. 22살의 그는 정신적 사랑과 육체적 욕망의 괴리를 다룬 자전적 작품 『앙드레 발테르의 수기』로 작가가 되었다. 그리고 작가가 된 후 예술인들의 통과의례와 같은 병인 폐결핵에 걸려 요양 차 아프리카로 떠났고, 그곳에서 커다란 깨달음을 얻었다.

앙드레 지드는 아프리카의 자연과 사람들을 보며 새로운 정신적 지평을 발견한다. 그는 더 이상 정신적 사랑과 육체적 욕망의 괴리감에 싸여 괴로워할 것이 아니라 인간의 본능과 욕망을 모두 받아들여야 함을 깨닫는 한편, 여기서 한발 더 나아가 이성이 본능과 욕망을 보호해야 한다고 주장한다. '정신과 본능의 역치. 이성과 욕망의 역치'. 이것이 앙드레 지드라는 모럴리스트의 탄생이요, 프랑스 현대 자유주의의 탄생이다.

그런데 앙드레 지드에게 가해진 아프리카의 충격은 여기서 그치지 않는다. 그는 그다음 번 여행에서 알제리의 한 소년을 통해 자신의 동성애적 성향을 발견하고, 그 충격을 또 다음 번 아프리카 여행으로 수습한다. 그는 새로운 아프리카 여행을 통해 동성애의 본능까지도 인간에게 있을 수 있는 자연스러운 욕망 중 하나로 받아들인다. 본국에서는 혼란스럽기만 하던 일이 왜 아프리카에만 가면 이렇게 명확해지는지.(…)

그는 어머니가 돌아가시는 바람에 그 여행에서 돌아오게 되었고, 결국 첫사랑 사촌

누이와 결혼한다. 아마도 이 결혼은 그의 '정신'이 '욕망'을 보호해주었기 때문에 가능했을 것이다. 그리고 역시나 아프리카로 신혼여행을 떠났다. 결혼 다음 해 그는 27살에 라그로 자치주 시장으로 임명된다. 프랑스 역사상 최연소 시장. 그는 시장직을 수행하는 중에 틈틈이 아프리카 여행에서 얻은 깨달음, 즉 '자연과 본능의 존중'에 대한 산문을 썼고, 이것이 그 유명한 『지상의 양식』(1897)이다.

『지상의 양식』 이후로 걸작들이 쏟아졌다. 『배덕자』(1902) 『좁은문』(1909) 『전원교향곡』(1919)을 쏟아낸 이 시기를 사람들은 '위대한 창작기'라 부른다. 그리고 1924년, 그의 문제작 『코리동』이 출판된다. 『코리동』은 동성애를 어떻게 볼 것인가에 대한 소크라테스식 문답으로 이루어진 작품인데, 처음부터 끝가지 동성애의 정당성을 설파하고 있다. 이 작품은 보수적인 (그리고 대부분의) 지식인들로부터 격렬한 비난을 받게 되었고, 그 스트레스로 인해 그의 위대한 창작기도 막을 내린다. 조금만 뻔뻔하게 아무 일도 없었다는 듯이 예전과 같은 작품으로 돌아갔다면 그의 '위대한 창작기'가 계속되었을지도 모른다.

하지만 그는 과거로 돌아가지 않았다. 그는 책과 재산을 팔아 다시 아프리카로 도피했다. 그가 떠난 곳은 프랑스 식민지인 콩고. 앙드레 지드는 그곳에서 처참한 식민지의 현실과 인권 유린 현장을 목격하고 이를 『콩고여행(Voyage au Congo: Carnets de Route)』(1927)이라는 여행기로 고발한다. 여행(1925~26)에서 돌아온 그는 식민지 수탈을 통해 프랑스인들이 애써 외면하고 덮으려 했던 식민지 문제를 공식적으로 고발하고 비난한다. 그렇게 아프리카가 또 한 번 그를 살려낸 것이다.

앙드레 지드는 콩고를 여행하며 식민지 지배의 진상을 보았고 분노와 함께 그의 여행은 변화되었으며, 그것을 기록했다. 이제 앙드레 지드가 무엇을 기대하고 여행을 시작했는지는 더 이상 중요하지 않게 되었다. 분노가 우울함을 삼켜버린 것이다. 여행에서 돌아온 그는 식민지에서 본 그 '끔찍한 것'들을 『콩고 여행』을 통해 폭로했고,

프랑스 사회는 비겁한 침묵에서 깨어났다. 1928년 의회는 '대조사 위원회'를 발족했고, 식민지 광장은 응분의 조처를 취할 것을 약속했다. 당시 구체적인 시정조치에 대해 확인할 수 없지만 비겁한 침묵에 돌을 던진 앙드레 지드의 행위는 크게 평가받아 마땅하다.

앙드레 지드는 식민지배 고발을 시작으로 정치적인 문제에 적극적으로 개입한다. 공산당에 가입하여 모스크바로 향했고, 그는 또 한 번 그곳에서 보고 알게 된 것을 고발한다. 『소련에서 돌아와』를 통해 스탈린의 독재를 강력하게 비판한 것이다.

도피 4. 작가 카렌 블릭센의 케냐 커피농장 정착기: 아프리카에서는 항상 새로운 것이 생겨난다(p.65~65)

카렌 블릭센(Blixen Karen, 덴마크 작가, 1885~1962)의 아버지는 육군 장교 출신으로 정치를 하며 글을 썼고, 그녀의 어머니는 부유한 상인가문의 딸이었다.

그녀 인생의 첫 번째 시련은 아버지의 죽음이었다. 11살 때 아버지가 자살해버린 것이다. 그녀는 모험심 많고, 글에 대한 재능을 가진 아버지를 더 많이 닮았고 따랐다고 한다. 특히 아버지는 1년 반 동안 미국 위스콘신의 인디언들과 지내고 나서 『사냥꾼으로부터 온 편지』라는 책을 남겼는데, 『아웃 오브 아프리카(Out of Africa)』(1937)는 그런 아버지의 작업에 영향을 받은 바가 크다. 글과 책이 멋진 유산이 될 수 있는지 알 수 있는 좋은 선례라 할 수 있다. 이 책은 1985년 같은 제목의 영화(시드니 폴락 감독)로도 제작됐다.

『아웃 오브 아프리카』의 미덕은 그녀의 자기인식 과정이 아프리카에서의 생활 속에 잘 녹아 있기 때문이다. 그녀는 섣불리 무언가를 규정하기보다는 자연과 원주민으로부터 비롯된 자신의 내면화에 주시한다. 풍경이 내면을 고무시키고, 그 내면세계가 다시 풍경에 투사되는 과정을 통해 점점 아프리카와 하나가 된다. 마치 엉뚱한 곳에 심어진 나무가 바람에 흔들리고, 몇 번의 죽을 고비를 넘겨가며 자기만의 모양을 갖게되듯, 추운 나라 덴마크에서 온 그녀는 아프리카 오지에서 자기만의 영혼을 완성한다. 때로 이 작품에 대해 서구적 관점의 한계가 있다는 비판이 가해지기도 하지만, 이러한 비판을 간단하게 무너뜨리는 것은 그녀의 끊임없는 관찰과 진솔한 고백이다. 이것은 이제까지 누구도 남긴 적이 없는 아프리카에 관한 '감정의 기록'인 것이다.

그녀는 결국 아프리카에서의 사업에 실패했다. 커피농장을 농장에서 일하던 원주민들에게 돌려주고, 결혼을 계기로 뛰쳐나왔던 어머니의 집으로 17년 만에 되돌아갔다. 사업 실패, (남편으로부터 옮은) 매독, 이혼, 연인의 죽음, 외가로의 복귀.(…) 청춘을 모두 바친 그녀의 아프리카 생활은 겉으로 보기에는 상처뿐이었다. 하지만 그녀의 영혼은 비로소 충만해졌고, 그 공존과 덧없는 추억을 써 내려가기 시작했다.

그녀는 케냐에서 무려 17년간 지내고 덴마크로 다시 돌아온다. 고향 롱스테둔의 어머니에게 돌아온 그녀는 4년 뒤 첫 소설집 『7개의 고딕이야기』(1934)를 어렵사리 출판하면서 50이 다 된 나이에 작가로서의 삶을 시작한다. 이 책에는 영화 「바베크의 만찬(Babette's Feast)」(1987 제작, 가브리엘 액셀 감독)의 원작이 포함되어 있다. 그리고 3년 후, 두 번째 작품 『아웃 오브 아프리카』로 큰 명성을 얻는다. 이후 그녀는 40년 동안 줄기차게 작품을 발표했고, 2차례에 걸쳐 노벨문학상 후보에도 올랐다. 이때 그녀의 경쟁자는 헤밍웨이(1954 노벨문학상 수상)와 알베르 카뮈(1957년 노벨 문학상 수상)였다.

『아웃 오브 아프리카』라는 제목은 "아프리카로부터는 항상 무언가 새로운 것이 생겨난다"라는 라틴 경구에서 따온 것이다. 『아웃 오브 아프리카』는 '아프리카를 떠나며'나 '아프리카 탈출'이 아닌 '아프리카로부터'라는 얘기다. 그렇다면 '아프리카에서 생겨나는 새로운 것'이란 과연 무엇일까? 아프리카는 아무 일도 일어나지 않는 문명세계와 달리, 쉴 새 없이 무슨 일인가가 벌어지고 있는 자연의 세계이다. 항상 무언가가 생겨나고 있고 무언가가 사라지고 있으며, 인간도 자연을 따라 출렁인다. 잠시만이라도 그녀와 함께 자연의 창으로, 인간의 창으로 아프리카를 바라본다면 누구든지 무언가 새로운 것을 발견할 수 있지 않을까?

방랑 1. 작가 마크 트웨인의 적도 세계일주: 공짜 유머는 없다(p.78~91)

여행으로 일평생을 보낸 마크 트웨인(Mark Twain, 미국 작가, 1835~1910)의 삶은 크게 세 시기로 나뉜다. 그리고 그 각각의 시기에 세 권의 여행기가 있다.

첫 번째 시기는 11살에 아버지를 잃고 여러 직업을 전전하다 미시시피강 일대에서 수로 안내원으로 일했던 청소년기이다. 마크 트웨인도 안데르센처럼 여행기로 인기 작가가 되었다. 여행기는 불우한 환경 때문에 정기교육을 받지 못한 작가들의 등용문이 돼주는 경우가 많았는데, 청년 마크 트웨인은 지방지에 단편소설을 간간이 발표하다가 1969년에 쓴 책『철부지의 유럽여행(The Innocents Abroad)』으로 정식작가로 인정받았다.

이 성공을 발판으로 인생의 두 번째 시기가 열린다. 사랑하는 여자와 결혼하여 세 딸을 낳았고, 20여 년간 그의 대표작들을 쏟아냈다. 그가 유년 시절을 보낸 미시시피강 일대에는 세계 각지에서 모인 부랑자들이 무질서하게 엉켜 있었고, 영특하고 모험심이 많았던 마크 트웨인은 그곳에서의 경험담으로 위대한 작품을 남겼다.『톰 소여의 모험』(1876)『미시시피에서의 삶』(1883)『허클베리 핀의 모험』(1885) 풍자소설『왕자와 거지』(1881)『아서코트의 코네티컷 양키』(1889) 등의 작품이 그것이다. 이 시기에 그가 쓴 여행기는『도보 여행기(The Tramp Abroad)』(1880)이다. 예술과 여행에 대해 한층 진지하게 접근하고 있는 유럽 도보 여행기로, 모험과 성찰을 아우르고자 하는 의도가 담긴 책이다. 그래서 그런지 이후 그의 작품세계는 노예제도나 신분차별 등 사회문제를 정면으로 다룬다. 그의 대표작『허클베리 핀의 모험』은 흑인차별을 정면으로 다룬 최초의 미국 소설이었던 것이다.

마크 트웨인의 작품으로 인해 미국문학은 비로소 유럽의 그늘에서 벗어났다. 그의 소설은 톨스토이를 필두로 하는 장엄한 러시아 문학과도 다르고, 상징과 관념으로 가득한 유럽 문학과도 달랐다. 유머·문장·스토리텔링·주제 등 모든 면에서 유럽 문학과는 확실히 다른 미국적이라 할 수 있는 소설이었다. 무지렁이 소년 허클베리 핀이 '흑인을 인간으로 인정하는 것이 악마적인 행동이라면 나는 악마의 편이 되겠다'고 선포하는 순간 미국문학이 탄생했다고 해도 과언이 아니다. 이것이 오늘날까지 인종차별 소재의 작품이 미국에서 특별대우를 받는 이유이기도 하다.

그런데 50평생 유쾌하기만 했던 그의 인생에 시련이 닥치기 시작한다. 경제적으로 여유가 생긴 마크 트웨인은 꽤 많은 벤처사업에 투자를 했다가 모두 실패한다. 10여 년간 그가 날린 돈은 지금의 가치로 환산하면 80억 원 정도라고 하는데, 당시에 그의 강연과 소설이 얼마나 인기가 많았는지를 방증하는 액수이다. 투자 실패를 만회하고자 했던 그는 젊고 유능한 편집인과 함께 출판사를 설립, 톰 소여와 허클베리 핀을 주인공으로 하는 속편들을 써냈다. 그러나 반응은 예전 같지 않았다. 결국 동업자 편집인의 미숙한 경영으로 출판사는 망하기에 이르렀고, 회사 앞으로 엄청난 부채가 남았다. 이때 그의 나이 58세였다. 출판사의 부채는 마크 트웨인이 원하기만 한다면 갚지 않을 수도 있는 돈이었다. 그 부채는 회사의 부채이지 개인의 부채가 아니었기 때문이다. 그러므로 마크 트웨인이 발을 빼기만 하면 법적으로는 책임을 지지 않아도 되었다. 그러나 그의 아내는 이러한 선택에 반대했다.

"작가는 그렇게 살면 안 돼요. 내 계산으로는 4년만 노력하면 그 빚을 다 갚을 수 있어요."(『마크 트웨인의 자서전』 중)

마크 트웨인은 결국 새 재정관리인 헨리 로저스의 충고에 따라 파산 신청을 하고, 1895년 빚을 갚기 위해 장장 14개월 동안 세계일주 순회강연길에 오른다. 건강이 좋지 않은 큰딸 수지는 유럽에 두고, 아내 올리비아, 둘째딸 클라라, 그리고 매니저 스마이드와 함께 떠났다. 『마크 트웨인의 19세기 세계일주(Following the Equator-A Journey Around the World)』(1897)는 바로 그 여행의 기록이다. 파산과 큰딸의 투병(…). 최악의 시기에 떠난 여행이었다. 그는 14개월 동안 증기선과 기차로 적도를 따라 여행을 한다. 하와이(샌드위치 섬), 피지군도, 오스트레일리아, 뉴질랜드와 태즈메이니아, 그리고 인도 일주와 스리랑카(실론), 남아프리카공화국으로 이어진다.

안타깝게도 이 세 번째 여행이 마크 트웨인의 길 위에서의 마지막 휴식이었다. 적도 여행을 마친 후, 유럽에서 몇 년 더 강연과 기고 활동을 한 그는 1900년 미국으로 돌아온다. 아내의 계산은 정확했다. 그동안 그가 번 돈은 빚을 다 갚고도 남았던 것이다. 하지만 여행 직후 큰딸의 죽음(1896)으로 시작된 불행이 10년간 이어졌다. 그의 세 번째 인생은 쏟아지는 세간의 존경이 부질없을 정도로 우울했다. 1904년 아내 올리비아가 오랜 투병 끝에 죽었고, 3년 뒤인 1909년 막내딸 진이 뇌수막염으로 사망했다. 같은 해 그의 오랜 친구이자 재정관리인인 헨리 로저스도 죽었다.

더 이상 무료함을 참을 수 없었던 것일까? 막내딸이 죽고 4개월 후인 1910년 4월, 마크 트웨인은 둘째딸 클라라만이 지켜보는 가운데 심장마비로 사망한다. 1년 전만 해도 전혀 병색이라고는 없어 보였던 그였는데(…). 우울이 '여행과 유머의 항공모함' 마크 트웨인을 침몰시킨 것만 같다.

마크 트웨인은 "유머가 슬픔에서 나온다"고 했다. 유머는 불합리하고 고단한 인생을 조롱함으로써 역설적으로 살아갈 기운을 북돋아준다. 세상이, 인생이, 인간이 모순 투성이임을 다 같이 인정하는 순간 사람들은 외로움에서 벗어나 웃음을 터뜨리며 위안을 얻는 것이다. 공짜 유머는 없다. 유머는 단순히 타고나는 재주가 아니라 생존을 위한 몸부림이다. 눈물을 감추고, 새로운 모험을 하고, 난장판 속에서도 영혼을 유지하는 자만이 다른 사람을 웃길 수 있다. 그리고 웃는 자만이 계속 살아갈 수 있다.

방랑 2. 작가 빌 브라이슨의 유럽 여행: 불평의 미학(p.118~127)

　대부분의 유럽 여행기는 감탄기·자랑기·자기식대로 즐기기다. 예쁜 사진 속 여행자들은 언제나 유럽에 있다는 사실만으로도 문화인이 된 것처럼 뿌듯하게 웃으며 우리를 쳐다보고 있다. 부러우면 지는 거라지만 이런 여행기들은 언제나 우리의 염장을 지른다. 빌 브라이슨(Bill Bryson, 미국 태생→영국 거주→20년 후 미국 복귀, 1951~)식으로 표현하자면, 이런 책은 도서관에서 죽어라 고시공부하는 놈에게 지난밤 클럽에서 보낸 광란의 밤을 생생하게 중계하는 친구 놈 같은, 차라리 듣지도 말고 읽지도 않는 게 정신건강에 좋은 책이라 할 수 있다. 이런 여행기들에 식상해질 무렵 빌 브라이슨의 여행기를 만났다. 『빌 브라이슨의 발칙한 유럽산책(Neither Here Not There, 1999)』(번역판 2008)은 유럽에 대해 속속들이 알고 있는 문화평론가의 불평과 독설로 가득한 여행기이다. 이런 발칙한 여행자라니, 반갑지 아니한가.

　빌 브라이슨은 미국인이면서 영국인이다. 미국 태생으로 1973년 영국 여행 중 그곳에 눌러 살기로 결심하고 정신과 병원에 취직, 그곳의 간호사와 사랑에 빠져 결혼했다. 이후 20여 년 동안 영국에 살면서 칼럼니스트이자 여행 작가로 「더 타임즈」나 「인디펜던트」 등 거의 모든 매체에 기고했고, 20년 전 미국으로 돌아가 양국을 오가며 저술활동을 하고 있다. 그는 특정 문화의 고정관념에 얽매이지 않은 냉정한 유머와 재치로 인기 작가가 되었다. 일단 어떤 사물, 어떤 사람이든 눈에 띄어 그의 머릿속을 통과하는 순간 즐거운 얘깃거리로 바뀐다.

　우리나라에서 그는 아는 사람들만 아는 작가였다. 과학에 대한 흥미로운 잡학사전인 『거의 모든 것의 역사(A Short History of Nearly Everything, 2003)』(번역판 2013)와 미국 동부 '애팔래치아 트레일' 여행을 소재로 한 여행소설 『나를 부르는 숲(A Walk in the Woods, 1998)』(번역판 2006)은 책 좀 읽는다 하는 샌님들이 '이런 책 아나?' 하는 식으로 추천하는 책이었다(특히 『나를 부르는 숲』은 2015년 로버트 레드포드와 닉 놀테

주연의 「어 워크 인 더 우드」로 영화화되었다).

그러던 것이 어느 날부턴가 우리나라에도 '빌 브라이슨'을 상표처럼 단 책들이 우박 쏟아지듯 출간되었다. 『빌 브라이슨의 발칙한 유럽산책』을 필두로 『빌 브라이슨의 셰익스피어 순례』『빌 브라이슨의 발칙한 영어산책』『빌 브라이슨의 재미있는 세상(The Life and Times of the Thunderbolt Kid)』『빌 브라이슨의 발칙한 아프리카 다이어리』『빌 브라이슨의 미국학(I'm A Stranger Here Myself: Notes on Returning to America After 20 Years Away)』『빌 브라이슨의 발칙한 영국산책』『빌 브라이슨의 대단한 호주 여행기』 등등, 세어 봐야 알겠지만 모르긴 몰라도 우리나라에서 가장 많은 작품이 출간된 외국 작가가 아닐까 싶다.

그뿐이랴. 그는 영국에서 자국의 문화발전에 공로가 큰 외국인에게 주는 명예훈장을 받았고, 더럼대학교 총장을 역임하는 한편, 다수의 할리우드 배우들과 절친으로 지내는 등 영미 양국에서 경쟁적으로 환영을 받고 있는 (괴테 이래로 가장) 행복한 작가이다.

빌 브라이슨이 불평만으로 대작가·인기작가가 된 것은 아니다. 그에겐 반전을 엮어내는 여행기술이 있다. 아무리 인상이 더러운 도시라고 하더라도 어느 구석에 숨어 있을, 나의 감성과 기대를 자극할 만한 장소를 끝끝내 찾아내고야 마는 여행가적 근성이 그것이다. 여행자들에게는 넉넉한 경비와 착용감 좋은 복대, 여행지에 대한 사전 지식도 필요하지만, 가장 필요한 것은 어떠한 상황에서도, 파리에서조차도 "역시 오길 잘했군" 이라고 느낄 수 있는 장소를 찾아내고 말겠다는 투혼인 것이다.

모험 1. 작가 안톤 체호프의 시베리아 횡단과 사할린 섬: 세상 끝으로 날아간 갈매기 (p.154~171)

안톤 체호프(Anton Chekhov, 러시아 작가, 1860~1904, 향년 44세)는 생전에 일찌 감치 자신의 작가적 가치를 인정받았다. 30살 무렵 푸시킨상을 수상하며 최고의 단편소설 작가로 명성을 얻은 그는 얼마 후 새로운 도약을 위해 사할린 섬으로 여행을 감행했다. 이 여정이 모험적일 수밖에 없는 이유는 마차를 타고 모스크바에서 시베리아 벌판을 넘어 사할린까지 가야 하는 1만km에 달하는 험난한 길 때문이기도 하지만, 당시 사할린이 죄수들로 우글거리는 유형수들의 섬이었기 때문이다.

체호프는 자수성가한 작가였다. 그는 러시아 아조프해의 항구도시 따간로그에서 태어났다. 아조프해는 카스피해와 연결된 호수와 같은 바다이고, 따간로그는 우크라이나와 접경을 이루는 러시아의 항구도시이다. 그의 아버지는 식료품점이 망하자 16살의 체호프만 따간로그에 남겨둔 채 식구들과 모스크바로 야반도주해버렸다. 혼자 남은 체호프는 정교사로 스스로 학비를 벌어가며 5년제 고등학교 과정을 8년 만에 졸업, 모스크바의 의과대학에 장학생으로 입학하며 가족들과 합류했다.

어려운 가정형편 속에서 체호프는 대학을 다니는 내내 각종 신문과 잡지에 유머 단편을 써서 가계를 꾸려나갔다. 당시 필명 '안또샤 체혼테'로 발표한 짧고 우스운 이야기들은 대략 500편이 넘는다고 한다. 의대를 졸업하고 개업을 한 24살의 그는 이 중 일부 작품을 선별해 첫 단편집 『멜포네네의 우화』를 출간, 정식 작가로 데뷔한다. 그렇게 의사가 된 체호프는 실명으로 작품 활동에 몰입, 연달아 단편집을 출간하며 평단과 선배 작가들의 극찬 속에 30살도 되지 않아 푸시킨상을 수상한다. 졸업할 무렵 시작된 폐결핵과 객혈만 아니라면 그의 청년기는 완벽한 해피엔딩이 되었을 것이었다.

글을 써서 학비와 생활비를 벌어가며 의사가 된 것도 이례적이지만, 더욱 흥미로운 점은 힘든 상황에서 그가 쓴 글이 유머단편이었다는 사실이다. 오랜 시간 몸에 밴 그의 코미디 감각은 이후의 소설과 희곡 모두에 생기를 불어넣는 요소가 되었다. 그의 영감이 우스꽝스러운 소동일 때는 희곡이 되고, 인생의 쓸쓸한 순간을 포착할 때는 단편소설이 되는 식이었다. 체호프에게 희곡과 소설은 같은 뿌리에서 나온 다른 자식이었다. 그러나 세간의 평가나 작품의 수를 볼 때 두 자식은 크게 차이가 났다. 희곡은 단편소설과는 비교가 되지 않을 정도로 열등한, 그래서 더 애틋하고 정이 가는 못난 자식이었다.

30살에 소설가와 의사로 남부럽지 않은 성취를 이룬 체호프의 정신적 풍경은 한편으로는 허무였다. 원하던 것을 다 이루었지만 막상 그것은 생각만큼 대단하지 않았고, 일상은 여전히 빡빡했고, 몸과 마음은 지쳐 있었다. 작년에 수상한 푸시킨상의 영광은 얼마 전 연극 「숲의 정령」의 실패로 빛이 바랬고, 화가였던 둘째 형 니꼴라이의 죽음으로 마음은 순식간에 잿빛이 되어버렸다. 그의 오랜 소망들은 잡힐 듯 왔다가 갈매기가 되어 멀리 날아가버렸다.

체호프는 1890년 4월 21일 동료작가들의 응원과 가족들의 걱정 속에 길을 떠났다. 그리고 장장 8개월 반의 여정을 마치고 돌아와 여행기를 쓰기 시작했다. 체호프는 사할린 여행에 관한 글을 3차례에 걸쳐 나누어 썼는데, 국내에 번역된 『사할린 섬』은 그 모든 내용을 담고 있다. 여행기는 집필 시기와 내용에 따라 크게 3부분으로 나눌 수 있는데, 시베리아 횡단 과정을 쓴 여행기(1부), 사할린의 구석구석을 다니며 유형지의 실태를 조사한 일종의 탐사보고서(2부 초·중반), 그리고 중요한 주제를 정해 기록을 정리한 요약보고서(2부 후반)가 그것이다.

체호프의 '사할린 여행기'는 바닥없는 '무료함에 관한 보고서'이자 '범죄에 관한 백과사전'이다. 혹시 방대한 내용을 다 읽기 어려운 독자라면 보고서의 요약편인 20장~23장만 읽어도 된다. 여성·가족·아이들·간수와 군인들에 대한 고발은 물론, 재판과 형벌, 탈주자들, 그리고 의료에 관한 내용이 깔끔하게 정리되어 있다. 그는 농사를 지을 수 없는 땅에 5,000명의 죄수를 보내 방치하는 것이 무슨 교정효과가 있겠는가 하는 의문을 제기하기 위해 별책을 쓴 것으로 보인다.

체호프는 단편소설 작가로서의 열등감에 싸여 폐병의 부담을 안고 세상 끝으로의 모험을 감행했다. 그러나 그는 끝내 그곳에서 본 것을 장편소설로 써내지 못했다. 그렇다면 뻘짓보다 더 험했던 진창길과 그보다 더 질퍽한 인간들 속에서 8개월을 보낸 그의 모험은 죄다 뻘짓이었단 말인가?

물론 그렇지 않다. 여행에서 돌아온 체호프는 자신의 작가적 지향에 따라 톨스토이 (Lev Tolstoy, 1829~1910)의 영지 근처인 멜로호보로 이사를 했다. 체호프는 가벼운 재미나 정치적 목적에 매몰되는 것을 극도로 경계했다. 그는 톨스토이처럼 적나라한 인간의 본성과 사무치는 감정을 작품에 담고자 했고, '사할린'을 그 통로로 삼고자 했다. '사할린'은 비록 장편소설이 되지 못하고 장대한 보고서로 남았지만, 그 고행의 체험과 인상은 범죄자와 농민들을 생생하게 묘사한 단편소설들에 조각조각 흩뿌려져 있고, 여행 5년 뒤에 쓴 희곡 작품 『갈매기』(1896)의 날개에도 진하게 묻어 있다. 그리고 『갈매기』를 기점으로 희곡에 매진, 「바냐 아저씨」와 「벚꽃 동산」(1903)을 남기고 44살 (1904)에 숨을 거둔다.

모험 2. 작가 어니스트 헤밍웨이의 쿠바: 사냥이 멈추면 끝이야!(p.172~174).

헤밍웨이(Ernest Hemingway, 미국, 1899~1961)의 여행은 어디까지가 여행이고 어디까지가 전투인지 구별하기 어렵다. 네 번의 참전, 잃어버린 세대(1920년대의 작가들)로 지낸 파리에서의 7년, 아프리카 맹수 사냥, 투우사와의 밀착동행과 투우에 대한 탐구, 쿠바에서의 청새치 낚시, 그는 전장에서의 전투를 여행처럼 즐겼고, 그의 여행은 언제나 전투처럼 되어 버리기 일쑤였다.

그는 이 체험을 바탕으로 여행기를 쓰듯이 소설을 썼다. 제1차 세계대전 참전 경험은 『무기여 잘 있거라(A Farewell to Arms)』(1929)나 『우리의 시대(In Our Time)』(1924)에, 스페인 내전의 참전 경험은 『누구를 위하여 종은 울리나(For Whom the Bell Tolls)』(1940)에, 파리에서의 생활은 『태양은 또다시 떠오른다(The Sun Also Rises)』 (1926)에, 투우에 대한 애정은 『오후의 죽음(Death in the Afternoon)』(1932)에, 아프리카에서의 맹수 사냥 체험은 『킬리만자로의 눈(The Snow of Kilimanjaro)』

(1936)이나 『아프리카의 푸른 언덕(Green Hills of Africa)』(1935)에, 그리고 아버지로부터 배워 평생을 즐긴 낚시 체험은 『노인과 바다(The Old Man and the Sea)』(1952)에 소상히 녹아 있다.

자신이 추구하는 바를 먼저 실행하고 그것을 그대로 작품화한 일군의 작품들을 일컬어 '행동주의 문학'이라고 한다. 행동주의는 자발적 의도에 따라 모험을 감행한다는 면에서 여타의 여행기적 소설과 구분된다. 그들은 이러저러한 개인적인 사정에 따라 떠난 여행에서 무언가를 발견한 것이 아니라 의지의 요구에 따라 행동에 나섰고, 자신이 겪은 그대로를 작품에 표현했다. 헤밍웨이·생텍쥐페리·앙드레 말로가 대표적이다. 헤밍웨이는 모험과 사랑, 생텍쥐페리는 비행과 풍경, 앙드레 말로(Andre-Georges Malraux, 프랑스 소설가·혁명가, 『인간의 조건』 등 저술, 1901~1976)는 시대와 사명에 따라 행동했다.)[1]

호르헤 루이스 보르헤스(Jorge Luis Borges, 아르헨티나 소설가, 1899~1986)는 남아메리카에서 극단주의적 모더니즘 운동을 일으킨 작가로 평가되며, 라틴아메리카의 문학을 학문적인 영역을 넘어 전 세계의 일반 독자들과 만나게 한 작가이다. 그와 여행에 관한 기사를 소개한다.

〔〈보르헤스의 세계 여행: 영화 「매트릭스」 「아바타」 등에 영감 준 경이로운 상상력〉
보르헤스는 아르헨티나 부에노스아이레스에서 태어났다. 브리태니커 백과사전을 즐겨 읽던 소년은 9세에 '행복한 왕자'(오스카 와일드)를 스페인어로 번역할 정도로 총명했다. 스위스 제네바에서 학창시절을 보내며 영어·스페인어뿐 아니라 라틴어·

---

1) 「문득(文得) 여행」, 정원경, 모노폴리, 2018.

프랑스어·독일어·이탈리아어를 구사할 수 있는 기반을 닦았다. 영국인 할머니의 영향으로 영국, 특히 스코틀랜드 문학에 매료돼 고대 영어·노르딕어까지 섭렵한 언어 천재였다. 유전병으로 시력을 잃어가자 짧은 소설과 에세이, 시를 썼다. 악몽과 불면증에 시달리면서도 동서양 고전을 엮어내며 고독과 실패마저 '작가의 도구'로 삼았다. 영혼의 눈을 뜬 그에게 '도서관은 천국'이었고 실명은 '위장된 축복'이었다.

첫 소설집 『불한당들의 세계사』(1935년)를 비롯해 『픽션들』(1944년)에는 꿈과 현실의 경계를 넘나드는 기발한 상상력이 담겼다. 시각장애인 사서가 주인공인 『바벨의 도서관』(1941년)은 현자의 독백 같다. 블라디미르 나보코프는 "보르헤스의 작품을 처음 읽었을 때 경이로운 현관에 서 있는 것 같았는데 둘러보니 집이 없었다"고 감탄했다. 『장미의 이름』(1980년)에 나오는 시각장애인 수도사의 모델이 보르헤스라고 밝힐 정도로 그를 찬미했던 움베르토 에코는 '인류가 향후 천년을 먹고 살 양식을 남기고 간 2명의 대가'로 제임스 조이스와 보르헤스를 꼽았다.

'장자의 나비 꿈'을 최고의 비유로 여긴 보르헤스는 지리적 상상력의 달인이었다. 독창적 시공간 개념과 미로처럼 얽힌 아이디어의 그물은 웹의 모태가 됐고 「매트릭스」「아바타」「인셉션」「인터스텔라」 등 영화에도 영향을 끼쳤다.

"보르헤스에게 노벨 문학상을 줄 기회를 놓친 건 스웨덴 한림원의 수치"라는 말이 나올 정도로 독보적인 위치를 구축했지만 그의 인생은 롤러코스터 같았다. 페론 정권을 비판해 1946년 시립도서관 사서에서 해고된다. 20대 여성 소설가 칸토와의 사랑이 끝나자 상심해 여행을 떠난다. 고통 속에서 옛 애인을 닮은 여주인공을 그린 『알레프』(1949년)로 국제적 인정을 받는다. 1955년 페론이 실각하며 국립도서관장으로 복귀하지만 이미 시력을 잃은 뒤였다. 문학에 조예가 깊었던 어머니는 아들에게 책을 읽어주고 대필했다.

어머니가 돌아가시자 날개를 잃은 70대 작가에게 구원자가 나타난다. 아이슬란드

강연에서 만난 38세 연하의 마리아 코다마는 문학을 전공한 미모의 재원이었다. 비서이자 문학적 동반자였던 코다마 덕분에 그는 강연여행을 떠날 용기를 냈다. 일본·미국·터키·멕시코·알제리·이탈리아에서의 행복한 추억은 사진집 『아틀라스』(1986년)로 남았다.

간암 선고를 받은 보르헤스는 파라과이에서 코다마와 법적 결혼 절차를 마친다. 코다마는 지금도 부에노스아이레스에서 보르헤스재단을 이끌며 그의 문학적 유산을 지키고 있다.」[2]

당대의 저명한 문인들이 단체여행을 한 '유로 2000 문학특급(Literature Express Europe 2000)'(2000.7.4.~8.17.)이란 특이한 행사가 44일 동안 11개 나라 19개의 도시로 이동하면서 개최됐다. 이 행사의 개요는 이렇다.

〔43개국에서 모여든 103명의 유명작가들이 유럽 대륙 11개 나라, 19개 도시를 열차로 단체여행하면서 범 대륙적으로 벌인 문화행사로, 2000년 7월 4일 포르투갈의 리스본에서 출발하여 8월 17일 독일 베를린에서 끝나는 44일간의 대여정이었다. 이 행사의 주제는 이렇다.

"유럽은 무엇으로 되어 있는가?(What constitutes Europe?)"

"우리 유럽인들을 하나로 묶는 것은 무엇인가?(What unites us?)"

"유럽 안에서 우리를 구별 짓게 하는 것은 무엇인가?(What devides us?)"

"우리의 현 위치는 어디인가?(Where is Europe located?)"

"유럽은 어디로 향하고 있는가?(Where is Europe headed?)"

---

2) 「동아일보」, 2018. 5. 28. 김이재 지리학자, 경인교대 교수.

포르투갈 리스본을 출발 마드리드→보르도→파리→브뤼셀→도르트문트→하노버를 거쳐 모스크바→민스크→브레스트→베를린 등에 이르는 19도시, 장장 7,000km가 넘는 거리를 열차로 여행을 했던 것이다. 이들은 각지에서 작품 낭송회, 문학 강연회, 토론회, 북 페스티벌, 전시회 등을 잇달아 열면서 독자들은 물론 해당 지역의 정치·경제·문화계 지도급 인사들과도 폭넓게 교류를 했다. 이것은 러시아 서부지역을 포함한 전 유럽적인 규모로 진행했던 특별한 이벤트로서 세계적으로 유례가 없었던 대규모 문학행사였던 셈이다. 당시 이 행사에 참여한 사람들은 청년·중년·원로를 망라한 각 나라를 대표하는 문인들로 이루어졌다.)[3]

그러나 아쉽게도 이 행사는 2000년 단 한 번으로 끝나버리고 말았다. 대략 이런 요인들이 작용했기 때문일 것이다.

첫째, '자유로운 영혼'을 가진 사람들의 직업이 문인인데, 일정한 형식을 가진 이런 틀 속에 동화되기는 쉽지 않았을 것이다.

둘째, 광범위한 지역을 일정한 기간 내에 주마간산식으로 여행했으니, 오히려 심도 있는 고뇌의 시간은 많지 않았을 것이다.

셋째, 여행은 세상을 통한 자기와의 대화가 핵심인 바, 여러 다양한 생각과 영혼을 가진 사람들이 모여서 하는 행사는 수박 겉핥기식이 되어버릴 가능성이 높다. (가성비와 편리함은 있지만) 모든 패키지여행의 맹점은 바로 이 점이지 않은가!

넷째, 여러 사람들이 모인 이런 문학행사는, 심오한 깊이는 없더라도 주입식 지식을 다양하게 얻을 목적일 경우에는 도움이 되겠지만, 자기만의 심오한

---

3) 『유럽문학 기행(1·2)』 최태규, 2008·2015, p.서문.

감흥을 느끼기에는 적합하지 않다. '나의 영혼은 색깔도 모양도 나만의
것이니까!'

제5장

대한민국 여행

Lee Sang Joon · Knowledge Series 1

Knowledge is love and light and vision.

지식은 사랑이요, 빛이며, 통찰력이다. (헬렌 켈러)

.
.
.

한국의 유네스코 유산

유네스코 세계유산(UNESCO World Heritage)은 크게 세계유산(자연유산·문화유산·복합유산으로 다시 구분, 2018.9.30. 현재 한국은 13건)·인류무형문화유산(한국은 19건)·세계기록유산(한국은 16건)의 세 종류로 분류하고 있다. 일례로 해인사 '장경판전(藏經板殿)=장경각(藏經閣)'은 1995년 세계문화유산으로 등재됐고, 팔만대장경판(八萬大藏經板)은 2007년 세계기록유산으로 등재됐다.

그리고 유네스코 한국위원회 홈페이지(http://www.unesco.or.kr heritage)에 들어가 보면 알겠지만, 자료의 '업데이트(Update)'(갱신)가 너무 늦다. 그리고 우리가 가장 관심을 많이 가지고 있는 세계유산 관련 자료도 업데이트 안 되기는 마찬가지다. 유네스코 세계유산의 목록과 내용을 파악하려면 포털 사이트(portal site)에서 '유네스코와 유산'을 치면 'heritage. unesco.or.kr'이 검색된다. 이 속으로 들어가면 '세계유산 목록'(상세내용 포함)과 '한국의 세계유산'(상세내용 포함) 등으로 분류는 되어 있다.

〈한국의 유네스코 유산 관련 등재 요약표〉 *(2018년 9월 30일 기준)*

대 구분	중 구분	건수(한국/세계)	비고
세계유산	자연유산	1 / 209	제주도 화산섬과 용암동굴(2007년) 1건
	문화유산	12 / 845	석굴암과 불국사, 해인사 장경판전 등
	복합유산	0 / 38	
	합 계	13 / 1,092[1]	
인류무형 문화유산		19 / 366	판소리, 농악, 줄타기, 줄다리기 등
세계기록유산		16 / 427	『훈민정음(해례본)』『팔만대장경판』 등

유네스코를 떠올리면 우리 한민족은 일단 뿌듯함을 느낀다. 위의 '요약표'에서도 알 수 있듯이, 세계 자연유산이 1건밖에 없어 서운해 할지는 모르겠으나 이것도 평균은 된다. 전 세계 200여 개 나라 중에 209개이니 평균 1국에 1개이고, 게다가 우리는 국토도 좁지 않은가. 그러나 나머지의 유산 분야에서 대한민국의 비중은 정말 대단하다. 대한민국은 나라의 수적 비중은 0.5%(1/200)밖에 되지 않지만, 세계 문화유산 비중은 1.4%(12/845), 인류무형문화유산은 5.2%(19/366), 세계기록유산은 3.7%(16/427)나 된다.[2]

---

1) 〈2018년 WHC 42차 위원회(바레인 마나마, 6월 30일 개최)에서 추가 등재된 현황〉
   자연유산 3건('한국의 산사' 1건 포함), 문화유산 13건, 복합유산 3건, 총 19건이 추가 등재됐다.

2) 그간 유네스코 분담금의 상위 국가는 미국이 22%로 1위, 일본이 10%로 2위, 8%의 중국이 3위였다. 그런데 미국(2017.10.12.일자)과 이에 동조한 이스라엘(2017.10.13.일자)이 탈퇴를 통보해버렸다. 유네스코 규정상 정식 탈퇴는 2019년 말을 기준으로 효력을 발휘하지만, 이제 유네스코 분담금 1위 국가는 일본이 됐다. 그 전에도 일본의 입김은 강력했지만 앞으로는 더 심할 것이다. 일본의 역사관은 일관되게 과거에 저질렀던 '창피하거나 더러운' 역사는 우선 숨기고 보자는 것이다. '손바닥으로 하늘을 가릴 수 있는가'라고 반박해도 눈도 꿈쩍 않는다. 앞으로 그들의 지배를 받았던 우리는 특히, '유네스코와 일본'이라는 주제에서 열 받을 일이 많을 것이다. 힘없는 민족의 설움이니 당장은 어쩔 도리가 없다.

박물관 여행

"양약고구 이어신(良藥苦口 利於身) 충언역이 이어행(忠言逆耳 利於行)"
(좋은 약은 입에 쓰나, 병에 이롭고 듣기 싫은 말은 귀에 거슬리나 행동에는
이롭다)는 말이 있다. 역사에 대한 인식도 마찬가지다. 우리나라의 박물관
이나 기념관에 가보면 치욕과 아픔에 대한 것은 없고 천편일률적으로 칭찬
일색이다. 더 나아가 아픈 역사는 아예 기억하려 들지도 않는다. 일례로
이순신의 한산대첩(1592년 7월 8일, 양력 8월 14일)을 기리는 제승당은 통영
이나 한산도 여행시 필수코스이며 건물과 주변 정리도 깔끔하게 되어 있다.
이에 반해 이순신이 백의종군하던 시기에, 원균이 대패하여 3척의 거북선뿐만
아니라 자신의 목숨까지 잃고 조선 수군이 궤멸한 칠천량해전(1597년 7월
15~16일, 양력 8월 27~28일)이 벌어졌던 지금의 거제 칠천도에는 그 흔적
조차 없었다. 그러나 '다크 투어리즘(Dark Tourism)'이 유행하고 '흑역사
(黑歷史)'도 중요하다는 인식이 늘어나자 '칠천량해전공원'이 2013년 7월 2일
준공됐다. 좀 늦은 감은 있지만 다행이다. 손바닥으로 하늘을 가리는 식의

역사교육과 과거 인식의 행태는 정말 바뀌어야 한다.

진보성향의 지식인 박노자(朴露子, 1973~) 노르웨이 오슬로대 교수는 〈박물관에 가기 싫어진 까닭〉이란 제목의 글에서 박물관들이 과거 치욕의 역사 등을 가급적 숨겨버리고 찬양 일색으로 교육시키는 문제에 대해, "'박제'된 과거의 이미지를 시키는 대로 학습한다"고 꼬집었다.

〔각종 박물관의 주된 고객인 견학 학생들은 단순히 '과거'를 배우는 것이 아니라 지배층의 뜻에 맞춘 국가주의적 방향으로 박제된 과거의 이미지를 시키는 대로 학습한다는 사실이다. 그럼 학생들이 보고 외워야 할 과거의 모습이란 어떤 것일까?

첫째, 견학생들에게 국가적 소속감을 주입해야 하므로 박물관 전시에서는 '우리'와 '남'을 철저하게 구분한다. 전시용 유물들은 '우리 것' 위주로 골라시고 '남의 것'들은 비록 '우리'와 연관돼 있다 하더라도 철저하게 따로 처리된다.

둘째, '우리' 국가가 진선미의 화신으로 인식돼야 하는 만큼 박물관이 만들어서 보여주는 '우리'의 과거는 마냥 아름답기만 하다. 보기 좋은 청자·백자·산수화·예복 등은 박물관의 제한된 공간에서 하나로 어우러져 보는 이의 미의식을 자극해 '우리'의 역사를 허물없이 예쁘게만 보이게 한다. 그러나 그 어느 계급사회도 아름답고 자랑스러운 과거만을 가질 수는 없으며 한국도 예외는 아니다. 지폐에까지 모습을 보이는 율곡·퇴계가 실은 수많은 노비를 부리면서 살았던 귀족 계통의 고관현작들이라는 것, 그들이 살았던 시대에는 사대부가 노비를 때려죽여도 처벌받는 일은 거의 없었다는 것도 가르치고 함께 토론해보는 교육을 한다면, 군대·학교·가정을 비롯한 사회의 여러 부문에 아직 만연해 있는 폭력이 줄어들 수 있지 않을까?

셋째, 외세 침략과 같은 외부적 모순들은 박물관의 전시에 반영되지만 '우리' 역사의 내부적 모순들은 주로 은폐된다. 즉 박물관은 비판의식을 가르치지 않는다.〕[3]

3) 『당신들의 대한민국(2)』 박노자, 한겨레출판사, 2006, p.218~219.
  {이상준: 박노자 교수는 러시아 상트페테르부르크 태생으로 2001년 한국으로 귀화했다. 스승 미하일 박교수의 성을 따르고, 러시아의 아들이라는 뜻의 '노자(露子)'를 붙여 박노자가 됐다. 상트페테르부르크 대학교 조선학과를 졸업하고 모스크바 대학교에서 '가야사 연구'로 박사학위를 받았으며 현재 노르웨이오슬로 대학교 한국학 교수로 재직 중이다. 『당신들의 대한민국(1~3)』(한겨레출판, 2001·2006·2009) 『길들이기와 편가르기를 넘어』(푸른역사, 2009) 『거꾸로 보는 고대사』(한겨레출판, 2010) 『비굴의 시대: 침몰하는 대한민국 우리는 무엇을 할 것인가?』(한겨레출판, 2014) 『주식회사 대한민국: 헬조선에서 민란이 일어나지 않는 이유』(한겨레출판, 2016) 등의 책을 저술했다.}

영남의 서원(書院) 문화와 호남의 누정(樓亭) 문화

어떤 집단에 대한 편견(예컨대 '흑인' 집단에 대한 부정적 태도)은 흔히 그 집단에 대한 부정적인 선입견(예컨대 '흑인은 게으르다')에 기인한다. 집단에 대한 선입견을 사회심리학에서는 '스테레오타입(Stereotype)'이라 부른다. 스테레오타입은 이지적 스키마(Schema: 대상에 대한 사전 지식. 경험을 통해 뇌가 조직화한 지식의 틀에 근거해 새로운 경험을 이해하고 받아들이는 과정을 말하는 심리학적 용어)의 일종이다. 우리는 어떤 대상을 취급해야 할 때 그 대상에 대한 스키마에 의존하게 된다.

호남인에 대한 스테레오타입은 왕건의 『훈요십조(訓要十條)』가 그 시초이고, 조선시대에 저술된 이중환의 『택리지(擇里志)』(1751, 영조 27년)와 안정복의 『임관정요(臨官政要)』(1738, 영조 14년)에 뿌리를 둔 것이다. 『훈요십조』의 관련 부분은 다음과 같다.

"차현(차령산맥) 이남과 공주강 외는 산형과 지세가 함께 배역(背逆)으로 달리니 인심도 또한 그러한지라, 저 아래 고을(군주) 사람이 왕정에 참여하여

왕후·국척과 혼인하여 나라의 국정을 잡게 되면, 혹은 국가를 변란케 하거나 혹은 통합당한 원한을 품고 임금의 거동하는 길을 범하여 난을 일으킬 것이다. (…) 비록 양민이라 할지라도 마땅히 벼슬자리에 두어 일을 보게 하지 말지어다."[4]

사(士)·농(農)·공(工)·상(商)의 신분체계에서 지배층인 선비는 관직에 진출하지 않으면 딱히 할 일이 없었다. 자연스레 호남의 선비들은 세상에 대한 울분을 누정에서 문예(文藝)로 읊었던 것이다. 이와 관련한 글을 보자.

〔호남의 선비문화는 정자(亭子)에서 만들어졌고, 영남의 선비문화는 서원(書院)에서 탄생했다는 말이 있을 정도로 예부터 정자는 호남에서 발달했고, 영남에서는 서당과 서원이 발달했다. 다시 말해 호남사림은 누각과 정자를 중심으로 예향을 형성했고, 영남 사림은 서원과 서당을 중심으로 학맥을 조성했다. 또 누정(樓亭)에서 토론했던 주제가 문학이었다면, 서원에서의 주제는 철학이었다. 이것이 곧 호남은 '누정문화', 영남은 '서원문화'라고 부르게 된 배경이라는 것이다.

호남에 정자가 많은 것은 삼국통일 이후, 백제권인 호남지방은 인재등용이 배제되었고, 현실정치에 실망해 낙향한 선비들은 물이 있고 아름다운 숲이 있는 곳에 정자를 지어 시를 읊고, 국사를 논하면서 후학들을 가르쳤는데 이것이 그 이유라고 한다. 이렇듯 정자는 단순히 사람들이 먹고 놀기 위한 기능보다는 자연인으로서 자연과 더불어 살아가려는 정신적 기능이 더 강조된 구조물이라 할 수 있다. 그러기에 이규보는 바람직한 정자의 기능으로서 손님 접대도 할 수 있고 학문을 겸한 풍류도 누릴 수 있는

4) 「한국인은 누구인가?」, 김문조 등 38인 공저, 21세기북스, 2013, p.235~236.

곳으로 생각하였다고 한다. 그저 생활의 여유를 형이상학적으로 즐기는 퇴폐성보다는 시자와 지도자의 깊은 학문을 바탕으로 한, 차원 높은 공간이라는 것이다.)⁵⁾

[16세기 호남의 이름난 누정(樓亭)들은 화순에서 무등산을 넘어 담양으로 가는 887번 지방도로 언저리와 그 인근 야산에 집중되어 있다. 식영정·소쇄원·취가정·죽림재·명옥헌·송강정·면앙정·독수정·환벽당 그리고 또 많다. 조선 중·후기의 호남 시인들은 정자들을 오가며 놀았고, 호남 시단의 문학적 에콜(Ecole, 학파·조류)은 정자들을 중심으로 피어났다.)⁶⁾

전남 구례에는 옛 선조들의 적선과 덕행을 엿볼 수 있는 고택이 있다. 구례군 토지면 오미리에 소재한 운조루(雲鳥樓)와 마산면 상사마을에 위치한 쌍산재(雙山齋)가 바로 그것이다. 이 두 가문의 훈훈한 인정을 느끼고 가자.

[호남지방의 전형적인 양반가옥인 운조루는 조선 영조 52년(1776년)에 낙안군수를 지낸 문화 류씨의 7대조 류이주가 지었다고 한다. 당호(堂號)에서 보듯, 벼슬을 버리고 고향으로 돌아온 심정을 담기 위해 도연명이 낙향하며 쓴 시, 〈귀거래사(歸去來辭)〉에서 그 이름을 따왔다고 한다. 그러니까 '구름 위로 나는 새가 날아와서 쉬는 집'이라는 뜻이다. {도연명(陶淵明, 365~427)은 중국 동진(東晉) 말기부터 남조(南朝)의 송대(宋代) 초기에 걸쳐 생존한 대표적 시인이다.}

또한, 해주 오씨가 6대째 터를 지키고 있는 쌍산재는 200년 전에 지은 한옥으로,

---

5) 「함께할 수 있는 길」, 조광일, 도서출판경남, 2013, p.192~193.
6) 「자전거 여행(1)」, 김훈, 생각의나무, 2004, p.39.

우리나라 풍수지리의 원조인 도선 국사가 풍수의 이치를 연마했다는 명당이기도 하다. 몇 년 전 배창호 감독의 영화 「흑수선」이 촬영되기도 했던 곳이다. 그런데 4반세기가 넘도록, 어떻게 이 고택들이 온전하게 보존되어 왔을까? 더군다나 구례는 우리나라 격동기 근현대사의 수난과 아픔을 고스란히 간직하고 있는 땅이다. 동학과 빨치산, 여순 반란사건 등 좌우의 대립이 극심하게 맞부딪쳤고 그 때문에 탐관오리와 가진 자들은 심한 고초를 겪었다. 부정부패와 빈부격차가 심해지면서 정부와 기득권 세력들에 대한 불만이 컸기 때문이다.

'덕은 베푼 곳으로 가고 죄는 지은 곳으로 간다'고 했던가. 이들 고택들이 화를 입기는 커녕 농민들의 보호를 받았던 것은 두 집안 공히 적선을 많이 한 덕가(德家)로서 평판이 자자했기 때문이었다. 심지어 빨치산이든 경찰이든 쫓겨서 이 집안으로 들어오면 추적자가 알면서도 그냥 돌아갔다는 것이다. 이웃들에게 기꺼이 베풀고 그 베풂마저 소리 없이 흔적 없이 배려한 마음씨를 살펴보면 절로 고개가 숙여진다.

문화 류씨 종택 운조루에는 신기하게도 집 위로 솟아야 할 굴뚝이 나지막하다. 당시 그 마을에서 배를 곯는 사람이 많았기에 굴뚝 연기를 보면 더 허기를 느끼게 되고 힘들어 할까봐 연기를 감추려고 일부러 굴뚝을 낮게 달았다는 것이다. 그리고 '배려와 나눔을 상징하는 장소'로 전해지는, 이 대저택의 곳간엔 커다란 쌀뒤주가 하나 놓여 있다. 둥그런 통나무의 속을 비워내고 만든 뒤주는 쌀 두 가마니 반은 족히 들어갈 크기인데, 끼니를 잇기 힘든 사람들이 쌀을 꺼내갈 수 있도록 뒤주 아래쪽 마개에 '타인능해(他人能解)'라는 글씨를 새겨놓았다. 타인능해, 직역하면 '누구든지 마음대로 열 수 있다'는 뜻이다. 의역을 하면 '쌀이 필요한 사람은 아무나 와서 가져가세요'라는 뜻이 될 것이다. 가만히 생각해 보면, 가난한 사람들에게 도움을 주면서도 그들의 자존심을 지켜주기 위한 배려였지 싶다.

쌍산재 역시 명부(名富)와 의부(義富)의 철학이 깃들어 있는 고택이다. 전답이 많았던 이 집에는 머슴들이 많았다고 한다. 그래서 늘 대식구의 밥상을 차려야만 했다. 그 당시는 쌀이 귀한 때인지라 어느 집 할 것 없이 밥솥에 삶은 보리쌀을 깔고 가운데 쌀을 조금 얹어서 밥을 지었다. 그리고 밥을 풀 때는 집안의 웃어른부터 서열대로 쌀밥을 퍼 담았다. 하지만 이 집은 달랐다. 맨 먼저 집안의 어른인 조부님 밥을 푼 다음, 머슴들 밥을 담았고, 그리고 나선 솥 안의 밥을 모조리 섞어서 식구들의 밥을 펐다. 식구들보다 머슴 밥그릇에 쌀밥이 더 많이 담기도록 배려한 것이었다.)[7]

---

7) 「함께할 수 있는 길」 조광일, 도서출판경남, 2013, p.85~88.

안동 하회마을과 '원이엄마'

　2018년 6월 30일자로 '한국의 산사'(Sansa, Buddhist Mountain Monasteries in Korea) 7곳[8]이 세계문화유산으로 등재되어(이 전체를 1건으로 본다), 우리나라는 세계유산 중 문화유산 등재는 12건으로 늘었다. 그리고 기존에 등재된 유네스코 세계유산 중 '문화유산' 11건은 다음과 같다. 해인사 장경판전(1995, 장경각이라고도 불리며 팔만대장경이 보관되어 있는 건물이다), 종묘(1995), 석굴암과 불국사(1995), 창덕궁(1997), 화성(1997), 경주 역사유적지구(2000), 고창·화순·강화의 고인돌(2000), 조선왕릉(2009), 한국의 역사마을: 하회(경북 안동)와 양동(경북 경주)(2010), 남한산성(2014), 백제역사유적지구(2015)이다.

---

8) 〈한국의 산사 7곳〉
　영축산 통도사(경남 양산), 봉황산 부석사(경북 영주), 천등산 봉정사(경북 안동), 속리산 법주사(충북 보은), 태화산 마곡사(충남 공주), 조계산 선암사(전남 순천), 두륜산 대흥사(전남 해남) 이렇게 7곳이다.

그러나 '찬란한 영광' 뒤에는 '뼈아픈 고통'이 있는 법이다. 다 좋을 수만은 없는 것이다. 2010년 세계문화유산으로 지정된 '한국의 역사마을 하회와 양동'을 예로 들어보겠다. 안동 하회마을이든 경주 양동마을을 가보면 전통 한옥의 고상함에 옛 선비들의 체취까지 더해져 많은 느낌을 준다. 하회마을은 풍산 류씨의 집성촌으로 주민의 70%가 풍산 류씨이고(류성룡이 대표적 인물), 양동마을은 여강 이씨(이언적이 대표적 인물)와 월성 손씨(조선 세도 때 '이시애의 난'을 '남이장군'과 함께 진압한 손소공과 아들 손중돈이 대표적 인물)의 집성촌이다. 이 멋진 곳을 견학한 우리는 감흥한다. 서애 류성룡 (1542~1607)과 회재 이언적(1491~1553)[9]의 치적에 감탄하고, 상대적으로 잘 몰랐던 손중돈 부자에 대해서도 배워간다. "역시 옛것이 좋은 것이야!"라고 결론을 내리고 돌아와서는 포털사이트·유튜브·트위터에 글을 올리고, 그것도 분에 안 차 문자·BAND·카톡으로 온 지인들에게 찍어 보낸다. 포털 사이트에서 하회마을이나 양동마을을 검색해보라. '누가 더 칭찬을 잘하나'의 대회 같다. 그에 더해 주변 맛집이니 놀이시설이니 하는 친절한 안내까지 해준다. 그렇게 편하게 즐기는 것도 잘사는 방법이다. 류성룡·이언적·손소공 같은 분이 훌륭한 것도 맞는 말이고, 우리 역사에서 그분들의 공헌도 무시할 수 없다. 그러나 그 양반가문들의 밑바닥에서 피땀 흘리며 노예생활을 했던 많은 민초들도 생각해야 하지 않을까. '억울하면 출세하라'는 말이야 있지만, 성도 이름도 없이 사라져간 저 수많은 민초들은 개·돼지처럼 깡그리 무시돼버려야만 하는 존재일 뿐일까! 이런 슬픈 역사를 아동문학가

---

9) 서애 류성룡: 柳成龍, 1542~1607, 「징비록(懲毖錄)」 저술, 유시민의 13대 직계조상.
   회재 이언적: 李彦迪, 1491~1553, 조선 중기의 성리학자로 주리철학의 선구자, 퇴계 이황(진보 이씨, 1501~1570)의 스승.

이오덕(1925~2003)·권정생(1937~2007) 선생은 '안동이 양반가로 유명한 만큼 노예수탈로도 유명하다'라고 비판했고,[10] 진보성향의 지식인 박노자(朴露子, 1973~) 교수는 〈도덕'은 지배의 위장술인가〉란 제목의 글에서 그런 양반문화의 흐름이 오늘의 대한민국에까지 이어지고 있음을 지적했다.[11]

이왕 양반 이야기가 나왔고 그것도 안동과 관련된 이야기라 소설 같은 사랑이야기를 하나 하고 가자. 많이 들어봤을 것이다. 바로 '원이 엄마'가 쓴 '어찌 나를 두고 먼저 가십니까?'(음력 1586.6.1.)라는 내용의 편지 이야기다. 남편이 30세에 요절해버리자, 자식과 홀로 남게 된 부인(여성비하 용어지만 편지 내용으로만 보면 '미망인'이 맞다)이 남편에게 남긴 구구절절한 편지다.

1998년 4월 경북 안동시 정상동 일대의 택지조성 공사 중 미라가 된 16세기 (1586년, 선조 때)에 묻힌 한 남성의 관을 발견했다. 30살의 나이로 사망한

10) 『선생님, 요즘은 어떠하십니까』 이오덕·권정생, 양철북, 2015, p.311.
　얘기 중에 자주 양반 이야기가 나오고, 안동은 양반 도시라는 추상적인 얘기만 하더군요. 못마땅한 것은 양반이란 실체가 어떤 것인지 깊이 파고들지 않고, 왜곡되어 있는 점잖은 양반에 대한 은근한 우월감을 가지는 것입니다. 양반이란 어디까지나 착취계급의 존칭어로서, 안동이 양반 도시라면 그 몇몇 양반의 밑에 빼앗기며 종노릇을 했던 상놈들의 생각은 하나도 하지 못하더군요. 오히려 안동은 그렇게 수탈당한 노예들의 고장이라는 것을 깨닫게 되었으면 싶었습니다.
　행복이라는 환상을 떨쳐 버리지 않는 한, 인간은 불행에서 벗어나지 못할 것입니다. 행복하다는 사람, 잘산다는 인간들, 경제대국 이런 것 모두 야만족의 집단이지 어디 사람다운 사람 있습니까. 어쨌든 저는 앞으로도 슬픈 동화만 쓰겠습니다.(권정생)
　〈조선시대 노비의 비중은 전체 인구의 30~40%였다〉(출처: 나무위키)
　역사학자들은 『단성호적』과 『숙종실록』 등을 근거로 하여 17세기 조선시대 전인구의 30~40% 정도가 노비라고 추산한다. 울산부·단성 등 일부 지역에서는 노비의 비율이 인구의 50~60%에 육박하기도 하였는데 일찍이 성현(成俔, 1439~1504)은 『용재총화』(사후 20년 뒤인 1525년 간행)에서 '우리나라의 사람 중 절반이 노비'라고 주장했다.
11) 『당신들의 대한민국(2)』 박노자, 한겨레출판사, 2006, p.42.
　〈도덕'은 지배의 위장술인가〉
　15세기에 도덕군자를 자임하고 있었던 조선의 지배자들은 총인구의 약 1/3을 노비로 부리고 있었고 그 노비를 살상하는 경우에도 법적 책임을 거의 면하곤 했었다. 도덕의 수사(修辭)가 폭력과 관습에 의거한 폭압적인 지배의 현실을 호도하여 합리화한 것이었다. '도덕'과 '순결'의 수사로 정당화돼 있는 억압적 신분제의 전통을 현재까지 나름대로 변화시켜 이어받은 셈이다.

관의 주인공 이응태는 유서 깊은 고성 이씨의 자손으로, 그의 가슴 위에는 임신한 아내가 태어나지 않은 아이의 아빠에게 쓴 감동적인 편지가 놓여 있었다. 무덤 안에서는 슬픔에 빠진 아내가 삼나무 껍질과 자신의 머리카락을 함께 엮어 만든 미투리(삼 등으로 만든 신발)도 남편 머리 옆에서 발견되었다.

편지와 무덤의 발견은 한국에서 커다란 관심을 불러일으켰으며, 'KBS 역사 스페셜'(제8회, 1998.12.12. 방송)에서 〈조선판 사랑과 영혼-400년 전의 편지〉이라는 제목으로 방영되어 널리 알려졌다. 이 이야기는 소설(『능소화』 조두진, 2006)과 영화 그리고 오페라로도 만들어져(「원이 엄마」) 부대에 올려졌다. 안동시는 이응태의 무덤 근처인 정하동 녹지공원에 편지글을 담은 '비(碑)'를 만들었고(2003.12.8.), 정상동 대구지검 안동지청 앞 공원에는 원이 엄마의 동상('안동 아가페상')까지 세웠다(2005.4.4.). 그리고 영국인 작가이자 고전적인 편지와 통신문 수집가인 손 어셔(Shaun Usher)는, 문자가 발명된 때부터 약 7,000년간에 걸친 '마음을 움직이고, 세계를 뒤흔든 126통의 편지'를 엮어 『진귀한 편지박물관(Letters of Note)』(2013)이라는 책을 발간했다. 이 책에 '원이 엄마 편지'가 우리나라의 편지로는 유일하게 수록됐으니[12] 이 정도면 가히 세계적인 국보급이다. 편지 내용은 이렇다.

[〈원이 아버님께, 병술 년 유월 초하룻날 집에서〉(원이 엄마가)

항상 "여보, 머리가 세도록 같이 살다 같은 날 죽자" 하시더니, 어찌하여 나를 두고 먼저 가십니까? 나와 어린 자식은 누구 말을 듣고 어찌 살란 말입니까? 어찌 나를 두고 먼저 가십니까?

---

12) 『진귀한 편지박물관(Letters of Note, 2013)』 손 어셔, 문학사상, 2014, p.238.

당신은 어찌 내게 마음을 주셨으며, 난 어찌 당신에게 마음을 주었던가요? 우리가 함께 누울 때면 당신은 늘 말했죠. "여보, 남들도 우리같이 서로 어여삐 여기고 사랑할까? 남들도 정말 우리 같을까?" 어찌 그 모든 걸 뒤로하고 날 두고 먼저 가십니까?

당신을 여의고 살 수가 없습니다. 당신과 같이 가고만 싶습니다. 당신이 있는 곳으로 날 데려가줘요. 당신을 향한 마음을 이 세상에서는 잊을 수가 없고, 서러움은 끝이 없습니다. 이 내 마음을 이제 어디다 둬야 하나요? 당신을 그리워하는 자식과 어찌 살아갈까요?

이 편지를 보고 내 꿈에 와서 자세히 말해줘요. 꿈에서 당신 말 자세히 듣고 싶어 이 편지를 써 넣습니다. 자세히 보고 내게 말해줘요.

뱃속의 이 아이를 낳으면, 이 아인 누굴 보고 아버지라 불러야 할까요? 누가 내 마음을 헤아릴 수 있을까요? 하늘 아래 이런 비극이 또 어디 있을까요?

당신은 그저 다른 곳에 가셨을 뿐이라서, 나만큼 서럽지는 않겠죠. 내 서러움은 한도 끝도 없어 그저 대강만 적습니다. 이 편지 자세히 보고 내 꿈에 와서 당신 모습 자세히 보여 주며 말해주세요. 꿈에서 당신 만날 걸 믿고 있겠습니다. 몰래 와서 모습 보여주세요. 말하고 싶은 사연 끝이 없어 이만 적습니다.〕

어떤가. 유교문화가 팽배했던 400년 전의 편지인지 오늘 우리시대의 사랑 편지인지 구분이 되지 않을 정도다. 사연이 이정도로 절절했기에 대한민국을 뒤흔든 것도 모자라 저 머나먼 영국까지 전해졌을 것이다. 포털사이트에서 확인해보라. '원이 엄마'의 스토리가 '애절하고 아름다운 사연의 주전선수'가 되어 있다. 하기야 웬만한 사랑 관련 책에서는 물론, KBS도 안동시마저도 대대적인 홍보를 해댔으니 일반인들이야 당연히 그렇게 믿을 수밖에 없다. 영국인 숀 어서도 마찬가지이고.

그러나 만일 '원이 엄마'가 '재가(再嫁)'를 해버렸다면 어떤 생각이 드는가? 난 이 이야기를 읽고는 한방에 무너졌다. 재가한 원이 엄마야 무슨 죄가 있겠는가. 그리고 남편 이응태는 그 당시 시대의 관행이었던 처가살이를 하고 있었기에 원이 엄마의 재가는 더 수월했을 것이다. 일단은 이런 생각부터 들었을 것이다. '재가를 할 거였으면, 그 정도로 구구절절한 편지는 왜 남겼나' '죽은 남편을 놀리는 건가' 등등. 기대가 컸기에 실망도 컸을 것이다. 우리는 편지의 내용 속에서 추호도 의심하지 않고 원이 엄마는 수절했으리라고 단정 지어버렸다. 아니, 남자라는 이유로 저절로 물들어버린 '열녀'에 대한 기대 때문에 오히려 원이 엄마가 수절해주기를 바라는 마음이 더 컸을지도 모른다.[13][14] 그런데 편지를 눈을 씻고 봐도 남편에게 "나를 데려가줘요"라고는 썼지만 "난 죽어도 재가 같은 거는 안 한다"는 말은 없지 않은가. 우리가 너무 '오버'한 것일 뿐이다. 편지를 쓸 당시의 원이 엄마 마음 상태는 편지 내용과 같았을 것이다. 그러나 세월이 약이라고, 변하는 게 사람 마음이라고, 원이 엄마도 제 살길을 찾아간 것일 뿐이다. 다만 원이 엄마를 나무라지는 못하

---

13) 『두 얼굴의 조선사: 군자의 얼굴을 한 야만의 오백 년』, 조윤민, 글항아리, 2016, p.329~330.
   조선의 지배층 남성은 저잣거리에서는 희롱할 기생을 길러내고, 담장 높은 안채에서는 순결한 열녀를 만들어냈다. 그리고 자신들에게는 정절의 원칙이 아니라 쾌락의 원리를 마음껏 적용했다.

14) 『열녀의 탄생』, 강명관, 돌베개, 2009.
   이 책은 조선이 건국되는 1392년부터 조선조가 종언을 고하는 시기까지 5백 년 동안 한 순간도 멈추지 않고 진행되었던 남성-양반에 대한 여성 의식화 작업을 추적한다. 광범위한 열녀 관련 자료를 조사하여 조선시대 열녀가 남성에 의해 만들어진 존재라는 주장을 제시한다.
   조선시대의 남성, 양반은 국가권력이 장악한 인쇄·출판 기구를 동원해서 일방적으로 남녀의 차별과 여성의 성적 종속성을 담은 텍스트를 생산하고 여성의 대뇌에 강제적으로 심고자 했다. 그 결과 수많은 여성은 남성보다 열등한 존재이며, 성적 종속성의 실천을 위해 자기 생명을 버리는 것을 여성 고유의 윤리 실천이라 믿게 되었다.
   오랫동안 조선시대에 대한 역사서를 써온 강명관은 이 책을 통해 조선시대라는 역사 속에서 '열녀'란 무엇인지에 대해 다시 한 번 생각해 보게 한다. 열녀의 사례가 실린 「소학」·「삼강행실도」의 「열녀편」·「내훈」 등의 텍스트들을 통해 역사의 이면들을 살펴본다. 또한 이 책을 통해 21세기 여성의 주체성을 다시 한 번 생각해 볼 수 있을 것이다.

지만, 재가를 한 순간부터 '원이 엄마의 편지'는 별로 특별할 것도 없는 여염집 아낙들의 '러브 레터' 중 하나로 전락해버린 건 아닐까? 저잣거리에서 죽을 듯이 사랑타령을 하다가, 언제 그랬냐는 듯이 고무신 거꾸로 신듯이 말이다. 정보라는 게, 안다는 게 이렇게 무서운 거다. 단편만 보느냐 전체를 다 보느냐에 따라 이렇게 상반되는 해석이 나오는 게 세상 이치다. 여러분들이 소중하게 간직하며 자주 인용하던 사랑 이야기 한 줄을 지우게 해서 미안하다. 그러나 소설 같은 이야기를 진실로 믿고 살 수는 없지 않겠는가. 찬물을 끼얹어버렸다. 그냥 덮어두면 될 걸, 그러나 난 그런 꼴은 못 본다. 너그러이 용서를.

고려대 국문과 정찬권 교수의 책 『조선의 부부에게 사랑법을 묻다』(2015) 에는 조선시대 부부들이 사는 모습과 원이 엄마의 재가를 (고성 이씨의 족보까지 추적하며) 조사한 내용도 수록돼 있다. 간략하게 살펴보자.

〔1〕 조선시대에도 부부간에 '멋진 사랑'을 했다

조선시대 부부들의 삶과 사랑에 대해서 왜곡된 인식을 많이 갖고 있다. 흔히들 『주역』 의 음양 논리를 내세우며 조선시대만 해도 남자는 하늘, 여자는 땅이었다고 말하곤 한다. 하지만 『주역』에서 말하는 하늘과 땅은 높고 낮음의 상하 관계가 아니라 서로 대등한 관계를 말하는 것이었다.

또 옛날 남자들은 마치 『양반전』의 양반처럼 집안일엔 전혀 신경 쓰지 않았다고 생각 한다. 그러나 일기·편지·문집 등을 보면 조선시대 남자들은 날마다 농사일이나 상업 활동·자녀교육·노비관리 등에 골몰하며 적극적으로 집안일을 했다. 만약 집안일에 조금이라도 소홀하면 아내의 핀잔은 물론이요, 우리가 상상하기 어려울 정도로 신랄한 부부싸움이 벌어지기도 했다.

더 나아가 조선은 유교 사회로 부부관계가 대단히 남성 중심적이고 권위적이었으며, 부부사랑도 매우 조심스럽고 인색했을 것으로 생각하고 있다. 하지만 조선시대 부부들도 나름대로 '멋진 사랑'을 했다. 비록 현대 사람들처럼 요란하고 떠들썩하게 하지는 않았지만, 그들 역시 은근하면서도 깊은 사랑을 나누었다.(p.5~6)

2) 남녀 평등사회

오늘날 우리는 '처가살이' 하면 무능력한 남자를 떠올리는 등 부정적인 시선으로 바라보고 있다. 하지만 조선 중기까지만 해도 우리나라 사람들은 남자가 여자 집으로 가서 혼례를 올리고 그대로 눌러 사는 장가와 처가살이가 일반적이었다. 다시 말해 딸이 사위와 함께 친정부모를 모시고 살았다. 그리하여 가족 관계에서 아들과 딸을 가리지 않았고, 친족 관계에서 본손과 외손을 구분하지 않았다. 이른바 부계와 모계가 대등한 구조를 갖추고 있었던 것이다.

이에 따라 재산을 아들과 딸이 균등하게 상속받았고, 조상의 제사도 서로 돌려가며 지내는 윤회봉사를 했다. 남녀의 권리와 의무가 동등했던 것이다. 나아가 여성의 바깥출입도 비교적 자유로웠을 뿐 아니라 학문과 예술 활동도 장려되었다. 조선 전기의 설씨부인, 조선 중기의 신사임당·송덕봉·허난설헌·황진이·이매창·이옥봉 등 명실상부한 여성 예술가들이 대거 등장한 것도 이 때문이다.(p.17~19)

3) 완고한 가부장제라는 왜곡된 인식이 우리들에게 각인된 이유는?

우리는 흔히 '조선시대 여성사' 하면 완고한 가부장제와 한 맺힌 여성사만을 떠올리지만, 그것은 17세기 이후 특히 18세기 중반 이후에야 비로소 형성된 것이었다. 다시 한 번 강조하지만 현재 우리가 생각하는 가부장제 사회는 5천 년 한국 역사에서 최근의, 그리고 비교적 짧은 기간의 현상이었다.(p.19)

4) 퇴계 이황의 오픈 마인드

퇴계 이황(연산군 7년 1501~선조 4년 1570)은 장가를 두 번 들었는데, 그의 나이 27세 때 첫째 부인이 둘째 아들을 낳고 산후조리 실패로 사별한다. 퇴계는 허씨 부인의 3년 상을 치른 뒤, 30세에 둘째 부인인 안동 권씨와 결혼했다. 권씨는 정신이 혼미한, 즉 지적장애를 갖고 있었다. 전해 오는 말로는 당시 예안으로 귀양 온 권질의 간곡한 부탁으로 결혼하게 되었다고 한다. 권질은 상처한 퇴계 선생을 찾아와 과년한 딸이 정신이 혼미하여 아직도 출가하지 못했다면서 맡아 줄 것을 부탁했고, 퇴계 선생이 이를 승낙했다고 한다. 그만큼 아량이 넓었다고 한다. 퇴계 선생은 결혼 후 아내 권씨의 부족한 부분을 품어 주며 별다른 문제없이 잘 살아갔다. 물론 남들과 조금 다른 권씨의 행동에 당황스러울 때도 있었지만, 때로는 사랑으로 때로는 인내심으로 부부의 도리를 다했다.

퇴계 선생과 기녀 두향과의 사랑 이야기도 유명하다. 1548년 단양군수로 부임한 48세의 이황과 18세의 두향이 만나 사랑에 빠진 것이다.

심지어 퇴계 선생은 낮엔 의관을 차리고 제자들을 가르쳤지만, 밤에는 부인에게 꼭 토끼와 같이 굴었다. 그래서 '낮 퇴계 밤 토끼'라는 말이 생겨났다. 퇴계 선생은 사적인 자리, 특히 잠자리에선 부부가 서로 다정다감하라고 강조했다. 그래서인지 민간에서는 퇴계 선생을 주인공으로 한 성적인 이야기가 유독 많다.(p.26~38)

5) 유희춘·송덕봉 부부: 조선시대 양성평등 부부상의 표상

우리는 조선시대 부부하면 권위적인 남편과 순종적인 아내만을 떠올린다. 하지만 어느 한쪽으로 기울지 않고 서로 대등한 관계를 유지하며 마치 친구 같은 부부생활을 한 경우가 많았다. 특히 송덕봉은 지금까지 우리가 생각해왔던 전통적인 여성상과는 많이 달랐다. 그녀는 자신의 감정을 자유롭고 적극적으로 표현했다. 또 남편이 옳지

못한 모습을 보이면 거침없이 꾸짖기도 했다. 두 사람은 조선시대 양성평등 부부상의 표상이다.(p,41)

6) 남편 이응태의 사후 원이 엄마는 재가했다

원래 족보엔 부인의 이름도 올라와 있기 마련인데, 이응태의 옆자리는 비어 있다. 또 족보엔 아들 성회가 있었는데, 청송의 진보로 이주해 갔다고 한다. 그래서 관련 학자들은 원이 엄마가 자식을 데리고 청송의 진보로 재가했을 가능성이 크다고 보고 있다. 성회가 원이인지, 뱃속에 있던 아이는 또 어떻게 되었는지는 잘 모르겠다.

이응태의 묘에서 아버지와 형이 보낸 편지와 시가 여러 통 발견되었다. 그 당시 조선시대의 일반적인 풍습과 같이 이응태도 처가살이를 하고 있었다. 이응태의 아버지가 보낸 9통의 편지는 모두 이응태가 죽기 1년 전에 쓴 것들이다. 특히 아버지는 편지에서 이응태와 장인의 안부를 동시에 묻고 있다. 다시 말해 원이 엄마는 시집살이를 한 게 아니라, 친정 생활을 하고 있었던 것이다.(p.68~79)】

거가대교(巨加大橋, Geoga Bridge)

약 1조5천억 원이 투입되어 2010년 12월 13일 개통된 거가대교는, 3.7km의 해저터널(최저 48m)을 포함하여 총 8.2km이다. 그런데 아직도 거가대교의 최저점에는 '세계최대수심 48m'라는 홍보 전광판이 버젓이 불을 밝히고 있다. 그러나 이제는 틀렸다. 손바닥으로 하늘을 가릴 수는 없으니 고쳐야 한다. 최고수심은 일본 세이칸터널 240m, 유로터널(Euro Tunnel, 도버해협 터널) 115m, 유라시아해저터널 110m, 거가대교 48m다. 철도용을 포함한 전체 기준으로는 4위이고, 자동차 전용도로 기준으로도 유라시아 해저터널에 이어 2위다. 이들의 현황은 다음과 같다.

〈세계의 해저터널 비교〉

구분	세이칸 터널(トンネル, Seikan)	도버해협 터널(Euro Tunnel)
위치	쓰가루 해협(혼슈-홋가이도)	도버해협
길이(해저/총연장)	23/54km	37/53km
최고 수심	240m(수심140m의 100m아래)	115m(평균 수심 30m)
공사기간	1971~1983.3.13. 개통	1987~1994.5.6. 개통
공사비(당시 기준)	15조 원	18조 원
통행차량	철도용 (2016.3.26. 신칸센 사용)	고속철 유로스타(Euro Star용) (일반차량은 열차에 실어 운반, 터널 통과시간 35분)

구분	유라시아해저터널	한일해저터널(?)
위치	터키 보스포루스 해협	부산-일본 사가현
길이(해저/총연장)	3.7/5.4km	140/230km?
최고 수심	110m	150~200m
공사기간	2013~2016.12.20. 개통	경제성 없음
공사비(당시 기준)	1조5천억 원	200조 원?
통행차량	일반 차량 통행	?

제주도 여행

　'제주 화산섬과 용암동굴'은 유네스코에 등재된(2007) 대한민국의 유일한 세계 자연유산이다. 세계 자연유산이 1건밖에 없어 서운해 할지는 모르겠으나 이것도 평균은 된다. 전 세계 200여 개 나라 중에 209개이니 평균 1국에 1개이고, 게다가 우리는 국토도 좁지 않은가. 유네스코 세계유산 중 '자연유산'은 그 수가 많지 않다. 전 세계적으로 볼 때 '자연유산'은 '문화유산'의 25%(209/845)에도 못 미친다. 2007년 세계유산(자연유산)에 제주도를 등재시키기 위해 제주시를 중심으로 많은 예산을 쏟아 넣으며 유네스코에 엄청난 전화 공세를 퍼부었다. 우리나라에서 세계유산 중 자연유산으로는 유일하게 등재됐으니 일단은 작전성공이었다. 한편으로 자랑스럽기는 하다. 그러나 돈과 힘이 가장 크게 작용하는 유네스코에 그렇게까지 해서 등재한 일이 과연 옳았을까?

　아무튼 제주도는 한국 최고의 휴양지다. 이를 반영하듯 국내 신혼여행지 1순위이며, 중국인들에게 인기 있는 관광지다. 하지만 제주도는 근대사에서 아픈 역사를 품고 있다. 바로 '제주 4·3 사건'이다. 우리가 늘 아픈 역사에 젖어 비통해할 것까지는 없지만, 이를 전혀 무시하고 희희낙락하고 말 사안은 더더욱 아니다. 자성과 숙연의 시간도 필요한 것이다.

민주투사였다가 작가로 활동하고 있는 이산하(1960~)가 〈한국 현대사 앞에서 우리는 모두 상주이다〉라는 제목으로 쓴 글을 보자.

〔먼 옛날(120만~1만 년 전), 한라산에서 분출한 뜨거운 용암이 바다까지 흘러내리며 곧은 뼈를 만들었고 그곳에 사람이 살면서 아름다운 살과 피를 만든 것이 지금의 제주도다.

(제주 4·3 항쟁의 쓰라린 경험을 한) 그들은 말한다. "똑똑한 사람들은 다 죽고 나 같은 쓰레기들만 살아남아 연명하고 있다."

그들은 또 말한다. "아무데나 질러대는 총을 피해 산으로 올라간 것도 죄가 될 수 있는가!" 거듭 말하노니, 한국 현대사 앞에서 우리는 모두 상주이다. 오늘도 잠들지 않는 남도 한라산, 그 아름다운 제주도의 신혼여행지들은 모두 우리가 묵념해야 할 학살의 장소이다. 그곳에 뜬 별들은 여전히 눈부시고 그곳에 핀 유채꽃들은 여전히 아름답다. 그러나 그 별들과 꽃들은 모두 칼날을 물고 잠들어 있다.〕[15]

---

15) 『(서사시집) 한라산(1987)』, 이산하, 노마드북스, 2018, p.125~127.
저자 이산하: 본명 이상백, 1960년 경북 영일 출생, 부산 경남중, 혜광고, 경희대 국문과 졸업, 1982년 필명 '이 륭'으로 등단했다. 학생운동으로 도피 중이던 1986년부터 '민청련'(민주화운동청년연합) 선전국에서 「민중신문」과 「민주화의 길」 등을 만들며 각종 유인물의 격문을 썼다. 민청련 선전국 시절인 1987년 3월에는 '녹두서평」에 '제주 4·3 항쟁의 학살과 진실을 폭로하는 장편서사시 「한라산」을 발표해 엄청난 충격과 전율을 불러일으켰다. 이 사건은 김지하 시인의 「오적」(1970)사건 이후 최대의 필화사건으로 불렸으며, 1987년 11월 구속되어 1990년 석방됐다. 석방 이후 '전민련'(전국민족민주운동연합) 편집실에서 이태복·민병두(2018년 3월 성추행 사건 '미투'로 더불어민주당 국회의원 사임)·정봉주(2018년 3월 성추행 사건 '미투'로 더불어민주당 서울시장 도전 포기)·강현 등과 잠시 일하다 (생애 처음으로) 제주도로 갔다.

제주 4·3 사건(濟州 4·3 事件) 또는 제주 4·3 항쟁은 1948년 4월 3일부터 1954년 9월 21일까지 제주도에서 5·10 총선거(1948년)를 반대하는 시민 항쟁과 그에 대한 미 군정기 때 군인과 경찰들(대한민국 정부수립 이후엔 국군), 극우 반공단체들의 유혈진압을 가리키는 사건을 말한다. 제주 4·3 사건은 남한만의 단독정부 수립을 의미하는 5·10 총선을 방해하기 위해 시작되었는데, 정확히 말해 이 사건이 일어나게 된 배경에는 미군정의 친일파 등용과 서북청년단 같은 극우단체들의 폭력에 대한 제주도 주민들의 반발 등 여러 복합요소들로 얽힌 것부터 시작된 것이다.

이 제주 4·3 사건은 한국전쟁이 끝날 때까지 계속되었으며, 이 과정에서 2만5천~3만 명의 무고한 사람들이 학살당했다. 이 중에는 무장대에 의해 희생된 사람도 포함되어 있으나 희생된 사람들 대부분은 서북청년단 등의 극우단체와 군경 토벌대에 의한 희생자였다. 당시 제주도 전체 인구수는 약 30만 명이었다. 제주 출신 허영선 여류시인의 글을 소개한다.

〔20세기 끄트머리 1999년 12월 16일에 제주 4·3 특별법이 통과되었고, 2003년 10월 31일 노무현 대통령이 우리나라 대통령으로서는 처음으로 제주도민과의 대화에서 제주 4·3에 대해 공식 사과했다. 마침내 제주 4·3 제66주년을 맞은 2014년 4월 3일 국가기념일로 지정되었다(공식 명칭은 '4·3희생자 추념일'이다).

이 사건으로 죽어간 제주 시민들의 수는 25,000~30,000명이다. 제주 사람 9명 가운데 1명이 죽어갔다(당시 제주 인구는 25만여 명이었다). 제주 4·3 사건의 기간은 1947년 3·1 발포사건이 일어난 지 7년7개월이나 계속되어 1954년 9월 21일까지 자행되었다.

1949년 6월 8일 관덕정 광장(제주시내, 현 한라체육관 옆). 엄청나게 많은 사람들이 몰려들고 있었다. 십자가 틀에 묶인 시체 하나. 고개는 한쪽으로 비뚤어져 내려왔고,

자그마한 키, 시신의 윗주머니에는 숟가락이 하나 꽂혀 있었다. 무장대 사령관 이덕구의 주검이었다. "이덕구의 말로를 보라"며 토벌대가 전날 사살한 무장대 사령관의 주검을 내건 것이다. 그의 최후를 보러 나온 사람들로 관덕정은 다시 한 번 북적거렸다. 그의 죽음이 의미하는 것은 컸다. 그것은 무장대의 저항이 거의 끝났음을 알리는 것이었다. 그렇다면 그렇게 평화는 오는 것이었을까. 또다시 섬을 강타할 거센 태풍이 한반도의 운명('한국전쟁')과 함께 오고 있었다. 섬사람들은 까맣게 모르고 있었다.)[16]

제주 4·3 역사를 세상에 호출해 낸 사상 최초의 저서는 재일동포 작가 김석범(金石範, 부모가 제주도 출신인 재일교포 2세, 1925~)의 『까마귀의 죽음』(1957년 일본에서 발표되었고 한글 번역본은 1988·2015년)이었다. '까마귀'는 미국과 이승만 세력의 하수인인 경찰과 군인을 비유한다. 이 소설에서는 여성들의 수난사, 권력에 이용당하는 민중으로서의 면모, 제주 지식인들의 섬의 운명과 관련한 투쟁·고뇌·좌절·갈등을 보여준다. 이어 현기영(제주 출생, 1941~) 작가의 소설 『순이 삼촌』(「창작과 비평」 1978 가을호, 단행본은 1979) 『지상에 숟가락 하나』(1999) 등으로 이어진다. '순이 삼촌'은 제주 4·3으로 26살에 남편과 오누이를 잃고 딸을 임신한 채 홀몸으로 수절하며 딸을 출가시켰으나, 트라우마로 인해 결국 30년 만에 사살의 현장(순이 삼촌의 밭)에서 자살로 생을 마감한 작가의 먼 친척 아주머니다. 현기영은 "엄청나게 큰 부정은 이미 부정이 아니라 지체 높은 권세였다"고 외친다.[17] "한 사람을 죽이는 건 비극이어도 (전쟁과 쿠데타 등 통치라는 명목 하에)

---

16) 『제주 4·3을 묻는 너에게』 허영선, 서해문집, 2014, p.10 · 16 · 153 · 228.
17) 『순이 삼촌』(1978년 9월 「창작과 비평」 게재) 현기영, 창비, 2015, p.27~28. (수록 단편 「소드방놀이」에서)

166

1만 명을 죽이는 것은 통계 수치일 뿐이다"라는 스탈린의 말과 일맥상통하는 외침이다.

제주 4·3 사건을 다룬 영화 「지슬-끝나지 않은 세월2」(2013, 오멸 감독)가 10만 관객을 돌파했다. 독립영화가 10만 관객을 넘은 것은 2009년 「똥파리」 이후 4년 만이다. 「지슬」은 1948년 미군정 소개령이 떨어진 뒤 제주 큰넓궤 동굴에 숨은 주민들의 실화를 담아냈다. '지슬'은 '감자'를 뜻하는 제주도 사투리이다. 2005년에 제작된 영화 「지슬 1」도 있다. 이를 보자.

〔〈'지슬-끝나지 않은 세월' '1'(2005년 제작, 고 김경률 감독)과 '2'(2012년 제작 오멸 감독) 사이〉

'끝나지 않은 세월'은 고 김경률 감독(제주 출신, 1965~2005)의 제주 4·3에 대한 또 다른 영화 제목이다. 오멸(본명 오경헌, 제주 출생, 1971~) 감독은 김경률 감독의 스태프로 영화 「끝나지 않은 세월」의 제작에 참여했는데, 뜻이 맞지 않아 촬영장을 떠났다고 한다.

거기서 끝났으면 그나마 다행이었겠지만 어렵게 제작한 영화 「끝나지 않은 세월」로 인해 연출자인 김경률 감독은 모진 고충을 당한다. 현기영 작가가 당한 폭력으로 4·3은 현재진행형이 됐고, 김경률 감독이 당한 고충으로 또다시 그 세월은 한 치도 앞으로 나가지 못하고 있다.

오멸 감독은 한 인터뷰에서 김경률 감독의 영화 「끝나지 않은 세월」에 대한 막연한 미안함과 부채의식으로 자신의 영화 「지슬」에 '끝나지 않은 세월2'라는 부제를 달았다고 한다.〕[18]

---

18) 「아시아투데이」, 2018.4.3. 이황석 문화평론가, 한림대 영화영상학과 교수.

제6장

아시아권 해외여행

Lee Sang Joon · Knowledge Series 1

The World is book, and those who do not travel read only a page.

세계는 한 권의 책이다. 여행하지 않는 사람들은 그 책의 한 페이지만 읽는 것과 같다. (아우구스티누스)

:
:

'토르데시야스 조약'(1494.6.7)과 '사라고사 조약'(1529.4.22)

이 두 조약은 최초로 세계 영토를 분할한 조약이다. 물론 당시 가장 세력이 강했던 스페인과 포르투갈 사이에 맺은 조약이다. 토르데시야스 조약(Treaty of Tordesillas)은 1494년 6월 7일, 스페인의 북서부 마을인 토르데시야스에서 맺은, 스페인과 포르투갈 간의 전 지구영토의 관할을 정한 조약이다. 새 항로 개척으로 '발견'한 식민지를 둘러싸고 에스파냐와 포르투갈은 치열한 경쟁을 벌였다. 경쟁이 심해지자 교황 알렉산더 6세가 두 나라를 화해시키면서, 1493년 대서양에 있는 아조레스(Azorez) 군도에서 서쪽 480km 지점에 남북으로 죽 선을 긋고, 포르투갈은 그 동쪽을, 에스파냐는 서쪽을 각각 지배하라고 나눠줬다. 아조레스(Azorez)는 북대서양에 있는 포르투갈령으로, 리스본에서 1,500km 서쪽에 소재한 인구 약 25만 명의 섬이다. 이 섬은 북아프리카 최서부 세네갈에서 약 620km 떨어진 카보베르데 제도(Cabo Verde)와 경도상 위치가 거의 같다. 다시 말해 당초에는 리스본에서 약 2,000km 서쪽을 경계로 분할했다.

그러나 포르투갈이 불만을 제기함에 따라 1494년 다시 서쪽으로 2,000km 더 옮겨 경계를 확정한 것이다. 결국 리스본에서 4,000km 서쪽이 경계가 됐다. 이 일련의 과정을 통해 1494년 6월 7일 확정한 영토경계 조약이 '토르데시야스 조약'이다.

이로써 포르투갈은 아프리카와 아시아를 차지하고 에스파냐는 아메리카 대부분을 차지했다(브라질은 경계선에 겹쳐져서 포르투갈이 차지). 이 조약의 결과 브라질은 현재 중·남미에서 유일하게 포르투갈어를 사용하는 나라가 됐으며, 나머지는 전부 스페인어를 사용한다.

또 하나의 중요한 조약은 1529년 4월 22일, 아시아의 경계를 확정한 '사라고사 조약(Treaty of Saragossa)'이다. 이 일련의 과정을 보자.

마젤란(Magellan, 1480~1521)은 포르투갈 출신 스페인 항해가다. 아프리카를 돌아 아시아로 가는 항로가 아니라 서쪽으로 항해를 하여 남미를 통과해 아시아로 가는 항로를 개척, 결국 지구가 둥글다는 것을 증명한 인물이다. 그는 1519년 9월 항해를 시작했으나 귀환 1년 전인 1521년 4월 27일 필리핀 세부(Cebu) 섬에서 원주민들과의 전투 중 살해됐다(세부에는 마젤란의 기념비도 있다). 함대의 지휘관을 계승한 후안 세바스티안 엘카노는 세계 일주 항해를 이룩하고, 1522년 9월에 유럽으로 (당초 5척의 배로 출항했으나 18명이 겨우 남은 1척의 배로) 귀환하면서 새로운 의문이 생기게 된다.

그것은 지도에 남북으로 선을 그어 스페인과 포르투갈의 경계를 정하고 있었지만, 지구가 둥글면 불완전한 경계인 것이다. 따라서 분할이 의미가 없지 않느냐 하는 것은 당연한 의문이었다. 특히 양국은 당시 동남아의 '말루쿠 제도'(인도네시아 말라카 해협 주변 섬들)의 귀속을 둘러싸고 치열한 다툼을 벌이고 있었다. 말루쿠 제도는 당시의 귀중품이었던 향신료의 일대 산지였기 때문이다.

이렇게 아시아의 선긋기를 위한 교섭이 새로 발효된 것이 1529년 4월 22일에 비준된 '사라고사 조약'이다. 사라고사 조약은 말루쿠 제도의 동쪽 297.5 리그를 통과하는 자오선을 두 번째 경계로 했다. 이 자오선은 뉴기니 섬 중앙부(와 일본 동쪽 앞바다)를 통과한다(경계선의 동쪽인 태평양 쪽은 스페인이 지배하고, 서쪽은 포르투갈이 지배하게 되어 일본뿐만 아니라 홍콩·마카오를 포함한 아시아권이 대부분 포르투갈의 영역이 되었다). 포르투갈은 이 조약을 맺고 아시아의 지위를 보전 받는 대신, 스페인에 배상금을 지급하게 된다. 이에 따라 포르투갈의 마카오의 권익이 승인되었다(1543년 일본에 조총을 전달한 것도 이 때문이다).

한편, 스페인은 호주 전역에 대한 우선권을 획득했지만, 포르투갈에 의한 조사를 금지한 흔적은 없다. 필리핀은 자오선의 서쪽인데 이 조약에서 (예외적으로) 스페인령이 되었다(토르데시야스 조약상으로도 당시 필리핀은 스페인이 지배하고 있었다). 필리핀(Philippines)이라는 국명은 1571년 공식 점령한 펠리페 2세(Philip II, 1556~1598 재위)의 이름을 딴 것이다.

중국 만리장성(萬里長城)

　우선 중국의 민족 분포를 살펴보자. 현재 중국의 인구는 약 14억 명이다. 이 중 92%가 한족이고 나머지 8%는 55개 소수민족이 차지하고있다. 소수민족 중 장족 인구가 가장 많아 1,700만 명 정도이고, 그다음으로는 만주족 (1,000만), 회족(900만), 요족(750만), 위구르족(740만),이족(660만), 토가족 (580만), 몽골족(490만), 포이족(260만), 동족(260만), 묘족(210만) 정도이다. 조선족은 약 200만 명으로 중국 인구 중 0.1%를 차지하며 소수민족 중 12위(한족 포함 13위)이다. 주로 우리나라와 인접한 동북 3성{지린성(吉林省 ·길림성), 랴오닝성(遼寧省·요녕성), 헤이룽장성(黑龙江省·흑룡강성)}인데 특히, 가장 많이 분포하는 곳은 지린성을 중심으로 하는 옌벤(延邊· 연변) 조선족 자치주이다.

　"가장 많은 소수민족인 광시 장족(壯族) 자치구 지역은 탑카르스트 (석회암이 빗물에 녹아 형성된 지역)로 유명한 구이린(桂林·계림) 등의 관광 지가 개발되어 관광 수입이 많은 곳이다. 중국은 소수민족의 중국 대륙 내 독립을 막기 위하여 자치권을 부여하는 등 많은 회유책을 사용하고 있다. 왜냐하면 소수민족은 인구 비중은 8%이나 영토 비중은 64%로 중요하므로 소수민족이 독립하게 되면 엄청난 영토 손실을 보기 때문이다. 또한 소수민족이 분포하는 지역은 대체로 지하자원이 풍부하거나 전략적으로 중요한 요충지이기 때문에 더더욱 중국은 소수민족들의 독립을 막으려 하고 있다. 표면적으로는 자치권을 부여하여 소수민족의 정체성 및 자율성을 인정하는 듯 보이지만 중국은 약 92%를 차지하는 한족을 이주시켜 소수민족의 순수성과 정체성을 약화시키는 정책에 심혈을 기울이고 있다.(p.91~92) 대표적인 곳이 시짱(티베트) 자치구이고, 조선족 자치주에도 한족의 이주가 대거 늘어나 현재는 약 61:31의 비율로 한족이 조선족을 앞지르고 있다.(p.129)"[1]

만리장성은 진시황이 북방 흉노족을 막기 위해 건설했다는, 중국의 노동력과 중앙집권적 통치력을 한껏 과시하기 위해 건설된, 길이 6,300km의 성벽인데, 근래에는 동북공정의 일환으로 고구려가 축조한 장성도 만리장성의 일부라고 주장한다.

"흔히들 '만리장성은 달에서도 보이는 유일한 인공 건축물'이라고 한다. 그러나 실제로 달에서 만리장성은 보이지 않는다. 날씨에 상관없이. 나사(NASA)의 한 우주비행사에 따르면, 누가 언제 이런 말을 만들어냈는지는 모르지만 이 말이 미국의 인기 퀴즈쇼 '제퍼디(Jeopardy)'에 인용되면서 일반인들에 널리 퍼지게 됐다고 한다. 그러나 달에 훨씬 못 미치는 거리에서도 지구상의 인공 건축물들은 우주에서 육안으로는 전혀 보이지 않는다."[2]

1) 「속속들이 살펴보는 우리 땅 이야기」, 이두현 외 5인, 푸른길, 2013.
2) 「정재승의 과학콘서트」, 정재승, 어크로스, 2011, p.81.

〔〈국제 우주 정거장(International Space Station, ISS)에서 바라본 지구의 모습은?〉

하늘로 높이 오를수록 지상에 있는 사물의 세세한 모습이 계속해서 사라진다. 지구 표면에서 400여km 떨어진 고공에서 궤도운동을 하는 국제 우주 정거장의 창을 통해 당신은 파리·런던·뉴욕·로스앤젤레스 같은 대도시를 확인할 수 있다. 그것도 밤의 휘황찬란한 야경 말이다. 그런데 낮에는 이집트 기자의 거대한 피라미드들은 물론이고 중국의 만리장성조차 알아보기 어렵다.

왜 그럴까? 대낮임에도 이 정도로 거대한 지상의 축조물이 눈에 잘 띄지 않는 것은, 이들이 주위에 널려 있는 토양과 암석으로 만들어졌기 때문이다. 주위 경관과 잘 구별되지 않는 것이다.

그러나 눈에 들어오는 자연 경관은 대단히 다양하다. 멕시코 만을 휩쓰는 허리케인, 북대서양에 떠다니는 거대한 빙산, 그리고 지구 도처에서 치솟는 화산 폭발 현상 능은 아주 자연스럽게 눈에 들어온다.〕[3]

우리 민족의 아픈 역사와 애환을 중심으로 한 소설을 주로 쓴 조정래(전남 선암사 출생, 1943~) 작가가 현재 중국을 시대배경으로 하여 3권짜리 소설 『정글만리』(2013)를 발간하여 베스트셀러가 됐다. 이 소설 속에는 '마오 쩌둥의 명언'인 "장성에 오르지 않으면 사내대장부가 아니다(不到長城 非好漢, 부도장성 비호한)"를 소개하면서, '이 장성에 올라 무수한 사람들의 신음과 통곡을 듣지 못하면 참된 대장부가 아니다'라고 했어야 한다고 비판하는 대목이 나온다. 잠시 소설 내용을 살펴보자.

---

3) 『날마다 천체물리(Astrophysics for People in a Hurry, 2017)』 닐 디그래스 타이슨, 사이언스북스, 2018, p.191~192.

〔"모든 권력은 총구로부터 나온다." 이 말은 마오쩌둥(毛澤東·모택동)의 3대 명언 중 첫 번째 것이었다.(…)(두 번째 명언은 "하늘의 떠받치는 절반은 여자다"이고, 세 번째 명언은 "인구는 국력이다"란 말이다. -이상준)

만리장성 입구에 모택동의 시 한 구절이 붙어 있다. '장성에 오르지 않으면 사내대장부가 아니다(不到長城 非好漢)'. 그 시구를 보는 순간 직감적으로 떠오른 생각은 '인민을 위해 혁명을 했다는 사람이 어찌 저럴 수 있을까' 하는 거였다. 그 기나긴 성을 쌓기 위해 저 진시황 시절부터 청나라 때까지 2천여 년에 걸쳐서 얼마나 많은 백성들이 죽어갔는데, 인민을 위해 혁명을 했다는 사람이 그 장성에 올라 봉건 왕조의 폭정에 분노하거나, 불쌍한 백성들의 희생은 전혀 슬퍼하지 않고 사내대장부의 기상만 뽐내고 있는 게 아닌가.

이미 1,900여 년 전 후한의 진림(陳琳)이란 시인이 '그대 장성 아래를 보지 못했는가, 죽은 사람들의 해골이 서로 지탱하고 있는 것을'이라고 시를 썼다. 모택동은 시를 지을 줄 안다고 뽐내면서 시를 지었지만 정작 사나이 기상만 뽐낼 줄 아는 군인일 뿐이었고, 사람의 슬픔을 아파하는 시인의 마음도, 혁명가의 사랑도 없었던 것이다. 그가 진짜 시인이 되었으려면 이런 시구 하나가 첨가되어야 한다. '이 장성에 올라 무수한 사람들의 신음과 통곡을 듣지 못하면 참된 대장부가 아니다.'〕[4]

북경의 쥐용관(居庸关·거용관, 북경에서 서북쪽으로 50km 지점에 있으며

---

4) 「정글만리(2)」 조정래, 해냄, 2013, p.163~165.
선암사(仙巖寺)는 전라남도 순천시 승주읍 죽학리 조계산 동쪽 기슭에 있는 사찰이다. 소설「태백산맥」 등의 저자 조정래의 출생지(부친이 스님)다. 조정래는 선암사에서 아버지 조종현과 어머니 박성순의 4남 4녀 중 넷째(아들 중 차남)로 태어났다. 그의 아버지는 일제시대 종교의 황국화 정책에 의해 만들어진 시범적인 대처승이었음을 조정래 작가는 스스로 밝히고 있다. (「정글만리(3)」 p.406.)(한국의 대표적 불교 종파인 조계종은 승려들의 결혼을 허락하지 않지만, 일본의 승려들은 반드시 독신일 필요가 없었다.)

도보로 만리장성에 오르는 코스) 장성 위와, 빠다링(八达岭·팔달령, 북경에서 서북쪽으로 75km 지점에 있으며 케이블카로 등정하는 코스) 장성 입구에는 모택동이 1935년에 지은 시비(詩碑)가 있다. '장성에 오르지 않으면 사내대장부가 아니다(不到長城 非好漢, 부도장성 비호한)', 내 눈에는 한족을 뜻하는 한(漢) 글씨를 2배로 크게 쓴 점이 '확' 눈에 들어왔다. 글자 그대로의 뜻은 '장성에 오르지 않으면 한족을 좋아하지 않는다'는 뜻으로, 바로 여기에도 '한족 중심주의'가 짙게 깔려 있다는 점이다. 방금 조정래 작가는 '마오쩌둥이나 진시황이 무수한 중국 백성들의 신음소리를 들었어야 했음'을 아쉬워했다. 나는 한 걸음 더 나아가 '한(韓)'민족이기에 '한(漢)'만을 중시하는 그 말에 살이 떨렸다. 그리고 동쪽의 작은 나라 우리 대한민국이 떠올랐다. 포털사이트에 들어가 보라. 유명인사는 물론이고 일반인들도 이 시비(詩碑) 앞에서 기념사진을 찍어 경쟁적으로 올려놓았다. 그 앞에서 기념사진이야 얼마든 찍을 수 있다. 그러나 그 깊은 의미도 모른 채 마오쩌둥 운운하며 이제 '대장부가 됐다'고 난리들을 치고 있다. 세상을 정확히 모르면 이 지경이 돼버린다. '두 눈 뜨고도 코 베인다'는 말이 딱 들어맞는 격이다. 제발 각성하라.

『열하일기(熱河日記)』(1883)와 호산장성(虎山長城)

'한족(漢族)'이 세상의 전부라는 '한족 중심주의'는 수없이 많은 곳에서 접할 수 있다. 천혜의 요새, 호산장성(虎山長城), 즉 고구려 천리장성의 일부였던 박작산성(泊灼山城) 이야기를 예로 들겠다. "연암 박지원이 쓴 『열하일기(熱河日記)』(1883)는 1780년 5월 25일(음력)부터 10월 27일까지 약 5개월간 약 3,700리(1,500km)를 좇으며 기록한 연암(燕巖) 박지원(朴趾源, 당시 43세, 1737 영조 13~1805 순조 5)의 유쾌한 유목일지이다(음력 6월 24일 압록강 도착). 사행단의 규모는 전체 250여 명이었고[5], 연경~열하 구간은 총 74명(말 55필)으로 줄여서 행차했다.[6]

연암이 밟았던 여정은 이렇다. 의주→압록강→랴오양(遼陽·요양)까지의 기록인 「도강록(渡江錄)」편을 시작으로 선양(瀋陽·심양=盛京·성경,

5) 『연암 박지원과 열하를 가다』 최정동, 푸른역사, 2005, p.50.
6) 『세계최고의 여행기 열하일기(상)』 박지원/고미숙, 그린비, p.138.

청나라의 첫 수도) ⇒ 산하이관(山海關·산해관, 랴오양성과 인접한 허베이성(河北省·하북성) 북쪽 친황다오(秦皇島·진황도) 시의 바다와 맞닿은 곳. 베이징에서 동북방향 290km, 자동차로 3시간 거리} ⇒ 황성(皇城=연경: 연나라의 수도인 베이징(北京·북경)} ⇒ 고북구(古北口, 현재 고북수진(古北水镇)이며 사마대만리장성(司馬台長城)이 있다} ⇒ 열하(熱河, 지금의 청더(承德·승덕)} ⇒ 다시 베이징까지의 여정을 총 24편으로 구분하여 기록한 것이 『열하일기』다. 압록강~연경의 거리는 약 2,300리(920km), 연경~열하의 거리는 약 700리(280km, 현재는 도로개선으로 250km) 왕복하여 총 3,700리(1,500km)의 여행 기록이다."[7] 우리나라 사신들이 남긴 중국 여행기록은 650여 종이나 되지만 연암 박지원의 『열하일기』가 단연 으뜸이다.[8]

　　『열하일기』에는 조선의 출발지점은 소상하게 나와 있으나, 중국 측 상륙 지점은 모호하다. 평안북도 의주 건너편인 단둥(丹東·단동·Dandong)에서 동북쪽 20km, 해발 146m의 호산은 그 형세가 마치 호랑이가 누워 있는 모습과 비슷해서 붙여진 이름인데 우리나라의 마이산(馬耳山: 전북진안, 685m)과 비슷하게 생겼다. 중국은 명나라 성화 5년(1469)에 축조한 성이라면서 애써 그 연혁을 늘려 얘기하지만, 1990년대에 이르러서야 만리장성의 기점을 산하이관에서 단둥까지 최소 1천km를 연장하여 발표했고, 장성을 보수·증축한 것은 2005~2006년이었다. 물론 『열하일기』에는 호산에 관한 어떤 기록도 보이지 않는다.[9]

7) 「세계최고의 여행기 열하일기(상)」박지원/고미숙, 그린비, p.4~6.
8) 「경남신문」, 2017.11.7. 허권수 경상대 한문학과 명예교수. '「열하일기」의 흔적을 찾아서' 여행(2017.11.2~5)
9) 「속 열하일기」, 허세욱, 동아일보사, 2008, p.23~25. 〈천혜의 요새, 호산장성〉

"만리장성의 동쪽 끝은 일반적으로 산해관이라고 알려져 왔는데, 최근 중국 당국은 산해관보다 훨씬 오른쪽으로 물러난, 압록강 하구가 빤히 내려다보이는 이곳 호산이 만리장성의 동쪽 끝이라고 주장하면서 이 성을 복원해놓았다. 역사적 의미가 별로 없는 성터를 장성 모양으로 복원해놓고 옛날부터 있었던 만리장성의 흔적이라고 우기고 있는 것이다. 명백한 역사 왜곡임은 말할 나위가 없다. 그들이 호산장성을 통해 말하고 싶은 것은 '요동 지역은 옛날부터 중국 땅이고 동쪽 오랑캐들이 이 지역에 들어와 살았던 적이 없다'는 것이다. 그러나 연암의 『열하일기』에도, 담헌의 『을병연행록』에도 이 호산장성에 대한 언급은 없다. 그때는 없었기 때문이다. 이 호산장성의 복원 역시 최근의 '동북공정'에 입각한 고구려사 왜곡과 관련이 없다고 말하기는 힘들 것이다."[10]

『열하일기』에도 등장하는 친황다오(秦皇島·진황도)시의 산하이관(山海關·산해관)에 있는 천하제일관(天下第一關) 장성 위에도 마오쩌둥이 썼다는 '장성에 오르지 않으면 사내대장부가 아니다(不到長城 非好漢)' 글자를 새긴 시비(詩碑)가 있다. 베이징을 여행할 경우 보게 되는 쥐융관 장성과 빠다링 장성과는 달리 1열이 아니라 2열로 (편집)되어 있다. 그리고 산하이관 중 노용두(老龍頭)는 바다까지 닿아있으며 그 의미 자체가 노용(老龍) 즉 큰 대역사의 시작(우두머리, 頭·두)인 바, 여기가 만리장성의 동쪽 끝임을 스스로 밝히고 있다. 장성의 끄트머리에는 '노용두(老龍頭)', 해변에는 '明長城地理信 息标石(명장성지리신 식표석)'이라는 표시석도 있다. 그들 스스로가 자가당착에 빠져있으면서까지 우겨대니 참 기가 막힐

10) 『연암 박지원과 열하를 가다』, 최정동, 푸른역사, 2005, p.58~59.

노릇이다.

서인범 동양사학 교수는『연행사의 길을 가다』(2014)에서 호산장성을 만리
장성으로 둔갑시키는 중국의 작태를 비판하고 있다. 이를 소개한다.

〔압록강변을 따라 15km 정도 가다 보면 호산장성에 다다른다. 호랑이가 누워 있는
형상이라 해서 '호산(虎山)'이라고 불렸다. 양 옆으로 삐쭉 솟은 2개의 봉우리가 마치
호랑이의 귀와 같아 호이산(虎耳山)이라고도 한다.『조선왕조실록』에는 마이산(馬耳山)
이란 이름으로 등장하는데, 호산이란 이름은 청나라 때 붙은 것이다. 높이가 146m 정도
밖에 되지 않는 나지막한 산이지만, 앞쪽으로는 강이 흐르고 주변에는 평야만이 펼쳐져
있어 사뭇 높게 느껴진다.

안내판 지도를 보니 "만리장성의 동쪽 끝이 호산장성, 서쪽 끝은 자위관(嘉峪関,
가욕관)"이라는 설명이 붙어 있다. 호산장성은 명나라 성화 5년(1469) 건주여진의
침입을 방비할 목적으로 축조되었다. 1990년대 초 중국의 장성 전문가 나철문 등이
실태조사를 벌여 명나라 장성의 동쪽 끝 기점으로 결정했다.

이후 2차례에 걸친 복구공사를 통해 1,250m를 보수증축하면서 성루·적루·봉화대
등을 설치해 장성의 총 길이가 8,858.8km로 늘어났다. 2012년 중국「광명일보
(光明日報)」는 장성이 동쪽으로 압록강을 거쳐 흑룡강성(黑龍江省) 목단강(牧丹江)
까지 이어졌다며 그 길이를 21,196km로 발표했다. 장성의 동쪽 끝이 산해관에서 어느
순간 이곳 호산장성으로, 또 목단강으로 연장된 것이다.

동국대학교 고구려사 전문가인 윤명철 선생은 호산장성이 고구려의 박작성을 가리키
며, 당나라와 벌인 전쟁에서 자주 등장한다고 말한다.『삼국사기』「고구려본기」에 "박작
성은 산에 쌓은 험준한 요새이고 압록강에 둘러싸여 견고했다. 공격해도 함락시킬 수
없었다"는 기록이 있다. 648년 당나라가 수군 3만 명을 거느리고 해주(海州)를 출발해

압록강으로 들어와 100리(약 40km)를 거슬러 올라 이 성에 이르렀다는 기록도 있다.

2010년 5월 〈고구려성, 만리장성으로 둔갑하다〉라는 제목으로 'KBS 역사 스페셜'에서는 박작성이 전형적인 고구려성이라며 당시 축성 양식인 쐐기돌을 이용해 성을 쌓는 방법을 소개했다. 고구려는 돌로 성을 축조한 반면, 중국은 흙으로 성을 쌓았다. 그러다가 명나라 이후에 들어서야 벽돌로 축조하기 시작했다.

성의 주인을 둘러싼 의문을 품은 채 장성 입구 왼쪽 큰 바위에 붉은 글씨로 쓰인 시 한 수를 마주했다.

"맑고 맑은 푸른 강물/ 높고 높은 호산 머리/ 예서부터 장성이 시작되어/ 만 리로 뻗어가 중국을 지키네!

淸淸綠江水(청청록강수) 巍巍虎山頭(외외호산두: 높을 외) 長城以此始(장성이차시: 이 차) 萬里壯神州(만리장신주)"

장성이 이곳에서 시작된다는 것을 사람들에게 선전하는 내용이다. 장성의 시점이라니! 장성의 끝을 계속해서 연장하는 행태와 모순이 아닌가! 장성의 시작과 끝이 계속 바뀌는 것을 보면 이 시(詩)도 언젠가 조용히 사라지는 것은 아닐지 모르겠다.」[11]

---

11) 『연행사의 길을 가다: 압록강 넘은 조선 사신, 역사의 풍경을 그리다』, 서인범, 한길사, 2014, p.79~80.

『삼국지』의 바탕에 깔려 있는 '중국의 한족 중심주의'

최성락 교수는 『말하지 않는 세계사』(2016)에서 소설 『삼국지』[12]의 바탕에 깔려 있는 '중국의 한족 중심주의'에 주목한다.

---

12) 『군웅할거 대한민국 삼국지』 김재욱, 투데이펍, 2016, p.4~5.
〈조조의 재평가와 『정사 삼국지』〉
우리가 보는 『삼국지』는 사실만을 기록해놓은 '역사서'가 아닌 '소설'이다. 등장인물의 행적이나 당시 상황이 사실과 맞지 않는 것이 많다. 조조·손권·유비 세 사람 중에 유비를 주인공으로 정하고, 나머지 두 사람은 유비에 맞서는 사람으로 그려놓았다. 소설은 이른바 '촉한정통론(蜀漢正統論)'을 기반으로 하여 이루어졌다. 근래 들어 진수가 쓴 '정사(正史)'가 번역되고 (김원중 선생의 『정사 삼국지』 민음사, 2007 등), 조조의 재평가가 이루어지면서 촉한정통론은 낡은 것이 되어버렸지만, 여전히 상당수의 독자들은 유비를 중심에 놓고 삼국지를 이해한다.(저자 김재욱: 고려대 한문학과 교수)
• 『삼국지 인물 108인전』 최용현, 일송북, 2013, p.418~421. 〈3대 삼국지〉
『삼국지』(The Records of the Three Kingdoms)의 중심서는 『정사(正史) 삼국지』이다. 이는 위(魏−조조, 중북부)·촉(蜀−유비, 중서부)·오(吳−손권, 동남)의 3국을 통일한 진(晉, 서기 220~280)에 의해 관찬된 것으로, 진(晉)의 모태인 위(魏)를 정통으로 삼아 서진시대에 진수(陳壽, 233~297)가 쓴 것이다.
『삼국지연의(三國志演義)』(The Romance of the Three Kingdoms)는 이보다 1,100년 뒤인 14C 말경에 촉(蜀)을 정통으로 삼아 나관중(羅貫中)이 썼다. '연의(演義)'란 사실을 부연하여 자세하고 재미있게 서술한 것을 말한다. 흔히 역사소설은 '7할의 사실과 3할의 허구'로 구성된다고 한다. 나관중은 정사 삼국지를 비롯한 여러 사서를 기본서로 삼아서, 당시 민간에 널리 전해져 내려오던 삼국지의 영웅담이나 설화·희곡들을 채집, 적절히 가필하여 『삼국지연의』를 완성하였다. 『삼국지연의』에서 촉을 정통으로 세운 것이나 제갈량을 거의 신격화시킨 것은 저자의 생각이라기보다는 민중들의 영웅대망론에 대한 화답이라고 볼 수 있다. 저자로서는 민중에 의해 천자의 이상형으로 굳어진 유비를 정통성의 중심에 세울 수밖에 없었고, 그러다 보니 상대역인 조조는 악인으로 그릴 수밖에 없었던 것이다. 하지만 나관중의 천재적인 창의력에 힘입어

〔〈몽골 출신인 여포(呂布)와 중원 출신이 아닌 동탁(董卓, 중국 동쪽 끄트머리 후이족)의 억울한 사연〉

『삼국지연의』는 소설로서 각색된 부분들이 많기는 하지만 그래도 기본적인 사실들은 역사적 사실을 바탕으로 했다. 그런데 『삼국지연의』 소설 속에서도, 『삼국지』 실제 역사 서술에서도 똑같이 부정적으로 묘사하는 인물이 있다. 여포와 동탁이다. 여포와 동탁은 『삼국지』 첫 부분부터 나온다. 한나라가 혼란에 빠져들게 되는 원인 중 하나가 바로 동탁이다. 동탁은 쿠데타를 일으켜 황제의 자리를 강탈하고, 황제의 이름으로 온갖 횡포를 부린다. 여포는 동탁의 양자로 들어갔지만 나중에 동탁을 배신한다. 이후에도 여포는 끝까지 무도하고 무식한 인물로 묘사된다.

「삼국지연의」가 중국의 4대기서의 하나로 꼽히는 것이다.
삼국지의 판본은 「삼국지연의」가 나온 뒤에 다시 약간씩 손질 내지는 수정을 한 사람의 이름을 딴 「이탁오본(李卓吾本)」「모종강본(毛宗崗本)」「길천영치본(吉川英治本)」 등이 있다. 요즘 우리나라에서 읽히고 있는 소설 「삼국지」의 대부분은 「모종강본」의 역본이고, 일본판인 「길천영치본」의 역본도 간혹 있다. 양자는 큰 흐름에서는 차이는 없으나 세부적인 스토리에서는 약간씩 차이가 있다. 길천영치(요시카와 에이지, 1892~1962)는 근대 일본의 유명한 소설가이다.
다음으로 「반삼국지(反三國志)」가 있다. 중화민국 초기에 사법관을 역임한 주대황이라는 언론인이 1919년 북경의 한 고서점에서 '삼국구지(三國舊志)'라는 제목의 고서 한 다발을 발견했다. 그런데 유감스럽게도 전반부는 유실되고 없었고 후반부만 남아 있었다. 읽어보니 「삼국지연의」와는 내용이 많이 달랐다. 그는 이를 「삼국지연의」와 구별하여 「반삼국지(反三國志)」라는 이름으로 발간했는데, 우리나라에도 세 권짜리 번역본으로 나왔다. 이 책이 「삼국지연의」와 근본적으로 다른 것은 유비가 삼국통일을 완수하고, 그의 손자 유심이 촉한 황제에 즉위하여 후한을 이어가며 승상 방통이 보필하고 있다는 사실이다.
• 「말하지 않는 세계사」 최성락, 페이퍼로드, 2016, p.69~70.
〈원나라 연극을 바탕으로 만들어진 「삼국지연의」의 한계〉
「삼국지연의」에서는 모든 장수가 영웅화되어 있다. 「삼국지연의」를 보면 두 나라의 군대가 만나면 적과 바로 싸움에 들어가지 않는다. 각 군대에서 장수들이 나와서 이야기를 하고, 장수들이 군대를 대표해서 맞장을 뜬다. 조조 군과 원소 군이 붙을 때도 먼저 관우와 안량이 각 군을 대표해서 나오고, 여기에서 관우가 안량을 벤다. 조조군의 장수가 이기면 이제 그 전쟁은 조조 군이 이기게 된다. 이런 식으로 전쟁에서 앞장서서 싸우는 여포·관우·장비·마초·허저 등이 유명한 장군으로 인정된다.
그런데 실제 전쟁에서는 각 군대의 장군들이 나와서 일대일로 붙지는 않는다. 전쟁은 군사들의 싸움이지, 장군들이 맞장 뜨는 곳이 아니다. 그런데도 「삼국지연의」에서 이런 식으로 서술된 것은 「삼국지연의」가 원래 원나라 연극을 바탕으로 만들어진 소설이기 때문이다. 연극에서는 두 군대가 싸우는 모습이나 병사들이 엉켜서 칼질하는 모습으로 표현하는 데 어려움이 있다. 관객들에게 보는 재미를 주기 위해서는 장수들이 나와서 서로 이야기를 하면서 일대일로 붙는 게 훨씬 낫다. 군대의 다툼을 장수들의 일대일 대결로 각색했고, 그런 전투 표현 방식이 「삼국지연의」에서 그대로 적용되었다.

여포는 사실 『삼국지연의』에서 제일가는 무장이다. 그런데 『삼국지연의』에서 최고의 장수로 묘사되는 사람은 관우·장비이다. 그리고 장비와 1:1로 대등한 싸움을 벌인 허저·마초 등이 있다. 그런데 이렇게 1:1로 싸워서 진 적이 없었던 관우와 장비가 같이 달려들어도 이기지 못한 상대가 바로 여포이다. 여포는 유비·관우·장비 세 명이 같이 달려들었을 때나 형세가 불리해서 물러섰지, 다른 1:1 결투에서는 진 적이 없었다. 이렇게 대단한 장수인 여포가 『삼국지연의』에서는 처음부터 끝까지 나쁜 사람으로 묘사된다.

여포가 배반을 한 나쁜 사람이라서 그런 것이라고 보기 어렵다. 『삼국지연의』는 처음부터 끝까지 배반하는 이야기로 점철되어 있다. 왕윤·초선은 동탁과 여포를 속이고, 제갈량은 주유·노숙·마의를 속였다. 유비도 계속 거짓말을 하면서 위기를 넘기고, 조조도 황제를 배반한다.

사실 중국 역사에서 뛰어난 사람이라고 하는 사람 대부분은 남을 잘 속이는 사람들이었다. 전쟁에서도 어떻게 상대방을 속여서 함정에 빠뜨리느냐가 중요했고, 협상 과정에서도 다른 사람을 잘 속여 넘기는가가 중요하다. 『초한지』『열국지』『삼국지』 『서유기』『수호지』 등 중국의 고전들은 상대방을 속이는 이야기가 대부분이다. 그래서 서양사람 중에서는 이런 책들을 사기꾼들의 책이라고 폄하하는 사람들도 있다. 서양 신사의 윤리는 신뢰, 믿음, 자기가 한 말을 반드시 지키기 등이다. 그런데 중국 역사에서는 속이는 이야기가 너무 많고, 또 그런 사기를 칭송하는 경향이 있다.

여포가 다른 사람을 배반한 것은 사실이지만, 삼국지 다른 인물들에 비해 배반을 더 많이 한 것이라고 보기 어렵다. 그럼에도 불구하고 『삼국지연의』 그리고 『삼국지 정사』에서 여포를 유독 부정적으로 보는 이유 중 하나는 여포가 한족이 아니기 때문이다. 유비·관우·장비·제갈량·조조·사마의·원소 등은 모두 중국 중원 출신이다. 중국의 중심지라고 할 수 있는 지금 베이징 지역에서 황하(黃河), 그리고 양쯔강(

揚子江=長江) 유역까지의 지역 출신이다. 원래 중국의 영역은 이 지역이다. 지금 중국땅으로 되어 있는 만주 지역·몽골 지역·중앙아시아 지역, 그리고 광둥성 등 중국 남해안 지역은 중국땅이 아니었다. 그런데 여포는 몽골 지역 출신이었다.

여포는 몽골 출신이라 서로 제대로 된 대화도 안 되고 이해하기도 어려웠다. 무엇보다 중원 사람들에게 여포는 이민족 출신이고 이질적인 사람이다. 여포가 아무리 무장으로서 뛰어났다고 하더라도 절대 중원 사람들에게 인정받을 수 없었다. 동탁도 마찬가지다. 동탁은 중국의 동쪽 끄트머리 지역 출신이다. 이 지역은 한족이 아니라 후이족이 중심인 지역으로 몽골과 가깝다. 동탁이 여포와 양자 관계를 맺은 것은 이 둘이 비교적 가까운 지역 출신이기 때문이었다. 『삼국지연의』에서 동탁은 스스로 권력을 잡으면서부터 출현하기 시작한다. 그리고 죽을 때까지 부정적으로만 묘사된다. 그런데 『삼국지 정사』에서 동탁에 대한 묘사는 희한하다. 동탁이 권력을 잡기 전에는 굉장히 뛰어난 사람이고 훌륭한 장수로 나온다. 그런데 권력을 잡고 난 후에는 천하의 무도한 사람으로 서술된다. 동탁이 권력을 잡기 전과 후의 서술 톤이 완전히 다르다. 동탁은 중원 출신이 아니다. 중원 출신이 아닌 동탁이 한나라를 위해 공을 세우면 좋은 일이다. 그래서 동탁에 대해 좋게 서술한다. 하지만 중원 출신이 아닌 외부인이 막상 중국을 접수하면 이야기가 달라진다. 동탁은 중국인을 위해 일을 해야지, 중국을 정복하면 안 되는 것이었다.

『삼국지연의』의 주요 등장인물 중에서 중원 출신이 아닌 사람은 여포·동탁·곽사·이각이다. 이들은 모두 삼국지에서 처음부터 끝까지 나쁜 사람으로만 나온다. 이들만 나쁜 짓을 했고 다른 등장인물들은 나쁜 짓을 하지 않았다면 타당하다. 하지만 삼국지의 다른 등장인물들도 모두 다 배신을 하고, 학살을 하고, 아무 이유 없이 다른 사람을 죽이는 등 나쁜 짓을 했다. 삼국지에서 가장 훌륭한 인격으로 칭송받는 관우도 원래 사람을 죽여서 고향을 떠났고, 다른 지방을 돌아다니다가 유비와 장비를 만난 것이다.

관우조차 전쟁터가 아닌 곳에서 사적인 감정으로 사람을 죽인 살인자였다. 그럼에도 불구하고 이들의 잘못을 물고 늘어지지 않는다. 단지 여포·동탁·곽사·이각 등에 대해서만 잘못한 점을 끝까지 물고 늘어졌다. 이는 이민족 출신, 중국 외곽 출신들을 끝까지 받아들일 수 없었던 것이다.

중국 역사는 항상 한족 중심주의다. 중원이 아닌 주변 지역에 사는 사람은 모두 오랑캐다. 한족이 아닌 사람들, 즉 오랑캐들은 인정하지 않는 인종주의가 늘 저변에 깔려 있는 것이다.

〈중국의 한족 중심주의: 한족은 시대에 따라 다른 민족들이다〉
사실 중국의 한족 중심주의는 그 근거가 적다. 중국 고대 왕조는 하(夏, 기원전 2070~기원전 1600?), 은·殷(상·商)(기원전 1600?~기원전 1046), 주(周, 기원전 1046~기원전 256)로 시작된다.[13] 그런데 하나라는 전설로 전해지는 왕조이고, 실제 역사상 확인되는 왕조는 은부터이다. 그런데 은나라는 한족의 국가가 아니라 동이족의 국가이다. 중국의 한자 등을 만든 것은 은나라다. 즉 한자는 원래 한족의 문자·문화가 아니었다. 한족의 나라는 주나라로부터 시작된다.

그리고 주나라·한나라 이후 한족이 지금의 중국민족도 아니다. 중국 위진남북조 시대 때 북방 민족이 중국 중원을 차지했다. 이때 중국 중원에서 살아가는 민족은 한족에서 북방 민족으로 바뀐다. 그 이후 한족이라는 말을 계속 사용하기는 하지만, 사실 민족 구성원은 달라졌다. 당나라·송나라 이후 한족은 주나라·한나라의 한족과 달리 원래 북방민족이다. 결론적으로 말하면 한족은 시대에 따라 각각 다른 민족들인 것이다.)[14]

---

13) 『소설로 읽는 중국사(1권)』, 조관희, 돌베개, 2013, p.13. 〈중국 소설사 개관〉
14) 『말하지 않는 세계사』, 최성락, 페이퍼로드, 2016, p.70~75.

중국 실크로드

실크로드(Silk Road, 비단길)라는 이름은 1877년 독일의 지리학자 리히트호펜(Richthofen, 1833~1905)이 처음으로 사용했고, 유럽과 중국이 무역을 할 때 아시아 내륙을 관통하던 경로를 묶어 지칭한 말이었다. 가장 수요가 많았던 수입 품목이 비단이어서 그런 이름이 붙었다.[15] "실크로드는 중국의 장안(서안)에서 로마까지 낙타 떼가 등에 비단을 짊어지고 지나가는 모랫길을 의미하며, 북쪽 루트인 초원 실크로드, 오아시스 실크로드, 남쪽의 바다를 경유하는 바다 실크로드로 대분된다. 북의 텐산(天山·천산)산맥과 남의 쿤룬(崑崙·곤룬, '세계의 창'이라는 뜻)산맥 사이의 타림(塔里木·탑리목)분지(타클라마칸 사막 지역)를 사이에 두고 서역북로와 서역남로로 세분된다. 타클라마칸 사막(Taklamakan Desert)은 '죽음의 사막'이란 뜻을 가졌고, 가장

---

15) 『생각의 융합』, 김경집, 2015, 더숲, p.13.

무서운 것은 '카라부(Karabu)'라는 검은 모래 폭풍이다."[16] 그리고 오아시스를 개략적으로 분류하면 이렇다.

[오아시스에는 샘 오아시스·하천 오아시스·산록 오아시스가 있는데, 샘 오아시스는 사막 안에 있는 낮은 웅덩이에 지하수가 용천수로 솟아 나와서 물이 괸 것으로, 넓이가 다양하며 사하라 사막에서 아라비아 사막에 걸쳐 많이 분포되어 있다.

하천 오아시스는 강수량이 풍부한 지역의 대 하천이 사막을 관류하는 중에 물의 양이 현저히 감소하긴 하나 없어지지 않고 바다나 호수로 흘러 들어가는데, 이 강의 양 기슭에 형성되는 녹지대를 말했다. 나일·메소포타미아·인더스 등 고대 문명의 발상지가 여기서 생긴 것이다. 산록 오아시스는 높은 산들 위의 만년설이 녹아서 흘러내린 하천이 내륙 평지의 사막으로 흘러들면서 산기슭에 형성하는 오아시스다.

타림분지의 오아시스들이 대표적이며, 이곳을 옛날에 '서역'이라 불렀다. 실크로드 오아시스에는 인공수로를 이용하여 주거지까지 물을 공급하는데 이 인공수로를 '카레즈' 라 한다.

타림분지(타클라마칸사막·고비사막 포함)의 주요 도시로는 북쪽에서부터 우루무치 (Wulumuchi, 천산산맥 동쪽)·투르판(Turfan)·돈황(敦煌, Tunhuang)이다. 투르판 은 돈황의 북쪽으로 약 500km 떨어져 있으며 서유기(西遊記, 삼장법사와 손오공 이야기)의 무대인 화염산(火焰山, Flaming Mountains)[17]이 있다. 우루무치는 투르

---

16) 『실크로드, 길 위의 역사와 사람들』 김영종, 사계절, 2010, p.45~59. 카라부(karabu)는 '기도하다' 또는 '크다, 강하다, 힘있다'의 뜻이다.

17) 『제비를 기르다』 윤대녕, 창비, 2007, p.195.
중국 투르판 근처 화염산 남록에는 고창고성(高昌古城, 투르판 시에서 동으로 40여km에 위치)이 있다. 투르판은 천산북로와 천산남로의 분기점에 위치한 사막도시로 조상이 터키계 유목인으로 알려진 위구르인들이 주로 모여 사는 곳이다. 또한 7세기 무렵 인도로 가던 현장법사가 여독을 풀며 잠시 머물다 간 곳이 바로 고창고성이다.(윤대녕 『낙타주머니』 중에서)

판 북쪽 182km 떨어져 있으며 천산산맥 아래쪽에 자리 잡고 있다. 투르판은 위구르어로 '파인 땅'의 뜻이다.〕[18]

돈황에서는 막고굴[19] 천불동이 유명한데 관련 내용을 간략히 소개한다.

〔돈황에서 남쪽으로 20km 떨어진 곳에 남산산맥의 끝자락이 힘차게 다가서고 있다. 그곳에서 약간 동쪽으로 치우친 곳에 한 줄기 강이 흐르는데 '대천하(大泉河)'이다. 대천하는 폭 70m 정도의 하안을 형성하여 삼위산(三危山)과 명사산(鳴沙山)을 가르고 있다. 명사산은 월아천(月牙泉)이라는 오아시스가 유명하다.

18) 창원대 CULIA, 2010년 5월, '실크로드 여행 자료'
19) 『실크로드, 길 위의 역사와 사람들』 김영종, 사계절, 2010, p.289~291.
　　돈황의 석굴은 승려 낙준이 366년에 개창한 것이다. 그 후 1,000년 동안 큰 변화 없이 석굴이 만들어지고 유지되었는데 현재는 492개만이 남아있다. 1899년 왕도사가 돈황의 17호굴, 즉 일명 장경동(藏經洞, 경서가 보관된 것이라 해서 붙여진 이름이며, 그곳에는 산더미 같은 필사본이 꽉 들어차 있었다)을 발견하였다. 이 장경동에서 신라의 승려 혜초의 『왕오천축국전』(8세기 초에 인도와 페르시아·서역을 돌아본 유일한 여행기) 필사본이 나왔다.
　　기억력의 천재인 프랑스의 동양학자 펠리오(Paul Pelliot, 1878~1945)는 촛불 하나를 가지고 17호굴로 들어가서 2만여 권이나 되는 고문서를 3주일 만에 독파했다. 그는 하루에 거의 1,000개의 두루마리를 읽어 내려갔다. 1906~1908년 펠리오는 『왕오천축국전』등 5,000점의 고문서를 프랑스로 가져갔다. 장경동에서 수많은 고문서와 미술품을 빼낸 펠리오는 왕도사와 단돈 90파운드에 거래하여 값으로 칠 수 없는 귀중한 유물들을 프랑스로 보낸다. 이로써 그는 '돈황학의 창시자'로 역사에 길이 남게 되었다. 그는 언어의 천재로 13개 국어를 구사하였으며 특히, 중국어와 투르크어 등에도 능했다.
　　-국립중앙박물관(용산) 『왕오천축국전』전시-
　　전시기간: 2010.12.18(토)~2011.4.3(일)(매주 월요일은 휴관)
　　2010년에 혜초의 『왕오천축국전』이 약 1,300년(정확하게 말하면 1,283년=2010년-727년 발간) 만에 귀향했다. 이는 돈황의 장경동에 있던 것을 펠리오가 1908년 프랑스로 가져가 프랑스 국립도서관에서 소장하고 있다가 우리나라로 첫 나들이를 한 것이다. 그런데 여기에는 까다로운 조건이 붙었다. '대여 기간은 3개월'이고 '60cm 이상은 펼쳐서 전시하지 말 것' 정말 씁쓸하다. 혜초 스님의 오언시(五言詩)로 마음 달래보자.
　　"달 밝은 밤에 고향 길 바라보니, 뜬구름 너울너울 돌아가네/
　　그 편에 감히 편지 한 장 부쳐 보지만, 바람이 거세어 화답이 안들리는구나/
　　내 나라는 하늘가 북쪽에 있고, 남의 나라는 땅 끝 서쪽에 있네/
　　일남(日南)에는 기러기마저 없으니, 누가 소식 전하러 계림(신라의 옛 이름)으로 날아가리."

막고굴(莫高窟) 천불동(千佛洞)은 이 강의 좌측 연안, 즉, 명사산 산록 일대에 있다. 돈황에는 여러 인종이 거주하고 있었다. 한(漢)대 이래 이 지방에 진출하여 식민지화 했던 한족이지만, 그 외에 티베트계·투르크계·서아시아의 소그드인에 이르기까지 잡다한 민족이 여기에 살고 있었다. 돈황이라는 도시 자체는 끊임없이 쳐들어왔던 이민족과의 싸움, 집도·성도 완전히 불태워진 전쟁 등으로 도시가 완전히 파괴됐으나 돈황 오아시스로부터 20km나 멀리 떨어진 천불동은 다행히 모든 파괴의 재앙에서 피할 수 있었다.(p.21~23)

어림잡아 현재 돈황의 문서는 런던에 1만 점, 파리에 5천~6천 점, 북경에 1만 점, 레닌그라드(현재 상트페테르부르크)에 1만 점, 일본에 1천 점으로 총 4만 점 가까이 남아 있다. 그중 80%는 한문 문서이고, 그다음으로 많은 것이 티베트 문서이다. 그 외에는 산스크리트어·소그드어·호탄어·쿠차어·투르크어 문서 능이고 소수이긴 하지만 팔라비어(고대 이란어)·아라비아어·서하어·몽골어 문서 등도 있다. 이것들의 대부분은 불교 문헌으로 북위(北魏)에서 오대(五代)까지의 각종 경전을 포함하고, 그중에서도 경전의 사본이 대부분을 차지한다.

이들 고문서군이 왜, 어떻게 밀봉되었는가는 확실하지는 않지만, 1036년 서하(西夏) 가 돈황을 공략했을 무렵 황급히 봉해졌을 것으로 추정된다. 단, 이들 고문서 전체를 볼 때 느낄 수 있는 점은 이들 고문서가 결코 당시 사람들에게 귀중품이 아니었다는 것이다. 불경이나 문서 단편도 파손된 것이 많으며 승려의 호적·출납대장 등 평범한 것들도 많다. 서하의 돈황 점령은 분명하지 않으나 전쟁이 치열했던 탓인지, 아니면 점령 후에 불교정책을 크게 전환시킨 탓인지, 점토로 밀봉된 비밀창고는 이후 20세기 초 왕원록 도사(道司, 도교의 사제)에 의해 발견되기까지 두 번 다시 열리지 않았다.(p.71~75)]20)

---

20) 「돈황의 역사와 문화(1987)」 나가사와 가츠토시, 사계절, 2010.

중국 차마고도

차마고도(茶馬古道)는 기원전부터 중국과 티베트 사이에 차와 말을 거래하던 교역로로 실크로드와 함께 인류의 가장 오래된 교역로였으며 길이가 약 5,000km, 해발고도가 4,000km 이상의 험준한 길이다.[21]

차마고도의 생성 과정과 관련 문화를 살펴보자.

〈차마고도가 생긴 과정〉

차마고도(Ancient Tea Route, Southern Silk Road)는 '마방(馬幇)'이라 불리는 상인들이 말과 야크를 이용해 중국의 차와 티베트의 말을 서로 사고 팔기 위해 지나다니던 길이다. 이 길을 통해 문화의 교류도 활발하게 이루어졌으며, 전성기에는 유럽까지 연결된 적도 있었다. 해발고도 4,000m가 넘는 험준하고 가파른 길이지만, 경치가 매우 아름다운 길로 유명하다.

---

21) 『생각의 융합』, 김경집, 더숲, 2015, p.17.

2007년 KBS에서 6편으로 구성된 다큐멘터리 〈인사이드 아시아-차마고도〉를 제작하면서 널리 알려졌다. 차마고도는 주로 남과 북 두 개의 도로로 나뉜다. 즉 촨짱(川藏·천장·Chuānzàng) 차마고도 남로(운남~티베트)와 차마고도 북로(사천~티베트)이다. 물론 이런 두 갈래의 주된 간선 외에도 몇 개의 지선이 있다.

지역상으로는 천(사천)·전(운남)·청(청해)·장(서장 혹은 티베트)을 거치고, 더 나아가서는 남부아시아·서부아시아·중부아시아와 동남아시아, 더 멀리로는 유럽까지 뻗어나갔다. 여러 갈래의 고도 중에서 촨짱 차마고도 남로(운남~디베트)가 개통시기가 가장 빠르고 운송량이 제일 많았으며 역사상 의미도 크다.

티베트족이 살고 있는 청장고원지구는 해발 3,500m 이상으로서 차가 전혀 나지 않는다. 그런데 티베트족은 왜 차를 그렇게도 좋아하고 차를 마시는 풍습이 퍼지게 되었는가? 티베트족이 있는 지방은 춥고 산소가 부족하고 건조하며 주식은 수로 참파(Rtsam-pa)·소고기·양고기이므로 야채가 아주 부족하다. 그래서 티베트족은 차를 필수품으로 여겼다. 그리고 티베트 지구는 비록 차가 나지는 않지만 그와 인접해 있는 사천·운남 등은 차가 많이 나는 지방이었고, 예로부터 이들 지역은 오랫동안 밀접한 경제교류가 있었다. 그리하여 녹색 띠처럼 구불구불한 차마고도가 청장고원과 사천·운남 사이에 만들어지게 되었다.

〈여강과 나시족 동파문자〉

그리고 티베트 말은 옛날부터 명마(靑馬·청마이며 시속 60km까지 달릴 수 있다)로 유명하여, 중국의 일반 말(보통 시속 20km 정도 달린다)보다 전술적으로 매우 유용하였다고 한다. 이리하여 차와 말의 교환이 성립된 것이다. 운남성 여강은 아름다운 곳이다. '아름다운 강'을 뜻하는 여강(麗江)이라는 지명부터 그렇다. 고성(古城) 곳곳에서 바라보는 옥룡설산(玉龍雪山, 해발 5,596m)의 신비로움, 남녀가 정사(情死)하여 에덴

동산의 낙원처럼 살 수 있다는 운삼평(雲杉坪), 저 하늘 고원에서 내려와 형제자매처럼 나란히 흐르는 삼강(三江) 병류(竝流), 그 하나인 양자강의 상류 금사강(金沙江), 그것이 험준한 협곡(옥룡설산(玉龙雪山)과 합파설산(哈巴雪山, 해발 5,396m, 옥룡설산의 동생)이 만든 협곡) 사이 좁게 흘러 호랑이가 뛰어넘는다는 호도협(虎跳峽) 등등은 하늘로·산으로·강으로, 대자연의 영원한 거룩함의 진면목을 보여준다. 물론 이곳을 트레킹하면서 차마고도 남로를 체험할 수도 있다(일정 거리마다 음식과 숙박이 가능한 객잔·客栈이 있다).

이곳도 인간의 역사, 특히 부권의 권력시대에 들어와서 어김없이 전쟁과 지배의 역사에 편입되었지만 모계사회, 나시족의 동파문자 등에서 부계 역사 이전의 원시, 한국으로 말하면 단군할아버지족의 강림 이전 웅녀 모계 시대의 모습을 엿볼 수 있다.

나시족(纳西族·납서족·Nahsi·Nakhi)은 중국 남방의 소수민족 중의 하나로 고대 강족의 한 가지이며, 모계 중심의 부족으로 일처다부제의 전통을 가지고 있었다. 나시족이라는 이름은 1954년에 정식으로 붙은 이름이며, 윈난성 북부를 중심으로, 쓰촨성 남부나 티베트 자치구 동부의 망캉현에도 일부 분포한다. 민족 자치구역으로서는 지급시인 리장시에 소속하는 옥룡 나시족 자치현이 있지만, 리장시 중심부인 커우청구에도 많이 거주하고 있다. 2000년 인구조사에서 중국 내의 나시족 인구는 308,389명이었다.

나시족이 쓰는 동파문자(东巴文字)는 중국의 상형문자만큼이나 오래된 것으로, 약 3,600년의 역사가 있다고 한다. 상형문자인 동파문자는 대략 2,012개의 문자가 있다고 한다. 동파문은 아직도 세계에서 사용되는 거의 유일한 상형문자다. 동파문자는 1960년대까지 중국 정부의 소수민족 억압정책으로 사용이 억압되다가 리장을 중심으로 학교 수업 허용을 요구하는 운동이 일어났으며, 80년대에 이르러 동파문 신문과 서적이 발행되었다. 이 문자는 유네스코 세계문화유산으로 올라 있을 만큼 가치를 인정받고 있다.

〈장강제일만(長江第一灣)과 석고진(石鼓鎮)〉

창장(長江·장강·Chang Jiang) 또는 양쯔강(揚子江·양자강·Yangtzu)은 중국 대륙 중앙부를 흐르는 강이다. 6,378km로 아시아에서 제일 긴 강이자, 아마존강(7,062km)과 나일강(6,671km) 다음으로 지구상에서 세 번째로 긴 강이기도 하다(4위: 6,270km의 미시시피강). 국제적으로는 양쯔강이란 이름으로 통용된다. '양쯔강'이라는 이름은 원래 이 강의 하류인 장쑤성 양저우(揚州·양주)부터의 구간을 지칭하는 말로, 중국인에게 양쯔강이라고 말하면 일부는 이 강의 하류 부분만 생각하거나 잘 이해하지 못한다. 상류는 진샤강(金沙江·금사강)으로 불리며 하류는 양쯔강이라고 불리기도 했다.

티벳의 고원지대에서 발원한 양자강은 히말라야 산맥의 끝자락인 운남성에 이르러 남쪽으로 흐르다가 여강 근처 뾰족한 산 밑 마을에서, 갑자기 130도 정도 방향을 바꾸어 북쪽을 향해 흐른다. 이를 장강제일만이라 부른다. 마치 우리나라의 하회마을과 비슷한 모양이다.

그런데 장강제일만은 물이 방향을 돌리다 보니 물이 얕아, 이 험준한 곳에서 거의 유일하게 군대가 침공하는 통로로 이용되었다. 그리하여 중원에 전쟁이 벌어졌을 때마다 격전이 벌어졌던 전략적 지역이 되었다.

『삼국지』에서 제갈공명이 맹획을 칠종칠금하면서 강을 건넌 곳도 이곳이라고 한다. 또한 테무친이 몽골군 10만 대군을 거느리고 중원을 정복할 때도 샹그릴라[22]에서 남쪽으로 내려와 장강을 건너 대리왕국을 멸망시켰다. 그리고 모택동의 홍군(紅軍)은

---

22) 『상그릴라의 포로들(Prisoners of Shangri-La, 1998)』 도널드 로페즈, 창비, 2013, p.4~9.
상그릴라(Shangri-La)는 티베트말로 '내 마음속 해와 달'이란 뜻. 제임스 힐튼 소설 『잃어버린 지평선(Lost Horizon)』(1933년)에서 지상낙원으로 묘사되었다. 프랭크 캐프라(Frank Capra) 감독이 1937년 영화로 제작하기도 했다. 세 명의 영국인과 한 명의 미국인이 탄 비행기가 납치되어 상그릴라의 라마사원에 불시착하여 그 사원이 수 세기 동안 티베트의 승려들이 거주해오다 버려진 불교사원임을 알게 되며, 온갖 귀중한 자료와 자연, 정신적인 별천지의 세계를 느끼는 과정을 보여준다. 쿤룬산맥 서쪽 끝자락의 중국 윈난성의 산골 오지이다. 무릉도원·지상낙원의 뜻으로도 쓰인다.

1936년 대장정 시기 이 장강제일만을 건너 설산으로 넘어갔다. 모택동과 홍군은 1935년 4월 25일 석고진에 도착하여 3일 만에 18,000명 병력 전부가 도강하였다. 모택동은 이를 기념하여 〈장정(長征)〉이라는 시를 남겼다. 흔히 대장정이라고도 부르는 중국 홍군의 장정은 중국 공산당 인민해방군의 전신인 홍군이 1934년 10월 16일부터 1936년 10월까지 약 2년 동안 중국공산당 임시정부의 수도였던 장시(江西·강서)성 루이진(瑞金·서금)에서 산시(陝西·섬서)성 옌안(延安·연안)까지 국민당 국군과 싸우며 25,000리 (9,700km)를 걸어 이동한 사건을 말한다.

석고진은 '소강남(小江南)'이라 불리는 아름다운 곳으로 차마고도의 요충지로서 예로부터 전략적으로 반드시 차지해야 할 땅이었다. 명나라 가성(嘉靖)년(1522~1566) 중에 나시족 군대의 전공을 기념하기 위해 커다란 돌로 북을 세웠다고 하여 석고진 (石鼓鎭)이다. 그리고 쇠로 만든 무지개다리인 철홍교(鐵虹橋)가 있었는데, 이 길은 예전에 인도·라싸·서장으로 가는 통로였다.」[23]

23) 〈시원의 파라다이스, 전쟁과 문명의 역사〉 도진순, 2014.5.15(5.15~18. 여행)

홍콩 · 마카오

마카오 하면 일단 떠오르는 것이 카지노다. "1961년부터 장장 50년간 마카오 돈줄을 잡고 있었으며 마카오 정부 세수의 60% 이상을 차지할 정도로 카지노 산업의 거물 스탠리 호(Stanley Ho, 何鴻燊·허홍선, 1921~)는 유대인 (유대계 중국인)이다. 라스베이거스의 카지노 호텔에 일찍 눈뜬 벅시 시겔 (Bugsy Siegel, 1906~1947), 라스베이거스를 키운 커크 커코리언(Kirk Kerkorian, 1917~2015), 라스베이거스를 비즈니스 도시로 키운 셀던 아델슨 (Sheldon Adelson, 1934~)도 모두 유대인인 걸 보면 유대인의 상술은 타의 추종을 불허한다. 특히 셀던 아델슨은 마카오의 카지노 독점권이 2001년 만료 되어 경쟁체제가 되자 곧바로 2004년 5월 외국인으로는 처음으로 샌즈 마카오 호텔을 개장하였다. 그는 또한 싱가포르의 마리나베이 샌즈 리조트 (MBS)와 센토사 섬[24]에 지은 리조트월드 센토사 등의 사업에까지 영역을

---

24) 2018년 6·13 지방선거 전날인 6월 12일, 세기의 만남인 북미정상회담이 싱가포르 센토사 섬의 카펠라호텔 (Cappella Hotel)에서 개최됐다. 이번 회담은 북한 정권이 수립된 1948년 이후 70년 만에 북미 정상이 처음 마주한 회담이라는 이정표를 세웠다.

확장했다."[25]

중국에 반환된 홍콩과 마카오에서는 카지노가 합법이지만 이들은 특별행정구다. 기존 중국 영토 내에서는 사행 산업의 대표격인 카지노는 허용하지 않고 있다. 2012년 시진핑(習近平) 국가주석 집권 이후 반부패 드라이브로 마카오의 도박 산업도 위축되고 있는 상황에서 관광개발 붐이 일고 있는 하이난(海南島·해남도)에까지 카지노를 허용할 것인지는 의문이다.

'강주아오 대교(港珠澳大橋)'는 55㎞의 '세계최장 해상대교'로 2018년 10월경에 개통될 예정이다. 이 다리는 홍콩(香港·향항)과 중국 광둥성 주하이(珠海·주해), 마카오(澳門·오문)를 잇는 총길이 55㎞의 해상대교로, 홍콩과 마카오를 연결하는 강아오 노선과 홍콩과 주하이를 잇는 강주 노선으로 이뤄진, Y자 형태로 지어지고 있다. 중국 정부는 2009년부터 총 공사비 20조 원을 들여 22.9㎞의 주교량 구간과 6.7㎞ 해저터널 구간, 터널 양쪽의 인공섬 등을 건설했다. 이 다리가 개통되면 교통이 훨씬 편리해진 마카오뿐만 아니라 홍콩의 관광산업도 크게 성장할 것으로 기대된다.

25) 「유대인 창의성의 비밀」 홍익희, 행성: B입새, 2013, p.56~69.

일본 대마도(쓰시마): 대마도는 온전히 우리나라 땅은 아니었다

대마도(對馬島)에서 부산까지의 거리는 약 50km이고 일본까지의 거리는 약 100km인 바, 지리적 여건상으로만 보면 우리나라의 부속 섬으로 보아야 한다. 부산에서 북쪽 히타카츠항까지 배 타는 시간은 1시간 10분이다. 특히 해상 이동수단이 열악했던 과거로 갈수록 지리적으로 가까운 한반도와의 접촉 빈도는 더했을 것이다. 6·25 전쟁으로 폐허가 된 한반도의 회복을 위해 한일협정에서 일본의 눈치를 보는 상황이 되어 대마도의 영유권 주장이 사실상 수면 아래로 가라앉았다. 대마도는 독도와 반대로 일본이 실효적 지배를 하고 있고, 국력이 약한 한국 입장에서는 전혀 영유권 문제를 거론조차 하지 않고 있지만 그렇다고 해서 대마도가 온전히 일본 땅이라고 단정해서도 안 된다.

대마도라는 이름은 일본에선 '대마'(對馬)라고 적고 '쓰시마'로 읽는다. '쓰시마'의 유래에는 몇가지 설이 있는데, 한국 쪽에서 바라보며 불렀던 '두 섬(두 시마)'에서 비롯했을 거라는 설이 유력하다고 한다. '대마'를 '마한(馬韓)'을 마주 보는 땅'이란 뜻이란 설도 있다. 남북으로 비스듬히 누운, 길이 약 82㎞, 폭 약 18㎞에 면적은 거제도 1.7배 크기인 섬이다.

대마도의 소유권에 대해서는 원래부터 우리 땅이라는 견해와 옛날부터 일본 땅이라는 견해로 대립된다. 대마도는 독도와는 달리 온전히 우리나라의 부속 섬은 아니었던 것 같다. 그렇다고 해서 일본의 섬도 아니었다. 말하자면 외딴 섬이었던 지리적 여건 때문에 한반도에도 일본에도 전적으로 예속되는 않은 어정쩡한 독립국이었을 가능성이 높다. 하지만 한반도와 일본 양측을 놓고 보면 거리상 일본의 반밖에 안 되는 한반도와의 교류나 친밀도가 훨씬 높았을 것이다. 이를 반영하듯 대마도는 일본이 메이시유신 후인 1871년에 이즈하라현으로 만들었다가 1876년 나가사키현으로 편입시킨 후에 오늘날까지 이르렀다.

(1) 대마도가 우리 땅이라는 견해

「대마도 한어학습에 관한 연구」로 동의대학교에서 문학박사학위(한국 최초 대마도 문학 전공)를 받은 황백현 박사(黃白炫, 사회운동가, 발해투어 대표이사, 1947~)는 대마도에 관한 이론과 실무를 겸비한 전문가다. 1999년 7월 14일 대아고속해운의 씨플라워호가 '부산-대마도' 간의 역사적인 첫 취항으로 대마도 항로가 개척된 것도 그가 친지가 운영하는 대아고속해운과 협의하여 주도적으로 추진해온 결과물이다. 저서『대마도 통치사』(2002)에서 이렇게 주장한다.

"대마도는 상고 시대부터 우리나라에서 건너간 한민족이 살면서 우리나라 로부터 통치를 받았다. 대마도주는 우리나라 송(宋) 씨가 건너가 성을 종(宗) 씨로 바꿔 대대로 도주를 지냈고, 시조 묘는 부산 화지산에 장사지냈다는

1740년에 쓴 역사기록도 있다. 상고시대, 마한시대, 가야를 포함한 4국시대, 고려, 조선시대에 지속적으로 대마도를 통치한 역사적 자료들이 많다. 특히 1389년(고려 공양왕 1년) 박위 장군과 1419년(조선 세종 1년) 이종무 장군에게 제8대 대마도주가 항복하여 조선에 투항하기로 결의한 문서가 대표적이다."[26]

역사 소설을 주로 쓰는 이원호 작가는 소설 『천년한 대마도』(2013) 서문에 이렇게 썼다.

"대마도는 1천 수백 년 동안 한반도의 영토였다. 백제·신라·고려·조선으로 이어지면서 경상도 관할의 도서였으며 일본으로부터는 방치된 섬이었다. 대마도는 일본이 메이지유신 후인 1871년에 이즈하라현으로 만들었다가 1876년 나가사키현으로 편입시킨 후에 오늘날까지 이르렀다. 대마도의 공식 언어는 한국어였으며, 일본으로 편입되면서 일본어로 바뀌었다. 일제가 조선을 멸망시키고 한반도를 식민지로 삼으면서 가장 먼저 한 일이 민족정기 및 역사 말살작업이었다. 초대 총독 데라우치 마사타케(寺內正毅)는 말살 10년 계획을 수립, 그 첫 작업으로 1910년 11월부터 1911년 11월까지 1년 동안 전국의 경찰을 총동원하여 고서·고화·기록문 등을 샅샅이 수거, 소각했다. 단군 조선 등의 고서에서부터 역사기록 장서만 50여 종에 20여 만 권을 불태운 것이다. 대마도가 한국령이 아니라는 논리를 위해서는 다음과 같은 일을 저질렀다. 1923년 7월 '조선사편찬위원회'의 촉탁 구로이타 가쓰미(黑板勝美)가 대마도주의 저택 창고에 보관하고 있던 증거물을 모두 소각시켰다는 기록이 있다. 대마도가 한반도의 부속

---

26) 대마도 통치사」, 황백현, 도서출판발해, 2002, p.68 이하.

도서라는 증거를 아예 인멸한 것이다. 소각시킨 도서는 ①고문서 66,469매 ②고(古)기록류 문서 3,576책 ③고지도 34매 ④기타 다수의 문서도 불태워졌다."

〔대마도는 3세기 말에 나온 중국의 『삼국지』에서 대마국으로 불린 이후 대마도란 이름으로 오래도록 통용되었다. 부산에서 대마도까지 직선거리로 51km, 대마도에서 가장 가까운 일본 본토의 후쿠오카까지는 대략 102km이니 부산보다 2배는 멀다. 대마도는 동서 18km, 남북 82km 길이의 섬이다. 면적이 709㎢로 제주도의 2/3 정도이지만 거제도보다는 크다. 그러나 리아스식 해안으로 해안선 길이가 제주도 253km의 약 3.6배인 915km나 된다(그래서 대마도에서는 벵에돔 등 고급어종이 많으며, 한국 낚시인들이 선망하는 낚시 포인트다. -이상준). 거리상으로도 한반도의 부속 섬이 될 수밖에 없는 지리적 여건이다.〕[27]

지리학을 연구한 한문희·손승호 박사는 『대마도의 진실』이라는 책을 펴내고 대마도가 왜 우리 땅, 우리 섬인지를 역사적 관점뿐만 아니라 지리학적 (자연·인문지리) 관점을 통해 밝히고 있다. 거리, 지명의 유래, 풍토, 생활, 연혁 등 대마도가 지리적으로 왜 우리 땅인지를 보여주고 있다. 또 한반도의 역사가 새겨진 흔적을 고대, 중세, 근·현대에 걸쳐 나열했으며, 고지도에 새겨진 대마도가 어떻게 표현돼 있는지 상세하게 보여주고 있다.

〔〈대마도에 대한 역사적 진실과 외국지도에서의 표기〉

대마도는 고대부터 한반도의 지배를 받는 섬이었다. 이와 같은 주종관계는 임진왜란이 발생하기 전까지 꾸준히 지속되었지만, 임진왜란 이후부터 소원해지기 시작했다. 즉 조선의 지배력이 약화되면서 일본의 영향력이 강화된 것이다. 임진왜란 이후 일본은 대마도에 대한 실효적 지배를 하지 않았다. 이는 일본이 19세기 들어 메이지 정부에서 일본 영토로 편입하였다는 사실에서도 확인되는 내용이다. 1800년대 중반에 들어서서 일본 정부가 대마도를 그들의 영토로 편입시켰다는 것은 그 이전까지는 대마도를 일본의 하위 행정구역 또는 속지로 인식하지 않았음을 의미한다. 조선에서도 대마도에 대한 영향력이 임진왜란 이후부터 다소 약화되었지만, 대마도가 일본의 지배하에 넘어간 땅이라는 인식을 가진 것은 아니다. 조선과 주종관계에 있던 대마도가 조선과 일본 사이에서 양속 관계를 형성하면서, 대마도에 대한 일본의 관심이 증가하였을 뿐이다.(p.318)

일본이 메이지 유신을 계기로 대마도에 이즈하라현을 설치하였고 1876년에 나가사키현에 편입시킨 것이다. 일본에서 출간된 『일본서기』에 따르면 "대마도는 단군조선 때부터 철종 때인 1856년까지 한반도에 조공을 바치는 등 신하 노릇을 해왔다"라는 내용이 있다. 그뿐만 아니라 일본 정부가 1788년~1873년까지 85년간 우리나라와 일본의 영토를 식별하는 공식 지도로 활용한 「조선팔도지도」에도 대마도는 조선의 영토로 표기되어 있다. 이는 대마도가 분명 한국의 땅임을 보여주는 근거이다.

조선 정부가 중앙집권적이었다면 일본의 바쿠후는 지방분권적이었으며, 조선과 바쿠후 간의 외교는 대마도에서 중계를 담당했다. 조선은 대마도의 중계 외교상 편의를 제공하기 위하여 부산에 왜관을 설치하였다. 따라서 조선과 일본의 교린 체제는 조선 국왕, 바쿠후 쇼군(장군), 대마도주의 3각관계에서, 대마도주가 두 나라의 중간 자리를 차지한 모양새를 취하였다. 대마도주는 조선에서 입수한 중요한 정보를 도쿠가와 바쿠후에 보고하였으며 일본의 중요 사건도 즉시 조선에 보고하면서, 교린 관계 유지에 중요한 역할을 수행했다.

그러나 1868년에 일본에서 메이지 유신이 일어나면서 이전까지 유지되었던 교린 체제는 더 이상 유지가 불가능해졌다. 그 이유는 조선의 외교 상대라 할 수 있었던 바쿠후 쇼군과 대마도주가 사라졌기 때문이다. 대마도주의 조선 외교권은 신정부에 강제로 이관돼버렸던 것이다.(p.321~322)

100여 년 전까지만 하더라도 대마도에서는 한국말이 사용되었다고 전해지기도 한다. (p.191)

「해동지도(海東地圖, 1750년대 조선 영조 시대에 제작)」 등 우리나라 지도상 대마도가 한국 땅임을 나타내는 것은 무수히 많고(p.219~299 참조), 일본 및 외국에서 제작된 지도들도 있는 바, 대표적인 것은 이렇다.

「조선왕국전도(ROYAUME DE CORÉE)」 프랑스 지리학자인 당빌이 1737년에 제작

「일본열도지도(Composite: Map of the Island of Japan, Kurile & c)」 영국 지도학자인 에런 에로스미스가 1818년 제작

「아시아지도(Map of Asia)」 영국 왕실 지리학자인 제임스 와일드가 1846년에 제작

「조선국도(朝鮮國圖)」 일본인 모리 후사이가 1704년에 제작

「일본(JAPAN)」 자료: 세계디지털도서관(http://www.wdi.org/en/item/75/), 미국인 콜턴이 1886년에 제작

「조선내란지도(朝鮮內亂地圖)」 일본인 호시노 게이치가 1894년에 제작(p.300~311)」[28]

(2) 대마도가 일본 땅이라는 견해

---

28) 「대마도의 진실」, 한문희·손승호, 푸른길, 2015.

대마도가 고대부터 우리 땅이 아니고 일본의 소유였음을 증명하는 자료도 많다. 우리가 여전히 대마도는 우리 땅이고 되찾아 와야 할 대상이라고 느끼는 것은, 정서상의 문제와 조선시대부터 이승만 정권 때까지 위정자들이 국민들에게 통치술의 한 방편으로 '대마도는 우리 땅'이라는 인식을 심어주었기 때문이라는 견해다. 이를 알아보자.

역사 연구가로 특히 일본과 가야사에 탁월한 서동인이 2016년에 지은 책 『조선의 거짓말: 대마도, 그 진실은 무엇인가』에 수록된 몇몇 부분을 살펴보자.

〔3세기 말에 나온 중국의 『삼국지』라는 역사서에는 대마도가 왜인들의 나라 '대마국'으로 기록되어 있다. 대마도란 이름은 여기서 비롯되었다.(p.31) 고려 말 잠시 고려의 지배에 들어왔다가(여몽연합군이 마산 합포에서 출정하여 대마도와 일기도를 거쳐 일본 원정을 갈 때 고려는 대마도를 접수한 것으로 보인다.(p.115~116) 조선의 품을 벗어난 대마도는 사실 조선시대로부터 일제강점기를 지나 1950년대에 이르기까지 이 나라의 뼈아픈 역사를 떠올리게 하는 곳이다.(p.13~17) 조선시대의 기록에는 대부분 "대마도는 본래 계림에 속한 땅이었다"고 되어 있다. 본래 계림은 신라 또는 경주를 이르는 표현이지만, 고려시대부터는 한국을 지칭하는 용어였다. 물론 여기서 말한 계림은 신라이다. 그렇지만 양국의 자료로 보면 신라가 대마도를 지배한 증거가 없다. 따라서 '고려'의 별칭으로 이해할 수밖에 없다. 아마도 조선 건국 세력은 '고려'라는 이름 대신 계림이라는 용어로 대치함으로써 대마도가 고려의 땅이었는데 조선 건국 시점 언젠가 일본의 영토로 바뀐 사정을 숨긴 것으로 볼 수 있는 것이다.(p.29)

조선시대에 만들어진 지도에는 대부분 대마도가 조선 땅으로 표시되어 있다(물론 대마도를 일본 땅으로 기록한 조선의 자료들도 제법 많이 있다. 조선 전기에는 이황과

신숙주, 조선 후기에는 정조 때 성해응을 그 대표적인 인물로 들 수 있다. 제3부 참조).
반면 같은 시대의 일본 지도에는 대마도가 등장하지 않는다. 그러나 임진왜란 전부터
조선과 대내전(후쿠오카 등 큐슈지방을 다스리던 일본 호족)은 대마도를 일본의
것으로 알고 있었고, 그에 대해서는 묵시적인 합의가 있었던 것으로 볼 수 있다.(p.88)
조선과 일본 모두 공식적으로는 대마도주를 번신 또는 번(藩)이라 여겼으며, 조선은
대마도를 조선의 땅으로 여기지 않았음을 알 수 있다.(p.91) 그런데 『조선왕조실록』에도
대마도를 일관되게 일본 땅으로 기록하고 있다. 그럼에도 불구하고 조선조 500년 동안
조선 사람들은 대부분 '대마도는 조선 땅'이라는 믿음을 가지고 있었다. 그것은 조정의
사기극에 백성들이 속고 살았던 것이다.(p.앞 표지)

대마도가 본래 우리의 섬이었으므로 부산의 섬으로 돌아와야 한다고 믿는 사람들이
아직도 많이 있다. 한국인들의 대마도에 대한 마음속 거리감은 현실보다 훨씬 가까운
듯하다. 그래서 "대마도는 심정적으로 고려에 이어 조선의 것이어야 마땅하다. 뿐만
아니라 대마도는 한국 땅으로 남아 있어야 했다. 대마도가 본래 우리 땅이었다는 기록은
많이 있다"고 믿는 것이다. 그러나 그것은 사실이 아니다. 조선 건국 시점부터 (아니
사실상 아득한 옛날부터) 대마도는 이미 일본의 땅이었으며, 조선의 국왕과 중앙의
지배층은 대마도가 일본 땅임을 인정하였다. 그러면서도 자신들의 정권을 유지하기
위해 조선의 백성들에겐 대마도가 조선 땅이라고 우기는 이중적 태도를 보였다. 대마도
왜인들에게 관직을 주고 많은 경제적 지원을 하는 데 대한 조선 백성들의 반발을 없애기
위해 거짓말을 한 것이다. 그것은 일종의 사기극이었다.(p.13~17)]²⁹⁾

그리고 조선 세종 때 이종무가 대마도를 정벌했다고? 이는 우리가 원하는

---

29) 『조선의 거짓말: 대마도, 그 진실은 무엇인가』, 서동인, 주류성, 2016, p.각 페이지.

방향으로 자의적으로 해석한 것이다. "거제 추봉도(한산도 옆의 섬으로 현재는 교량으로 서로 연결되어 있다) 주원방포(지금의 추원마을)는 대마도 파병군의 최종 출전지였다. 1419년 6월 19일, 227척의 전함에 17,285명의 정벌군을 싣고 이종무는 주원방포 앞에서 출정식을 갖고서 왜구를 소탕하기 위해(?) 대마도로 출발했다.[30] 『세종실록』 기록 중, 태종이 대마도 토벌에 대해 말하면서 "일본 본토의 왜인은 잘 보살펴라"는 말은 일본에 대한 두려움의 표시였다. "그동안 우리는 오면 치고 돌아가면 잡지 않는 방식으로 왜구를 대했다. 그러나 물리치지 못하고 항상 침노만 받는다면 중국이 흉노에 욕을 당한 것과 무슨 차이가 있겠느냐. 허술한 틈을 타서 쳐부수는 것만 같지 못하다. 다만 일본 본토에서 온 왜인만은 묶어두어서 일본 본토가 경동하지 않도록 하라."(『세종실록』 세종 1년 5월 14일)

〔이종무 등은 귀화했던 왜인, 우리나라에 향화했던 지문을 보내서 도도웅화에게 빨리 항복하라고 권유했다. 하지만 도도웅화가 따르지 않았고 오히려 총사령관 이종무에게 "7월에는 폭풍이 많을 것이니 오래 머물지 말라"고 위협했다. 그러나 조정에서는 "도도웅화의 항복을 받아오라"고 말한다. 그런 와중에 6월 19일자에서 박 실이 많은 군사를 잃고 참패한 소식이 들어온다. "중군이었던 이종무는 아예 상륙도 안했다"라는 보고도 올라온다.(…) 대마도 정벌은 얼핏 보면 성공한 것 같지만 실질적으로 보면 태종의 일방적인 지시였고 그 결과 일시적으로 왜구를 위축시키기는 했지만 보름 만에 철수함으로써 북쪽의 4군 6진을 개척했던 파저강 토벌과는 달리 우리 땅이 되지

---

30) 『걷고 싶은 우리 섬 통영의 섬들』, 강제윤, 호미, 2013, p.323.

못했다.]³¹⁾

그리고 조선 세종 때 이종무 등을 대마도로 보낸 것은 정벌의 목적이 아니라, 중국 명나라가 왜구를 토벌하기 위해 조선을 거쳐 대마도로 갈 경우 조선 정권에 미칠 여러 파급효과 때문에 부랴부랴 태종의 뜻에 따른 것이라는 견해가 힘을 얻고 있다. 구체적인 내용은 이렇다.

[쓰시마 정벌의 배경을 종전에는 왜적의 근절을 위한 조선과 일본 양자 관계에서 찾는 것이 일빈적이었다. 그러나 근래에 들어와 동아시아 국제질서에 대한 연구가 심화되면서 이전과는 다른 견해가 제시되었다. 이에 따르면 우선 왜적이 명나라의 해안지역에 다수 출몰해 엄청난 피해를 끼치자, 이를 토벌하려고 직접 원정하는 방안까지 검토했다는 것이다. 그리고 명나라가 무로마치 막부의 쇼군을 통해 왜적을 제어하는 방식을 취했지만 협조를 얻어내지 못하자 조선을 시켜 정벌을 계획했다는 것이다. 조선도 명나라가 직접 왜군 정벌을 감행할 경우 생겨날 여러 문제를 심사숙고했다. 그 결과 조선 정부로서는 명나라 측의 의도를 조기에 종식시키고자 쓰시마로 군대를 원정 보냈다는 것이다. 필요하다면 조선이 군사력을 동원해 저들의 근거지를 충분히 공격할 수 있으므로 명나라에서는 군이 병력을 파견할 필요가 없음을 각인시키려 했다는 것이다.]³²⁾

[즉, 조선의 대마도 정벌은 영토 확장이 주목적이 아니라, 명나라의 일본 정벌론에

---

31) 「세종처럼」, 박현모, 미다스북스, 2012, p.320~322.
32) 「전란으로 읽는 조선」, 규장각한국학연구원, 2016, p.84~89.

놀란 태종의 명령에 의해 세종이 단행한 불가피한 출정이었다는 것이다. 태종이 주도한 대마도 정벌은 명나라의 일본 정벌론을 들은(태종 13년, 1413년 7월 18일 북경에서 돌아온 사신을 통해) 이후, 명나라의 조선 주둔(또는 통과)이 미칠 집권세력에 대한 여파 때문에 놀라서 단행한 요인이 더 설득력이 있다.)[33]

대마도를 정치적으로 이용했던 이승만 대통령은 결과적으로 독도 분쟁의 원인 중 하나가 됐다.

[이승만 대통령은 1949년 연두교서에서 대마도 반환을 국정목표로 삼았다. 또한 1949년 말까지 60여 회에 걸쳐 대마도반환을 요구했다. 일본 정부를 향해서뿐만 아니라 미 국무부, 일본 점령군 사령부에도 주장했다. 한국군의 대마도 파병을 언급하여 주일 점령군 사령부를 긴장시키기도 했다. 이후 6·25 전쟁으로 폐허가 된 한반도의 회복을 위해 한일협정에서 일본의 눈치를 보는 상황이 되어 대마도의 영유권 주장이 사실상 수면 아래로 가라앉았다.)[34]

[이승만 대통령이 대마도 반환에 대해 공식 언급한 것은 2차례다. 첫 번째는 대한민국 정부가 출범한 지 3일 뒤인 1948년 8월 18일 AP·UP·INS·AFP·로이터 등 유력한 외국통신사들과의 회견에서 "대마도는 우리의 섬이므로 앞으로 찾아오도록 하겠다"고 말한 것이다.(또 한 번은 1949년 1월 7일 연두 기자회견에서다.))[35]

---

33) 「조선의 거짓말」 서동인, 주류성, 2016, p.145~149.
34) 「천년한 대마도(2)」 이원호, 맥스미디어, 2013, p.252.
35) 「강을 건너는 산–김용주」 이성춘 · 김현진, 청어람미디어, 2015, p.26, 47~50.
    (김용주는 김무성 전 새누리당 대표의 아버지다.)

〔독도 문제를 규정지은 1951년 샌프란시스코강화조약에 '대마도는 우리 땅'이라는 일련의 흐름이 엄청난 악영향을 몰고 온다. 샌프란시스코강화조약이 발효되기 전인 1951년, 한국은 연합국 측에 공식적으로 의견서를 보낸다. 한국 정부의 의견서에는 '대마도·파랑도·독도'를 한국 땅으로 명시해달라는 요구가 적혀 있었다. 이를 보고 연합국 측에서는 어떤 생각이 들었을까? 일단 아무리 동양 역사를 모르는 서방 연합국이라 해도, 그들이 보기에 대마도는 분명 일본 땅이었다. 게다가 한국은 파랑도까지 요구했다. 파랑도가 어디냐고 묻는 연합국 측에 제대로 된 답을 할 수가 없었다. 한국 정부는 뒤늦게 파랑도가 어디에 있는지 확인하기 위해 조사단까지 파견했지만, 결국 파랑도를 발견하지 못했다. 평상시에는 바다 속에 잠겨 있는 파랑도를 발견할 수가 없었다. 남은 곳은 독도 하나밖에 없었고 한국은 결국 독도만 주장할 수밖에 없었다. 연합국 측에서는 뒤늦게 말을 바꾸는 한국 정부의 주장을 어떻게 받아들였을까? 누가 봐도 일본 땅인 대마도를 달라고 하고, 어디에 있는지도 모르는 섬을 달라고 주장하니, 이미 한국에 대한 신뢰는 땅에 떨어진 뒤였다. 자연스럽게 한국 정부의 주장은 믿을 만한 것이 못 된다는 분위기가 만들어졌다. 결국 샌프란시스코강화조약은 제주도·울릉도 및 부속 도서를 한국 땅으로 인정했지만 독도는 빠졌다. 과욕과 무지가 부른 화근이었다.〕[36]

부산에서 약 50km 거리밖에 안 되는 대마도는 매년 약 70만 명 정도의 한국인이 방문한다. 북섬의 히타카츠(比田勝·Hitakatsu)나 남섬의 이즈하라(厳原·Izuhara) 같은 시내를 벗어나면 인터넷이 잘 되지 않는다.

대마도는 원래 하나의 섬이었으나 1904년의 러일전쟁을 대비해 군함을 신속하게 이동시킬 목적으로 1900년에 대마도 중간에 있는 허리처럼 잘록한

36) 『말하지 않는 한국사』, 최성락, 페이퍼로드, 2015, p.175~183.

곳에 인공운하를 만들었고(영화 「군함도」에서처럼, 이 바위산을 뚫는 공사로 인해 아마 우리 조선인들이 엄청나게 희생됐을 것이다), 대마도는 북섬과 남섬으로 분리됐다. 이 두 섬을 연결하는 붉은 색의 교량이름이 '만제키바시(まんぜきばし · 萬關橋)'인데 대마도에서 관광명소로 꼽힌다. 혹시 이쪽을 여행할 경우 사진만 찍지 말고 그 의미도 좀 느끼면 좋지 않을까.[37] [38]

대마도 남동부의 항구도시 이즈하라는 대마도 역사문화의 중심지이자 쓰시마시청 소재지다. 섬 인구 36,000명 중 16,000명이 이즈하라 지역에 몰려 산다. 한나절이면 시내 주요 볼거리를 걸어서 둘러볼 수 있을 만큼 아담한 도시다. 항일 의병장 최익현, 덕혜옹주, 조선통신사 일행 등 우리 선인들의 발자취를 테마로 해 시내권을 둘러보는 것도 좋다.

개천 건너 '1번관' 건물 뒤 골목으로 오르면 왼쪽으로 슈젠지(修善寺 ·

---

37) 『줌 인 러시아』 이대식, 삼성경제연구소, 2016, p.106~107, 110~111.
러일전쟁 당시 벌어졌던 쓰시마 해전은 세계 5대 해전에 들어간다. 양력 1905년 5월 27일~28일, 일본 해군은 쓰시마 동쪽(일본 쪽) 해상에서 러시아의 발트함대를 격파하여 전쟁에 승리했다. 이 전쟁의 장수 도고 헤이하치로(東郷乎八郎) 제독은 일본에서 군신으로 추앙받고 있다. 그런데 헤이하치로 제독은 나름 겸손한 사람이었다. 누군가가 그에게 영국의 넬슨 제독에 버금가는 군신이라고 칭찬하자 "해군 역사상 군신이라고 할 제독이 있다면 이순신 한 사람뿐이다. 이순신과 비교하면 나는 하사관도 못 된다"라고 말했다. 이미 일본의 제물에 불과했던 약소국 조선 출신의, 더구나 일본에 씻을 수 없는 수모를 준 제독에게 존경을 표하고, 20세기 세계사를 바꾼 역사적 전투에서 이겼지만 결코 허세에 빠지지 않는 위대한 장수였다(우리의 원수지만 그의 인간됨됨이는 그랬다.) 이 전투에서 도고 제독에게 패한 러시아의 제독 로즈데스트벤스키도 자신의 병문안을 온 도고 제독에게 "당신이 상대였으니 나는 패자가 된 것이 부끄럽지 않소"라고 말했다고 한다.

38) 『글로벌 한국사, 그날 세계는: 인물 vs 인물』 이원복 · 신병주, 휴머니스트, 2016, p.125 · 133.
이순신(양력1545.4.28.~1598.12.16, 53세)과 넬슨1758~1805, 47세)은 급이 다르다. 넬슨 제독은 적군의 배 33척을 27척으로 상대했다. 이 정도는 해볼 만한 차이다. 게다가 넬슨은 무기와 식량을 지원받고 있었기 때문에 얼마든지 싸울 수 있는 여건이 마련된 상황이었다.
이순신은 넬슨과는 차원이 다른 혹독한 상황에서 23전 전승을 이뤄냈다. 우선 명량해전(양력 1597.10.25. 정유재란 당시)을 보면 이순신은 13척의 배로 300여 척의 적선을 물리친 것이다(공식 기록엔 133척으로 나오는데, 이순신 행록에는 333척으로 되어 있다. 지형 관계상 133척만 투입). 물론 이때 거북선은 원균의 칠천량해전(양력 1597.8.27~28.) 패배에서 소실되어 없었다. 즉, 임진왜란 3대 대첩인 한산대첩(양력 1592.8.14.), 제1차 진주성대첩(양력 1592.11.8~13.), 행주대첩(양력 1593.3.14.)을 포함하여 23전 전승을 기록한 다른 전투들 또한 하나라도 우세한 상황에서 치러진 전투는 없었다.(이상준 보충)

수선사)가 나온다. 1,400년 전 백제의 비구니 법묘 스님이 창건했다는 절이다. "한국인 관광객이 이곳만은 반드시 찾는다"는 이 아담한 절 안에 항일 의병장 면암 최익현(1833~1906) 선생 순국비가 세워져 있다. 면암은 1905년 을사늑약이 맺어지자 73세의 나이로 의병을 일으켜 일본군과 싸우다 체포돼 대마도 이즈하라로 유배됐다. 선생은 단발 요구를 거부하며 단식하다 병을 얻어 3개월 만에 순국했다. 유해를 부산으로 송환할 때 장례행렬이 이 절에 들러 갔다. 절 안에는 면암 영정이 모셔져 있다. 면암은 어떤 분이었는가.

〔면암은 22살에 과거에 급제해 관리로 살긴 했지만, 높은 벼슬아치에게 굽실거리지 않았고 아랫사람에게도 예를 갖춰 대했다. 면암(勉庵)은 이항로 문하에서 받은 호로, 벼슬하려 애쓰지 말고 암자에 들어가 도를 닦는 수도승처럼 열심히 학문하라는 뜻이다.

"저 백성들이 스스로 달갑게 외국 사람들의 앞잡이 노릇을 하는 것은 본디 미련하고 완고해서입니다. 하지만 참으로 그 근원을 따져보면 관리들이 탐욕을 부리고 포악하게 굴어 민심을 잃었기 때문에 백성들이 본성을 잃고 이 지경에 이르게 만든 것입니다."

"신이 여기 온 뒤로 한술의 밥이나 한 모금 물도 다 적에게서 나온 것인즉, 설령 적이 신을 죽이지 아니한다 해도 신이 차마 구복(口腹) 때문에 자신을 더럽힐 수 없기에 식사를 거절하고 옛사람의 '자신을 깨끗이 하여 선왕에게 부끄럼이 없다'는 의리를 따르려고 결심하였습니다. (…)삼천리 강토에 있는 선왕의 백성이 어육이 되는 것을 구하지 못하였으니 이는 신이 죽어도 눈을 감지 못하는 까닭입니다."(최익현 『국역 면암집』의 〈유소〉 중) 그는 대마도에서 거의 식음을 전폐한 것으로 알려져 있다.〕[39]

39) 『한국인의 탄생: 시대와 대결한 근대 한국인의 진화』, 최정운, 미지북스, 2013, p.521~523.

옛날 대마도 도주가 머물렀다는 가네이시성터 공원 누문을 들어서면 빗돌 하나를 만난다. '이왕가 종백작가 어결혼봉축기념비'. 대한제국 비운의 황녀 덕혜옹주(1912~1989)와 소 다케유키가 결혼한 뒤 대마도를 찾았을 때 우리 동포들이 자금을 거둬 세운 빗돌이다. 본디 시내 하치만구 신사 앞에 세워져 있었으나, 1950대에 쓰러져 땅에 뒹굴고 있던 것을 2001년에야 찾아 이곳에 옮겨 세웠다고 한다.

권비영 작가의 『덕혜옹주』(2010)는 덕혜옹주의 삶을 조명한 소설이다. 이 소설을 각색한 영화 「덕혜옹주(The Last Princess」(2016.8.3. 개봉, 허진호 감독, 손예진·박해일 주연)도 제작되었는데, 이 영화에서는 덕혜옹주가 독립 운동까지 하면서 재일 조선인 노동자들에게 조국애와 희망을 불어넣은 활동을 한 것처럼 미화했다. 이에 대해 영화비평가들은 아무리 영화지만 역사적 진실을 너무 왜곡했다고 질타했다.

조선 말 왕가의 비극만큼이나 비극적인 삶을 산 덕혜옹주의 비극적 삶에 대해 간략하게 알아보자.

[덕혜는 복령당 양귀인에게서 난 고종의 유일한 고명딸(아들 많은 집의 외딸)로서 고종이 60세 되던 해에 덕수궁에서 태어났다. 늦자식이라 고종은 덕혜옹주를 지극히 아끼고 사랑하였지만, 고종이 세상을 뜬 뒤로 덕혜옹주의 삶은 너무도 애처로웠다. 일본은 13살 덕혜옹주를 일본으로 데려가 도쿄의 여자학습원에 넣었다. 그리고 1931년 (19세)에 종무지(소 다케유키)와 결혼시켰다. 그 이듬해 8월 딸 마사에(正惠·정혜, 1932 ~1956년 8월 실종)를 낳았으나 곧 덕혜옹주는 정신이상으로 병원에 격리되었으며 (1932년. 덕혜옹주는 결혼 전부터 나라 잃은 조선 공주로서의 여러 충격으로 정신병을 앓고 있었다고 한다. 완전히 정신병원에 격리된 해는 해방 이후인 1946년이다), 딸

마사에는 어머니 덕혜옹주로부터 따뜻한 손길을 제대로 받지 못하고 아비 종무지의 손에 자라 결혼하였다. 마사에의 삶 또한 비극적이었다. 결혼 후 얼마 안 있다가(1956년 8월) 마사에는 실종됐다.[40]

종무지와 이혼한 덕혜옹주는 일본의 한 정신병원에서 자신의 이름도, 그리고 자신의 기억과 존재조차 잊고 살아야 했다. 1962년에야 일본에서 돌아와(이승만 등의 정치적 욕심 때문에 귀국하지 못하고 박정희가 서울신문 김을한 기자의 청을 받아들였다) 드디어 이덕혜라는 본명을 찾았지만, 1989년 76세로 굴곡 많은 삶을 마감하기까지 슬픔으로 얼룩진 그녀의 생애는 그 자체가 이 나라의 비극적인 역사의 한 자락이라 하겠다. 덕혜옹수의 병명은 이른 나이에 찾아온 치매라해서 조발성치매, 그러나 잇단 정신적 충격으로 발병한 정신이상이었던 것으로 보인다.

덕혜옹주의 남편 종무지는 35대 대마도주 종중망의 뒤를 이었다. 그러니 그 계보로 따지면 36대 대마도주에 해당한다.[41] 19살이던 1931년 봄, 종무지와의 정략결혼을 일본이 강제로 추진하자 그 소식을 들은 덕혜옹주는 충격을 받고 사흘 밤낮을 울며 자신의 모진 운명을 예감하고 비통해 했다고 한다. 종무지 또한 이쪽에서 마뜩지 않아 하는 줄을 알면서도 덕혜옹주의 엄청난 지참금을 노리고 결혼한 것이라는 소문도 있었다. 결국 그와의 결혼은 순탄하지 않았다. 이런 결혼을 강요한 것은 일본이 조선 왕가를, 그토록 조선 왕가가 미워하고 천시해온 대마도주와 동등한 신분으로 격을 떨어트려 욕보이기 위한 것이었다.

---

40) KBS1 '역사저널 그날' 2016.3.20. 방영 〈덕혜옹주〉
   마사에는 일기가 불순한 여름날 남 알프스의 산자락에서 "죽는다"는 유서를 남기고 돌연 사라져버렸다.

41) KBS1 '역사저널 그날' 2016.3.20. 방영 〈덕혜옹주〉
   종무지(소 다케유키)는 서구형의 미남이며(당시 조선에는 반대로 애꾸눈에 추남이라고 소문이 자자했었다) 동경대 영문학과를 졸업한 영문학자·작가·시인인 인텔리였다. 그는 양자로 입적되어 종무지가 된 인물이다. 딸 이름을 '덕혜'를 연상하며 정혜(正惠)로 지었을 정도로 가족을 사랑했을 가능성도 있다.

덕혜옹주는 10대와 20대에 가족을 잃는 충격을 받았다. 10살 이전에 아버지 고종이 죽었고, 10대 후반에는 오빠 순종, 그리고 어머니 양귀인이 차례로 세상을 떠났다. 자신을 애틋하게 보살펴주던 순종의 갑작스런 죽음(1926년)으로 덕혜옹주는 우울증에 빠졌고, 어머니 양귀인은 유방암으로 고통을 겪다가 1929년에 생을 마감했으나 어머니의 죽음을 곁에서 지키지 못했다는 자책감 때문이었는지 덕혜옹주는 정신이상이 발병했다. 일설에는 어머니의 죽음으로 말미암아 정신분열증이 시작되었다고 한다. 그녀가 정신병원에 입원한 것은 종무지와의 결혼 그리고 딸 마사에를 낳은 직후인 1932년 여름이었다(정신병원에 완전히 격리된 시기는 해방 이듬해인 1946년이라고 한다).」[42]

덕혜옹주비 인근에 쓰시마역사민속자료관이 있고 그 옆엔 조선통신사 비가 세워져 있다. 17세기 초부터 19세기 초까지 200년간 12차례에 걸쳐 조선통신사 일행이 일본을 오갔다. 이즈하라 도심 곳곳에, 대마도를 거쳐간 통신사 일행을 접대한 터를 표시한 팻말 10여 개가 세워져 있다. 역사민속자료관은 규모는 작지만 조선통신사 행렬도(두루마리)와 고려청자와 조선시대 다완, 조선시대 간행된 『훈몽자회』, 조선 역관을 위한 일본어 교본 『첩해신어』, 대마도에서 발굴된 토기류들을 소장한 박물관이다.

티아라엔 쇼핑센터 뒷골목 돌계단에 울창한 숲을 이룬 녹나무 고목들이 아름답다. 큰길 건너 골목으로 들어가면 돌벽을 두른 저택, 나카라이 도스

---

42) 『조선의 거짓말: 대마도, 그 진실은 무엇인가』, 서동인, 주류성, 2016, p.17~21.

이(1860~1926) 기념관이 있다. 나카라이는 신문기자이자 소설가로, 『춘향전』을 일본에 처음으로 소개한 사람이다. 여기서 개천 건너 다시 골목길을 오르면 1811년 조선통신사 일행이 묵었던 고쿠분지(국분사)에 이른다. 네 기둥으로 받쳐진 문은 옛것이지만, 일행 숙소로 쓰였던 객관은 메이지시대에 철거됐다고 한다.

다시 내려와 개천을 따라 하류 쪽으로 걷다보면 물길 좌우 시멘트 축대엔 곳곳에 조선통신사 행렬 그림을 그려놓았다. 한국인 관광객을 겨냥한 관광 마케팅이다. 이즈하라 서쪽 세잔지(서산사)에는 1590년 조선통신사 부사로 이곳을 다녀간 학봉 김성일의 시비가 있다.

'조선통신사'라는 명칭에 의문을 가져본 적이 있는가? 좀 이상하지 않은가? 조선통신사는 일본의 입장에서 부르는 명칭이고, 우리나라 입장에서는 '일본 통신사'로 불러야 옳다. '조선통신사기록물'은 유네스코에 일본과 공동 등재된 항목이다. 한국 측 63건 124점, 일본 측 48건 209점이 등재된 것이다. 2017년 10월 31일 발표된 '세계기록유산' 등재 소식에 우리나라의 온 신문방송은 '조선통신사 기록물'을 포함한 3건의 등재소식을 알렸고('조선통신사 기록물'은 한일 공동 등재라는 사실 포함), '일본군 위안부 기록물'은 일본의 전방위적인 방해 공작으로 실패했다는 소식만 전했다. 그러나 내 기억으로 '조선통신사'라는 '용어'에 대한 비평을 단 기사는 단 하나도 없었다. 몰라서 그랬던 건지, 국격(國格)이 손상되는 치욕이라서 그랬는지는 잘 모르겠다. 그러면 통신사 또는 일본통신사가 왜 조선통신사로 불리게 되었는가? "한일관계사에 대한 연구를 일본인 학자들이 먼저 시작했는데, 그들이 쓰는 명칭이나 용어를 무비판적으로 수용한 결과이다. '조선통신사'는 '조선에서 온 통신사'라는 뜻으로 일본에서 불렸던 명칭이다. 실은 일본 사료에도 '조선의 통신사', '조선국의 통신사', '조선으로부터의 통신사' 등으로 기술되어 있다."[43] 물론 한국의 국력이나 '조선(일본)통신사'에 대한 연구 성과는 일본에 훨씬 못 미치기 때문에 '조선통신사'라는 이름으로나마 등재된 것만이라도 다행으로 봐야 될지는 모르겠다. 그러나 최소한 우리의 힘이나 지식이 약해서 이렇게 된 사실 정도는 알려줬어야 되지 않았을까. 우리에게 창피한 과거는 무조건 덮어버리는 게 맞는 것일까. 다시 단재 신채호 선생(1880~1936)의 말씀이 떠오른다. "역사를 잊은 민족에게 미래는 없다!" 과거의 부끄러움과 슬픔을 알고 되새겨야 역사의 아픈 전철을 밟지 않을 텐데 말이다.

---

43) 「조선통신사, 한국 속 오늘」 심규선 「동아일보」 고문, 월인, 2017. p.아래 페이지.
　　〈'조선통신사'란 명칭은 일본 학자들이 쓰는 일본 입장에서의 용어다〉
　　통신사란 조선시대 일본에 대한 교린정책을 실현하기 위해 일본의 막부 장군에게 파견한 조선의 국왕사절단을 가리킨다. 조선왕조를 건국한 태조 이성계는 8세기 후반부터 6000여 년간 단절됐던 일본과의 국교를 무로마치 막부(室町幕府 · 실정막부, 1336~1573)와 재개했다. 1401년에는 조선이, 1403년에는 일본이 명나라의 책봉을 받았는데, 1404년 3대 장군 아시카가 요시미쓰(足利義滿 · 족리의만)가 '일본국왕사'를 조선에 파견함으로써 정식으로 국교를 열었다. 그 후 양국은 활발하게 사절을 교환했다. 조선에서 일본 막부에 보낸 사절을 '통신사(通信使)'라 하고, 일본의 막부에서 조선으로 보낸 사절을 '일본국왕사(日本國王使)'라고 불렀다. '통신(通信)'이라는 말은 '신의로써 통호(通好)한다'는 뜻이며, 통신사는 외교의례상 대등한 국가 간에 파견하는 사절을 의미한다.(p.19)
　　현재 통용되고 있는 '조선통신사'라는 명칭이 잘못된 것이라는 주장을 1992년에 처음으로 필자(하우봉 전북대학교 사학과 교수)가 제기했다(「동아일보」 1992.5.22., 15면 '나의 의견' 코너). 그 근거로 「조선왕조실록」이나 「통신사등록」 등 조선시대의 사료에는 '통신사(通信使)'나 '신사(信使)' 혹은 '일본통신사'로 되어 있고, '조선통신사'란 명칭은 전혀 나오지 않는다는 점을 들었다. 조선은 일본에 보내는 통신사이므로 '일본통신사'라고 불렀던 것이다.
　　그러면 통신사 또는 일본통신사가 왜 조선통신사로 불리게 되었는가? 한일관계사에 대한 연구를 일본인 학자들이 먼저 시작했는데, 그들이 쓰는 명칭이나 용어를 무비판적으로 수용한 결과이다. '조선통신사'는 '조선에서 온 통신사'라는 뜻으로 일본에서 불렀던 명칭이다. 실은 일본 사료에도 '조선의 통신사', '조선국의 통신사', '조선으로부터의 통신사' 등으로 기술되어 있다. '조선통신사'는 후대의 학자들이 명명한 것인데, 최초로 사용한 사람은 1930년 일본에서 통신사 연구를 시작한 마쓰다 고(松田甲 · 송전갑)로 알려져 있다.(p.42, 하우봉 전북대학교 사학과 교수)
　　조선통신사는 앞서 보았듯이 15세기부터 19세기까지 조선시대 전체에 걸쳐 파견되었다. 하지만 오늘날 우리는 대체로 임진왜란을 경계로 그 이후인 1607년부터 1811년까지 총 12차례 일본에 파견된 조선 후기의 사절단을 지칭하는 것이 일반적이다. 그것은 조선 후기 통신사가 임진왜란의 상처를 딛고 이뤄낸 선린 외교사행인 데다, 조선전기 통신사와 비교할 수 없을 정도로 문학·학술·예능·생활문화·기술문화 등 다양한 분야에서 문화교류 활동을 활발히 펼쳤기 때문이다. 곧 조선통신사는 오랜 기간 조일(朝日) 문화교류의 실질적인 공식 통로 역할을 수행했던 것이다.(p.61, 한태문 부산대학교 국어국문학과 교수)

일본 오키나와

오키나와는 '류큐(沖繩)왕국'으로 1609년 일본의 가고시마(鹿兒島) 지방의 영주(領主) 시마즈씨(島津氏)가 최초로 점령하였고 1879년 일본이 열강의 영토 각축전에 편승하여 450년 류큐왕국을 완전 점령했다. 일본은 난사이 제도(南西諸島)의 오키나와 현으로 지칭한다.

1945년 4월 1일 미국이 최초로 상륙하여 6월 점령하기까지 많은 전투가 벌어졌다. 1945년 4~6월 3개월 동안 벌어진 오키나와 전투에서 약 264,000명 (미국 23,000명, 일본군 91,000명, 오키나와 인구 50만 명 중 150,000명)이 사망했다. 일본군도 약 10만 명이 전사(한국인 약 10,000명 추정, 현지에 위령탑도 있음)하는 엄청난 피해를 입었다.[44] 1953년 미국이 류큐 북부만 일본에게 돌려주고 1972년 5월 15일 전부를 일본에 반환했다. 사토 에이사쿠(전

---

44) 「어제까지의 세계(The World until Yesterday, 2012)」 재레드 다이아몬드, 김영사, 2013, p.192.

일본 자민당 총재, 1901~1975)가 오키나와 반환협정에 조인한 공로로 1974년 노벨평화상을 수상했다. 일본은 20년 만에 반환됐다는 기념으로 20년 후인 1992년에 2000엔짜리 기념지폐까지 만들었는데, 이 지폐는 유통기능보다는 기념적인 희귀성이 있다.

한편 "아베신조 일본총리가 4월 28일을 오키나와의 '주권회복일'로 지정하려 하자 주민들은 거세게 반발했다. 1952년 4월 29일 샌프란시스코평화조약이 발효되면서 제2차 세계대전 패전 이후 6년 8개월간 지속된 연합군 최고사령부(GHQ)의 간접통치가 종결되고 실질적인 일본의 독립이 이뤄진 것을 기념하기 위해 아베 총리가 추진한 것이다."[45]

오키나와에는 현재 미군의 카테나 기지(嘉手納基地, 공군)와 후뗀마 기지(普天間基地, 해병)가 있다.

조선 중기에 허균(許筠, 1569~1618)이 쓴 최초의 한글소설 『홍길동전(洪吉童傳)』에 나오는 '율도국'은 '오키나와'라는 설도 있다. 오키나와의 현지 언어 속에 우리나라와 같은 단어들이 많다. 예를 들어 친구·총각·아부재(아버지) 등이다(발음과 뜻이 한글과 같다). 또한 제주도 서귀포(西歸浦)는 진시황의 신하 서불(徐市)이 한라산에 불로초를 구하려 왔다가 서쪽으로 귀향, 즉 되돌아간 곳이라는 뜻으로 지어진 지명이다. 그런데 서불은 서쪽이 아니라 일본으로 가서 일본을 일으킨 시조라는 설도 있고, 오키나와로 갔다는 설 등 다양하다.

---

45) 「한국일보」 2013.3.9.

미국령 사이판

사이판(Saipan)은 북마리아나 제도 미국 연방의 가장 큰 섬이자 수도이며 인구는 65,000명이다. 북마리아나 제도는 한국에서 동남쪽으로 3,000㎞ 떨어진 미국령 16개 섬을 일컫는다. 태평양 전쟁이 끝나가던 1944년 6월 15일, 미국 해병대는 일본 본토 공습을 위한 북마리아나 제도 장악의 일환으로 3주일 동안의 전투를 벌여 사이판 섬을 점령하고 비행장을 건설했다. 이 사이판 전투가 벌어지는 동안 일본군들은 대부분 반자이 돌격 같은 방식으로 자살을 택했으며, 일본인들도 '반자이 절벽'이라 불리는 절벽에서 자살했다. 사이판 본섬에는 만세 절벽(Banzai Cliff)과 자살 절벽(Suicide Cliff)이 있다.

1997년에 사이판의 부속 섬인 티니안(Tinian) 섬의 밀림에서 한인 유골 5천여 구가 발견되었다.[46] 티니안 섬은 사이판에서 남쪽으로 약 8㎞(경비행

46) 『라면을 끓이며: 김훈 산문집』, 김훈, 문학동네, 2015, p.91~92.

기로 10분 거리), 괌에서는 북쪽으로 약 160㎞ 떨어진 섬으로, 면적은 152㎢로 사이판의 약 4/5 정도 크기다. 티니안의 관광 명소는 대부분 바다에 있다. 공항에서 차를 타고 북쪽으로 내달리는 길부터 아름답다. 브로드웨이(Broadway) 도로를 타고 가면, 좌우에는 야자수가 빼곡하고 일직선으로 뻗은 길의 끝에는 쪽빛 바다가 보인다. 섬 북부, 하고이 공군기지 동쪽에는 바다 위 천연 분수 '블루홀(Blue Hole)'이 있다. 파도가 밀려올 때마다 산호초 바위 사이로 거대한 물줄기가 솟구친다. 다이빙 포인트로도 유명한 곳이다. 섬 북서부, 출루 비치(Chulu Beach)는 별 모양의 모래가 백사장에 가득하다. 제2차 세계대전 당시, 미국 해병대가 티니안 상륙 장소로 이용해 '랜딩 비치'라고도 불린다. 티니안 다이너스티 호텔 바로 앞에 있는 타가 비치(Taga Beach)는 최고의 일몰 감상 포인트다.

히로시마에 투하된 원자폭탄은 서태평양 사이판의 티니안 섬에서 발진한 3기의 B-29 중 에놀라 게이(Enola Gay)호에 '리틀 보이(Little Boy)'라고 명명된 핵폭탄(우라늄탄)이 장착되었고, 6시간의 비행 후인 1945년 8월 6일 8시 15분에 히로시마에 투하되었다(포로수용소가 없는 대도시가 히로시마였기 때문이라는 설도 있다). 이로 인해 약 20만 명이 희생되었고, 저항을 계속하다가 3일 후인 9일 오전 11시 2분에 나가사키(長崎)에 또 한 번의 핵폭탄(플루토늄탄, 암호명 팻맨·Fat Man)을 맞고 10만 명의 국민이 더 희생된 다음에야 항복을 선언했다(나가사키는 미쓰비시 중공업이 있던 도시였다). 문제는 포위된 많은 일본군들이 항복하지 않고 옥쇄(玉碎)라고 불리는 극단적인 자살을 선택했다는 것이다.[47][48] 티니안 섬에는 원자폭탄을 투하한 전투

47) 「숫자로 풀어가는 세계 역사 이야기」, 남도현, 로터스, 2012, p.56~59.

기의 출격장이 보존되어 있는데, 일본 관광객들은 이곳을 방문할 때마다 울분을 참지 못해 심하게 훼손시킨다고 한다.

소설『여명의 눈동자』는 1970년대 중반 소설가 김성종 선생이「일간 스포츠」에 연재한 대하소설로 당시 큰 인기를 끈 작품이다. 일제강점기부터 현대사를 배경으로 한 이 작품은 1977년 전10권으로 발간됐다. 일제 식민지부터 해방과 6·25 전쟁으로 이어지는 격동의 현대사를 배경으로 각기 다른 환경 속에서 살아온 세 남녀의 행적을 그려내고 있다.

이 소설은 1991년 10월 7일부터 1992년 2월 6일까지 MBC 문화방송에서 동명의 36부작 드라마(송지나 삭가)로 방송되어 큰 인기를 얻기도 했다. 드라마의 이야기는 일제 통치가 막바지에 이르고 제2차 세계대전의 전세가 연합군의 승리로 기울어지기 시작하는 1944년에 주인공 최대치(최재성 분)· 윤여옥(채시라 분)·장하림(박상원 분)이 각각 위안부와 학병으로 끌려가는 데 에서 시작한다. 수많은 사건이 전개되고 결국 최대치는 북한의 김일성 측근이 되었다가 남로당원으로 침투한다. 한편 장하림은 미 정보부 요원으로 일하게 되고, 최대치와 재회한 윤여옥은 그와 결혼하고 최대치의 지시에 따라 미 정보부 사무원으로 위장하여 일하게 된다. 이후 6·25 전쟁이 터지자 최대치는 인민군으로 참전했다가 퇴로를 차단당하자 지리산으로 숨어

---

48)「정글만리 3」, 조정래, 해냄, 2013, p.207~209.
원폭투하 직전 당시 제주도 인구는 20여 만 명이었다. 일본군은 여기서도 틀림없이 옥쇄(玉碎)를 강요했을 것이다. 그것은 그들의 불문율이었으니까. 원자폭탄이 투하되지 않았더라면 일본군 5~6만에, 조선인 15만, 도합 20여 만 명이 또 죽어갔을 것이다. 그리고 미군이 본격적으로 일본 본토에 상륙작전을 개시하게 되면 또 몇 십만 명이 죽게 될 것이고, 일본군 대본영이 있는 도쿄까지 진격하는 동안에 또 몇 십만 명이 죽게 될 것이다. 이것은 역사에서 용납되지 않는 '가정법'이 아니다. 원자폭탄이 투하되지 않았더라면 일본왕의 고집에 따라 옥쇄(玉碎) 등에 의해 필연적으로 100만 명 이상, 200~300만까지 희생이 야기될 수밖에 없는 상황이었다. 역사 인식에서 이 점을 간과해서는 안 된다.

들어간다. 지리산 토벌 작전에 장하림이 투입되면서 지리산 일대는 대치와 하림의 운명적인 대결의 장이 되고 만다. 그곳에서 여옥과 대치는 죽게 된다.

이 드라마에서 이전에 인연을 맺은 적이 있는 의사 장하림을 사이판에서 다시 만나게 된 윤여옥은 순전히 '자기 아버지 또는 은인과도 같은 하림이 하는 일을 도울 수 있다'는 이유로 첩보원 생활과 독립운동에 뛰어들게 된다. 버마(1989년 6월부터 미얀마) 전투에서 구사일생으로 살아난 최대치는 죽음의 문턱에서 그를 구해준 인물이 '팔로군 첩자이자 공산주의자인 김기문(이정길 분)'이었기에 그 역시 공산주의자의 길로 들어서게 된다.

사이판 관광을 해보면 가이드는 드라마 「여명의 눈동자」 촬영지라는 점만 강조하고 관광객들은 연신 사진 찍는 것에만 몰두한다. 사이판 본섬에서의 전투도 중요하지만 티니안 섬에서 출격한 B-29 폭격기도 그에 못지않다. 사이판의 최고봉인 타포차우 산(Mt. Tapotchau, 473m)에서 내려다보는 절경과 정글투어도 좋지만, 이 산자락의 해변가에 있는 드라마 촬영장에서만 이라도 태평양전쟁의 아픈 역사를 되새길 필요는 분명히 있는 것이다.

베트남 여행

"60만 년 전 선사시대부터 베트남에는 사람이 살았다. 4천 년 전 청동기시대를 거쳐 기원전 2919년 최초국가를 형성했다. 중국의 지배를 받다 10세기부터 독립왕국으로 존립해왔다. 베트남은 서기 938년 불타는 바익당강(Sông Bạch Đằng, 白藤江·박당강) 위에서 독립을 쟁취한 이후 송나라와 몽골·명나라·청나라 등의 침략에 맞서 싸운 투쟁의 역사다."[49] 특히 베트남은 몽골군의 침입도 물리쳤다. 3회에 걸쳐 50만 몽골 대군을 하롱베이 해협의 해전에서 승리하고 전멸시켰다.

베트남은 54개 민족, 중국은 56개 민족, 라오스에는 300개의 민족이 있다. 베트남 인구는 약 9,600만 명(불교 70%, 천주교 10%)이고 수도는 북쪽 하노이, 제1도시는 남쪽의 호치민시(전 사이공)이다. 베트남(Viet Nam,

---

49) 「천년전쟁: 무릎 꿇지 않는 베트남」, 오정환, 종문화사, 2017, p.73.

약어로 VINA), 즉 월남(越南)은 월(越)나라의 남쪽이라는 뜻이다. 1651년 프랑스 선교사가 '알파벳과 6성조'를 혼합하여 오늘날의 베트남 문자와 언어를 만들었다. 그 이전까지는 한자를 변형하여 사용하였기에 어려워서 문맹률이 높았다고 한다.

베트남의 수도인 북부도시 하노이(Hanoi)는 '강 안쪽의 지역'이라는 뜻으로, 이 강은 중국~하롱베이로 이어지는 1,200km의 홍화강을 말한다. 하롱베이 (Halong Bay)에는 갯내음이 없다. 이유는 중국 장가계~하롱베이로 이어지는 2,700km의 석회암지대, 즉 카르스트 지형 때문이다. 하롱베이는 바익당강 어귀의 예홍(Yên Hung)에서 시작해, 하롱과 껌파(Câm Phả)를 지나 북쪽 번돈(Vân Dôn)에 이르는 120km 길이의 해안과 부근의 1,969개 섬들을 일컫는다. 2억 년 동안 비와 파도가 석회암을 깎아 만든 기암괴석들은 잔잔한 바다와 어우러져 자연이 빚은 예술품이라 불릴 정도로 아름답다. 그러나 지상낙원처럼 보이는 이 하롱 앞바다에서 1287년, 베트남과 몽골의 전투 함대들이 지옥과도 같은 격전을 벌였다.[50]

베트남 북부 고산지대(중국과의 국경 근처로 해발 약 1,600m) 사파(SaPa)는 동양의 알프스로 불리는 하늘과 맞닿은 정직한 사람들의 땅이다. 프랑스 식민지 시절 휴양지로 인기를 끌면서 휴양시설이 하나 둘씩 들어서면서 관광지로 부상했다. 이곳에는 소수민족들도 여럿 있다. 교통편은 크게 두 가지가 있는데, 하노이에서 첫째, 승용차·버스로 5~6시간 만에 도착하거나, 둘째, 야간 기차(약 10시간 소요)로 라오까이(Lào Cai·老街)까지 가서 사파행 미니버스 (1시간 30분 소요)를 타면 도착한다. 트레킹도 가능하며 아름다운 풍경을

50) 『천년전쟁: 무릎 꿇지 않는 베트남』, 오정환, 종문화사, 2017, p.178~179.

만끽할 수 있는 멋진 힐링코스이다.

베트남은 정말 대단한 나라다. 우리나라 기업들이 현지에 많이 진출해 있고 개발도상국이라고 하여 자칫 쉽게 생각할 수 있으나 그렇지 않다. 우리는 기분이 별로일지 모르겠지만 세계 역사학자들의 눈에는 베트남 국격이 거의 중국과 맞먹을 정도다. 관련 글을 보자.

"일본과 베트남은 중국 주변부 구성원이면서 동시에 제국적 작위 수여 기능을 행사했다는 점에서 중국의 경쟁자였다. 중국을 중심으로 하는 조공 무역 체계는 이 영토적 실체들에게 상호 통합의 정치·경제적 틀을 제공했지만, 이 틀에서는 중심부인 중국에 대해 주변부를 구성하는 부분들이 상당한 자주성을 가지고 있었다. 이 체계 내에서 조공 사절단은 위계적이면서도 경쟁적인 '제국적 작위 수여' 기능을 수행했다고 한다. 예를 들면, 한국·일본·류큐(琉球, 오키나와) 열도와 베트남·라오스 등은 모두 중국에 조공 사절단을 보냈다. 하지만 류큐 열도와 한국은 일본에도 조공 사절단을 보냈고, 베트남은 라오스에게 조공 사절단을 요구했다. 따라서 일본과 베트남은 중국 중심 체계의 주변부 구성원이면서 동시에 제국적 작위 수여 기능을 행사했다는 점에서 중국의 경쟁자였던 것이다."[51][52][53]

---

51) 『체계론으로 보는 세계사(Chaos and Governance in the Modern World System, 1999)』 조반니 아리기외 다수, 모티브북, 2008, p.395.

52) 『더불어숲: 신영복의 세계기행(1998·2015)』 신영복, 돌베개, 2015, p.87.
〈세계에서 가장 강인한 세 민족(Strongest Three): 한국·베트남·이스라엘〉
베트남은 한국, 이스라엘과 더불어 세계에서 가장 강인한 세 민족의 하나로 불린다. 바람에 날리는 아오자이의 가냘픈 서정도 그렇지만 결코 강골이라 할 수 없는 베트남 사람들의 몸 어디에 그러한 강인함이 도사리고 있는지 의아하다.

53) 『정글만리 3』 조정래, 해냄, 2013, p.347. 〈못차지한 한국과 베트남〉
중국이 수천 년 동안 차지하려고 애썼지만 실패한 두 나라가 한국과 베트남이다. 그래서 중국을 대국으로 인정하고 서로 사이좋게 살며 특산물을 교역하자고 해서 만든 제도가 조공(租貢)이다(조공도 군신의 의미가 근현대에도 베트남의 국격은 흔들리지 않았으며, 베트남과의 전쟁에서 수모를 당한 나라는 미국만이 아니다. 1954년 공산주의와 민족주의를 내세운 북베트남이 독립 쟁취를 위해 당시 세계열강 가운데 하나였던 프랑스와 싸워 디엔비엔푸에서 그들을 물리쳤다. 프랑스(제1차 인도차이나[54] 전쟁, 1945~ 1954)에 이어 미국과의 전쟁에서도 승리한 후(제2차 인도차이나 전쟁: 1955~ 1975),[55] 1979년 킬링필드의 크메르 루즈와의 전쟁 및 점령(1979~1989), 1979년 북쪽 국경을 침범한 중국마저 이겨냈다. 전력 면에서 볼 때 상대가 되지 않았던 베트남은 10여 년 간격으로 프랑스·미국·중국을 연파했다.

[베트남이 강대국을 상대로 연이어 승리를 거머쥔 것은 결코 우연이 아니라 전략의 승리이자 철저한 준비의 결과이다. 그 전략을 이끈 사람이 바로 '붉은 나폴레옹(Red Napoleon)'(미국 「타임」)이라는 칭호를 얻은 베트남의 국민영웅 보 구엔 지압(Vo Nguyên Giap, 1911~2013, 향년 102세) 장군이다. 호치민이 베트남의 독립 항쟁을 지도해서 세계적으로 유명해졌지만, 실제 전쟁의 대부분은 지압 장군이 이끌었다. 우리나라에는 크게 알려지지 않았지만, 미국에서는 이미 그를 20세기 최고의 장군 중 한 명

있어 '공무역'이 대등한 용어 -이상준). 그리고 속국이란 신식말로 하면 식민지인데, 식민지란 강한 나라가 약한 나라를 완전히 지배해서 모든 권한을 다 뺏어버리는 걸 말한다. 그런데 한국과 베트남은 중국에 모든 권한을 뺏기고 지배당한 적이 한 번도 없고, 그들 스스로 군대를 가지고 나라를 지켰고, 딴 나라와 외교활동을 펼쳤고, 자기들 법을 가지고 나라를 운영한 당당한 독립국가였다.

다만 운명적으로 영토가 작고, 인구가 적어서 인접한 큰 나라한테 괴롭힘을 당한 것뿐이다. 중국은 스스로 대국이라고 뻐기고 싶어서 계속 속국이라는 말을 써왔는데, 그건 '우린 주변의 작은 나라나 괴롭히는 못된 짓을 해왔다'고 스스로 입증하는 것밖에 안 된다.

54) 인도차이나는 '인도(India)와 중국(China) 사이에 있는 반도'라는 뜻이다.

55) 〈베트남전쟁의 주요 일정과 미국·한국 지상군의 개입〉

1955.11.1 전쟁 시작→1961.1 미국 게릴라작전으로 개입→1964.8.2~4 통킹만(Gulf of Tongking) 사건(미국이 조작)→1964.8.7 폭격명령→1965.3 미국·한국 지상군 파병~1973.3 미국·한국군 철수→1975.4.30 남베트남정부 항복 선언.

이자, 우월한 군사력으로 전쟁을 지휘한 맥아더나 아이젠하워와 비교할 수 없을 정도로 현명한 전략가로 평가한다. 영국의 한 역사학자는 지압을 카이사르·칭기즈칸·나폴레옹과 더불어 역사를 바꾼 위대한 장군이라고 정의했다.

놀랍게도 그는 군사학교 출신이 아니다. 한때 그는 고등학교에서 역사를 가르치는 교사였고, 신문을 발행하는 언론인이었다. 1937년 정치학과 법학 학위를 받고 난 후에는 신문 발행을 통해 프랑스 항쟁 운동에 본격적으로 뛰어들었으나 프랑스 당국의 탄압이 심해지자 29세이던 1940년 중국으로 떠났다. 중국에서 호치민을 만난 지압은 이듬해 베트민(Viet Minh, 베트남 독립동맹)을 창립하는 데 동참했으며, 이후 베트남으로 돌아온 그는 1944년 북쪽 국경지대에 근거지를 두고 베트민 군대를 창설했다. 군인들은 대부분 프랑스 통치와 상관없이 산속에서 살고 있던 소수민족이었다. 하지만 지압은 베트남 독립에는 별 관심이 없던 그들을 설득하여 베트남을 위해 목숨을 걸고 싸울 애국심 강한 군인으로 육성했다.

그의 승리 법칙은 '3불 전략'이다.

1不: 회피 전략─적이 원하는 시간에 싸우지 마라.⇒시간 차별화 전략

2不: 우회 전략─적에게 유리한 장소에서 싸우지 마라.⇒시장 차별화 전략

3不: 혁파 전략─적이 생각지도 못한 방법으로 일격을 가하라.⇒사업 차별화 전략)[56]

일본이 우리에게 자행했던 것처럼, 우리도 베트남과 필리핀 등지에서 엄청난 인륜적 범죄를 저질렀다. 라이따이한(Lai Taihan, 베트남)과 코피노(Kopino, 필리핀)가 그 예다. 현재 베트남에는 라이따이한(베트남 전쟁에 참전했던 한국인과 베트남인 사이에 태어난 2세)가 약 1만~2만 명 정도 있는데, 이들에

---

56) 「3불 전략(The 3 Strateries for the Differentiation)」, 이병주, 가디언, 2010, p.4~11.

대한 무책임함도 고뇌해야 할 과제이다. 그리고 코피노는 한국 남성과 필리핀 현지 여성 사이에서 태어난 2세를 필리핀에서 이르는 말이다. 코리안(Korean)과 필리피노(Filipino)의 합성어이다. 현재 필리핀에는 약 3만 명의 코피노가 있는데, 이들 중 상당수의 아버지는 무책임하게 한국으로 가버렸거나 연락이 두절된 상태다. 최근 관광·사업·유학 등의 사유로 필리핀에 간 한국 남성들에게 버림받은 코피노가 여전히 증가하고 있다. 코피노 엄마들은 "아이의 아빠가 양육 의지가 없어 홀로 양육해야 하는 만큼 과거 양육비뿐만 아니라 장래 양육비까지 줘야한다"고 주장한다. 그뿐만이 아니다. 베트남전쟁 때 우리가 죽인 수많은 베트남인에 대한 사죄와 반성도 이뤄져야 한다. 지난 2018년 4월 19일 서울 여의도 국회 정론관에서 열린 '베트남전 한국군 민간인 학살 진상규명 촉구를 위한 생존자 기자회견'도 있었다.[57][58][59][60]

57) news1 2018.4.19. 〈베트남 학살 생존자 "왜 한국군은 사과하지 않나요?"〉
　-21~22일 한국 정부를 피고로 앉힌 '시민평화법정' 참여-(류석우 기자)
　베트남 퐁니·퐁넛 마을 학살 생존자 응우옌티탄 씨(58)는 19일 오전 서울 여의도 국회 정론관에서 열린 '베트남전 한국군 민간인학살 진상규명 촉구를 위한 생존자 기자회견'에서 한국군이 쏜 총에 남동생을 잃은 사연을 털어놓았다. 응우옌티탄 씨는 "왜 한국군은 여성과 어린아이뿐이었던 우리 가족에게 총을 쏘고 수류탄을 던졌나요?"라며 "어째서 한국군은 끔찍한 잘못을 저질러놓고 50년이 넘도록 인정도 사과도 하지 않나요?"라고 호소했다.(…) 한국군에 의해 각각 5명의 가족을 잃었다는 두 증언자는 "50년이 지난 지금까지도 그날의 잔인한 학살의 이유를 알지 못한다"며 "한국 참전군인들의 사과를 받고 싶다. 최소한 사과가 있어야 용서도 가능하지 않겠느냐"고 말했다.(…)
　시민평화법정의 재판은 김영란 전 대법관과 이석태 변호사, 양현아 서울대 로스쿨 교수가 재판부를 맡는다. 김복동 '일본군 위안부' 피해 할머니의 연대사도 예정돼 있다.
58) 베트남 전쟁과 관련하여 아래의 책들을 추천한다.
　『천년전쟁: 무릎 꿇지 않는 베트남-중국』, 오정환 MBC 보도본부장, 종문화사, 2017.
　(베트남 건국에서부터 1979년 중국과의 전쟁에서 승리까지를 다룬 베트남 천년전쟁사)
　『동조자(1·2)(The Sympathizer, 2015)』, 비엣 타인 응우옌, 민음사, 2018.
　(전쟁 말기 미군의 철수 과정과 미국으로 망명한 남베트남 군인들의 고뇌를 다룬 소설)
　『전쟁의 슬픔(The Sorrow of War, 1993)』, 바오 닌, 예담, 1999. (베트남문인회 최고상 수상소설)

59) 여러 매체 2018.1.28. 〈베트남, 축구 준우승에 열광… "박항서는 베트남의 히딩크"〉
　　-U23 챔피언십 준우승(2018년 1월 27일)-
　　2002 한일 월드컵 때 히딩크 감독 밑에서 수석코치를 맡았던 박항서 감독(경남 산청, 1959~)이 23살 이하 베트남 축구팀 감독을 맡아 아시아축구연맹 대회에서 준우승을 이끌어 냈다. 베트남이 아시아축구연맹 주최 대회에서 결승에 진출한 것이 처음이라서 박항서 감독은 베트남의 히딩크로 불리며 엄청난 인기를 끌고 있다.
　　중국 창저우에 열린 아시아축구연맹 AFC 주최 23살 이하 대표팀 결승에서 베트남팀이 동점 골을 뽑아내자 베트남 전역이 열광의 도가니로 바뀌었다. 거리로 몰려 나와 국기를 흔들며 대형 전광판을 통해 축구 경기를 시청하는 베트남 시민들의 모습은 2002년 서울과 비슷하다. 박항서 감독이 이끄는 베트남 대표팀은 폭설이 내려 경기장이 눈밭으로 변한 가운데 선전했으나 연장전 끝에 우즈베키스탄에 1:2로 패했다. 이번 준우승은 베트남 축구 사상 AFC 주관 대회 첫 준우승이자 최고 성적이다.
　　불과 3개월 전에 23살 이하 대표팀을 맡은 박항서 감독은 베트남의 히딩크로 불리며 국가적 영웅으로 떠올랐고 한-베트남 우호 관계에도 큰 기여를 한 것으로 평가된다. 이후 박항서 감독은 베트남 축구대표팀 감독도 맡았다. 즉 박항서 감독은 베트남 축구대표팀과 U-23 대표팀을 모두 이끌고 있다.

60) 여러 매체 2018.8.29. 〈2018년 아시안게임에서 축구 4강 신화를 이뤘다: 지금까지는 16강이 최고 성적〉
　　(한국 금, 일본 은, UAE 동, 베트남 4위)
　　박항서 감독이 이끄는 베트남 축구대표팀이 아시안게임에서 사상 처음 4강에 진출하자 베트남이 발칵 뒤집혔다. 23세 이하(U-23) 베트남 축구대표팀이 27일 아시안게임 남자축구 8강전에서 시리아에 연장 끝에 1:0 승리를 거두고 4강에 진출하며 베트남 축구역사를 다시 쓰자 전 국민이 열광했다. 현지 언론 등에 따르면, 베트남 전역에서 수백만 명이 거리로 뛰쳐나와 국기를 흔들며 "땡큐 박항서, 땡큐 코리아"를 외치며 환호했고, 폭죽을 터트리거나 북과 꽹과리를 치며 축하했다.
　　앞서 베트남은 일본과 바레인을 각각 1:0으로 연파하며 8강에 올랐었다. 그러나 공교롭게도 한국과 준결승전에서 맞붙어 4강으로 만족해야 했다. (한국 3 : 베트남 1)

라오스 여행

라오스(Laos)에서는 메콩강을 '메남 콩(Mae Nam Kong)'이라 부르는데 메남이란 '어머니의 강'을 뜻한다. 라오스는 300여 개의 다양한 민족으로 구성되어 있는데 인구는 약 700만 명이고, 면적은 남북한을 합친 것보다 약간 크다. 기후를 살펴보면, 건기는 10월~4월, 우기는 5~9월이며, 우기가 시작되기 직전인 3~4월이 최고 더우며 낮 기온이 섭씨 40도까지 올라간다. 9월부터는 비가 점차 조금씩 내리다가 10월에 우기가 끝난다. 이 시기 강수위가 최고조에 달해 배로 이동하기가 용이하다. 우기가 끝나는 10월부터 라오스의 날씨는 한국의 초가을과 같다. 10월~2월이 최적의 날씨이고 여행의 피크이다. 특히 12월~1월은 방학의 특수와 맞물려 최고의 성수기라 호텔 등 예약의 어려움이 많다.

최근 들어 수도 비엔티엔(Vientiane, 인구 약 80만 명)뿐만 아니라 북쪽으로 3시간 거리에 있는 방비엥(Vang Vieng)도 뜬다. 블루라군(Blue Lagoon)이라 불리는 에메랄드빛의 계곡물, 쏭강의 롱테일 보트타기, 쏭강과 열대우림의 짜릿한 스카이로드를 자랑하는 집라인 등이 방비엥을 유명하게 만들었다.

2018년 7월 23일, SK건설이 시공하던 라오스 남동부 앗타푸 주에 위치한 세피안-세남노이 수력발전소의 보조댐이 붕괴된 불행한 사고가 일어났다. 이 사고로 최소 50여 명이 사망했고 100여 명이 실종된 것으로 보이며, 6,600여 명 이상의 이재민이 발생했다.

한편 이웃 나라 베트남에서 베트남전쟁이 일어나 라오스도 전쟁 상황이 된 역사가 있다. 베트남 북부 월맹군은 전쟁 물자를 라오스를 통과하는 이른바 '호치민 통로'를 통해 전선에 수송하였다. 호치민 통로는 북위 17도선 이북 전방에서 시작해 베트남 중부의 험준한 산맥을 따라 형성된 국경선을 연접하여(통로는 라오스·캄보디아 영토 내에 개설됨) 남부 항구도시 호치민시(옛 사이공) 북부 지역 캄보디아까지 총 길이 약 1,000㎞의 북베트남군 보급로이다. 이 통로를 차량통행이 가능한 보급로로 만들겠다는 거대한 역사를 호치민은 1959년 5월에 착수하여 1975년 초까지 계속 확장하였다. 미군은 라오스 내 소수민족을 용병으로 고용하여 내전을 부추기면서 호치민 통로를 차단하기 위해 비밀리에 라오스 전 국토를 폭격하였다. 베트남전쟁에 미국이 본격적으로 뛰어든 1964년부터 철수한 1973년까지 50만 회의 폭격이 이뤄졌고, 2백만 톤 이상의 폭탄이 투하되어 전 국토가 황폐해졌다. 미국은 베트남전 종전 때까지 폭격과 라오스 내전 개입을 부인해서 '비밀전쟁'이라는 이름이 붙었다. 현재까지도 폭격으로 인한 불발탄에 끊임없이 민간인 피해가 발생하고 있다.

경제사정을 살펴보면 라오스의 공산주의 체제는 실패하여 경제는 악화되었다. 게다가 타이와 미국의 경제 봉쇄로 라오스 경제는 파탄되었다. 1990년대에 소련의 해체와 공산주의 몰락으로 인해서 라오스도 시장경제를 허용하였다. 21세기 들어 라오스 정부는 계속 개혁개방정책을 추구하고 있으나 아직까지 공산주의는 유지되고 있다.

라오스는 수차례 태국의 침략을 받아왔기 때문에 태국과의 국민 정서는 한일 간의 관계처럼 소원하다.

캄보디아 여행

캄보디아(Cambodia)는 인구 약 1,600만 명의 나라로 수도 프놈펜(Phnom Penh)에 약 150만 명이 거주한다. 캄보디아는 수도보다는 북쪽 시엠립(Siem Reap)의 '앙코르와트(Angkor Wat)'와 '톤레삽(Tonle Sap) 호수'가 유명하다. 최근 들어서는 캄보디아 남서쪽 타이 만 항구도시인 시하누크빌(Sihanoukville)이 뜬다. 이곳은 캄보디아 내에서는 가장 인기 있는 관광도시 중 하나로 아름다운 에메랄드 빛 해변에서 즐기는 액티비티로 주목받고 있다.

킬링필드(The Killing Fields)는 캄보디아 하면 생각나는 제1순위 단어다. 미국의 지원을 받던 크메르 공화국의 론 놀(Lon Nol, 캄보디아 군인이자 정치인, 1966~1967 총리, 1972~1975 대통령, 1913~1985)이 세력이 약해져 해외로 망명한 사이, 베트남 전쟁이 종결되고 수도 프놈펜에 크메르 루즈(Khmer Rouge, 루즈는 프랑스어로 '붉은'이라는 뜻으로 말 그대로 '붉은 크메르'라는 뜻이다)가 입성했다. 국명을 '민주 캄푸차(Campuchea)'로 개칭한 크메르 루즈는 혼란한 국내 상황을 타개하기 위해, 화폐제도의 폐지,

도시 주민의 강제 농촌 이주 등의 극단적인 공산주의를 내세워, 기존의 산업시설을 모두 파괴하고, 기업인·유학생·부유층, 구정권의 관계자, 심지어 크메르 루즈 내의 친월남파까지도 반동분자로 몰아서 학살했다. 즉, 킬링 필드는 1975년에서 1979년 사이, 민주 캄푸차정권 시기에 폴 포트가 이끄는 크메르 루즈라는 무장단체가 저지른 학살을 말한다. 해골이 무더기로 쌓여있는 그 장면을 생각해보라. 크메르 루즈 정권이 사람들을 대규모로 처형한 사건을 비롯하여, 그를 전후한 캄보디아에서의 학살을 일컫는 말이다. 이 사건은 나치와 함께 포스트모더니스트에게 '근대의 실패', '이성의 실패'를 드러내주는 사례로서도 자주 인용된다.

DC캠 매핑 프로그램과 예일 대학의 조사 결과, 1,386,734명의 희생자가 발생했다고 발표했다. 크메르 루즈에 의해 3년7개월간 희생된 수(병사한 사람과 굶어죽은 사람 포함해서)는 전체 인구 800만 명 중 170만~250만 명가량 되는 것으로 추정된다.

1979년 베트남의 침공으로 민주 캄푸차는 종말을 고한다. 소련이 베트남을 지원하고 중국이 캄보디아를 지원하여 베트남과 캄보디아가 벌인 전쟁이다. 소련과 중국의 대리전이었다. 실제 전투는 초기 20일 동안 치러졌지만 1979~1989년 약 10년 동안 베트남이 킬링필드를 점령하였다. 캄보디아의 저널리스트인 딧 프란은 "내가 독재정권을 탈출한 이후의 기간"이 킬링필드 시기라고 말했다. 1984년 영화「킬링필드」는 딧 프란과 또 다른 생존자 하잉 응고르가 겪은 일들을 보여준다.

유네스코 세계유산(문화유산)인 앙코르와트는 건설 동기가 미스테리다. 우선 캄보다아에서 투자·여행주선업을 하고 있는 최장길 씨가 쓴 〈하늘과 닮은 앙코르〉라는 제목의 글을 보자. "수많은 사원을 건설한 자야바르만

7세의 바이욘에 있는 비문은 일체의 서론이나 설명이 없이 '캄푸(크메르)의 땅은 하늘과 닮았다'고 선언한다. 이 강력한 비문은 우리에게 의문을 제시한다. 하늘의 특정한 별이나 별자리의 복제물을 지상에 세운 것은 아닌가? 1966년 25세의 존 그릭스비(John Grigsby, 영국 고고학자) 박사는 기발한 생각을 해냈다. 이집트 기자의 세 피라미드가 오리온자리의 허리띠 별들을 모델로 삼았듯이 앙코르의 사원들은 용자리[61]의 꾸불꾸불한 사리를 모델로 삼았다는 것이다. 용자리와 15개의 사원들이 너무나 비슷하므로 연관관계의 존재를 무시하기는 어렵다. 더군다나 주위에 있는 사원도 이웃 별자리까지 확장된다. 그러면 이러한 사원의 자리가 우연히 배치된 것인가 아니면 의도된 것인가? 그릭스비는 이렇게 지적한다. '만일 우연이라면 놀라운 일이다. 용자리의 별들 이미지가 북쪽에 일직선으로 정렬될 경우 앙코르의 사원들의 위치와 매우 정확하게 그대로 겹쳐진다. 용자리의 별들은 앙코르 지역의 거푸점(Template)일 가능성이 매우 높다. 용자리뿐만 아니라 근처의 알리 데네브(Deneb) 별과도 일직선을 이루는데 이는 앙코르의 서 메본(Mebon)인 것이다. 이 사원들은 250년에 걸쳐 지어졌고 바이욘·바푸온·피미아나까스의 옛 터에서 제사를 지낸 증거가 남아있다. 그렇다면 시공 당시 사원의 위치가 세밀하게 계산되었을 것이다."[62] 과학의 대중화에 앞장서고 있는 원종우 씨도 "마지막 빙하기(1만 년~1만2천 년 전) 시기에 일어난 대홍수로 추정되는 해, 즉 기원전 1만5백 년 하늘의 용자리에 맞춰 크메르족이 12세기경에 건립한 것이다"라고 말한다.[63] 천문물리학자

61) 「이명현의 과학 책방: 별처럼 시처럼, 과학을 읽다」, 이명현, 사월의책, 2018, p.36. 이집트 시대의 북극성은 '용자리 꼬리에 있는 투반 별'이었다.
62) 「앙코르 왓: 신들의 도시」, 최장길, 앙코르출판사, 2006, p.21.

스튜어트 클라크 또한 "앙코르와트는 하지 무렵에 해가 동쪽 문 위로 떠오르도록 만들어졌다"고 하면서 우주와의 연관성에 주목했다.[64] 앙코르와트의 흥망성쇠에 대한 두 편을 글을 소개하면서 캄보디아의 굵직한 안내를 마친다.

[〈크메르 문명과 앙코르와트〉

크메르 문명의 몰락은 정말 어처구니없다. 크메르는 메콩강과 톤레삽 호수와 밀림에 둘러싸인 덕에 예로부터 물고기와 과일이 풍부했다. 그물처럼 얽힌 수로를 이용해 이것들을 내다 팔아 부를 쌓았다. 802년 자야바르만 2세(Jayavarman II)는 오늘날 시엠립 시인 앙코르에 크메르 왕국을 세운다. 당시 앙코르는 습지였다. 습지에 나라를

---

63) 『태양계 연대기』, 원종우, 유리창, 2014, p.144~148.
　　〈지구상의 모든 문명권에 대홍수의 기억이〉
　　인류의 고대사를 살펴보면 놀랍게도 지구상의 모든 문명권에 걸쳐 비슷한 시기에 비슷한 스토리를 전하고 있다는 점을 알 수 있다. 성서에 등장하는 노아의 방주를 필두로 아틀란티스를 멸망시킨 대홍수 전설, 아파치와 모하비 등 북아메리카 원주민 전승, 인도의 힌두교 전승, 이집트 전승, 잉카 전승, 아즈텍 전승, 수메르 전설, 바빌로니아 전설, 백두산 신화, 중국 등 실로 모든 대륙에 걸쳐 존재하는 까마득한 옛날 대홍수의 기억들이 바로 그것이다. 이 홍수가 일어난 때는 언제일까. 그것은 대략 기원전 1만500년으로 추정되는데, 여기에는 많은 정황 증거가 있다.
　　1) 마지막 빙하기는 약 1만 년에서 1만2000년 전 사이에 끝났다. 빙하기가 이때 끝난 이유는 정확하지 않으나 이 시점에서 범 지구적 기후 변화가 있었던 것은 분명하다.
　　2) 매머드와 아이리시 엘크 등 다양한 생물들이 비슷한 시기에 한꺼번에 멸종됐다.
　　3) 컴퓨터 분석 결과 이집트 기자의 스핑크스('살아 있는 형상'이라는 뜻. 그리스어로는 '목 졸라 죽이는 자'라는 뜻)는 기원전 1만500년 태양이 사자자리 0도에서 뜨는 방향을 향하도록 만들어져 있다.
　　4) 기자의 대피라미드는 기원전 1만500년의 오리온자리 삼태성(三台星)의 형태에 맞춰 건설(기원전 2500년경)한 것이다. 한편 중국 시안(서안 · 西安)의 피라미드군(群) 역시 같은 시기의 삼태성을 기준으로 하며 기자 피라미드군과 형태 및 각도가 일치한다. 이는 다른 대륙에 있는 이 두 피라미드군이 실은 공통적인 문화적 배경 아래에서 건립되었음을 말해준다.
　　5) 캄보디아의 앙코르와트는 기원전 1만500년 하늘의 용자리에 맞춰 건립(크메르족이 서기 12세기경)된 것이다.
　　6) 신석기 문화는 대략 같은 시기에 시작되었다(혹은 이 시점에서 문명은 신석기로 퇴보했다).
　　7) 농업은 기원전 1만 년경에 전 세계에서 동시다발적으로 발생했으며, 주요 지역은 모두 해발 1,500m 이상의 고원지대였다.
　　이 외에도 기원전 1만500년의 중요성이나 대격변을 상징하는 지표는 수없이 많다.
64) 『우주를 낳은 위대한 질문들(Big Question: The Universe, 2010)』, 스튜어트 클라크, 휴먼사이언스, 2013, p.13~15.

세우는 데는 이유가 있었다. 우선 적의 침입이 어려웠고, 수로를 이용해 무역을 장려하기 좋았으며, 평지는 농지로 활용해 식량을 확보하기 위해서이다.

12세기 들어 수리야바르만 2세(Suryavarman II)는 인도차이나 반도를 지배하고 제국을 건설한다. 앙코르는 명실상부한 제국의 수도였고, 인구가 100만 명에 육박할 정도로 번성했다. 이 정복왕은 앙코르에 동서 1.5km, 남북 1.3km 규모의 왕궁인 와트를 건설한다. 뒤이어 왕위에 오른 자야바르만 7세는 와트 중앙에 사원인 톰을 건설했다. 습지를 석재로 매립하면서 수리시설로 수십km의 배수로와 해자, 그리고 거대한 집수호(集水湖)를 설치한다. 그다음 웅장한 석조 신전을 지었다. 석재는 40km 떨어진 쿨렌산에서 채석했다. 개당 1~1.5t짜리 석재를 수송하기 위해 수로의 폭을 넓히고 바닥을 깊이 파냈다. 수로 변 수림이 잘려나갔다. 광활한 열대우림에 이 정도 벌채는 대수롭지 않아 보였을 것이다.

그러나 아니었다. 수로가 넓어지면서 물 흐름이 빨라지자 우기에는 홍수가 덮치고, 건기에는 수로의 바닥이 드러난다. 해마다 겪는 물난리와 가뭄이 제국을 혼란에 빠뜨리자, 인접 부족이 넓혀놓은 수로를 이용하여 침입한다. 크메르 제국은 안팎으로 시달리다 몰락했다. 새 주인도 앙코르와트를 감당하기 어렵게 되자 떠나버리고, 밀림의 원숭이가 무려 400년간 주인 노릇을 했다.

1861년 프랑스 식물학자 앙리 무어가 전설의 제국을 탐사하고 난 후에야 이곳이 세상에 알려졌다. 수도 앙코르의 시가지는 대부분 목조로 지어져 사라졌지만, 와트와 톰은 석조 건축물인 데다 외곽의 해자와 내부의 배수로 덕분에 나무뿌리의 공격을 막을 수 있었다. 몇몇 석조물은 나무줄기에 칭칭 감긴 채 발견되어 신비감을 더했고, 오늘날 세계 문화유산으로 지정되어 세계적인 관광지로 사랑받고 있다.)[65]

65) 「식물의 인문학: 숲이 인간에게 들려주는 이야기」, 박중환, 한길사, 2014, p.204~306.

[〈프랑스가 앙코르와트 발견에 주도권을 쥔 이유는?〉

일반적으로 프랑스인에 의한 앙코르 발견 이야기는 1860년(1858년부터 인도차이나의 메콩강을 따라 탐사를 시작했다)에 캄보디아를 방문해 유적군의 존재를 구미에 전한 식물학자 앙리 무오(Henry Mouhot, 1826~1861.10월 악성말라리아로 사망)로부터 시작된다. 프랑스 해군 대위 루이 들라포르트(Louis-Marie Delaporte, 1842~1925)는 1866년에 메콩강 유역을 탐사했고, 1873~1874년에 수행된 유적 조사를 하고 소장품들을 프랑스로 가지고 갔다.(p.17·29)

1860년대에 앙코르 유적을 방문한 서구인은 프랑스인뿐만이 아니었다. 1864년에는 독일의 민속학자 아돌프 바스티안(Adolf Bastian, 1826~1905)이, 1866년경에는 청나라를 방문한 사진가로 알려져 있는 스코틀랜드 출신의 존 톰슨(John Thomson, 1837~1921)이 앙코르 유적을 찾아가 사진에 담았다. 1876년에는 영국의 유명한 건축사가 제임스 퍼거슨(James Fergusson, 1808~1886)이 『인도와 동아시아의 건축의 역사』(『건축사』 제3권)를 간행하여, 앙코르 유적의 건축물을 높이 평가했다. 그러한 의미에서 1866년에 앙코르 유적을 방문해 1880년에 저서 『캄보디아 여행, 크메르의 건축』을 낸 들라포르트는, 재발견자로서는 세 번째 혹은 네 번째에 해당한다.(p.29)

프랑스는 1887년에 통킹(Tonking)·안남(Annam)·코치시나(당시 베트남 남부)·캄보디아를 보호국으로 하는 '프랑스령 인도차이나 연방'을 구축해(1893년에는 라오스도 병합), 20세기 중반까지 이 지역을 식민지 지배했다.(사실상 그보다 20년 이상 전부터 이 지역의 실질적인 식민지화는 진행되고 있었다. p.582)

이 시기에 앙코르 유적은 프랑스 연구기관에 소속되어 있던 프랑스인 고고학자들이 거의 독점적으로 조사했다. 인도차이나에서 근대적인 의미의 고고학은 프랑스에 의해 개시되었고, 학술적 조사와 보존활동이 이루어졌으며, 동시에 대량의 유물이 프랑스로 이송되었다.(p.19)][66]

---

66) 『앙코르와트: 제국주의 오리엔탈리스트와 앙코르 유적의 역사 활극(Orientalist no Yuutsu, 2008)』 후지하라 사다오, 동아시아, 2014.

미얀마 여행

미얀마(Myanmar)는 인구 약 5,400만 명의 국가로 버마족(68%)·샨족(9%)·카렌족 등의 다양한 민족으로 구성되어 있으며 대다수(89%)가 불교를 믿는다. 1989년 6월 버마(Burma)에서 미얀마로 국명을 바꿨다.

미얀마는 한때 잘나가던 나라였다. 영국 식민지 상태에서 독립한(1948년) 뒤 풍부한 천연자원을 바탕으로 경제 성장을 구가하며, 최초의 개발도상국 및 아시아 출신 유엔 사무총장 우탄트(U Thant, 1961~1971 UN 사무총장 2연임, 1909~1974)를 배출한 나라였다. 하지만 1962년 쿠데타 이후 버마를 통치한 군사정권은 40년 이상 반정부 세력에 대한 고문과 살인, 불법감금, 강간 등을 자행하면서 국제사회로부터 고립돼 왔다. 요즘 미얀마는 인종탄압으로 악명이 높다. 미얀마의 실권자인 노벨평화상(1991년)을 받은 아웅산 수지(Aung San Suu Kyi, 1945~)마저 노벨상을 박탈해야 한다는 비판을 받을 정도로 욕을 먹고 있다.

카렌족(Karen People)과 로힝야족(Rohingya People)의 문제가 가장 큰

이슈가 되고 있다. 먼저 카렌족이다.

〔〈태국 속의 미얀마, 고향을 떠난 카렌족 사람들의 고달픈 삶〉

태국 서부에 있는 미얀마 접경도시 메솟에 가보지 않았다면 우리도 미얀마에 관심을 갖기 어려웠을 것이다. 태국 북서부의 유명관광도시 치앙마이에서 차로 7시간을 달려야 닿을 수 있는 도시 메솟. 우리가 이곳을 찾은 이유는, 이곳이 태국 속의 미얀마이기 때문이었다.

미얀마 땅이 바로 강 건너인 이 도시는 인구 10여 만 명 중 60~70%가 미얀마 출신의 불법체류자다. 길거리와 시장을 다녀보니 얼굴에 허연 흙 같은 것을 묻히고 다니는 미얀마인들이 행인의 대다수였다. 메솟뿐 아니라 미얀마와 국경을 접한 태국 서부의 다른 굴에 허연 흙 같은 것을 묻히고 다니는 미얀마인들이 행인의 대다수였다. 메솟뿐 아니라 미얀마와 국경을 접한 태국 서부의 다른 도시의 사정도 이와 비슷하다고 한다. 군사정권의 폭정을 못 이긴 미얀마인들이 목숨을 걸고 국경을 넘은 결과다. 일부는 산속에 들어가 난민촌을 꾸렸다.[67]

차를 타고 메솟 북쪽으로 구불구불한 산길을 1시간 반쯤 달리면 나오는 멜라 난민 캠프. 미얀마의 소수민족 중 하나인 카렌족 난민 5만여 명이 모여 사는 곳이다. 여기를 찾은 건 2007년 9월 민주화를 요구하는 스님들의 시위가 일어나기 7개월 전인 2월이었다. (…)(이용수 조선일보 국제부 기자)〕[68]

---

67) KBS1 '특파원현장보고' 2018.2.24. 방송
난민생활 30년째인데, 공식적인 난민 인정도 못 받고, 출생한 아이들은 무국적이라 취업 등도 할 수 없는 상황 카렌족은 쓰레기 하치장 인근에 촌락을 이루어 사는데, 악취 속에서 쓰레기 무덤을 뒤지며 하루하루를 힘겹게 살아간다.
68) 『우리는 천사의 눈물을 보았다』 박종인 등 8인, 시공사, 2008, p.103~104.

로힝야족은 미얀마의 벵갈리 무슬림이다. 1947년 미얀마 정부를 상대로 자치운동 벌이는 등 계속된 투쟁을 했으나 1982년 미얀마 군사정부는 로힝야족의 시민권을 박탈해버렸다. 그들은 미얀마 서부 라카인주 등에 120여 만 명 거주했는데, 2012년 10월 이후 탄압의 수위가 심각한 지경에 이르자 태국·방글라데시·인도 등으로 탈출하기 시작했다. 2018년 8월말 현재 로힝야족 전체 인구의 절반이 넘는 약 70만 명이 국경을 넘은 것으로 추산된다.

〔〈로힝야족 학살 두둔 아웅산 수치 "노벨상 철회 불가"〉

미얀마 정부의 로힝야족 '인종청소'를 두둔한 최고 실권자 아웅산 수치 국가자문역의 노벨평화상 수상을 철회해 달라는 청원 운동과 관련해 노벨상을 주관하는 노벨위원회가 '불가' 판정을 내렸다. 노벨위는 8일 언론발표문을 내고 "노벨상 창설자인 알프레드 노벨의 의지와 노벨재단 규칙 등을 살펴본 결과 수상자의 자격 철회 가능성을 부여하고 있지 않다"고 밝혔다. 위원회는 이어 "상을 수여한 뒤 이를 빼앗는 방안을 고려해 본 적이 없다"고 덧붙였다.

최근 인종청소 논란에 휩싸인 로힝야족 사태를 놓고 수치 자문역의 책임론이 불거지면서 그의 노벨상 수상을 박탈해야 한다는 온라인 청원운동이 진행돼 현재까지 38만6,000여 명이 서명했다. 수치 자문역은 군부독재에 항거해 미얀마 민주화운동을 이끈 공로로 1991년 노벨평화상을 받았으며, 2012년 총선에서 그가 이끄는 민주주의 민족동맹(NLD)이 승리하면서 최고지도자 반열에 올랐다.

그러나 수치 자문역은 로힝야족을 강경 진압하는 군부를 줄곧 두둔해 국제사회의 거센 비난을 사고 있다. 최근에는 자신이 관장하는 정보위원회 성명을 통해 "외신이 (로힝야족 거주지인) 서부 라카인 지역에서 진행 중인 미얀마군의 작전과 관련해 거짓

기사를 쏟아내고 있다"며 학살 사태를 '가짜뉴스'로 치부했다.(…)]^69)

69) 「한국일보」 2017.9.9. 김이삭 기자.

제7장

유럽권 여행

Lee Sang Joon · Knowledge Series 1

Only he who is prepared to go on a trip will escape
from the paralysis of the habit that is binding himself.

여행을 갈 준비가 된 사람만이 스스로를 구속하는 습관을 마비시키는 것에서 벗어날 수 있다. (헤르만 헤세)

.
.
.

유럽연합(EU)과 유로존(Euro Zone)

유럽연합(EU, European Union)은 EU에 가입한 28개국을 일컫는 말이며, 유로존(Euro Zone)은 '유로(Euro)' 화폐를 법정통화로 사용하는 나라를 말한다. '유로(Euro)'는 유럽연합 28개국 중 영국·덴마크·스웨덴·불가리아·체코·헝가리·폴란드·루마니아·크로아티아 등 9개국을 제외한 19개국이 사용한다. 유럽연합에 가입하지 않은 모나코·산마리노·바티칸 시국·안도라 등 4개국도 '유로화'를 법정통화로 사용하므로, 총 23개국이 유로존(Euro Zone) 국가다.

스위스는 EU 회원국도 아니고 유로존도 아니므로 스위스 프랑(SFr.)이 법정통화임은 당연하다. 각국을 방문할 경우 외화 준비에 참조하시길.

또한 '위기로부터의 탈출'을 뜻하는 '크렉시트(Crexit)'와 나라 이름을 합성한 용어가 유럽연합(EU)과 관련하여 만들어져 있다. 진행 중인 '브렉시트(영국의 EU 탈퇴, Brexit)'와 자주 거론되는 '그렉시트(그리스의 EU 탈퇴, Grexit)'가 그 예이며, 심지어 이탈리아의 유럽연합(EU) 탈퇴를 의미하는

'이탈렉시트(Italexit)' 가능성마저 거론된다. 영국은 2019년 3월 탈퇴 예정인데 세부적인 일정은, 2019년 3월부터 2021년 말까지의 전환기를 거쳐 2022년부터는 완전 탈퇴하는 일정이다.

셍겐 조약(Schengen Agreement)과 더블린 조약(Dublin Regulation)

유럽 여행에서 편한 것 중 하나가 각 나라의 국경을 통과할 때 여권을 일일이 보여주는 번거로움이 없다는 사실이다. 미국에서 각 주의 경계를 지날 때와 비슷하다. 유럽 내 자유왕래는 짧은 기간이지만 경제적 유인 때문에 빠르게 정착된 제도다. 유럽인들끼리 교류가 잦아지면서 국경을 넘나들 때 불편함을 느끼기 시작했다. 유럽의 몇 나라가 국경 통과를 위해 여권을 들고 줄 서서 기다리며 시간과 비용을 허비하는 비능률에 주목했다.

'셍겐 조약(Schengen Agreement)'이란 유럽 연합 회원국 간 국경 시스템을 최소화하는 국경 개방 조약이다. 유럽 각국의 자유로운 인적 교류를 목적으로 가입국 간 국경을 철폐하고 정보를 교류한다는 것으로, 국가 간 이동의 자유를 보장한다는 조약이다. 셍겐은 유럽의 울타리를 없애기로 유럽 정상들이 합의했던 룩셈부르크 남동부에 위치한 작은 마을이다.

〔1985년부터 룩셈부르크의 셍겐 합의에 따라 프랑스, 독일 그리고 베네룩스 3개국은

서로 자유롭게 통제 없이 여행객을 통과시켰다. 1990년 셍겐에서 세부 사항을 추가했다. 그리고 1997년 암스테르담 조약을 통해 마침내 EU법으로 발효시켰다.

현재 26개국이 셍겐 조약을 시행하는데, 그중 스위스·아이슬란드·노르웨이·리히텐슈타인(Liechtenstein) 4개국은 EU 회원국이 아니다. 특히 스위스는 국경을 드나들 때 불편하다는 이유로 관광수입이 급감하기 시작했다. 그러자 2008년부터 셍겐 조약에 가입했다.

반면 셍겐 조약에 가입하지 않은 영국의 국경을 통과하려면 여권에 스탬프를 찍어야 한다. 파리에서 영국으로 가는 유로스타(Eurostar)에 탑승하려면 여권과 짐을 꺼내는 절차를 밟아야 한다.

최근에는 유럽 각국이 셍겐 조약의 자유이동 원칙 때문에 외부로부터 들어오는 난민 대처 문제로 딜레마에 빠져있다. EU 영내 국가를 통과하여 들어오는 여행자의 자국 진입을 원칙적으로 막을 수 없기 때문이다.」[1]

'더블린 조약(Dublin Regulation)'은 유럽연합(EU) 소속 국가들의 난민과 망명에 대한 공동 조약이다. 협약국 중 난민신청자에 대한 심사를 어떤 나라에서 책임질 것인지와 관련 절차 등을 규정한다.

더블린 조약은 1990년 6월 15일 아일랜드 더블린에서 유럽연합 12개국이 서명한 더블린 컨벤션(Dublin Convention)에서 시작되었다. 더블린 컨벤션은 1997년부터 발효되었으며 현재 유럽연합 소속 국가 28개국을 포함해 총 32개 유럽 국가가 더블린 조약 III에 가입돼 있다.

---

1) 『유럽넛셸(Nutshell)』 조영천, 나녹, 2017, p.305~306.

더블린 조약에 따라 EU 국가에 들어오는 난민은 처음 입국한 국가에서 망명을 신청한다. 더블린 조약은 난민신청자의 입국·체류에 가장 큰 역할을 한 회원국에 난민심사를 맡긴다. 한 국가에서 난민 신청을 처리해 중복 신청을 막고 심사를 원활하게 처리하기 위해서다. 만일 특정 국가에서 이미 난민 신청을 한 난민이 다른 나라로 들어가 다시 신청한다면, 해당 난민은 처음 난민 신청한 국가로 이송 조처된다. 더블린 조약은 'EURODAC(European Dactyloscopy)' 시스템을 통해 14세 이상 난민의 지문을 등록한다. 'EURODAC'은 더블린 조약을 실행하기 위해 마련된 생체 측정 데이터베이스이다.

"그러나 난민이 지중해를 거쳐 처음 도착하는 EU 국가인 이탈리아, 그리스 등은 '더블린 조약'에 불만을 드러내왔으며, 항구적인 난민 정착 지원 메커니즘을 요구해왔다. 또 망명 신청이 외부 국경을 둔 국가에 몰리는 것을 막기 위해 EU의 다른 나라에도 '보호 센터'를 만들어야 한다고 주장한다.

이에 대해 앙겔라 메르켈 독일 총리는 '우리는 난민들이 처음 도착하는 국가들에 홀로 이 문제를 떠넘길 수 없다'면서도 난민들이 EU 회원국 가운데 망명을 신청할 국가를 자의적으로 선택하는 이른바 '망명국 쇼핑'은 없어야 한다고 역설했다."[2]

하여튼 밀려드는 난민 때문에 유럽은 심각하게 골머리를 앓고 있으며 세부적인 방책을 논의하고 있지만, 어디까지나 그 기본법은 '더블린 조약'이다.

---

2) 「세계일보」, 2018.6.25, 〈EU 16개국, 난민 문제 해결 위해 긴급 회동…伊 '더블린 조약' 급진적 변화 요구〉

이탈리아 나폴리 · 소렌토의 카프리 섬

'카프리 섬(Island of Capri)'은 이탈리아 여행을 할 때 꼭 가볼 만한 곳이다. 영국 찰스 황태자와 다이애나의 신혼 여행지이며, 세계 유명인사(Celebrity) 들의 휴양지로도 유명하다. 나폴리 항에서 카페리(Car Ferry)를 타면 50분 가량 걸리지만, 지중해의 휴양지 소렌토(Sorrento)에서는 25분가량이면 갈 수 있는 진주처럼 아름다운 곳이다. 그러나 이 섬은 아픈 역사를 품고 있는 섬이다. 지금 눈앞에 있는 아름다운 풍경도 즐기는 한편, 과거의 민낯도 되새겨보기 바란다.

〔〈이탈리아 황제의 휴양지 카프리 섬(Island of Capri)의 민낯〉

이곳의 관문인 마리나 그란데(Marina Grande)에 내리면 아나카프리(Anacapri)에서 가장 높은 솔라로산(Solaro Mount, 589m)부터 가보기를 권한다.

오르는 길에 카프리 섬에 첫발을 디딘 아우구스투스 황제의 동상도 볼 수 있다. 이곳은 로마제국이 들어서기 이전부터 로마의 귀족들이 즐겨 찾던 휴양지이기도 하다. 이곳이

252

2,000년 전 로마 황제들의 환락을 위한 놀이터였다고 누가 상상이나 할 수 있을까? 로마제국의 황제들이 암살 위험을 피하려 찾아든 은신처이자, 성적 욕망의 분출구로 사용했던 곳이라니. 그 섬 위를 가르며 올라가는 리프트 위에서 권력의 흥망성쇠의 부질없음과 숨이 멎을 정도의 절경과 묘하게 잘 어울린다. 하늘과 바다를 품은 카프리 섬은 그 옛날 로마인에게나 우리 현대인의 눈에나 아름답게 보이기는 마찬가지인가 보다. 이 섬을 처음 아우구스투스 황제와 티베리우스(Tiberius) 황제에게 권한 사람은 대단한 안목의 소유자였음에 틀림없다.

그렇지만 이 섬은 정적에게서 자신을 보호하고 사람의 시선을 피하려 사용한 은신처 였다. 물도 없고 아무도 살지 않던 이 섬이 화려하게 변모했다. 하지만 오래도록 간직 했던 섬의 순수한 아름다움은 감추고 싶은 흔적을 드러낸다. 그곳은 바로 카프리 섬의 동북쪽 334m 고도의 절벽에 있는 황제의 은신처 주피터 빌라(Villa Jovis=Jupiter)다. 그리스 신화에서 최고의 신 '제우스의 궁전'이란 의미를 지녔다. 서기 27년 티베리우스가 완성한 7,000㎡쯤 되는 규모의 궁전이다. 그 화려하고 은밀한 곳에서 티베리우스 황제로부터 네로(Nero) 황제까지 초기 로마제국의 통치자들의 정신세계가 흔들린 것은 아닌지! 로마제국의 초대황제 아우구스투스(Augustus)는 기원전 27년부터 서기 14년까지 거의 40년을 통치했다. 그의 양아들 티베리우스는 56세가 되어서야 황제의 자리에 앉을 수 있었다. 장군으로서 많은 공을 세웠지만 그에게는 약점이 있었다.

아우구스투스 황제의 친아들이 아니라는 사실이었다. 그의 친어머니 리비아(Livia)의 도움이 없었다면 황제의 자리는 가능하지 않았을 것이다. 티베리우스는 로마의 생활에 관심이 없었다. 로마의 상원 즉 원로원과 갈등도 심했다. 그는 권좌에 오른 지 12년 만에 로마를 등지고 카프리 섬으로 떠나 77세로 죽을 때까지 로마로 돌아가지 않았다. 그의 어머니 리비아의 간섭에서 벗어나고 싶어서였을 것이다. 40년을 넘게 로마 심장부를 지켜온 그 어머니의 영향력 때문인지 정적들은 그를 "리비아의 아들"로 부르며 폄하했다. 문학·철학·예술 등에 조예가 깊은 장군으로서 50세가 넘어 권좌에 오른 그가 세상을 모르는 철부지였을 리 만무하다. 어머니의 간섭과 정적들의 시기질투를 받은 자신의 처지가 한심하고 답답했을 것이다.

카프리 섬은 먹을 물도 귀했던 무인도였다. 로마의 사학자 수에토니우스(Suetonius)에 따르면 티베리우스 황제가 그곳에 주피터 빌라를 건축하여 쾌락과 공포의 섬으로 만들었다. 로마에 있는 정적들을 초대하여 가파른 낭떠러지 아래로 밀어 던져버렸다. 물론 이 섬으로 어린 남녀들도 데리고 왔다. 티베리우스를 싫어하는 정적들에게는 장엄하고 사치스런 주피터 빌라가 더없이 좋은 가십거리였을 것이다. 로마에 있는 귀족들은 섬에 있는 노인네가 무슨 힘이 있어서 여자들을 거느리겠냐며 비아냥거렸다. 하지만 그 섬에서만큼은 용맹스러웠던 티베리우스는 어린 남녀들과 함께 환락의 도가니 속으로 빠져들었다. 주피터 빌라의 흔적은 그때의 화려함과 은밀함을 조용히 드러낸다. 아마도 그의 '타락한' 섬 생활은 황제의 정치적 위상을 끌어내리려는 정적들에 의해 더 부풀려졌을 것이다. 티베리우스는 어린아이와 귀족을 성적 학대하는 사디스트적 성향까지 있었다고 한다. 심지어 섬으로 초대한 귀족들의 성기를 묶고 그들에게 와인을 마시게 한 후 화장실도 못 가게 했다는 설도 있다.

성인잡지인 「펜트하우스(Penthouse)」는 1979년에 「칼리굴라(Caligula)」라는 성인 영화를 통해 그 시대상황을 적나라하게 보여준다. 칼리굴라는 티베리우스의 뒤를 이은 황제다. 폭군으로 유명한 네로 황제도 카프리 섬에서 어린 시절을 보냈다. 네로 황제의, 자신의 어머니와 첫 번째 부인을 죽인 일 같은, 부끄러운 행각은 더 이상 설명이 필요 없다. 예나 지금이나 어린 시절에 보고 배운 가정교육이 얼마나 중요한가는 네로 황제의 행적이 그대로 보여준다. 아우구스투스의 딸 줄리아도 가족을 등지고 광적으로 불륜을 저지른 왕족의 반항아였다. 이와 같이 기원전 27년 아우구스투스 황제부터 네로 황제의 재위 서기 68년까지 95년여 동안 줄리오 클라우디안 왕조(Julio-Claudian Dynasty)가

254

행한 통제 불능의 행태는 로마제국의 장래를 의심케 할 지경에까지 이르렀다.

카프리 섬에서 벌인 황제들의 쾌락 추구와 왕족들의 비행 그리고 네로 황제의 폭정 등은 로마 귀족들과 시민들에게는 분노와 실망감을 주기에 충분했다. 로마인들은 제국의 황제나 그의 가족들이라는 이유로 시민 위에 군림하며 권력을 남용하는 폐단에 피로감을 드러내며, 과거 고대 공화정(Republic) 체제의 장점을 동경하기 시작했다. 이를 계기로 황제는 원로원(상원)과 시민의 마음을 헤아리며 통치해야 존경받을 수 있다는 교훈을 다시 한 번 되새기게 되었다.

결국 네로 황제 이후 황제의 자리는 그 아들에게 계승되었지만 원로원 즉 상원과 '군대'의 승인이 필요했다. 황제의 아들이어서 대를 잇는 자동승계는 더 이상 받아들여지지 않았다. 훗날 세르비아 출신이나 군인 출신 황제가 나타나는 데 물꼬를 트는 출발점이 되었다. 세상일이란 한바탕 홍역을 치른 후에나 정신을 차리고 변화하는 모양이다.

티베리우스 황제는 화려한 전공(戰功)을 세운 장군 출신으로서 합리적인 인물이라는 평가와 존경을 받았다. 아우구스투스 황제의 친아들이 아니면서도 그는 어머니의 후광으로 뒤늦게 황제 자리에 올랐다. 하지만 실권도 없었고, 귀족들로부터 존경도 받지 못했다. 차라리 장군으로서 원로원의 한 사람인 채 있었다면 오히려 더 행복한 삶을 살 수 있었을지 모른다. 귀족들은 그를 단지 허울 좋은 '바지사장'처럼 여겼던 것 같다. 하는 수 없이 그는 카프리 섬으로 떠나는 선택을 했다. 어머니 리비아 드루실라(Livia Druslla)가 16세에 그를 낳았기 때문에, 어떤 면에서는 같이 늙어가는 처지였다. 어머니 리비아는 87세까지 천수를 누렸다. 그때 그의 나이 71세였다.

이와 같이 로마제국의 출발은 티베리우스 황제가 카프리 섬에서 보여준 파격적 행태에 나타났듯이 내부적으로 약간 혼란스러웠다. 그렇지만 시저에 이어 아우구스투스가 이룩한 로마제국은 네로 황제 이후 서기 180년까지 번영의 시대를 맞았다. 전체적으로 기원전 27~서기 180여 년까지 206년 동안 유럽이 로마의 깃발 아래 있게

되는데, 이를 '팍스로마나(Pax Romana)[3] 시대라고 부른다.)[4]

3) 『시사에 훤해지는 역사: 남경태의 48가지 역사 프리즘』, 남경태, 메디치, 2013, p.42~44. 〈혈통에 집착한 대가: 팍스 로마나는 100년도 안 된다〉

로마가 작은 도시에서 벗어나 이탈리아 반도를 통일한 것은 기원전 3세기였고, 그 뒤 지중해 세계를 제패할 때까지도 로마는 공화정을 취했다. 그러다가 기원전 27년 아우구스투스가 3두체제를 끝내고 초대 황제가 되면서 로마는 비로소 제국이 된다. 3두체제는 옥타비아누스·안토니우스·레피투스가 공동으로 집권하던 체제다. 이 권력 다툼에서 옥타비아누스가 승리해 로마제국의 초대 황제인 아우구스투스(Augustus, '존엄한 자(The Divinely Favoured One)'를 뜻함)가 되었다.

그때부터 제국의 명패는 올렸지만, 로마 제국이 명실상부한 제국이었던 기간은 길게 잡아 200년 정도이며, 더 짧게 잡으면 서기 96년부터 180년까지 100년도 되지 못한다. 후대의 역사가들은 이 84년의 기간을 팍스 로마나(Pax Romana), 즉 로마의 평화라고 불렀는데 지금은 거의 고사성어처럼 사용되는 용어다(예를 들어 미국이 주도하는 평화를 팍스 아메리카나라고 말하는 것도 거기서 유래했다). 이 말에서 알 수 있듯이 그 시기에 로마는 평화와 번영을 누렸고, 영토도 사상 최대의 규모에 도달했다. 또한 그 시기에 재위했던 5명의 로마 황제들은 모두 인품도 훌륭하고 치적도 뛰어났으므로 5현제(賢帝)라고 기려진다.

흥미로운 사실은 로마시대 번영의 5현제 시대에는 제위 계승이 양자로 이루어졌다는 점이다. 5현제 가운데 네르바·트라야누스·하드리아누스·안토니누스 피우스 4명이 모두 아들을 두지 못했고, 마지막 5현제인 마르쿠스 아우렐리우스만 아들 코모두스를 얻었다. 그런 탓에 그들은 휘하의 행정관이나 장군들 가운데 믿을 만한 사람을 발탁해 양자로 삼은 뒤 제위를 계승시켰다. 5현제의 한 사람인 하드리아누스는 62세에 52세의 안토니누스 피우스를 양자로 삼았는데, 때문에 아버지와 아들이 10살 차이에 불과한 적도 있었다.

물론 그들이 원해서 '양자 계승제'를 취한 것은 아니다. 어떤 지배자든 혹은 지배자가 아니더라도 자신의 친자에게 권력과 재산을 물려주고 싶은 것은 인지상정이다. 하지만 어쩔 수 없는 사정이었다고 해도 로마 황제들이 양자에게 제위를 계승시킨 것은 제국의 앞날에는 큰 행운이었다. 순전히 혈통상으로만 계승이 이루어지는 경우와 달리 실력과 경험을 갖춘 검증된 지배자가 등장할 수 있었으니까.

〈'팍스 로마나' 오현제의 시대(五賢帝, Five Good Emperors)의 연표〉(이상준)
1대 현제: 네르바(Nerva, 재위 96~98년)
2대 현제: 트라야누스(Trajanus, 재위 98~117년)
3대 현제: 하드리아누스(Hadrianus, 재위 117~138년)
4대 현제: 안토니누스 피우스(Antoninus Pius, 재위 138~161년)
5대 현제: 마르쿠스 아우렐리우스(Marcus Aurelius Antoninus, 재위 161~180년)

4) 『유럽넛셸(Nutshell)』, 조영천, 나녹, 2017, p.18~25.

이탈리아 폼페이의 베수비오 화산 폭발

서기 79년 8월 24일 오후 1시 이탈리아 남부 나폴리(Napoli) 연안에 우뚝 솟아 있는 베수비오(Vesuvio) 화산이 폭발했다. 다음날까지 이어진 18시간 동안의 화산풍에 폼페이(Pompeii)는 완전 전멸되었고, 4m에 이르는 화산재로 완전히 뒤덮였다. 베수비오는 나폴리에서 동쪽으로 약 10km, 기차로 약 45분 이동하면 된다. 나폴리와 폼페이에 걸쳐서 솟아올라 있다.

지리학자 최용주 교수의 글을 통해 폼페이를 조금 더 알아보자.

『서기 79년 8월 24일, 베수비오는 불을 뿜었다. 열광적으로 숭배하던 여신 이시스(Isis)도 이 재앙 앞에서는 아무런 힘이 되지 못했다. 그렇게 폼페이는 묻혔다. 이 재앙으로 3,400명에 가까운 사람들이 죽었다.

활화산 베수비오는 나폴리에서 동쪽으로 약 10km 떨어진 지점에 우뚝 서 있다. 높이는 1,281m. 베수비오가 만들어진 것은 적어도 30만 년 이전이다. 기원전 6000년과 기원전 3500년경에도 화산 폭발이 있었다. 그러나 두 도시(베수비오 남동쪽의 폼페이와

257

서쪽의 헤르쿨라네움)를 화산재 아래 묻어버린 서기 79년의 폭발은 그 재앙으로 너무나 유명해졌다.

베수비오의 폭발과 더불어 묻혀버린 헤르클라네움(Herculaneum)은 베수비오에서 서쪽으로 7km 남짓 떨어져 있던 도시였다. 그러나 23m나 되는 두꺼운 화산재 아래 완전히 묻혔다. 폼페이는 베수비오에서 남동쪽으로 10km 떨어져 있었다. 이곳은 3m 정도만 묻혀 몇몇 건물의 지붕은 드러날 정도였다. 베수비오가 폭발할 당시 화산 분출 기둥의 높이는 무려 32km 정도였을 것으로 추정된다. 그리고 약 20시간 정도에 걸쳐 4㎦에 이르는 화산재가 분출되었다. 폼페이에 비해 헤르쿨라네움에 쌓인 재가 매우 두터운 것은 이 도시가 베수비오에 가까웠기 때문이다.

그것으로 베수비오의 폭발이 끝난 것은 아니었다. 79년의 폭발 이후에도 크고 작은 화산 분출은 계속되었다. 1631년에 일어난 폭발은 3,500명의 생명을 앗아갔다. 1700년대 후반의 분출은 당시 영국 대사였던 윌리엄 해밀턴에 의해 기록되었고, 또한 당시 이탈리아를 여행했던 괴테(1787년 3월, 폼페이 방문)에 의해서도 기록되었다.

20세기 들어서도 1913년과 1944년 사이에 여러 차례의 분출이 있었다. 현재로서는 베수비오의 폭발 징후는 낮다.

헤르클라네움과 폼페이의 폐허는 1590년대에 발견되었다.[5] 그러나 두 도시의 모습이 드러난 것은 1700년대 들어서다.

베수비오의 폭발과 폼페이의 멸망에 대한 가장 생생한 기록은 플리니우스(Plinius, 작가, 서기 23~79)의 편지에서 읽을 수 있다. 작은 플리니우스라고 알려진 편지의 주인공은 숙부인 큰 플리니우스의 비극을 이야기하고 있다. 베수비오와 같이 높은 분출

---

5) 폼페이는 1549년 수로 공사를 하던 한 농부에 의해 고대도시의 지붕이 발견되었고 1748년부터 본격적으로 발굴 작업이 시작되었다.(여러 매체)

258

기둥이 만들어지고 많은 양의 화산재가 덮어버리는 화산 분출을 '플리니안' 분출이라 한다. 이는 바로 베수비오의 폭발을 생생하게 기록한 작은 플리니우스의 이름에서 따온 것이다.)[6]

6) 「가이아의 향기」 최용주, 이지북, 2005, p.44~48.

이탈리아 베네치아

영어로는 베니스(Venice)라고 하는 베네치아(Venezia)는 반드시 가 봐야 할 곳이다. 아니, 소설가 뒤마의 말처럼 죽기 전에 반드시 보아야 하는 도시다. 베네치아는 수상 도시라고 많이 알려져 있는데 원래부터 수상에 지은 것은 아니며, 현재 120여 개(116개? 118개?)의 섬들이 400여 개(409개?)의 다리들로 연결되어 있다. 따라서 동남아의 수상 가옥과는 다르다.

"이탈리아말로 '라구나'라 부르는 개펄지대 또는 석호(潟湖)라 해야 할 이곳으로 사람들이 이주하기 시작한 시기는 지금으로부터 약 1,500년 전인 452년(서로마가 멸망하기 32년 전)이었다.(p.48~49) 연대기에 의하면 828년에 트리부노와 루스티코라는 이름의 두 베네치아 상인이 이집트에 있던 성 마르코 유골을 돼지고기 속에 숨겨왔다.(p.61) 이를 계기로 베네치아는 하나의 나라가 건국되기 시작했는데, 건국 당초부터 이렇게 견고한 지반 조성을 하고 있었던 것은 아니다. 석재의 층은 훨씬 얇았을 것이다. 개펄지대를 돌고 있으면 나무 말뚝이 빽빽하게 바닷속으로부터 서 있고 그 위에 집이 세워져 있는 것을 지금도 조그만 섬에서 볼 수가 있다. 화재의 위험 때문에 목재를 사용하지 않고 대부분의 건물을 석재로 짓게 된 15세기 이후부터 완벽한 지반 조성을 하게 되었을 것이라고 생각한다.(p.74)"[7]

베네치아는 15세기부터 밀라노·피렌체와 더불어 르네상스를 이끌었던 도시다. 수상도시라는 이점에 더해 일찍부터 상업·무역이 발달했기 때문에 그 이전부터 역사적 사연도 많았고, 이 덕분에 르네상스를 이끈 주력도시가 될 수 있었던 것이다. 제4차 십자군원정(1202~1204)의 출발지였으며,[8] 『동방견문록』의 저자인 마르코 폴로가 활약한 도시이고, 동로마제국의 이스탄불(비잔티움)에 있는 성 소피아 성당의 영향을 받아 산 마르코 성당을 건축했으며, '연애 박사'였던 카사노바가 성장했던 도시다. 1797년 베네치아를 점령했던 나폴레옹은 산마르코 광장을 "세상에서 가장 아름다운 응접실"이라 극찬했다고 한다. 중요한 몇 가지를 알아보자.

'이탈리아 베네치아 카니발(Carnevale di Venezia)'은 1월 말~2월 중순에 10일 동안 열리는 가면 축제다. 다른 축제처럼 딱히 개최 장소가 있는 것은 아니며 베네치아 도시 곳곳에서 퍼레이드와 공연을 한다. 1268년 처음 시작되었으며, 사순절의 2주 전부터 열린다.

'황금사자상'을 수여하는 베네치아 국제영화제는 베를린 국제영화제·칸 국

---

7) 『바다의 도시이야기(Storia di Una Cita di Mare, 1995)』, 시오노 나나미, 한길사, 2002, 1권.

8) 『세계화의 풍경들: 그림의 창으로 조망하는 세계 경제 2천 년』, 송병건, 아트북스, 2017, p.62~69.
정치·종교는 물론 경제적으로도 베네치아는 유럽의 중심에 있었다. 베네치아는 아시아와의 무역을 통해 경제적 번영을 구가하던 무역도시였다. 후추와 같은 향신료, 직물, 보석류 등을 아시아에서 수입해 유럽 전역에 판매해 막대한 이익을 거두고 있었다. 그들은 이슬람 세계로부터 복식부기를 들여와 장부 기록에 혁신을 이뤘고, 장거리 해상무역에 따르는 위험에 대처하기 위해 자금을 대규모로 모집하는 일종의 초보적 주식회사를 세우기도 했다. 목재와 부품을 표준화해 선박 건조 능력을 향상시키는 데도 성공했다. 이렇듯 금융업과 해운업, 조선업은 베네치아의 경쟁력을 뒷받침한 일등 공신들이었다. 원정에 필요한 선박을 건조하고 지중해 너머로 원정대를 운송하는 일을 맡기에 베네치아는 적격이었다.

제영화제와 함께 '세계 3대 국제영화제'로 꼽힌다. 내용은 이렇다.

〔〈베네치아와 황금사자〉

중세 이탈리아의 도시국가 베네치아는 일찍이 천 년 전부터 이미지 통합 작업을 시작한 기업 이미지(CI, Corporate Identity) 작업의 선구자였다. 베네치아는 탁월한 광고·마케팅 기법을 구사했다. 중세의 베네치아는 희한한 국가였다. 중세 유럽 국가들 사이에서 마치 황금 유니콘(Unicorn, 일각수)이나 피닉스(Phoenix, 불사조)처럼 매우 독특하고 신비로운 매력을 발휘하고 있었다. 베네치아는 독특한 아이콘을 활용해 후광효과를 톡톡히 보았다. 베네치아가 해상제국으로 발돋움하는 데에는 탁월한 광고 기법이 큰 몫을 담당했다. 전설에 의하면 『신약성서』의 복음서 저자인 성 마르코(Marco·Marcus·Mark, 마가)가 베네치아에서 전도를 한 적이 있었고, 이 전설에 따라 베네치아는 성 마르코를 수호성인으로 삼았다. 성 마르코를 상징하는 동물은 '날개 달린 사자'였다.

「성 마르코 대성당」을 장식한 황금사자상은 오늘날에도 관광객들의 눈길을 사로잡고 있다. 베네치아 국제영화제에서 최우수작품에는 베네치아의 상징인 날개 달린 사자 형상의 '성 마르코 황금사자상(Golden Lion of St. Mark)'이 수여된다.

2008년에는 미키 루크 주연의 「더 레슬러」가, 2007년에는 리안(李安) 감독의 「색, 계(色, 戒)」가 이 상을 받았다. 우리나라에서는 1961년에 「성춘향」을 처음으로 출품한 이래로 1987년 강수연이 「씨받이」로 여우주연상을 받았고, 2002년에는 「오아시스」로 이창동 감독이 감독상을, 문소리가 신인 여배우상을 수상했다. 2004년 「빈집」으로 감독상을 수상한 바 있는 김기덕 감독은 2012년 「피에타」로 황금사자상을 수상했다. 피에타(Pieta)는 이탈리아어로 '자비를 베풀다'란 뜻이다.〕[9]

---

9) 『나의 서양사 편력(1): 고대에서 근대까지』, 박상익, 푸른역사, 2014, p.109~112.

1095년 클레르몽 공회의에서 십자군(Crusades) 선언을 한 후, 1096년 제1차 십자군 원정이 시작됐다. 그리고 1270년 제8차 십자군은 루이 9세의 지휘 아래 이루어졌다. 하지만 루이 9세가 튀니스에서 병사하면서 십자군 전쟁은 끝나게 되었다. 이 중 제4차 십자군 전쟁(1202~1204)은 베네치아에서 집결하여 출발했는데, 예루살렘이 아니라 콘스탄티노플(현 이스탄불)을 침공했다. 내용은 이렇다.

〔제4차 십자군 전쟁은 정말 어처구니가 없다. 이탈리아 베네치아에 모인 각국의 군대는 어이없게도 예루살렘을 향해 간 것이 아니라, 동로마 제국의 수도인 콘스탄티노플을 점령하고 온갖 약탈을 자행했다. 약탈에 참여한 군대나 그들과 결탁한 베네치아의 상인들이나 오직 세속적인 욕망에 불타고 있었다.

결과적으로 콘스탄티노플은 12세기에 인구가 약 100만 명이었는데, 14세기 말에는 약 10만 명으로 줄었다. 결국 200여 년(1096~1291)에 걸친 8차례의 십자군 전쟁은 기독교의 실패로 끝났다.

십자군 전쟁을 계기로 교황의 권위는 크게 추락하였으며, 동로마 제국의 힘이 대폭 약화되었다. 이제 지중해 무역의 주도권은 동로마 제국에서 이탈리아로 넘어왔으며, 피렌체나 베네치아 등 이탈리아의 도시국가들이 큰 부를 얻었다. 그리고 이들 중 피렌체 공화국이 르네상스 시대의 문을 열게 된다.〕[10]

산 마르코 성당(Basillica San Marco)은 베네치아 중심에 위치한 산 마르코 광장 정면에 위치하고 있다. 829~832년에 이집트의 알렉산드리아에서 상인

---

10) 『인문의 바다에 빠져라(2): 서양미술사』 최진기, 스마트북스, 2014, p.84.

들이 가져온 성 마르코 유골의 납골당으로 세워졌다가, 1063~1073년에 산 마르코의 무덤을 덮는 교회로 건축됐다. 산 마르코 성당은 돔을 가진 형식이 특징인 비잔틴 양식의 대표적 성당이다. "신에 대한 존경을 바탕으로 한 웅장함이 있는 초기 기독교 교회와 성당의 양식, 즉 비잔틴 양식이 전부 성 소피아 성당[11]에서 퍼져나간다. 베네치아의 마르코 광장에 있는 성 마르코 성당도 그 모태는 성 소피아 성당이다."[12]

『동방견문록』(1296년 귀국하여 1306년 발간)을 쓴 마르코 폴로(Marco Polo, 1254~1324)에 대해서는 의견이 분분하다. 그가 17년간 몽골의 쿠빌라이 칸의 신하로 일했다는 설도 있고, 콘스탄티노플(이스탄불)까지는 갔다는 의견, 그리고 아예 베네치아를 떠나지 않았다는 의견 등이다. 그리고 마르코 폴로는 엄밀히 말하면 베네치아가 아니라 지금의 크로아티아인이다. 당시 그의 고향이 베네치아의 지배하에 있었기 때문에 그의 출생을 베네치아라고 한 것이다.[13] 하여튼 그는 당대에 이름을 떨쳤던 것 같다. 그와 관련된 주요 내용은 이렇다.

---

11) 『철학 브런치: 원전을 곁들인 맛있는 인문학』, 정시몬, 부키, 2014, p.24.
　　〈오랫동안 이슬람 사원으로 둔갑한 '성 소피아 성당'〉
　　이스탄불의 명칭 변경사는 이렇다. 당초 '비잔티움'→4세기(330년) 콘스탄티누스 1세 황제가 '콘스탄티노플'로 개명→1453년 투르크 술탄 메메트 2세가 점령하여 '이스탄불'로 개명했다.
　　성 소피아 성당은 537년에 유스티아누스(Justianus) 대제가 성당으로 지은 것이다. 900년간 '하기아 소피아'(Hagia Sophia)(성당, '신성한 지혜'란 뜻)→1453년 오스만투르크 점령 후 500년간 '아야 소피아'(Ayasofya)(무슬림 사원)로 명칭과 용도가 변경됐다.
12) 『글로벌 한국사, 그날 세계는: 사건 vs 사건』, 이원복·신병주 등, 휴머니스트, 2016, p.35.
13) 『지식의 반전(The Book of General Ignorance, 2006)』, 존 로이드, 해나무, 2009, p.262.
　　당시 베네치아의 보호령인 지금의 크로아티아의 달마티아 코르쿨라에서 태어났다(크로아티아와 베니스까지의 해상 거리는 150km밖에 안 된다). 출생 당시 이름은 마르코 필리크였다.

〚〈마르코 폴로는 중국을 실제 가지 않았다?〉

20년이 넘도록 멀리 떠나 있던 마르코 폴로는 오랜 항해 끝에 고국으로 돌아와서는 중국에서 얻은 재산으로 갤리선 한 척을 무장하여 당시 베네치아가 제노바를 상대로 벌이던 전쟁에 참전한다. 그러나 해전에서 포로로 사로잡혀 제노바의 감옥에 갇힌다. 바로 이곳에서 그는 자신의 여행 이야기를 감방 동료인 작가 루스티첼로 다 피사에게 들려준다.

그러나 그가 들려주지 않은 얘기로 인해 의문이 더 증폭된다. 그는 중국엘 가지 않았다. 그 이유는 이렇다.

먼저 이 탐험가가 오랫동안(17년간) 체류했다고 주장하는 나라인 중국에서 그의 행적이 극비에 속한다는 점을 지적할 수 있다. 얼마나 비밀스러웠는지, 대단히 잘 보존된 이 제국의 고문서 어디에도 그의 행적이 나타나 있지 않다. 그 자신은 이 나라에서 매우 중요한 임무들을 맡았었다고 말하지만 말이다.(프랜시스 우드 『마르코 폴로는 중국에 갔었는가?』 1996, p.132 이하)

또한 그의 이야기에서, 마치 저자가 이따금 분별력을 잃었거나 방심을 한 듯, 당연히 있어야 할 특정 내용들이 빠져버린 것 역시 놀랍다. 수십 쪽에 걸쳐 중국을 묘사하면서도 만리장성에 대해 한마디도 하지 않는다는 건 사실 놀라운 일이 아닐 수 없다. 더욱이 마르코 폴로는 여러 차례에 걸친 장거리 여행 때 이 대 장성을 몇 번이나 통과한 것으로 알려져 있지 않은가.(전게서, p.96 이하)

또한 마르코 폴로는 극히 사소한 일화들에 주의를 기울이면서도 중국 여인들의 전족(纏足)이나 다례(茶禮), 가마우지 낚시 등등에 대해서는 한마디도 하지 않으며, 대체로 자신이 들른 나라들의 언어적 특성에 주의를 기울이는 그가 상형문자는 존재 자체를 몰랐던 것 같다.(전제서, p.71~74, 69)〛[14]

---

14) 『여행하지 않은 곳에 대해 말하는 법(Comment Parler des Liieux où L'on N'a Pas Été?, 2012)』 피에르 바야르, 여름언덕, 2012, p.27, 35~41.

〔일본 중세는 6세기 이후 나라에서 교토로 수도를 옮기고 '일본'이라는 국호를 처음으로 사용했다. 나라 시절, 중국 황제가 보낸 편지에 '대일본국 황제'라는 구절을 원용하여 그때부터 '야마토' 대신 '일본'을 정식 국호로 사용했다. 일본식 발음은 '니폰'이다.

마르코 폴로는 일본에 가보지는 못했지만 사람들한테 들은 얘기로 『동방견문록』을 썼다. 사람들이 '니펑국'이라고 하는 것을 잘못 듣고 '지팡구'라고 썼기 때문에 'JAPAN'이 됐다.〕[15] [16]

〔마르코 폴로는 이탈리아의 베네지아(더 정확히 말하면, 당시 베니스의 보호령인 지금의 크로아티아의 달마티아 코르쿨라─이상준)에서 상인의 아들로 태어났다.

15살에 아버지와 긴 여행을 떠난다. 폴로 일가는 몽골의 5대 황제 쿠빌라이 칸을 만나기 위해 칸이 사는 캄발룩(북경)을 향해 여행길에 오른 것이다. 십자군 전쟁이 시작된 지 171년 뒤 ─여전히 십자군 전쟁의 와중에 있는 1270년─ 마르코 폴로는 수도사가 아닌 상인으로서 쿠빌라이 칸에게 보내는 교황의 친서를 지니고 있었다. 그는 쿠빌라이 밑에서 17년 동안이나 신하로 일하면서 새로운 세계를 관찰하였다.

26년 만에(1296년) 고향에 돌아온 그는 『동방견문록(Travels of Marco Polo)』(1306, 이 책은 서양에서 성경 다음으로 많이 읽힌 책이다)[17]을 저술하여, 쿠빌라이 칸의 나라

---

15) 『엄마의 역사편지(1)』 박은봉, 웅진닷컴, 2000, p.128~129.
16) 『생각의 융합』 김경집, 더숲, 2015, p.19.
   중국에서 유럽으로 수입된 도자기들은 유럽인들을 매혹시켰지만 엄청난 고가였다. 파손 등의 위험성이 그 희소가치를 더했기 때문이다. 그래서 일상에서 마음놓고 쓰지는 못하고 과시용으로 썼을 것으로 보인다. 그런 습성이 나중에까지 이어져 접시 따위를 장식하는 문화가 생겼을 것이다. 실제로 소문자로 'china'는 도자기를 의미하는 영어 단어가 되었다.
   참고로 'japan'은 칠기를 의미하는 영어단어이다.
17) 『지식의 반전(The Book of General Ignorance, 2006)』 존 로이드, 해나무, 2009, p.263.
   원제는 '일 밀리오네(Il Milione(백만)'이었다. 왜 그렇게 지었는지 불분명하지만, 곧 그 책에는 '백만 가지 거짓말'이라는 별명이 붙었고, 이제 부유하고 성공한 상인이 된 폴로는 시뇨르 밀리오네라고 불리게 되었다('시뇨르'는 '귀족·신사'를 뜻하는 이탈리아어). 원고는 남아 있지 않다.

에 의해 움직이는 다양하면서도 하나로 통합된 세계를 서술하였다. 그가 본 세계는 서유럽을 뺀 아시아·동유럽·아프리카 등을 포함하고 있었다.

몽골이 유라시아 대륙을 제패하고 최초로 세계 체제를 형성한 13세기경, 팍스 몽골리카의 충격은 서양을 암흑의 잠(중세)에서 깨어나게 했다. 당시 양쪽('팍스 몽골리카'와 '유럽') 문물의 차이는 현재 선진국과 후진국의 격차 이상이었다.

마르코 폴로가 사망하고 두 세기가 지나 유럽은 바야흐로 대 항해의 시대를 맞는다. 콜럼버스는 『동방견문록』의 1485년 개정판의 초판본을 가지고 항해를 떠난 것이다.)[18]

우리가 '바람둥이'의 대명사로 알고 있는 300년 전의 이탈리아 베네치아의 글쟁이 '카사노바(Giacomo Casanova, 1725~1798)'는 '유혹'의 원조였다.[19] "베네치아 출신으로 30년간 유럽 각국을 여행하며 120명의 여성편력을 가진 남자이다. 그는 강제로 여인을 취한 적이 없고 여인 스스로 무너지게 만들었

---

18) 「실크로드, 길 위의 역사와 사람들」 김영종, 사계절, 2010, p.269~283.
19) 「이야기 인문학」 조승연, 김영사, 2013, p.27~28.
〈영원한 여자의 편이었던 남자 카사노바, 소설 속에 등장하는 가공인물 돈 주앙〉
카사노바와 쌍벽을 이루는 또 하나의 바람둥이의 대명사로 '돈 주앙(Don Juan)'이 있다. 실존인물이었던 카사노바와 달리 돈 주앙은 소설 속에 등장하는 가공인물이다. 그런데 대중에게 너무 인기가 많아 수많은 소설에 반복적으로 등장하면서 더욱 유명해졌다. 가공의 인물이다 보니 이름을 부르는 발음도 다양해서 '돈 주앙' '돈 후안', 또 이탈리아어로 '돈 조반니' 등으로 불렸다. 따라서 모차르트의 유명한 오페라 극인 '돈 조반니' 역시 이탈리아어로 '돈 주앙'을 뜻한다. '주앙'은 사실 우리가 잘 아는 영어 이름 '존(John)'의 스페인식 발음이기도 하다. 그러니까 '돈 주앙'은 '존 경'이라는 뜻이다.
'돈 주앙'이라는 인물은 1600년대 스페인의 한 수도승이 쓴 희곡에 처음으로 등장했다. '돈 주앙'은 신앙심 깊은 아버지에 대한 반발심으로 가출해서 아버지와 정반대의 인생을 살기로 했다. 그는 신앙심으로 혼전순결을 철석같이 지키려는 여자들을 빼도 박도 못하는 상황으로 몰아붙여 스스로 순결을 포기하게 만든 후 그녀들의 심리적 갈등을 즐기는 몹시 사악한 남자가 되었다. 물론 신부님이나 수도승이 쓴 초기 버전에는 아버지가 돌아가시자 눈물 흘리며 후회하고 다시 바른 길로 돌아간다고 되어 있다. 하지만 사람이란 늘 악당에게 끌리는 법, '돈 주앙'은 오히려 아버지와 갈등을 겪는 청년들의 아이콘이 되었고, 하지 말라는 것은 더 하려고 하는 어두운 욕망의 상징이 되었다.
그래서 같은 바람둥이라도 여자와 동등한 위치에서 대화를 즐기고, 신사답게 대하며 쿨하게 만난 뒤 헤어지고, 가부장적인 질투나 유치한 백년가약도 모두 거부하는 '카사노바'와, 분노와 반항의 상징이자 어두운 욕망을 주체하지 못하고 여자와 자신을 파멸로 이끄는 '돈 주앙'은 절대 동의어로 사용되지 않는다.

다. 그의 여인들은 그가 떠난 후에도 그를 비난하지 않았다. 그에게는 다음과 같은 비법이 있었다. 첫째, 상대의 가치를 우선적으로 높여 주었다. 둘째, 바이올린·시구 등 예술을 활용했다. 그의 명제는 '사랑은 주는 만큼 돌아온다'였다. 그의 여인 중에는 종교재판관이나 성직자의 부인이 특히 많았는데 그 이유는, 답답한 틀보다 자유분방한 분위기를 선사함에 따라 신선도가 더 컸기 때문이다."[20] "그는 베네치아에서 어린 시절을 보내고 학교를 다녔으며 청춘의 꿈을 키우기도 했다. 그러나 1757년 피옴비 감옥(신성한 종교를 모독했다는 죄로 1756년 10월부터 1년간 수감)을 탈출한 이래 단 2차례 고향땅을 밟았을 뿐 다시 들르지는 못했다."[21]

베네치아는 많은 사연을 안고 있는 도시다. 그러니 도시의 내면을 보라고 강조하는 아래 마리아 릴케의 글을 소개하면서 마친다.

〔〈베네치아를 여행한다면 시인 마리아 릴케처럼〉

독일 시인 라이너 마리아 릴케(Rainer Maria Rilke, 독일 시인, 1876~1926)가 이탈리아 베네치아에 머물며 쓴 편지와 시를 묶었다. 릴케는 1897년부터 1920년까지 짧게는 일주일, 길게는 몇 달 동안 베네치아를 방문했다. 그의 글을 엮은 비르기트 하우스테트는 릴케의 글을 나열하는 수준을 넘어 당시 베네치아의 사회상과 문화적 배경에 대한 설명을 풍부하게 곁들였다.

유명한 장소를 찾아가 사진으로 증명을 남기는 판박이 여행에 질린 사람이라면 재밌게 읽을 만하다. 릴케는 당시 유행했던 여행안내서 『베데커』를 비판했다. 꼭 보아야 할

---

20) 『연애낭독살롱』, 이동연, 인물과사상사, 2012, p.242.
21) 『역사와 외인』, 최훈, 자원평가연구원, 2015, p.159~168.

중요한 관광지를 표기한 『베데커』의 형식이 독단적이라는 이유였다. 또 관광객으로 붐 볐던 산마르코 광장에 대해서는 "외지인들이 바보 같은 과장된 백열등 조명을 받으면서 모두 잘난 척 으스대는 것처럼 보인다"고 투덜대기도 했다. 남들이 모두 가는 여행지는 피하고 골목 구석구석 돌아다니길 좋아했던 릴케는 모든 사람이 외면한 유대인 거주지 '게토'를 소재로 단편을 썼다.

챕터마다 베네치아 지도를 삽입했다. 책을 보면서 릴케가 본 베네치아의 모습과 지금 을 비교해 보는 것도 가능하다. 릴케가 편지에서 '도서관을 샅샅이 뒤졌다'고 언급한 대 목에서 그가 찾아갔을 도서관이 어느 곳인지 짚어주는 식이다. 산 마르코 성당을 보고 지 은 릴케의 시를 인용해 교회 건축물의 양식을 설명한 대목도 흥미롭다. 독일의 이탈리아 관광센터는 2006년 이 책을 최고의 이탈리아 여행 안내서로 선정했다. 책 표지에는 릴케 가 지었다고 적혀 있지만, 사실상 엮은이로 표기된 하우스테트가 릴케의 서신을 해석해 서 지은 책이라고 보는 것이 정확하다.)[22]

22) 「동아일보」, 2017.7.8. 김민 기자.
　　〈책「릴케의 베네치아 여행」, 라이너 마리아 릴케/하우스테트 엮음, 열림원, 2017.〉

발칸반도

　발칸반도의 여러 나라를 여행할 경우 이들 나라들 간에 복잡하게 얽혀있는 정치적·민족적·종교적 이해가 선행되지 않고는 쉽박 훑는 여행이 될 수밖에 없다. '발칸전쟁' '코소보 사태' 등 단편적인 용어에는 익숙할지 모르겠으나 체계적으로 지식을 습득할 필요가 있다. 이들 지역은 수많은 굴곡으로 점철된 나라이기에, 역사가 곧 현대사인 것이다. 간략하게 정리하겠다.

　발칸반도는 유럽대륙 남동부에 위치하고 있다. 불가리아 중부에서 세르비아 동부까지 펼쳐진 발칸산맥에서 이름을 따왔는데, '발칸(Balkan)'은 터키어로 '숲으로 덮인 가파른 산맥'이란 뜻이다. 그리스·알바니아·불가리아·코소보를 비롯해서 세르비아 및 유고연방의 일부였던 나라들이 포함된다. 험준한 산악지대인 이곳엔 역사적으로 슬로베니아·크로아티아·세르비아 등 남슬라브계[23] 인종을 비롯하여 루마니아계·알바니아계·그리스계 등 여러 민족이 복잡하게 얽혀 살고 있다. 터키도 발칸반도 끝자락인 이스탄불 인근을 점령하고 있다.

게르만족과 슬라브족의 문화적 교차점이자 유럽과 아시아를 잇는 십자로라는 지정학적 특성 때문에 동서양의 강대국들은 확장과 수축을 거듭할 때마다 이 지역을 짓밟고 지나갔다. 특히 14세기에 오스만 투르크가 400여 년간 이 지역을 통치함으로써 이후 가톨릭교·그리스정교·이슬람교 등 3개 종교와 알바니아계·그리스계·세르비아계·오스트리아계·터키계 등 5개 민족, 4개 언어, 2개 문자권이 뒤섞인다. 이 지역이 민족적·문화적·종교적 모자이크가 형성된 이유이다.

제1차 세계대전 종전과 함께 1918년 크로아티아·슬로베니아·보스니아–헤르체고비나·세르비아 민족이 모여 유고슬라비아라는 단일국가를 이루었지만, 제2차 세계대전 당시 이 지역 대부분이 나치의 침략을 받음으로써 이후 주변국들에 의해 다시 분할되었다. 그리고 종전 후 사회주의 계열의 지도자였던 요시프 티토는 소련의 지원 하에 그리스를 제외한 발칸 반도 6개국(크로아티아·슬로베니아·보스니아–헤르체고비나·세르비아·마케도니아·몬테네그로)과 코소보(Kosovo)·보이보디나(Vojvodina)의 2개 자치주(둘 다 인구 약 200만 명)로 구성된 유고슬라비아 사회주의 연방공화국을 선포한다. 명실상부한 발칸 단일국가가 태동한 것이다. 그러나 내전으로 치달아 결국 해체되고 만다.

---

23) 「실크로드 세계사: 고대 제국에서 G2 시대까지(The Silk Roads, 2015)」 피터 프랭코판, 책과함께, 2017, p.203.
⟨'노예'를 뜻하는 영어 '슬레이브(Slave)'의 어원은 슬라브 종족이다⟩
7세기경, 바이킹족 루시(Russi, 당시 그리스인들과 중동사람들이 바이킹을 루시라고 불렀다. 러시아·Russia는 '루시인의 나라'라는 뜻이다)는 너무도 많은 사람들을 남쪽으로 잡아갔기 때문에 그 잡힌 사람들의 종족 이름인 슬라브가 자유를 박탈당한 모든 사람을 지칭할 때도 쓰이게 됐다. 바로 '노예'를 뜻하는 영어 '슬레이브(Slave)'다.

[유고연방의 해체와 내전사태 요약표]

(1) 1919년(제1차 세계대전 후) 유고슬라비아 단일국가(4국 통합):[24]

크로아티아·슬로베니아·보스니아−헤르체고비나·세르비아

(2) 1946년(제2차 세계대전 후) 유고슬라비아 사회주의 연방 공화국:

그리스를 제외한 발칸반도 단일국가로 출발, 6국 통합과 2국 자치국 체제

{사회계열의 지도자였던 요시프 티토(Josip Broz Tito, 1892~1980)가 소련의 지원

하에 정권을 잡았다.}

1) 통합 6국: 크로아티아: 1991년(6.25.) 독립선언[25]

슬로베니아: 1991년(6.25.) 독립선언

마케도니아: 1991년(12.19.) 독립선언[26]

보스니아−헤르체고비나: 1992년(3.3.) 독립선언

(밀로셰비치: 2000년 10월 대통령 사임.)

---

24) 「흐름을 꿰뚫는 세계사 독해(2015)」, 사토 마사루, 역사의 아침, 2016, p.102~104.
　〈19세기부터 시작된 중 · 동유럽의 민족 문제〉
　나폴레옹이 실각한 후 성립한 빈 체제에서는 러시아제국 황제가 폴란드 왕을 겸했다. 따라서 폴란드는 실질적으로 러시아제국의 지배 아래에 놓였다.
　합스부르크가의 오스트리아제국은 현재의 헝가리를 포함하는 당시 최대의 다민족 국가였다. 오스트리아제국의 영토는 독일인·마자르인(헝가리인은 스스로를 이렇게 불렀다)·체코인·폴란드인·루마니아인·슬로바키아인·우크라이나인·세르비아인·마케도니아인 등 다수의 민족을 아울렀다. 이들 민족이 19세기의 내셔널리즘 안에서 자치와 독립을 요구하는 움직임을 강화했던 것이다.
　1848년 프랑스 2월 혁명은 빈에도 영향을 미쳤으며 제국 내의 슬라브인과 마자르인, 이탈리아인의 민족운동이 거세졌다. 슬라브인은 독립을 요구했고 프라하에서 슬라브민족회의가 개최됐다. 헝가리는 1867년에 자치를 인정받아 오스트리아−헝가리제국이 성립했다.
　오스만제국이 지배했던 발칸 반도에서도 19세기 후반에 커다란 변화가 일었으며, '유럽의 화약고' 양상을 드러내기 시작했다. 1877년부터 이듬해까지 벌어진 러시아−튀르크전쟁에서 오스만제국은 남하정책을 펴는 러시아제국에 패했고, 이후 루마니아·세르비아·몬테네그로가 오스만제국에서 독립했다. 오스만제국은 발칸 반도의 영토 대부분을 그렇게 잃었다.
　1908년에는 오스만제국에서 일어난 혁명의 혼란을 틈타 불가리아가 오스만제국에게서 독립했다. 같은 해 오스트리아가 보스니아 헤르체고비나를 병합했는데, 보스니아 헤르체고비나에는 슬라브족인 세르비아인이 다수 거주했기 때문에 세르비아는 이 병합에 반대했다. 그 후 발발한 발칸전쟁이 제1차 세계대전의 불씨가 되는데, 러시아제국을 리더로 하는 범슬라브주의와 독일 · 오스트리아제국을 중심으로 하는 범게르만주의 사이의 민족적인 대립이라는 구도를 띠었다. 프랑스혁명 이후에 확대된 내셔널리즘이 중 · 동유럽에서 복잡한 민족 문제를 생성해 제1차 세계대전의 배경으로 작용했던 것이다. 이 큰 흐름은 매우 중요하다.

몬테네그로: 2006년(6.5.) 독립

세르비아: 현재는 유고연방 중 세르비아만 남았으며, 아래의 보이

보디나를 자치국으로 두고 있음.

2) 자치 2국: 보이보다나: 제1차 세계대전 이후부터 계속적으로 세르비아에 합병

된 상태였고 자치국 체제만 인정받고 있음.

---

25) 『세상을 향한 눈: 세계를 뒤흔든 최고의 만평들(Un Ceil Sur le Monde, 2012)』, 장크리스토프 빅토르, 문학
동네, 2015, p.38.
〈1991년 6월, 유고슬라비아 전쟁의 시작〉
1991년 6월 25일, 유고슬라비아 사회주의 연방공화국을 형성하는 6개 공화국 중에서 가장 부유하며, 중
부 유럽을 의미하는 '미텔 오이로파(Mittel Europa)'에 속하는 슬로베니아와 크로아티아가 독립을 선언했다.
1989년 5월 이후 슬로보단 밀로세비치가 주도하는 베오그라드 연방정부는 이들의 독립을 인정하지 않았다.
그의 지정학적 계획은 세르비아계가 주류를 이루는 연방군을 활용해 유고슬라비아의 영토를 세르비아계의
분포에 따라 재단하려는 것이었다. 이로 인해 발칸전쟁이 시작됐다.
서구의 언론들이 너무나 간단하게 소개하기는 했지만, 유고슬라비아 전쟁은 종교나 종족 간의 내전이라고
말하기 어렵다. 이 전쟁은 오히려 민족주의 정당들이 주도하는 정치적 전쟁이었고, 불행히도 유럽에 '종족적
순수성'이라는 역겨운 개념을 다시 돌아오게 했다.
26) 〈보스니아 내전〉(1992년 3월~1995년 12월)
1992년 3월 3일 이슬람계 주도로 국민투표 하여 독립선언.
인구 구성: 이슬람정부편 70%(이슬람계+일부 크로아티아계), 세르비아계 30%.
3월 4일 세르비아계가 그들만의 독자적 독립을 재차선언. 밀로세비치의 유고연방군 지원을 받아 이슬람계에
대한 인종청소 시작.
1992년 8월 UN 3만 명 군사개입→휴전과 확전의 계속→ 95년 12월 평화협정체결(독립 쟁취)(보스니아인
400만 명 중 230만 명이 난민 되고 25만 명 사망, 대부분이 이슬람계인 보스니안임)
보스니아-헤르체고비나 공화국(보스니안과 크로아티아계 주된 거주지 중심, 수도는 사라예보)과 스르프스
카 공화국(Srpska, 세르비아계 주된 거주지역인 북동쪽 국경지역들 위주)으로 양분되어 불안.
소설 『사라예보의 첼리스트(The Cellist of Sarajevo, 2008)』,(스티븐 갤러웨이, 문학동네, 2008)은 세르비아
계 무장세력에 의해 만신창이가 된 사람들의 이야기이다.
• 『안전지대 고라즈데(Safe Area: Gorazde, 2002)』, 조 사코, 글논그림밭, 2004, p.5 · 9.
1992년부터 1995년까지 벌어진 보스니아 전쟁 동안 매스컴은 연일 사라예보의 고통만을 부각시켰을 뿐, 그
나라의 외딴 동부지역의 수많은 무슬림들이 겪어야 했던 만행과 파국은 거의 알려지지도 목격되지도 않았
다. 보스니아의 세르비아계 군대는 보스니아 동부지역의 여러 마을과 도시에서 무슬림들에게 끔찍한 만행을
저지르고 있었다. 결국 UN이 간섭하게 되면서 무슬림들이 모여 사는 지역인 이른바 '안전지대(Safe Area)'가
만들어졌다. 보스니아의 세르비아인들에게 속수무책으로 둘러싸인 까닭에 이들 안전지대에서 (국제사회가
모두 발뺌하고 외면하는 사이에) 행해진 인종청소는 바야흐로 끔찍한 절정으로 치달았던 것이다.
이 책은 안전지대들 가운데 하나이며, 보스니아 동부의 무슬림들을 대상으로 한 공격의 와중에서 살아남은
유일한 곳이 '고라즈데(Gorazde, 드리나 강변 북쪽 도시)'에서 벌어지는 이야기다(스레브레니차 · 제빠 등의
민간인 '안전지대'는 말살됐다).[조 사코(Joe Sacco): 지중해 섬 몰타 출생, 만화로 저널리즘을 편 '코믹 저널
리즘'의 선구자, 1960~)

코소보: 1974년 티토대통령은 알바니아계가 90%에 달해 코소보를 자치주로 승격시켜 정체성 부여.

1989년 세르비아대통령이 된 밀로셰비치가 코소보의 자치권을 박탈하고 알바니아계 탄압시작. 보스니아 내전사태에 가려져 국제사회의 주목을 받지는 못했으나 탄압은 계속되었음.

1998년 3월부터 알바니아 분리주의와 세르비아간의 본격적인 내진 돌입. 세르비아계에 의한 알바니아계에 대한 인종청소 단행.

1999년 3월 NATO군(미국의 공군력 중심)의 투입으로 6월 3일 UN평화제안을 세르비아가 수용.

2001년 11월17일 총선에서 알바니아계가 압승.

2008년 2월 17일 국제적인 합의 없이 자체적으로 코소보 독립선언(세르비아는 여전히 인정 않음). 2015년 전후부터 높은 실업률 등으로 난민 증가.

(3) 슬로보단 밀로셰비치(Slobodan Milošević): 1989년 세르비아 대통령 선출됨.

1997년 유고연방 대통령으로 선출됨

(이때는 세르비아 외에 몬테네그로와 자치국 2국뿐인 연방임)

1999.6.3.: '코소보 문제 UN평화제안'을 세르비아가 수용.

2000년 10월 대통령 사임.

2001년 4월 부정선거 등의 혐의로 세르비아 경찰에 체포.

2001년 7월 국제인권전범으로서 네덜란드 헤이그 수감.

2006년 3월 11일 헤이그 감옥에서 사망(향년 64세).

(2006년 6월 5일 몬테네그로 완전 독립)

크로아티아의 항구도시 스플리트

크로아티아의 항구도시 스플리트(Split)에는 유네스코 세계 문화유산으로 지정된 디오클레티아누스 궁전(The Palace of Diocletian)이 있는데, 황제 디오클레티아누스가 295~305년에 걸쳐 완성해 305년 은퇴 후 노후에 머물렀다. 오늘날 스플리트를 관광할 때 필수적으로 둘러보는 코스다. 그러나 이 궁전을 이해하기 위해서는 기독교 박해에 대한 해박한 지식이 필요하다. 세상의 지식을 똑바로 얻기란 참 어려운가 보다. 흐름을 살펴보자.

〔〈로마의 성립과 발전〉

도시국가에서 출발하여 전 유럽을 지배하는 거대한 제국을 형성했던 로마의 역사는 왕정기(기원전 753~기원전 509), 공화정기(기원전 509~기원전 27), 제정기(기원전 27~476)로 구분할 수 있다. 로마가 이탈리아 반도를 통일하고 지중해 연안을 정복하여 거대한 로마제국의 기초를 닦은 것은 공화정 시기였다. 국력이 약했던 공화정기 초기에는 주변의 여러 국가들과 라틴 연맹을 결성하여 외적의 침략에 공동으로 대처하였으나 연맹에 참여한 일부 도시가 반란을 일으키자 연맹을 해체하고 모든 도시국가와 개별적인 동맹관계를 유지했다.(『로마의 역사』 사이먼 베이커, 웅진지식하우스, 2008. 재인용)

기원전 264년에 카르타고가 시칠리아에 영향력을 행사하려고 하자 로마가 개입하여 세 차례에 걸친 카르타고 전쟁(기원전 264~기원전 146)이 발발했다. 로마는 이 전쟁에서 승리하여 서부 지중해의 제해권을 확보했다. 로마는 또한 네 차례에 걸친 마케도니아 전쟁(기원전 215~기원전 148)에서 승리하여 기원전 146년에 마케도니아를 속주로 편입하고 그리스로 진출했다. 기원전 133년에는 페르가뭄 왕국(터키 중서부 지역)을 속주로 편입하여 소아시아 반노로 진출했으며, 기원전 63년과 기원전 30년에는 각각 시리아와 이집트를 속주로 편입시켜 지중해 지역을 통일했다. 로마는 공화정 말기와 제정 초기에 걸쳐 유럽의 내륙으로 진출하여 로마제국의 경계를 라인강과 다뉴브강까지 확장했다.(헬레니즘 시대는 알렉산더가 페르시아를 멸망시킨 기원전 330부터 로마가 이집트를 정복한 기원전 30년까지가 다수설이나.)

로마의 역사에서 기독교의 박해와 기독교의 공인, 그리고 기독교를 국교로 받아들인 사건은 매우 중요한 역사적 의미를 갖는다. 예수를 따르는 기독교를 처음 박해한 것은 유대교였다. 자신들이 죽인 예수를 메시아라고 주장하는 기독교를 용납할 수 없었던 유대교가 기독교를 박해하던 시기에, 로마는 유대교의 기독교 박해를 유대교 내의 종교적 갈등으로 보고 유대교와 기독교에 로마법을 똑같이 적용했다. 따라서 초기에는 기독교가 유대교의 박해로부터 로마법의 보호를 받을 수 있었다.

그러나 기독교의 수가 늘어나 세력이 커지자 황제숭배를 거부하는 기독교인들이 로마에 위험요소가 될 것이라 여기고 로마가 기독교를 박해하기 시작했다. 로마의 기독교 박해는 네로 황제가 다스리던 64년부터 디오클레티아누스가 황제로 있던 311년까지 약 250년 동안 계속되었고, 이 기간 동안에 10회에 걸친 대박해가 있었다.

마지막으로 기독교를 박해했던 디오클레티아누스는 293년에 4두 정치체제를 실시했다. 4두 정치체제는 로마 제국을 동서로 양분하여 두 명의 정제(아우구스투스)가 맡아 통치하고 각각의 정제는 부제(케사르)를 한 명씩 두어 방위를 분담하는 통치방식이다. 4두 정치체제는 외적의 침략으로부터 방위를 분담하는 것이 목적이었기 때문에 로마 전체의 정치적인 문제에 대해서는 디오클레티아누스가 결정했다.

305년 디오클레티아누스가 은퇴한 후 후임 정제와 부제들이 임명되어 제2기 4두 정치체제가 실시되었지만 정제와 부제들 사이에 내전이 발발해 4두 정치체제는 그리 오래가지 못했다. 서방 부제의 아들이었던 콘스탄티누스는 아버지가 죽은 후 서방정제의 아들이었던 막센티우스를 제거하고 서방 정제가 되었다.

313년 서방 정제였던 콘스탄티누스는 동방의 정제 리키니우스와 밀라노에서 만나 기독교를 공인한 밀라노 칙령을 발표했다. 따라서 밀라노 칙령을 콘스탄티누스-리키니우스 칙령이라고도 부른다. 그러나 두 사람의 동맹 관계도 그리 오래가지 못했다. 324년 콘스탄티누스와 리키니우스는 로마의 패권을 놓고 결전을 벌였고, 여기서 승리한 콘스탄티누스는 로마 제국의 유일한 최고 통치자가 되었다.

동서 로마 제국을 모두 통치한 마지막 황제였던 테오도시우스는 380년 모든 시민들이 기독교를 받아들이도록 한 데살로니카 칙령을 발표하여 기독교를 국교로 선포하기에 이른다. 이때부터 성부·성자·성령의 삼위일체를 믿는 사람들만 보편적 기독교인(가톨릭)으로 인정되었다.

테오도시우스는 죽기 전인 393년에 로마 제국을 동서로 나누어 두 아들에게 물려주었다. 이로써 로마 제국은 서로마 제국과 동로마 제국으로 영원히 분리되었다. 서로마 제국은 476년 게르만 용병대장 오토 아케르에 의해 멸망하였고, 동로마 제국은 1453년 오스만 제국의 침입으로 콘스탄티노플이 함락될 때까지 1,000년 이상 명맥을 유지했다.)[27]

27) 『과학자의 철학 노트』 곽영직, MID, 2018, p.93~97.

터키 이스탄불

이스탄불(Istanbul)을 관통하는 보스포루스 해협(Bosphorus Straits)을 기준으로 아시아와 유럽이 나뉜다. 그만큼 이스탄불은 상업적·군사적 요충지이며, 동서양사에서 굵직한 역사적 사건의 주된 무대였다. 큰 흐름은 이렇다.

"분열되었던 이슬람은 11세기 셀주크 터키조에 의해 재통일되었으나 1258년 칭기즈 칸의 손자 훌레구에 의해 멸망했다. 이로서 아랍이 주도하던 이슬람 시대의 실질적이고 공식적인 종말이 왔고, 이슬람세계는 이후 오스만 제국이 주도했다. 오스만은 제1차 세계대전에서 독일편에 가담했다가 패전하여 1923년 '로잔조약'으로 제국이 와해되고 터키 공화국이 창설됐다."[28]

"395년 테오도시우스 1세가 사망하면서 로마제국의 영토는 동과 서로 나누어진다. 하지만 476년 서로마제국이 멸망한 뒤부터 15세기까지 고대 그리스 문화와 그리스도교, 그리고 로마의 정치체제가 지속되었다. 콘스탄티노플

28) 『이희수 교수의 이슬람』, 이희수, 청아출판사, 2011, p.110.

을 수도로 하는 중세의 로마제국을 동로마제국이라 한다. 이후 동로마제국은 비잔틴제국으로 계승·발전하게 된다. 1453년 5월29일(화요일) 콘스탄티누스 11세 때 오스만 제국의 술탄 메흐메드(메메트) 2세(Mehmed II)에게 함락된다."[29]

이스탄불의 명칭도 통치세력에 따라 바뀌었다. 당초 '비잔티움'이었다가 4세기(330년) 콘스탄티누스 1세 황제가 '콘스탄티노플'로 개명했고, 1453년 투르크 술탄 메메트 2세가 점령하여 다시 '이스탄불'로 불리며 오늘에 이르렀다. 역사학자인 이원복 덕성여대 총장의 글을 통해 그 의미를 새겨보자.

〔〈콘스탄티노플 함락의 의미〉

• 콘스탄티노플의 지정학적 중요성

비잔틴 제국은 옛날에는 지중해 전체를 차지하고 있던 거대한 제국이었다. 하지만 오스만 제국이 생겨나면서 세력이 계속 줄어 1453년 함락 당시에는 아주 작은 나라였다. 수도인 콘스탄티노플도 아주 조그만 지역에 불과했다. 그런데 콘스탄티노플을 점령하지 않을 수 없는 게 여기가 최고의 군사요지이기 때문이다. 기가 막힌 장소다.

보스포루스 해협을 두고 여기에서 아시아와 유럽이 만나고, 그 위로는 거대한 흑해가 있다. 보스포루스 해협을 지나면 마르마라 해라는 작은 바다가 있고, 그 아래 겔리볼루 반도 옆으로 유명한 다르다넬스 해협이 있다. 그런데 거기가 지중해와 흑해가 통하는 단 하나의 해로다. 누가 이 해로를 차지하느냐 그 정점에 바로 콘스탄티노플이 있는 것이다.

그러니까 콘스탄티노플을 차지한다는 것은 흑해를 지배한다는 것이고, 흑해를 지배한다는 것은 아시아는 물론이고 동유럽까지도 지배하는 가장 중요한 열쇠를 차지한다는

29) 「술탄과 황제」, 김형오, 21세기북스, 2012, p.21.

이야기다. 그러다보니 콘스탄티노플은 늘 공격을 받게 되고, 공격에 대비해 6겹의 성벽을 쌓았다. 이처럼 요지 중 최고의 요지이므로, 서기 330년에 콘스탄티누스 대제가 로마를 버리고 여기로 수도를 옮겼던 것이다.

• 콘스탄티노플 전투

이 도시 공격에 대해 많은 일화가 전해진다. 4월부터 공격을 시작했는데 엄청나게 두꺼운 성벽이 버티고 있어서 아무리 대포를 쏴도 뚫리지 않았다. 그런데 그때 헝가리 대포기술자 오르반이 콘스탄티노플에 찾아가 길이 8m짜리 대포를 만들어주겠다면서 많은 돈을 요구한다. 비잔틴 제국이 돈이 없어서 싸게 해달라고 하니까, 오르반은 오스만 제국을 찾아갔고 메메트 2세가 대포를 산다. 그런데 그 대포(바실리카 대포)로 콘스탄티노플 성벽을 향해 쐈는데, 여전히 무너지지 않았다. 대포 성능은 좋은데 성벽까지 거리가 너무 멀었던 것이다.

콘스탄티노플을 끼고 골든혼(Golden Horn)이라는 만이 있는데 그 바다 밑에 쇠줄을 걸어놓아서 배가 들어갈 수 없었다. 함대가 바다를 건너 육지로 올라가서 대포를 쏘면 함락은 시간문제인데, 쇠줄 때문에 배가 들어갈 수가 없었다. 그래서 메메트 2세는 전략을 세워서 "배를 산으로 옮겨라"고 명한다. 산의 나무를 벤 다음에 기름을 묻힌 통나무를 깔고 밧줄로 배를 끌어올린다. 그렇게 하룻밤 사이에 30척이 넘는 배를 산 위로 올린다. 이렇게 쇠사슬을 넘은 배들은 대포로 콘스탄티노플을 함락시킨 것이다.[30]

• 당시의 유럽 정세는?

콘스탄티노플이 함락되면서 유럽으로 이슬람 세력이 확대된다. 콘스탄티노플은 굉장

---

30) 「술탄과 황제」 김형오, 21세기북스, 2012, p.168.
   30척이 아니라 크고 작은 전함들 합계 72척이었다.

히 중요한 기독교 요지이고, 종교의 본산이다. 그런데 여기가 이슬람 세력에 함락될 때 같은 예수 그리스도를 섬기는 유럽의 다른 나라들, 즉 영국·프랑스·에스파냐가 전혀 도움을 주지 못했다. 1453년은 영국과 프랑스의 백년전쟁이 끝나던 해였기 때문에, 두 나라는 완전히 기진맥진해 있었다. 모든 것을 백년전쟁에 쏟아부어 폐허밖에 남은 것이 없고, 콘스탄티노플을 도와줄 힘이 없었던 것이다. 그리고 에스파냐에서는 1492년에 나스르라는 이슬람 왕국이 멸망하는데, 그때까지 전쟁이 계속됐기 때문에 제 코가 석자였다.

또 독일은 수십 개의 나라로 갈라져서 서로 황제 자리를 두고 다투느라 도와줄 여력이 없었다. 그러니까 콘스탄티노플은 그야말로 무주공산이었고, 조그만 도시국가에 불과했기 때문에 속수무책으로 당할 수밖에 없었다. 이미 발칸 반도 전체가 이슬람 세력권이었는데, 콘스탄티노플마저 함락되면서 완벽하게 이슬람 세력권이 된다. 이후 헝가리·체코·빈까지 이슬람 세력이 들어간다.

• '카푸치노' 커피와 '크루아상' 빵의 유래

세계사를 보면 오스만 군이 빈을 두 번이나 포위하는데, 두 번째인 1683년 포위 때는 완전히 풍전등화였다. 그때 '카푸친'수도회의 수도사가 밀정 역할을 해서 오스트리아가 이길 수 있게 도와준다. 수도사를 기리기 위해 붙인 이름이 '카푸치노' 커피이다.

또 한 가지 일화가 있다. 그때는 오스만 군이 하도 무서워서 울던 아이도 '튀르크'라는 말을 들으면 그치던 때였다. 그런데 오스만 군이 포위를 풀고 빈에서 도망을 가니까 빈의 어느 제빵사가 너무 좋아서 이슬람의 상징이 초승달 비슷하게 생긴 빵을 만들어서 먹어버리자고 했다. 그것이 초승달을 의미하는 '크레센트(Crescent)', 불어 발음으로 '크루아상'이다.

• 코소보 사태의 원인

1483년 콘스탄티노플 함락을 계기로 이슬람 세력이 동유럽은 물론이고 당시 유럽의 본산인 빈 코앞까지 간 것이다. 그 과정에서 동유럽이 많이 이슬람화가 되었고, 실제 얼마 전에 일어난 코소보 사태 등의 뿌리도 다 여기에 있다. 우리가 이런 사실을 잘 모르는 이유는 우리 역사 교육이 일제 강점기에 일본을 통해 세계사를 배웠기 때문이다. 일본이 세계사를 도입할 때는 독일·프랑스·영국이 패권을 쥐고 있던 19세기였기 때문에 서구 중심의 역사를 받아들였다. 그래서 우리 역시 1700년대까지만 해도 유럽의 중심이었던 오스트리아·터키·페르시아 등의 역사는 전혀 모르고 있다.

• 르네상스의 효시

르네상스의 효시는 십자군 전쟁이다. 당시 서유럽은 아직 몽둥이 들고 멧돼지 잡으러 다니고, 전염병이 돌던 시대였다. 그런데 십자군 전쟁 당시 이슬람 지역을 침략해서 가보니 과학이 크게 발달해 있었던 것이다. 전염병의 원인이 병균이라는 것도 밝혀져 있었고 천문과 점성술도 발달해 있었다. 또 악탈해온 아랍어 문서들을 나중에 번역해보니 자신들이 전혀 모르고 있던 소크라테스·플라톤·아리스토텔레스 등의 책이었다.

아랍에는 교육 문화가 발달해 있었다. 그래서 그리스가 멸망한 후에도 그리스 철학까지 전부 번역해서 보관하고 있었던 거다. 그 책들을 보고 그리스와 로마에 대해 다시 배우고자 하면서 일어난 운동이 문예부흥운동, 즉 르네상스인 것이다. 그렇게 십자군 전쟁 때 가져간 문서로 르네상스의 싹이 텄다. 그리고 콘스탄티노플 함락 이후 그곳 학자와 지식인들이 도망쳐 와서 문서를 해석해주면서 본격적인 르네상스가 시작된 것이다. 즉 1453년 콘스탄티노플의 함락으로 학자·지식인·예술인들이 이탈리아로 가서 르네상스의 꽃을 활짝 피울 수 있었던 것이다.)[31]

31) 『글로벌 한국사, 그날 세계는: 사건 vs 사건』, 이원복·신병주 등, 휴머니스트, 2016, p.134~141.

이스탄불의 상징 중 하나인 '성 소피아 성당'[32]과 '예레바탄 사라이'(The Basilica Cistern)는 유스티니아누스 1세(Justinian Ⅰ, 재위 527~565, 생애 482~565)의 야심작이다. 초기 기독교 교회와 성당의 양식인 비잔틴 양식은 전부 성 소피아 성당에서 퍼져나갔다. 베네치아의 마르코 광장에 있는 성 마르코 성당도 그 모태는 성 소피아 성당이다. 이스탄불에는 수백 개의 모스크가 있다. 성 소피아 성당을 마주 보고 있는 '술탄아흐메트 사원'은 '블루 모스크'로도 불리는데, 이는 정통 이슬람 양식으로 지은 이스탄불 최대의 건축물이다. "성 소피아 성당을 본 무슬림들은 이후 돔이 있는 모스크를 앞다투어 지었다. 1453년에 콘스탄티노플을 함락한 오스만 제국의 술탄 메흐메드 2세는 이슬람의 위용을 과시하기 위해 성 소피아 성당 아래에 블루 모스크를 건축했다. 가까운 거리에 서 있는 이 두 사원을 보면, 비잔틴 문화가 이슬람에 끼친 영향을 알 수 있다. 1천 년 이상의 차이를 두고 건축된 두 건물의 외관은 언뜻 보기에 구분이 가지 않을 정도로 비슷하다."[33]

〔〈유스티니아누스 1세의 야심과 성 소피아 성당, 예레바탄 사라이〉

유스티니아누스 1세를 싫어하는 귀족들은 전차경기에서 그를 제거하려는 음모를 꾸미며 반란의 기회로 삼으려 하였다. 532년에 벌어진 전차경기는 급기야 폭동으로 변했다. 폭도로 변모한 그들은 도시에 불을 지르고 건물을 파괴하기 시작했다. 이것이 바로

32) 「철학 브런치: 원전을 곁들인 맛있는 인문학」 정시몬, 부키, 2014, p.24.
   〈오랫동안 이슬람 사원으로 둔갑한 '성 소피아 성당'〉
   성 소피아 성당은 537년에 유스티아누스(Justianus) 대제가 성당으로 지은 것이다. 900년간 '하기아 소피아'(Hagia Sophia)'(성당, '신성한 지혜'란 뜻)···1453년 오스만투르크 점령 후 500년간 '아야 소피아'(Aya-sofya)'(무슬림 사원)로 명칭과 용도가 변경됐다.
33) 「예술, 역사를 만들다」 전원경, 시공아트, 2016, p.104~105.

'니카 반란(Nika Riots)'이다. 그리스어로 '니카'는 승리(Win)를 의미한다.

반란으로 무너진 서쪽의 로마제국은 한마디로 무주공산이었다. 이에 과거 대로마제국의 영광을 되찾겠다고 나선 '마지막 로마인(Last Roman)'이 바로 유스티니아누스 1세 황제다. 니카 반란 진압 후 유스티니아누스 1세에게 주어진 급선무는 폭동으로 파괴된 도시를 복구하는 일이었다. 콘스탄틴 대제 때 콘스탄티노플에 지은 '대성전'을 5년여 기간 동안 수리하고 증축하여 성 소피아 성당을 완공(537년)했다. 소피아 성당은 그리스어로 '신성한 지혜'를 의미한다. 이 성당은 현존하는 비잔틴 건축양식의 대표적인 건물로, 기독교(그리스정교·가톨릭)의 예배당이었다. 술탄 메흐메드 2세가 이끄는 오스만 제국(Ottoman Empire)이 1453년 5월 29일 콘스탄티노플을 점령하면서 이슬람사원으로 1931년까지 사용되기도 했다. 1935년 터키 아타튀르크(Ataturk) 대통령 취임 이후 일반인을 위한 박물관으로 개방되었다. 최근 터키 정부에서 그 경내에서 이슬람 경전 낭독을 허용하사 그리스 정부로부터 강력한 항의를 받기도 했다.

그리고 '니카 반란' 이후 도시를 재정비하는 과정에서 콘스탄틴 대제가 건설해놓은 지하저수로를 확장하기도 했다. 이 지하저수로는 묻혀 있다가 16세기에 프랑스인이 처음으로 발견했다. 소피아 성당에서 남서 방향으로 150m쯤 지점에 위치한 '예레바탄 사라이'다. 유스티니아누스 1세가 부족한 식수 등의 문제를 해결하려고 서기 542년에 재건축했다. 7천여 명의 노예를 동원해 만든 336개 기둥을 품은 '물속에 가라앉은 궁전'이다. 보는 사람이 돌로 변할까 두려워 메두사(Medusa)의 조각상을 거꾸로 세워놓았다고 한다. 신비스럽기도 하고, 무섭기도 한 분위기 때문인지 여러 영화에 등장하기도 했다. 2012년 다니엘 크레이크 주연의 「스카이폴(Skyfall)」과 2014년 러셀 크로우 주연의 「워터 디바이너(The Water Diviner)」, 그리고 2016년 톰 행크스 주연의 「인페르노(Inferno)」(인페르노는 단테의 『신곡』 편에 나오는 지옥에 관한 얘기)가 '예레바탄 사라이'를 배경으로 보여준다.

에드가 알렌 포(Edgar Allan Poe, 1809~1949)가 1845년에 쓴 시 〈헬렌에게(To Helen)〉의 한 구절에 있듯이 유스티니아누스 1세와 신하들이 소망했던 "그리스의 영광과 로마의 장엄함(the glory that was Greece and the grandeur that was Rome)"은 회복되지 못했다.

542년경에 만연한 기근과 출혈성 폐혈이 2500만~5000만 명의 목숨을 앗아간 것으로 추정된다. 유스티니아누스 1세와 신하들은 기근은 견딜 수 있었지만 역병을 피할 수 없었다. 그는 생존했지만 정치적·경제적 타격은 회복 불가능이었다. 그 당시 학자들은 "모든 인간이 전쟁·역병 그리고 죽음으로 이르게 하는 어느 것으로부터 자유롭지 못했다" 하며 그 참상을 묘사했다. 그 참상을 겪은 사람들은 신이 로마를 버렸다며 절규했을 것이다.』[34]

터키공화국의 아버지 무스타파 케말 아타튀르크(Mustafa Kemal Atatürk, 1881~1938.11.10. 오전 9시 5분)는 터키의 초대 대통령인데, 아타튀르크는 '터키의 아버지'라는 뜻이다. 그는 육군 장교이자 혁명가, 작가 그리고 터키공화국의 창시자인데, 박정희 대통령이 롤모델로 삼았을 정도로 터키에서 국민적 추앙을 받는 영웅이다.

"제1차 세계대전 당시 갈리폴리 전투는 몸집이 크지만 우둔한 적에게 작은 몸집으로 재빠르게 응수하여 얻은 승리의 상징이 됐다. 1915년 영국 연방군은 터키의 갈리폴리 반도를 공격했다. 약체일 줄 알았던 터키군이 죽기살기로 그곳을 사수하자, 자존심에 상처를 입은 영연합군은 더 많은 부대를 보냈다. 총

---

34) 「유럽넛셀(Nutshell)」 조영천, 나녹, 2017, p.52~60.

48만 명의 연합군이 동원됐지만, 이 연합군은 너무 비대해졌다. 보급에 차질이 생겼고, 발을 빼기에는 국내의 비난이 두려웠다. 그들은 그곳에 발이 묶여 25만 명이나 잃은 후에야 후퇴했다. 영국의 지휘관들은 모두 자리에서 물러났지만, 터키의 지휘관이었던 케말 파사는 훗날 터키의 대통령이자 국부(國父)가 되었다."[35]

"돌마바흐체 궁전(Dolmabahçe Saray)의 모델은 베르사유 궁전이다. 1843년 31대 술탄인 압둘 메지트가 짓기 시작한 이 건물은 유럽의 바로크 양식과 전통의 오스만 양식을 접목시킨 것으로 유명하다. 접목시켰다지만, 방문자들은 유럽을 그대로 옮겨놓은 듯한 인상을 받는다. 초대 대통령 무스타프 케말은 수도를 앙카라로 이전했지만 이스탄불에 머물 때는 돌마바흐체 궁전을 사용했는데, 그를 기리기 위해 돌마바흐체 궁전의 모든 시계도 9시 5분으로 설정되어 있으며, 내년 11월 10일 오전 9시 5분에 터키 전역에서 사이렌과 함께 일제히 그를 기리는 묵념을 한다."[36]

2016년 12월 20일 개통된 유라시아해저터널은 이스탄불의 또 하나의 자랑거리가 됐다. 보스포루스 해협을 관통하는 길이 3.7/5.4km(해저/총연장)의 자동차전용도로이며, SK건설이 4년에 걸쳐 건설했고 총공사비는 1조5천억 원이 투입되었다. 최대수심이 110m인 바 2010년에 개통된 우리나라 거가대교의 최대수심 48m를 갈아 치워버렸다. 참고로 열차 터널인 일본 세이칸터널의 최대수심은 240m, 유로터널(Euro Tunnel, 도버해협 터널)은 115m이다.

'이스탄불 작가' 오르한 파묵(Orhan Pamuk, 1952~)을 소개하면서 이스탄

---

35) 「직장인 불패혁명」, 김율도 · 윤경환, 율도국, 2010, p.152~153.
36) 돌마바흐체 궁전 자료(유럽문학기행-창원대, 2015)

불 설명은 마치겠다. 2006년 노벨문학상을 수상한 오르한 파묵은 '터키' 작가로 불리기보다는 '이스탄불' 작가로 더 자주 불린다. "작가 스스로도 '나는 이스탄불 소설가입니다'라고 소개한다. 제임스 조이스를 더블린 없이 떠올릴 수 없듯이 오르한 파묵 또한 이스탄불을 빼놓고는 생각할 수 없을 정도로 그의 작품들은 이스탄불에 깊이 천착하고 있다. 그는 이스탄불에서 태어나 자랐고, 지금도 거기에서 살고 있다. 그의 5살 때부터 22살 때까지의 이야기를 50세에 에세이 형식으로 쓴 『이스탄불: 도시 그리고 추억(Istanbul: Memories and the City)』(2003, 영어판 2005)은 2002년 작고한 아버지에게 헌정한 작품인데, 이스탄불이 왜 그의 문학적 자양분이 됐는지를 설명해주는 책이다. 우리나라에서 파묵의 책을 전문적으로 번역하고 있는 이난아 계명대 교수는 그래서 '오르한 파묵을 이해하고 싶다면 이 책을 먼저 읽어야 한다'고 강조한다. 파묵이 이스탄불에 집착하는 이유가 이 책에 고스란히 고백되어 있기 때문이다."[37]

"노벨문학상 수상 이후 오르한 파묵이 처음 발표한 『순수 박물관』(2008)은 파묵 특유의 문체와 서술 방식으로 '사랑'이라는 주제에 접근했다. 그의 지독하고 처절한 사랑 이야기는 전 세계에 커다란 반향을 일으켜, 출간되는 모든 나라에서 베스트셀러가 됐다. 또한 2012년 4월에는 이스탄불에 실제 '순수 박물관(Museum of Innocence)'을 개관하여 문학의 확장성을 증명했다."[38]

37) 『시민을 위한 도시 스토리텔링: 행복한 공동체를 만드는 담론』, 김태훈, 도서출판피플파워, 2017, p.124~126.
38) 『순수 박물관(Masumiyet Müzesi, 2008)』, 오르한 파묵, 민음사, 2010, p.작가소개.

스페인 바르셀로나

바르셀로나(Barcelona)는 스페인에서 두 번째로 큰 도시이며, 스페인에서 가상 큰 항구도시로 지중해에 접해 있다. 동시에 카탈루냐 지방의 중심도시이며, 이름의 유래는 카르타고의 장군 한니발 바르카의 그 바르카이다. 흔히들 관광업과 공업이 주 수익이라고 알려져 있으나, 실질적인 도시 수익 대부분은 '3차 산업'이다. 역사적으로도 스페인에서도 가장 먼저 산업화된 도시였고, 최근에는 첨단 산업 육성에도 힘써서 '유럽 바나나 벨트 지역'(미국의 실리콘 벨리 같은) 도시 중 하나다.

카탈루냐는 스페인으로부터 독립하고자 하는 강한 지역감정을 가진 곳으로, 바르셀로나는 사실상 카탈루냐의 수도로 여겨지고 있다. 언어조차도 카탈루냐어는 스페인어와 다른데, 오히려 프랑스 마르세유 인근의 남부 사투리와 더 유사하다.

바르셀로나가 분리주의·민족주의와는 별개로 정치적·이념적으로 유명한 점은 전 세계 아나키스트들의 마음의 고향이다. 지금까지 있어 왔던 아나키스트 주도 혁명들 중 가장 규모와 파급력도 컸고, 조지 오웰의 『카탈로니아 찬가(Homage to Catalonia)』(1936)를 통해 국제 자유주의 좌파 사이에 전설이 됐던 전국 노동연맹의 스페인 내전 중 사회 혁명이 바로 바르셀로나와 그 일대를 중심으로 일어났기 때문이다. 지금도 바르셀로나에서는 선거나 정부·의회 등으로 수면에 드러나는 정치 세력으로서는 카탈루냐 민족주의자들이 강하지만, 실제 거리에서는 아나키스트들 또한 만만치 않은 세력을 가지고 있다.

바르셀로나에서 가장 유명한 것은 사그라다 파밀리아(Sagrada Familia) 성당이다. "최초의 기독교인 가족은 마리아와 요셉 그리고 예수인 바, 이들을 성가족(聖家族) 또는 성가정(聖家庭)으로 부른다."[39] "사그라다 파밀리아 성당은 1882년에 착공에 들어갔지만 아직도 공사 중인 아름다운 건물인데, 시대로만 본다면 3세기에 걸쳐 지어지고 있는 셈이지만 아직도 정확한 완공 시점을 모른다. 하지만 이 성당은 기술이 부족하거나 건축물이 너무 커서 그런 것이 아니고 건축비를 조달하는 방법과 전통을 지키려는 이유 등 때문이다. 이 성당의 건축비는 오로지 후원자들의 기부금만으로 충당하고 있다. 이 성당은 스페인의 세계적인 건축가 가우디(Antoni Gaudi, 스페인 바르셀로나 인근 출신 건축가, 1852~1926)가 설계한 것이다. 당초 이 건축물의 준공은 300년 정도를 예상했었는데 설계자 가우디의 사망 100주기에 맞춰 2026년에 준공될 것이라고 한다."[40]

---

39) 『동양인은 모나리자를 보며 무슨 생각을 할까: 동양의 눈, 서양의 시선(2012)』 크리스틴 카용 외, 에쎄, 2016, p.27·33
인간의 법칙으로는 이해되지 않지만, 신은 처녀 마리아를 선택해 잉태시킨다. 성경을 보면 마리아의 약혼자 요셉은 이 사실을 알고도 마리아를 떠나지 않는다. 자신의 아내가 될 여자가 하느님의 뜻에 따라 성령으로 아들을 잉태했다는 것을 순순히 받아들인 거다. 물론 예수가 태어난 후에는 요셉과 마리아가 정상적인 부부생활을 했다.

40) 『숫자로 풀어가는 세계 역사 이야기』 남도현, 로터스, 2012, p.66.

"건축은 돈이 많이 드는 예술이다. 가난한 대장장이 아버지를 둔 가우디에게는 든든한 후원자를 만나는 것 말고는 다른 선택지가 없었다. 그런 가우디에게 구엘 백작은 신이 준 최고의 기회였다. 섬유 공장을 기반으로 부를 축적한 구엘 백작은 심미안이 뛰어난 사람이었다. 파리 만국박람회에 방문한 그는 바르셀로나의 모 회사가 출품한 공예품을 눈여겨봤다. 수소문 끝에 그는 이 장식장을 만든 공방을 찾았고, 그곳에서 공예품을 만든 제작자가 공방을 자주 들르는 건축가 가우디라는 사실을 알게 되었다. 초반에 몇 가지 실내 가구 제작을 의뢰하며 구엘은 가우디의 예술성을 시험했고, 결과는 훌륭했다. 구엘 백작은 1883년 가우디를 구엘 가문 공식 건축가로 임명했으며, 이후 자신의 별장부터 궁전·공원에 이르기까지 다양한 건축물을 의뢰했고 누구의 간섭도 허락하지 않는 가우디의 고집을 존중하며 무한한 신뢰를 보냈다. 이 덕분에 사그라다 파밀리아 성당뿐만 아니라 구엘 공원(Parc Guell, 1899~1914)도 가우디의 작품이 된 것이다.

사그라다 파밀리아 성당은 19세기 말 바르셀로나에서 출판업을 하던 주제프 마리아 보카베야의 아이디어에서 비롯되었다. 로마 교황청의 승인을 받은 그는 '성 요셉 신앙인협회'를 설립, 1882년 마침내 성 요셉 축일에 성당의 초석을 놓는다. 당시만 하더라도 건축을 책임지던 사람은 가우디가 아닌 건축학교 교수 프란시스코 비야르였다. 그러나 비야르는 공사를 1년 정도 진행하다가 자신의 건축 스타일을 놓고 왈가왈부하는 신앙인협회 간부들과 대립하다 스스로 사임해버렸다. 온전히 신앙인들의 헌금으로 진행되던 이 대사업에 관계자들의 갈등이 표출되는 것은 그리 좋지 못한 신호였다. 보카베야는 서둘러 비야르의 후임을 물색하던 중 협회 건축 고문으로부터 가우디를 소개받았다. 당시 가우디는 학교를 졸업한 지 겨우 5년밖에 안 된 신출내기 건축가였다. 무명의 가우디를 포장하기 위해서였는지, 아니면 정말로 신의 계시를 받았는지 알 수 없으나 가우디가 사그라다 파밀리아 성당과 인연을 맺게 된 계기는 다소 환상적인 에피소드로 포장되어 있다. 비야르가 떠난 뒤 보카베야는 꿈에서 푸른 눈을 가진 젊은 건축가가 사그라다 파밀리아를 구할 것이란 계시를 받았는데, 가우디가 바로 그 꿈속에서 본 모습과 똑같은 인물이었다고 한다."[41]

가우디의 명언은 많은데, 몇 가지만 들어보겠다.[42] "직선은 인간의 선이고, 곡선은 신의 선이다." "제아무리 강한 전등일지라도, 태양 빛에 비교하면 우스울 뿐이다." "독창적이라는 말은 자연의 근원으로 돌아가는 것을 뜻한다." "아름다움은 진실의 광채이다. 그리고 예술은 아름다움이므로, 진실 없이는 예술도 없다." "인간의 작품은 신의 그것을 넘어설 수 없다. 이러한 이유로 사그라다 파밀리아 성당의 높이는 몬주익 언덕보다 3m 낮은 170m가 될 것이다." "신은 절대 서두르지 않는다."

가우디(Gaudi, 1852~1926)와 피카소(Picasso, 1881~1973)는 어떤 연결고리가 있을까? 바로 스페인인데, 두 사람 모두 스페인이 낳은 천재 예술가이다. 가우디는 신의 손을 가진 건축가이고, 피카소는 현대미술의 입체주의를 창시한 화가이다. 스페인을 찾는 관광객 대부분이 가우디와 피카소가 남긴 위대한 작품들을 보기 위해 온다고 할 정도로 두 사람의 명성은 대단하다. 그런데 이 두 천재는 생전에 크게 부딪쳤다고 한다. 이를 보자.

〔〈스페인의 상징, 가우디와 피카소의 충돌〉

---

41) 『예술의 사생활: 비참과 우아』, 노승림, 마티, 2017, p.304.
42) '안토니오 가우디 전': 2016.2.21.~5.12, 창원 성산아트홀.

가우디는 스페인 카탈루냐 출신의 건축가로 아스트로가 주교관을 지으면서 종교에 심취하게 됐다. 그는 성 테레사 학원을 짓고 나서는 신께 정결한 몸을 바치기 위해 40일 금식에 들어갔다. 금식은 주교의 만류로 겨우 진정됐는데, 이 일로 가우디는 확고한 가톨릭 보수주의자가 되었다.

당시 바르셀로나에서는 가톨릭 보수세력과 젊은 예술가들 사이에 심한 충돌이 일어났다. 진보적인 젊은 예술가들은 교권 반대 운동을 벌였고, 보수층은 '성 육 예술원'을 만들어 예술가의 타락을 막고자 했다. 가우디는 성 육 예술원의 회원이었고 반대편인 젊은 예술가들 중에 피카소가 있었다.

성 육 예술원의 첫 번째 규칙은 "수업시간에 옷 벗는 여자가 있어서는 안 된다"였기에 누드화가 금지되었다. 심지어 자유를 내세우는 민주주의에도 부정적이었다. 가우디는 부자나 귀족들과 가까이 지내다보니 그들과 비슷한 생각을 하게 되었고 젊은 예술가들을 이해할 수 없었다.

반면, 피카소는 성 육 예술원의 가치를 거부했고, 특히 가우디를 향해 공격적인 발언을 서슴지 않았다. 피카소는 펜화 「기아」에 갓난아기를 안고 있는 가난한 부부와 설교하는 노인을 그린 후 빈 공간에 이렇게 적었다.

"저는 지금 여러분께 하나님과 예술에 대해 말하려고 합니다."(노인, 가우디)

"네, 원한다면 말씀하십시오. 그런데 제 자식들은 배가 고픕니다."(가난한 아버지)

가우디의 비현실성을 적나라하게 비꼬는 말이었다. 피카소에게는 가난한 사람에게 하나님과 예술을 이야기하는 가우디가 너무 한심해 보였던 것이다. 피카소는 가난한 사람들에게 하나님과 예술은 사치라고 생각했다. 그런 면에서 피카소는 현실적인 화가였다.

피카소는 가우디가 못마땅해 친구에게 "만약 화가 오피소를 보거든 가우디와 성가족 성당을 모두 지옥으로 보내라고 해"라고 말했다. 오피소는 가우디의 제자인데, 제자에게 스승을 지옥으로 보내라고 했으니 피카소가 가우디를 얼마나 싫어했는지 알 수 있다.

가우디도 피카소를 경멸했다. 두 세력 간의 다툼은 결국 보수층의 승리로 끝났고, 이에 실망한 피카소는 스페인을 떠나 파리로 가버린다.(1900년, 19살의 피카소는 스페인 바르셀로나에서 파리로 오면서 청색 시대(1901~1904)의 막이 열렸다. - 이상준) 가우디와 피카소는 29살 차이가 난다. 상식적으로는 피카소가 가우디를 존경할 것 같은데, 실제로는 서로 상극이었다. 오늘날의 스페인은 두 천재 예술가가 먹여 살린다고 할 만큼 그들의 업적이 대단한데, 두 사람이 동시대에 격렬히 대립했다니 무척 흥미롭다. 보수와 진보의 대립은 동서고금을 막론하고 다 비슷한가 보다.)[43]

43) 『어쨌든 미술은 재밌다』 박혜성, 글담출판, 2018, p.74~79.

스페인 세비야

　세비야(Sevilla, 옛날식 이름은 '세빌리아')는 스페인 남부 안달루시아(An-dalucia) 지방, 과달키비르 강 어귀에 있는 내륙 항구도시이다. 이곳은 문화 중심지이면서 이슬람교도들이 스페인을 지배했을 때의 수도로서, 스페인의 신세계 탐험의 중심지로서 역사적으로 중요했던 곳이다. 1503년 무역관인 카사 데콘트라타시온(Casa de Contratación)의 설립과 함께 아메리카 대륙 식민지들과의 해외 교역에 있어서 독점권을 부여받았고, 17세기에 들어서 무역업이 쇠퇴한 반면 문화 활동이 활발해졌다. 세비야는 종교적·문화적·상업적으로 많은 사연을 지닌 역사의 도시다.

　"서양에서는 스페인 세비야의 주교 이시도루스(Hispalensis Isidorus, '선물'이라는 뜻으로 '농부' '시골 공동체의 수호신'이며, 이시돌 주교를 말함, 560~636)가 621년부터 중세 최초의 백과사전을 편찬하기 시작했다. 그는 고대로부터 자기 시대에 이르기까지 라틴어·그리스어·히브리어로 된 모든 지식을 20권의 저서에 집약하고 『어원지(語源誌)』라는 제목으로 출간했다."[44]

6세기(527년)에 이스탄불(콘스탄티노플)에 세워진 성 소피아 성당의 규모는 1,000년 동안 세계 최대였는데, 마침내 16세기에 건설된 스페인 남부 세비야 대성당(Sevilla Cathedral, 1403~1506)에게 그 지위를 넘기게 된다. 세비야 대성당에는 콜럼버스를 기념하는 조각상과 그의 유품 등이 즐비하다. 콜럼버스(Christopher Columbus, 1451~1506, 향년 55세)로부터 출발하여 그의 후발주자들이 신대륙에서 원주민들의 목숨을 빼앗고 강탈한 엄청난 금은보화로 장식한 제단도 물론 있다.

"세비야 대성당의 콜럼버스 유품 중에는 그가 읽었던 수많은 책들도 있는데, 특히 마르코 폴로의 『동방견문록』(1296년 귀국하여 1306년 발간)을 펼쳐보면 '황금' 등 특정 키워드 옆에는 별도로 직접 메모를 한 흔적들이 많다. 그가 이 책에 얼마나 심취했는지를 알 수 있다."[45] 이 성당에는 콜럼버스의 묘(Sepulcro de Colón)도 있다.[46]

"역사는 300년 동안 콜럼버스에 대해 잊고 있었다. 1800년대에 스페인 왕은 왕립기록보관소에서 콜럼버스의 항해일지를 찾아냈고, 콜럼버스는 마침내 신세계를 발견한 공로를 인정받았다. 수년이 지난 뒤, 콜럼버스의 유해는 항해를 몇 번 더 했다. 처음에 그는 스페인에 묻혔다. 그 뒤 기록에는 그의 가족이

---

44) 『상상력 사전(Nouvelle Encyclopédie, 2009)』 베르나르 베르베르, 열린책들, 2011, p.17~18.
45) EBS다큐프라임 2016.8.29. 방송 '앙트레 프레너'
　　Entrepreneur는 혁신을 실제 사업에 접목한 '창조적 파괴자'라는 뜻이다.
46) 『달러이야기』 홍익희, 한스미디어, 2014, p.17~19.
　　콜럼버스(Columbus)는 영어식 성이고 그의 실제 성은 콜론(Colon)이다. 당시 '콜론'은 이탈리아에 살고 있었던 유대인들의 성으로 콜럼버스 스스로도 다윗 왕과 관련 있다고 자랑하였다. 그는 개종 유대인인 '마라노'라는 설이 있다. 마라노는 종교재판을 피해 가톨릭으로 거짓 개종한 유대인을 부르는 경멸어다. 최근 유대 연구가들에 따르면 콜럼버스는 1391~1492년 사이에 스페인에서 추방된 유대인이라는 주장이 제기되고 있다. 당시 스페인에서는 마녀사냥식 종교재판이 성행해 유대인들이 추방되거나 스스로 탈출했다.

유해를 오늘날 아이티와 도미니카공화국이 있는 히스파니올라로 갖고 갔다고 적혀 있다. 몇 년이 지난 뒤 그의 시신은 쿠바로 옮겨졌다. 이들 나라들은 아직도 콜럼버스의 유골을 가지고 있다고 주장한다. 유골에 대한 DNA 실험 결과 과학자들은 최소한 콜럼버스의 유골 가운데 일부가 스페인과 쿠바 그리고 아이티에 있다는 것을 확인했다. 도미니카 공화국은 콜럼버스 유해 확인 시험을 거부했다."[47]

[〈독학으로 만들어낸 콜럼버스의 세계관〉

콜럼버스는 지구의 형상과 바다에 대한 지식을 어떻게 얻었을까? 그건 바로 '독학'이었다. 그는 선원들 세계에서 여러 정보를 접했을 테고, 또 많은 책을 읽어 지리에 대한 지식도 얻었다. 이것들을 종합하여 나름대로 세계의 대륙과 바다에 대한 지식 체계를 형성해간 것이다. 사실 여기에 문제가 있다. 독학이라는 것은 때로는 기발하고 독창적인 이론을 만들어내지만 그보다는 아집에 빠져 기이한 주장을 펼칠 가능성이 크다.

어쨌거나 콜럼버스가 열심히 공부한 것은 분명하다. 무엇보다 그는 책을 엄청나게 많이 가지고 있었다. 당시는 구텐베르크의 활판 인쇄술의 등장으로 책의 출판이 본격적으로 시작되던 시기다. 대략 1500년까지 출판된 초기 인쇄 서적을 인큐나불라(Incunabula)라고 하는데, 이것은 아무나 가질 수 없는 매우 진귀한 물건이었다. 그런 시기에 평민 출신 선원인 콜럼버스가 무려 15,000권의 책을 소장했다고 하니 이는 실로 특이한 일이 아닐 수 없다. 오늘날 그의 보유 장서 가운데 많은 책이 유실되고 현재 2,000권만 남아 세비야 대성당의 '콜럼버스 장서(Biblioteca Colombina)'를 구성하고 있다(콜럼버스의 후손 가운데 책을 팔아먹은 사람이 있었던 것이다).

47) 『옛사람의 죽음 사용 설명서(How They Croaked, 2011)』, 조지아 브래그, 신인문사, 2014, p.57~59.

콜럼버스는 책 읽는 습관도 남달랐다. 그는 책 여백에 자신의 생각을 라틴어로 적어놓았는데, 바로 이 주석이 그의 내면세계의 발전을 이해하는 데에 결정적으로 중요한 자료가 된다. 이를 통해 콜럼버스가 어떤 책을 읽었는지 알 수 있고, 또 그 내용을 어떤 식으로 이해 혹은 '오해'했는지 파악할 수 있기 때문이다.

콜럼버스는 책을 읽을 때 어떤 부분을 주목해서 봤을까? 그는 지구구형설 같은 것에는 별 관심이 없었다. 지구구형설은 이미 그 시대에는 상식에 속했기 때문이다. 그보다는 지구의 크기가 주요 관심사였다. 책에 '지구가 작다'는 내용이 나오면 그 옆에 많은 주석을 달았다. 지구가 크면 항해 거리가 길어지고 항해의 성공 가능성도 낮아지지만, 반대로 지구가 작으면 항해 거리도 짧아지고 성공 가능성도 높아지는 셈이니 콜럼버스에게는 중요한 정보였다.

콜럼버스가 관심을 두었던 또 다른 주제는 육지와 바다의 비율이다. 현재 우리는 육지보다 바다의 면적이 훨씬 크다는 것을 알고 있지만, 당시에는 육지와 바다 중 어느 쪽이 더 큰지 논쟁이 자주 벌어졌다. 책에 '육지가 더 크다'는 내용이 나오면 콜럼버스는 아주 기뻐했다. 항해 거리가 짧아지기 때문이다. 콜럼버스는 책 곳곳에 방대한 양의 주석을 달았다. 그가 보기에 중요한 내용이다 싶으면 특이한 손가락 그림을 그려넣었다. 이런 부분은 콜럼버스의 사고 형성에 지대한 영향을 끼쳤다.

콜럼버스에게 가장 큰 영향을 끼친 책을 『이마고 문디(Imago Mundi)』('세계의 이미지' 또는 '세계의 상(像)'이라는 뜻)다. 이 책은 캉브레 주교이자 추기경이며 파리에서 활약했던 신학자 피에르 다이이(Pierre d'Ailly, 1350~1420)가 저술한 세계지리책으로, 1480~1483년 사이에 루뱅에서 출판됐다. 이 책은 단순히 세계지리 내용만 기술한 것이 아니라 천문·점성술·신학에 관한 내용도 포함된 일종의 백과사전이었다. 콜럼버스는 이 책에 무려 898개나 되는 라틴어 주석을 달았다. 특히 8장에 집중적으로 주석이 달린 것으로 보아 이 부분이 콜럼버스 사고 형성에 결정적인 영향을 미쳤으리라고 짐작된다.

그런데 이 책의 원조는 아랍 지리학서이다. 즉 전개 과정은 이렇다. 알 프라가누스 (Alfraganus, 9세기 전반의 아랍 천문학자)의 책⇒로저 베이컨(Roger Bacon, 13세기 영국 철학자, 1214~1294)의 책⇒『이마고 문디』로 번역되면서 이어진 책이다.

이마고 문디에서 콜럼버스를 매료시킨 내용이 바로 '지구가 굉장히 작다'는 것, 그리고 '육지와 바다의 비율이 6:1이라는 것'이다. 육지가 6이고 바다가 1이라면 유럽과 아시아 사이에 놓인 바다가 매우 작을 테고, 이 바다를 건너는 것은 생각보다 어렵지 않은 일이 될 터이다. 그는 마르코 폴로(Marco Polo, 1254~1324)의 『동방견문록』에서 읽은 내용으로 이 주장을 보충했다. 마르코 폴로의 여행 기록을 따라가보면 유럽에서 출발하여 동쪽으로 엄청난 거리를 여행한 것으로 그려져 있다. 이는 아시아 대륙이 아주 크다는 뜻이고, 바꿔 말하면 반대 방향에서 유럽을 출발해 아시아로 가는 항해 거리가 짧다는 의미다.)[48]

세비야는 상업의 발달로 인한 물질적인 풍요를 바탕으로 예술과 문화도 꽃을 피웠다. "베토벤(Beethoven, 독일, 1770~1827)은 판니 델 리오라는 스페인 처녀와 진한 애정을 나누었다는 소문이 있다. 베토벤이 조카인 칼의 양육권을 얻은 후의 시점이라 조카가 다니던 학교 설립자의 딸이었다. 「피델리오」는 그 처녀를 위해 작곡한 곡이다. 「피델리오」는 베토벤이 유일하게 완성해서 초연한 3막짜리 오페라다. 배경은 18세기 스페인 세비야로, 1805년 겨울에 작곡했다. 결혼한 여자(레오노라)가 감옥에서 일하는 소년(피델리오)으로 분장해서 감옥에 갇힌 남편(플로레스탄)을 구출한다는 내용이다. 베토벤은 프랑스

---

48) 『주경철의 유럽인 이야기 1: 중세에서 근대의 별을 본 사람들』, 주경철, 휴머니스트, 2017, p.186~189.

혁명 당시 실제 사건과 인물을 바탕으로 영원히 변하지 않는 애정을 지닌 이상적인 여성상을 그리려 했다."[49]

"프랑스 작가 프로스페르 메리메가 소설『카르멘』을 1845년에 출간했다. 30년 후 비제(George Bizet, 프랑스 작곡가, 1838~1875)가 이를 오페라로 각색했다. 자유분방하고 충동적이며 정열적인 여인, 세비야 담배공장의 여공인 카르멘과 위병군인인 돈 호세. 유혹의 아리아인 〈하바네라〉 등이 핵심 요소이다. '하바네라(Habanera, 스페인 춤곡)'는 '하바나(쿠바의 수도 아바나)의 노래'라는 뜻이다. 카르멘이 여공 상해죄로 돈 호세에게 형무소로 호송되어 가는 중 카르멘이 이 노래를 불러서 호세를 유혹하여 풀려나고, 대신 호세가 카르멘을 풀어준 죄로 수감된다는 대목이다."[50] 박지윤이 2000년 부른 〈달빛의 노래〉(박진영 작사, 박진영·방시혁 작곡)는 비제의 오페라「카르멘」중 〈하바네라〉의 선율을 빌렸다.[51]

로시니(Gioacchino Rossini, 이탈리아 작곡가, 1792~1868)의「세비야의 이발사(Il Barbiere di Siviglia)」(1816)도 세비야를 배경으로 한 오페라다.

도스토옙스키(1821~1881)의 소설『카라마조프가의 형제들』(1880)에 들어있는 '대심문관(The Grand Inquisitor)'은, 둘째 아들 이반이 셋째 아들 알료사에게 들려주는 자작극시인데, 이는 단순히 소설의 일부분이 아니라 중요한 철학 논문으로 취급되며 오늘날까지도 많은 논쟁을 불러일으키고 있다. '대심문관'은 독일에서 막 시작된 종교개혁에 아무런 영향도 받지 않고 가톨릭의 지

49)「10번 교향곡(LA DÉCIMA SINFONÍA, 2008)」조셉 젤리네크, 세계사, 2008, p.344.
50)「연애낭독살롱」이동연, 인물과사상사, 2012, p.77.
51)「노래가 위로다: 갈 곳 없는 이들을 사로잡는 대중가요의 사회사」김철웅, 시사in북, 2015, p.312.

배가 굳건하던 16세기 에스파냐 세비야를 무대로 당시 악명 높던 스페인 종교재판을 지휘하던 대심문관을 등장시키고, 예수가 세상에 다시 내려오는 가상의 상황을 그리고 있다.

당시의 에스파냐 정치적 상황을 간략히 알아보자. 카스티야 왕국의 이사벨 여왕은 아라곤 왕국의 페르난도 2세와 결혼하여 에스파냐를 통일하고, 마침내 1492년 이슬람 제국 최후의 거점인 그라나다를 정복함으로써 국토회복, 즉 레콩키스타(Reconquista)를 완성했다. 그녀는 에스파냐를 강력한 정치적·종교적 통일국가로 만들기를 꿈꿨다. 그 결과 엄청난 종교재판이 이뤄졌는데, '대심문관'은 이때의 시대 상황에 예수가 내려오는 가상의 상황을 접목시킨 것이다. 가톨릭 지도자인 대심문관은 예수를 환영하기는커녕 "왜 돌아왔냐?"고 타박하며 급기야 화형에 처하려고 한다. 그런데 그가 예수를 거부하는 이유는 단지 자신의 권력을 지키기 위해서가 아니라, '인류를 진정으로 사랑하는 마음' 때문에 예수를 거부하는 것이라고 '궤변'을 늘어놓는다.

〔"때는 16세기, 장소는 스페인의 세르빌이었지. 이단자들에 대한 무서운 심판이 벌어졌고 스페인 전역에는 하나님의 영광을 위해 거대한 불길이 끊임없이 타올랐단다. 교활한 이단자들은 여지없이 화형에 처해졌어."

『카라마조프가의 형제들』에서 이반은 그의 동생 알료사에게 대심문관의 이야기를 들려준다. 이들 카라마조프가의 형제들 가운데 이반이 악의 존재를 느끼면서도 종교적 교리에 대해 사상적으로 회의하는 자라고 한다면, 드미트리는 선과 악의 문제를 다름 아닌 자신의 가슴속에서 실존적으로 느끼는 감정적 열정이 앞선 인물이었다. 반면 알료사는 종교적 권위의 상징인 장로 조지마의 영향으로 교회의 가르침에 신뢰를 가지고 있는 존재였다. 따라서 이반의 이야기는 이러한 그의 정신세계에 중대한 도전이 되었다.

그럴 만한 것이 예수의 이름으로 심판을 행하는 대심문관이 막상 예수 자신이 나타나자 그를 향해 비난을 퍼붓는 모습을 보여주고 있기 때문이다. 교회는 알료사의 기대와는 어긋나는 방식으로 예수를 대하는 것이다. 대심문관은 예수에게 절규하듯 외친다. "왜 왔는가? 이미 당신은 교회에 모든 권위를 넘겨주었으니 더 이상 이 땅의 문제에 간섭하지 말라, 다시는 오지 마라." 교회를 위협하는 예수는 추방당해야 한다. 예수가 교회의 머리가 아니라 교회가 예수의 머리다. 대심문관은 교회의 머리로 복귀하려는 예수를 두려워한다.

서구의 역사에서 오랫동안 민중은 교회가 가르치는 대로 사고하고 움직여왔다. 다른 생각의 여지는 용납할 수 없는 것이었다. 교회가 정한 경계선을 벗어나 이루어지는 '시선의 다른 각도'는 죄악이다. 허락되지 않은 질문을 던지는 행위는 처단되어야 한다. 이단의 목에 걸 줄은 부족하지 않다. 교회는 제우스의 신화는 거부했지만, 그가 가진 불벼락은 여전히 자신의 재산으로 삼는 데 성공했다. 그러기에 이단에 대한 화형은 이상한 풍습이 아니었다. 겉으로 내세운 것은 아니지만 예수를 지켜보는 것보다 교회를 지키는 것이 더 중요하다는 조직의 논리는 확고해졌다.

교회가 만들어낸 예수와 거리에서 민중과 함께 있는 예수가 서로 다른 것을 목격하거나 알게 되는 자가 생기면 그동안 잘 유지되어왔던 질서는 무너진다. 그건 재앙이다. 아니, 저주이다. 그러기에 문제의 근본은 이단자들이 아니다. 예수 자신이다. 그는 언제나 기존 질서에 대한 파괴자로 다가온다. "진리가 너희를 자유케 하리라"(『요한복음』 8장 32절)는 발언은 가급적 민중들에게 들려주지 말아야 한다. 예수는 당대의 교회 권력에 대해 서슴없이, "돌 하나 위에 돌 하나도 남지 않을 것"이라며 성전의 몰락을 예고하기까지 했다. 그 발언으로 예수는 훗날 어두운 밤 대제사장의 심판대에서 유죄 선고를 받는 처지에 처하지 않았던가?

대심문관의 교회에게 자유는 따라서 불온한 움직임이 된다. 이를 막기 위해 교회와 다른 생각을 가진 자들, 또는 대심문관만의 특권인 생각할 줄 아는 능력을 가진 자들은 불에 태워야 한다. 권력은 언제나 진실을 분서(焚書)의 대상으로 삼으려는 질긴 유혹에 빠지는 법이다. 제물(祭物)이 있어야 권력은 축복을 받는 것일까?

대심문관의 마지막 장면은, 예수가 대심문관의 말을 조용히 듣고는 그에게 입맞춤하고 떠나는 것으로 마무리된다. 축출된 진실 앞에서 권력은 안도감을 느꼈을까? 한데, 예기치 않게도 예수의 입맞춤은 대심문관의 가슴속에서 무언가 '열도(熱度)가 높은 광채'를 만들어내기 시작했다. 예수의 침묵은 침묵이 아니었다. 그의 입맞춤은 고발당하는 자의 고별인사가 아니었다. 그건 영혼의 불길이 일기 시작하는 순간이었다. 숨 막힐 듯 암울했던 러시아 차르 체제가 이반의 이야기를 통해 은밀하게 갈망했던 것은 바로 이것이었다.

지배의 욕망에 사로잡힌 자들이 저지른 광란의 화염과는 달랐다. 진리 앞에서 마음이 뜨거워지는 감격, 그것이 시대를 변화시키는 힘인 것을 이반은 예감하고 있었던 것이다.)[52]

현대에 와서는 세비야를 포함한 스페인 남부 안달루시아 지방이 전통적으로 기독교와 이슬람교, 그리고 유대인들이 평화롭게 공존하던 지역이었다는 점을 높게 평가하는 분위기다. 대표적으로 '웨스트-이스턴 디반(West-East-ern Divan) 오케스트라'를 들 수 있다.

[('서동시집 오케스트라'='웨스트-이스턴 디반 오케스트라')
클래식 음악계에는 지휘자 다니엘 바렌보임(Daniel Barenboim, 아르헨티나 출신 유대인 피아니스트, 1942~)과 관련하여 두 가지 설이 전해져 왔다. 음악가로서 노벨 평화

52) 『자유인의 풍경: 김민웅의 인문학 에세이』, 김민웅, 한길사, 2007, p,65~68.

상을 수상한다면 바렌보임이 그 첫 번째 인물이 될 것이라는 것과 그가 한국에서 공연을 가진다면 그것은 여느 콘서트홀이 아닌 판문점에서 열릴 것이라는 소문이었다. 그리고 이번(2011년) 내한공연을 계기로 적어도 두 번째 가설만큼은 사실로 판명되었다. 그동안 내로라하는 국내 공연 기획사들이 그의 공연을 유치하기 위해 온갖 노력을 기울였지만, 확실히 그는 개런티보다는 판문점에 더 강한 매력을 느꼈던 것 같다. 그만큼 그의 행보에는 정치적인 색채가 짙다.(2011년 8월 15일 팔레스타인/이스라엘 국적 단원들로 구성된 웨스트이스턴 디반 오케스트라 경기도 파주 임진각 평화누리 야외공연장에서 평화콘서트가 열렸다. 지휘자 다니엘 바렌보임은 27년만에 방한하여 「베토벤의 교향곡 9번(합창)」을 공연했다.)

바렌보임에게는 일생에 걸쳐 세 번의 중요한 인연이 있었다. 어린 시절 푸르트뱅글러를 만나 음악가로서 세례를 받았고, 젊은 시절 재클린 뒤 프레와 결혼하여 아름다운 로맨스를 완성했다면,[53] 중년 이후의 바렌보임에게 음악적으로나 정치적으로나 지대한 영향을 끼친 인물은 단연 에드워드 사이드(Edward Said, 팔레스타인 출신, 평론가·철학자, 1935~2003)다. 1990년대 어느 호텔 로비에서의 우연한 만남을 시작으로 이 둘은 중동지역에 대한 정치적 공감과 음악적인 유대로 가히 세기의 우정을 꽃피웠다.

---

53) 「나를 위로하는 클래식 이야기」 진회숙, 21세기북스, 2009, p.168~175.

재클린 뒤 프레(Jacqueline Mary du Pré, 영국 옥스퍼드 출신 첼리스트, 1945~1987 향년 42세)는 긴 머리를 휘날리며 걷기를 좋아했는데 1987년 10월 19일 바람과 함께 이 세상에서 사라졌다. 다발성경화증이라는 마비병으로 그녀가 무대를 떠난 뒤에도 여전히 그녀를 사랑했던 수많은 팬이 20세기 최고의 첼리스트인 그녀의 이른 죽음을 깊이 슬퍼했다.

재클린은 16살 때인 1961년 런던의 위그모어 홀에서 데뷔 무대를 가졌다. 그리고 이듬해 로열 페스티벌 홀에서 BBC심포니와 함께 엘가(Edward Elgar, 영국 작곡가, 1857~1934)의 「첼로 협주곡」을 연주했다. 이 연주는 일대 센세이션을 불러일으켰다. 언론은 앞다투어 첼로 천재에 대한 기사를 실었다.

재클린은 22살이던 1967년 당시 피아니스트이자 지휘자로 한창 상승 가도를 달리고 있던 다니엘 바렌보임과 결혼했다. 당대 최고의 젊은 피아니스트와 첼리스트의 만남은 그 자체로 대단한 화젯거리였다. 다니엘 바렌보임은 유대인이었는데, 그와 결혼하면서 재클린이 가톨릭에서 유대교로 개종했다는 이야기가 유명하다. 그 후 두 사람은 삶의 동반자이자 음악의 동반자로 많은 시간을 함께 보냈다. 이 무렵 그녀는 첼로의 명곡을 거의 모두 연주했으며, 대부분을 음반으로 남겼다. 그때마다 바렌보임은 때로는 피아니스트로, 때로는 지휘자로 그녀의 연주에 함께했다.

실천하는 지성인이었던 이들은 옳다고 생각하는 바를 행동으로 옮길 줄 알았다. 그 첫 번째 성과가 1999년 바이마르 워크숍이다. 본래 이 워크숍은 괴테 탄생 250주년을 기념하여 단발적인 프로젝트로 진행되었다. 그러나 이 행사를 계기로, 이스라엘과 중동 지역의 이슬람 청소년들을 주축으로 하는 연합 오케스트라 워크숍이 이후에도 두세 번 바이마르와 시카고에서 개최되었다.

그리고 2002년, 이 프로젝트 악단은 '서동시집(괴테가 14세기 페르시아 시인 하피스(허페즈·Hafez, 1325~1389)의 시에 매료되어 쓴 『서동시집(西東詩集)』에서 따온 용어다) 오케스트라(웨스트-이스턴 디반 오케스트라)'라는 명칭 아래 온전한 모습으로 창단되기에 이르렀다. 서동시집 오케스트라 단원들은 매년 여름 스페인 세비야에 모여 연습을 거친 뒤 세계 순회공연을 가진다. 이 도시를 포함한 스페인 남부 안달루시아 지방이 전통적으로 기독교와 이슬람교, 그리고 유대인들이 평화롭게 공존하던 지역이었다는 점에서 세비야가 선택된 것이다.(역자 누승림)]⁵⁴⁾

그런데 1970년부터 재클린의 건강에 이상징후가 나타났다. 다발성경화증이라는 희귀한 마비증이었다. 재클린이 병마와 싸우는 동안 남편 바렌보임은 세계 최고의 음악가로 승승장구하고 있었다. 그러나 이들 부부 사이는 점점 균열이 가기 시작했다. 결국 바렌보임은 유대계 피아니스트와 동거를 시작해 재클린의 가슴을 찢어놓았다. 오랜 병마와 싸우던 재클린은 결국 1987년 42세의 일기로 세상을 떠났다. 그녀가 첼리스트로 활동한 기간은 10년 남짓밖에 되지 않는다. 그러나 한 가지 다행스러운 것은 이 짧은 기간에 첼로의 명곡을 모두 녹음했다는 것이다. 그래서 우리는 지금 그녀가 연주하는 첼로 명곡들을 들을 수 있다. 녹음 대부분은 남편인 바렌보임과 함께했는데, 그중에서도 특히 엘가의 「첼로 협주곡」이 유명하다.

오늘날 재클린을 사랑하는 사람들은 각기 다양한 방법으로 그녀를 추억한다. 그중에서 아주 특별한 방법으로 그녀를 추억한 사람이 있다. 바로 독일 출신 첼리스트 베르너 토마스(Werner Thomas-Mifune, 1951~)다. 그는 19세기 작곡가 오펜바흐(Jacques Offenbach, 독일 태생 프랑스 첼리스트·작곡가, 1819~1880)의 미발표 첼로 악보를 발견하고 여기에 「재클린의 눈물」이라는 제목을 붙여 발표했다. 베르너 토마스라는 무명의 첼리스트를 일약 스타덤에 올려놓은 이 곡은 본래 제목이 없었는데, 토마스가 요절한 재클린을 기리고자 「재클린의 눈물(Jacqueline du Pré)」이라는 제목을 붙였다고 한다. 토마스가 이런 제목을 붙이지 않았다면 사실 이 곡은 재클린 뒤 프레와는 별 상관이 없는 곡이 되었을 것이다.

54) 『평행과 역설: 장벽을 넘어 흐르는 음악과 정치(Parallels & Paradoxes, 2002)』 에드워드 사이드·바렌보임, 마티, 2011, p.268~270.

스페인 그라나다

스페인 안달루시아(Andalucia) 지방은 이슬람과 불가분의 관계가 있다. 스페인은 711~1492년의 800년간 이슬람에 속하면서 중세 최고 수준의 학문·과학·문화·예술 등을 유럽에 전해주는 역할을 했다. 아바스(Abbasid Dynasty, 750~1258) 이전의 우마이야 왕조(Umayyad Dynasty, 661~750년)는 지중해를 중심으로 서아시아·아프리카·남유럽의 세 대륙에 이르는 대제국을 건설하였다. 남부 안달루시아는 유대인·무슬림과 기독교인들이 함께 잘 살았었다.

"스페인 남쪽 그라나다(Granada)의 '알함브라 궁전(Alhambra, '붉은 성'이라는 뜻)'도 문화의 섞임과 조화가 만들어 낸 작품이다. 1491년 기독교도의 압력으로 페르난도 5세가 안달루시아의 중심국가인 그라나다를 침공하여(이듬해인 1492년 정복 완료) 무슬림에 대한 가혹한 인종청소를 단행(이사벨 1세 여왕 시기임), 300만 명의 무슬림과 30만 명의 유대인이 추방되었다."[55] 스페

55) 『이희수 교수의 이슬람』, 이희수, 2011, p.105.

인의 이사벨 1세 여왕(Isabella of Castile Ⅰ, 1451~1504)은 무슬림이 건축한 알함브라 궁전을 접수하고 콜럼버스의 신세계탐험을 지원했다.

"유럽의 왕가들은 씨줄과 날줄처럼 서로 얽혀 있는데 여기에 네덜란드의 운명도 속했다. 1588년 신성로마제국(독일) 황제 카를 5세는 동생인 페르디난트 1세에게 오스트리아를, 아들 펠리페에게는 에스파냐와 네덜란드를 맡겨서 통치하도록 했다. 황제 카를 5세의 외할머니는 다름 아닌 카스티야 왕국의 이사벨 여왕이었다. 그녀는 아라곤 왕국의 페르난도 2세와 결혼하여 에스파냐를 통일하고 마침내 1492년 이슬람 제국 최후의 거점인 그라나다를 정복함으로써 국토회복, 즉 레콩키스타(Reconquista)를 완성했다. 그녀는 에스파냐를 강력한 정치적·종교적 통일국가로 만들기를 꿈꾸었다.

그 결과 엄청난 종교재판이 이뤄지고[도스토옙스키의 『카라마조프가의 형제들(Bratya Karamazovy)』(1880)에 나오는 '대심문관(The Grand Inquisitor)'은 이때의 시대 상황에 예수가 내려오는 가상의 상황을 접목시킨 것이다] 20여 만 명의 유대인들이 학살되었으며, 살아남은 유대인들과 비가톨릭 교도들은 네덜란드로 이주했다. 자연히 네덜란드는 에스파냐와 가톨릭교회에 대한 반감을 갖고 있었다. 에스파냐는 콜럼버스의 항해 이후 아메리카 대륙에서 엄청난 양의 금·은을 약탈함으로써 국부를 쌓았고 강대국으로 부상했다." [56]

그런데 1492년 이슬람 제국 최후의 거점인 그라나다를 정복함으로써 국토회복, 즉 레콩키스타는 스페인에서만 완성된 것일 뿐 전 유럽에서 이슬람이 쫓겨난 것은 아니었다. 이를 대변하는 증거 중 하나가 저 유명한 '레판토(Lep-

---

56) 「생각의 융합」, 김경집, 더숲, 2015, p.245~247.

anto) 해전'(1571년 10월 7일)이다.

〖〈유럽 부흥의 계기를 마련한 레판토 해전의 승리와 세르반테스의 참전〉

로마·마드리드·빈·제노아[57]·베네치아 등 서유럽의 대도시들은 1571년 10월 7일 그리스 레판토(그리스 코린토스 만에 있는 나프팍토스) 앞바다에서 있었던 그리스도교도와 이슬람교도 함대 사이의 레판토 해전에 대한 자랑스러운 기억을 갖고 있다. 역사상 가장 흥미로운 전투 중 하나인 레판토 해전은 그리스도교 국가들에 새로운 활기를 가져다주었다. 화가, 테피스트리 직조공, 보석세공인 등은 서로 앞다투어 이 전투를 주제로 그림을 그리거나 기념품을 제작했다.

1453년 오스만 튀르크에 의해 콘스탄티노플이 함락되자 그리스도교 문명권은 최악의 굴욕을 당하게 되었다. 그 후 그리스도교 문명권은 100년 넘게 실의에 빠져 있었다. 튀르크인은 16세기 초에는 벨그라드와 부다페스트를 거쳐 신성로마제국 수도인 빈 부근까지 세력을 뻗쳤다. 튀르크인은 전사로 길러졌으며, 일치단결했다. 그들은 이슬람의 대의를 받아들였다. 그리스도교도들이 튀르크 공세의 파도를 막아내기 위해서는 이슬람교도들에 필적하는 단결과 헌신을 보여야 했다. 중세 십자군 원정 이후 꺼져버린 정신의 불꽃을 되살려내야만 했다.

튀르크군에 맞서 그리스도교 함대 지휘를 맡은 것은 신성로마제국 황제 카를 5세의 서자이자 에스파냐 왕 펠리페 2세의 이복동생인 돈 후안 데 아우스트리아(Don Juan de Austria, 1547~1578)였다. 당시 25세의 금발 청년이었던 그는 전쟁에 천부적 재능을 지

---

57) 〈제노아에서 고속도로 교량 붕괴로 40명 이상 사망하고 수백 명이 다쳤다〉
   2018년 8월 15일 오전 4시 41분경 이탈리아 북서부 항구도시 제노아(이탈리아어 Genova, 영어 Genoa)에서 발생했다.

닌 비범한 인물이었다.

이날 4시간가량 치러진 전투에서 에스파냐와 이탈리아 병사 8,000여 명이 전사했고, 부상자는 그 두 배에 달했다. 그러나 튀르크 함대의 전사자는 그보다 세 배나 많았다.

훗날 『돈키호테』(1권 1605, 2권 1615)를 쓰게 될 젊은 날의 세르반테스(Cervantes, 1547~1616.4.23)[58]도 이 전투에 참전했다. 그는 열병에 걸렸으면서도 후방에 남기를 거부하고 전투에 뛰어들었으며, 가슴에 총상을 두 번 입었고, 세 번째 입은 총상으로 평생 왼팔을 쓰지 못했다.[59]

1571년 레판토 해전은 튀르크의 기세와 열망을 억제하지도 못했고, 튀르크의 제해권을 완전히 분쇄하지도 못했다. 1573년 베네치아가 키프로스를 튀르크에 양도한 것이 그 예다. 하지만 이 전투는 유럽인의 사기에 큰 영향을 미쳤다. 레판토 해전은 튀르크 세력이 봉쇄될 수 있으며 초승달(초승달은 이슬람의 징표다.[60] 레판토 전투는 십자가와 초승달 사이의 전투였다)은 결코 무적이 아니라는 것을 입증했다. 그것이 미친 영향은, 예를

---

58) 세르반테스는 셰익스피어보다 17년 앞선 1547년 스페인 수도 마드리드 근처의 작은 마을에서 났다. 그러나 두 사람은 공교롭게도 1616년 4월23일, 같은 날 생을 마감했다. 유네스코가 이날을 '세계 책의 날'로 정한 것도 이 때문이다.

59) MBC 2016.5.22. 방송 '서프라이즈'
세르반테스는 래판토 해전(1571년)에서 세운 공으로 나라에서 표창까지 받았다. 그러나 이탈리아 나폴리에서 고향으로 (동생과 함께) 돌아오는 도중 해적에게 납치되어 알제리로 잡혀가 5년(1575~1580)의 노예생활을 했는데, 가족들의 호소에 의해 트리니티(Trinity, 삼위일체) 탁발수녀원이 그의 몸값을 치르고 스페인으로 데려왔다고 한다.
그 후 셰익스피어와 같은 날 사망한 세르반테스는 죽기 전 트리니티 탁발수녀원에 묻어달라고 부탁했다. 그 후 이 수녀원이 여러 차례 재건축되면서 유골들이 뒤섞여 그의 유골을 찾을 수가 없게 됐다. 이후 미겔 데 세르반테스의 이름 첫 글자를 딴 MC라는 글자와 2016년 지하의 돌벽 속에서 일그러진 왼팔뼈, 총알에 손상된 가슴뼈, 치아 등이 발견됐다. 사후 400년 만에 찾은 유골소식에 스페인 사람들은 흥분을 감추지 못했는데 얼마 후 이 유골도 진위 논란에 휩싸였다. 일각에서는 발견된 몇 조각의 뼈만으로는 세르반테스의 유골이라 단정지을 수 없다고 주장했다. 또 스페인 정부가 마드리드에 있는 트리니티 탁발수녀원을 관광지로 개발하려고 한다는 의혹도 제기됐다.

60) 초승달은 이슬람의 징표다. '비옥한 초승달'은 메소포타미아 문명을 일컫는 말이다. 그런데 아이러니하게도 국기 등에 표시된 실제 모양은 그믐달이다.

들면 제2차 세계대전에서 스탈린그라드(현재의 볼고그라드) 전투와 미드웨이 해전이 끼친 영향과 흡사한 것이었다.」[61]

---

61) 「나의 서양사 편력(1): 고대에서 근대까지」 박상익, 푸른역사, 2014, p.196~199.

프랑스 마르세유

마르세유(Marseille)는 프랑스 남부의 지중해에 접해 있는 프랑스 제1의 항구도시로 론 상(Rhône) 하구 부근에 있다. 지중해 연안의 유럽, 북부 아프리카, 근동, 중동 지역, 인도양 및 태평양 연안의 아시아 지역에서 북해 연안의 서부 유럽으로 가는 물자 유통의 요충지다.

마르세유는 프랑스대혁명(1789)뿐만 아니라 프랑스 국가(國歌)인 〈라 마르세예즈(La Marseillaise)〉의 탄생지다.

"세상의 모든 음악이 그러하듯, 프랑스 국가(國歌)도 시대와 역사의 산물이다. 1789년 프랑스대혁명이 일어나고 전제 왕정을 철폐하자 유럽 각국에서는 혁명의 거센 불길에 대한 두려움이 일었다. 1792년 프러시아와 오스트리아의 연합군이 침공했고, 프랑스의 국민공회는 외국의 침입에 맞서 프랑스 국민들에게 대대적인 봉기를 호소했다. 현재 유럽 의회가 위치하고 있는 스트라스부르의 수비대 대위였던 루제 드 릴(Rouget de Lisle)이 당시 작곡한 곡이 프랑스 국가인 〈라 마르세예즈〉이다."[62]

〔〈라 마르세예즈〉의 탄생 과정

프랑스혁명의 열기가 유럽 각국에 영향을 미칠 것을 우려한 주변국들이 프랑스를 위협했고 이에 프랑스 왕 루이 16세는 혁명군의 눈치를 보면서 오스트리아·프로이센 연합군에게 마지못해 선전포고를 한다. 1792년 4월 25일, 이 포고령이 당시 프로이센의 접경 도시인 스트라스부르에 전해지면서 혁명 지지파였던 디트리히(Dietrich) 시장은 주둔하고 있던 공병 대위인 루제에게 전쟁을 앞둔 프랑스군의 사기를 진작시킬 수 있는 노래를 지어줄 것을 당부했다. 이렇게 해서 4월 25일에서 26일까지 단 하룻밤 사이에 역사적인 노래가 탄생했다. 원제는 〈라인 군대를 위한 전쟁 노래(Chant de guerre pour l'armee du Rhin)〉였다.

그 후 약 2개월간 주춤하다가 6월이 되자 프랑스혁명을 와해시키려는 주변국의 침공과 국내의 반대 세력으로 인해 혁명군은 위기에 빠졌다. 이 위기에 맞서 혁명을 수호하고자 프랑스 각 지역에서 시민군이 조직되어 파리에 속속 들어서는데 남부 해안도시 마르세유에서도 500명의 시민군이 조직되었다. 그리고 7월 2일, 마르세유 시민군들은 출정식을 마치고 파리로 행진해가면서 이 노래를 불렀다. 마침내 8월 10일 파리가 눈앞에 보이자 그들은 혁명의 열기와 흥분에 휩싸여 더 큰 목소리로 이 노래를 부르며 파리로 입성함으로써 〈라인 군대를 위한 전쟁 노래〉는 이제 조국을 지키고자 '마르세유에서 출발한 시민군들이 부르는 노래'라는 의미의 혁명군가 〈라 마르세예즈〉가 된 것이다.

프랑스 국민의회는 1795년 7월 14일, 혁명 6주년을 맞아 〈라 마르세예즈〉를 정식 프랑스 국가(國歌)로 선포했다.〕[63]

---

62) 『스마트 클래식 100』 김성현, 아트북스, 2013, p.244~245.
63) 『음악과 함께 떠나는 세계의 혁명 이야기』 조광환, 살림터, 2016, p.15~19.

알렉상드르 뒤마(Alexandre Dumas, 1824~1895)의 『몽테크리스토 백작 (Le Comte de Monte-Cristo)』(1844)에 배경으로 유명한 이프 성(Château d'If))도 마르세유에 있다. 이프 성은 본래 마르세유를 지키기 위한 요새로 건축되었다가 나중에 주로 정치범을 가두는 감옥으로 사용되었다고 한다. 이 소설은 '내쉬균형을 깨뜨린 사랑의 힘'의 사례로 종종 인용되기도 한다.

〔게임이론에서는 죄수의 딜레마처럼 각자가 최선의 전략을 선택한 결과를 내쉬균형 (Nash Equilibrium)이라고 한다. 내쉬균형은 각 경기자가 자신의 행동이 다른 경기자의 이익에 미치는 영향을 고려하지 않는 상황에서 구해지는 균형이기 때문에 비협조적인 균형(Noncooperative Equilibrium)이라고도 불린다. 내쉬균형의 개념은 미국의 수학자 존 내쉬(John Nash, 1928~2015)가 처음 제시하였다. 수학자로서 '게임이론'으로 1994년 노벨경제학상을 수상한 그의 드라마틱한 삶은 「뉴욕타임스」 기자 실비아 네이사(Sylvia Nasar)가 집필한 『뷰티풀 마인드(A Beautiful Mind)』(1998)와 러셀 크로우 주연의 동명의 영화(2002년 개봉)로도 널리 알려졌다.

〈내쉬균형을 깨뜨린 사랑의 힘〉

내쉬균형은 다시 말하면 다른 경기자가 행동을 바꾸지 않는 한 자신이 어떤 대체 전략을 택해도 더 나아질 수 없는 상태를 가리킨다. 몽테크리스토 백작과 알베르의 결투에서 내쉬균형은 서로를 향해 방아쇠를 당기는 것이고, 죄수의 딜레마 게임에서 내쉬균형은 서로를 배신하는 것이다. 서로 방아쇠를 당기는 내쉬균형에서 홀로 이탈하는 것은 죽음을 의미하고, 서로 자백을 하는 내쉬균형에서 홀로 이탈하는 것은 긴 징역형으로 이어진다. 따라서 각 개인은 내쉬균형에서 전략을 바꿀 유인이 없고, 그들이 합리적이라면 균형은 안정적으로 유지된다.

하지만 현실의 게임은 항상 내쉬균형을 따르지는 않는다. 알렉상드르 뒤마의 『몽테크리스토 백작』에서 몽테크리스토는 사랑하는 여인(메르세데스)을 위해 복수를 포기하고 자신의 목숨을 바치기로 마음먹는다. 몽테크리스토는 비장한 각오로 결투장에 나타나지만 알베르는 입회인들 앞에서 큰 소리로 몽테크리스토에게 자신의 잘못을 사과한다. 알베르는 몽테크리스토 백작이 자기 아버지에게 복수한 것은 정당하며, 자신이 경솔했음을 고백한다. 메르세데스가 가정의 무서운 비밀을 아들에게 털어놓음으로써 몽테크리스토 백작의 목숨을 구한 것이다. 바로 사랑의 힘이 내쉬균형을 깨뜨린 것이다.』 [64]

---

64) 『경제학자의 인문학 서재』, 김훈민 · 박정호, 한빛비즈, 2012, p.151~152.

프랑스 니스·칸

　프랑스 최대의 휴양 도시 니스(Nice)는 모나코 공국 및 이탈리아에서 가까운 지중해의 항만 도시이다. 앙리 마티스(Henri Matisse, 1869~1954), 마르크 샤갈(Marc Chagall, 1887~1985) 등 많은 화가들이 사랑한 도시이자, 리비에라(Riviera) 혹은 코트다쥐르(Cote d'Azur)라고 불리는 지중해 해안 지역의 거점이기도 하다. 연평균 기온 15℃로 기후가 일 년 내내 따뜻하고 풍경이 아름다워 관광객이 많이 찾고 있으며, 별장·호텔·카지노 등 위락 시설이 정비되어 있고 수많은 행사가 열린다. 특히 3.5km에 걸쳐 이어지는 아름다운 해변과 그 주위의 화려한 거리는 니스를 유명한 휴양 도시로 만들어 준 장소이다. 또한 니스는 마르세유와 함께 스페인·이탈리아를 연결해주는 교통의 요지이기도 하다.

　"김우중 전 대우 회장의 별장이 있다 하여 한때 국내 언론의 집중적인 조명을 받았던 지중해 최대의 휴양도시 니스. 프랑스인들조차 세상에서 가장 살고 싶은 곳으로 꼽는다는 니스는 그만큼 아름답고 매력적인 곳이다. 마티스 미술관(Mus e Henri Matisse)은 니스의 부촌이자 유행을 주도한다는 시미애 언덕에 자리 잡고 있다. 17세기 제노아 양식의 아름다운 건물에는 마티스와 마티스의 상속자들이 기증한 작품, 국가가 위임한 작품 등 총 68점의 회화와 236점의 드로잉, 218점의 판화, 57점의 조각 등이 소장되어 있다. 그 가운데 푸른색의 아름다움을 빼어나게 잘 살렸다고 평가되는 유명한 색종이 작품 「푸른 누드 Ⅳ」(1952)는 단연 돋보이는 작품이다. 마티스 미술관 외에도 니스 지역에는 니스 미술관, 니스 현대 미술관, 사갈 미술관, 마그 재단 미술관, 르누아르 아틀리에, 앙티브 피카소 미술관 등이 주옥같은 작품들로 관람객을 기다리고 있다."[65]

한편 니스는 2016년 7월 14일 밤 10시 30분경 발생한 테러에 대한 아픈 기억이 있다(사망자 86명, 부상자 202명). 7월 14일은 프랑스의 혁명 기념일 (바스티유의 날)로, 공휴일이었던 당일 밤 니스 시 해변가에서 축제 행사에 모인 군중을 향해 대형 트럭 한 대가 60~70km/h 정도의 속도로 돌진해 휩쓸고 지나가면서, 300여 명의 사상자가 생겼다. 튀니지 국적의 무함마드 바우헬(Mohamad Lahouaiej Bouhel)이 "Allahu Akbar"(아랍어: 알라는 위대하다)를 외치며 돌진했다. 총격전이 벌어졌으며, 트럭 운전사는 사살됐다.

칸(Cannes, 깐느)은 니스에서 남쪽으로 26km 떨어져 있고, 기차로 30~40분 걸리는 곳에 위치한 칸은 지중해에 접한 코트다쥐르에서 니스와 함께 가장 인기 많은 휴양지이다.

---

65) 『이주헌의 프랑스 미술관 순례』, 이주헌, 랜덤하우스, 2006, p.280~302.

특히 매년 5월에 개최되는 칸 국제 영화제(Festival de Cannes)가 유명하다. 1946년 9월 처음 열렸으며, 베네치아, 베를린 영화제와 함께 세계 3대 국제 영화제로 꼽힌다. 한국에서는 임권택 감독이 감독상을, 박찬욱 감독이 심사위원 대상을, 배우 전도연이 여우주연상을, 이창동 감독이 각본상을 받았다.

그리고 개막식 날의 레드카펫 행사는 늘 세간의 관심을 집중시켜왔다. 그해 히트작품의 감독이나 등장인물들도 관심의 대상이지만, 무엇보다 주연급 배우들의 패션에 이목이 집중되어 있는 게 사실이다. 하지만 레드카펫의 기원을 살펴보면 '경서망동 하지마라'는 깊은 뜻을 품고 있다. 오늘날 원래의 의미가 변질돼버린 것이다.

그리스의 도시국가 아르고스의 왕인 아가멤논(Agamemnon)이 트로이 전쟁에서 승리하고 10년 만에 귀환하자 부인이 신의 길을 상징하는 '붉은색 융단(Red Carpet)'을 깔고 맞이한다. 하지만 아가멤논은 빨강이 신의 색이기 때문에 그 위를 걸을 수 없다고 거부한다. 하지만 아내 클리타임네스트라(Klytaimnestra)의 설득으로 결국 카펫을 밟고 궁전으로 들어간다. 기원전 458년 그리스 극작가 아이스킬로스(Aeschylos)의 비극 「아가멤논」에 나오는 내용인데 흔히 레드카펫의 기원으로 받아들여진다.[66] 현대에 들어와서 레드카펫은 외국의 원수나 귀빈 등을 영접하는 중요한 외교적 의전의 하나가 됐다. 정치적·경제적 거물들의 경우 항공기 트랩뿐만 아니라 기내에까지 레드카펫을 깔아 예우하기도 한다. 붉은색을 유난히 좋아하는 중국은 레드카펫을 최고의 의전으로 생각한다. 그렇다보니 레드카펫 관련 에피소드도 많다.

66) 「오레스테이아 3부작」, 아이스킬로스/김기영 역, 을유문화사, 2015, p.51~53.

〖〈레드카펫: 오만의 노예가 되어 신들의 영역에 오른 자〉

▷ 귀향

고대 그리스의 오래된 도시 아르고스(Argos)의 원로원들은 10년 만에 고향으로 돌아오는 아르고스의 왕, 아가멤논을 기다린다. 그들은 왕의 귀환이 그리 반갑지 않다. 그들은 지난 10년 동안 왕비 클리템네스트라가 아가멤논의 사촌 동생이자, 원수인 아이기스토스(Aigisthos)와 사귀면서 끔찍한 일을 기획한다고 직감했기 때문이다. 클리템네스트라와 아이기스토스는 아주 오래전부터 시작된 아트레우스(Atreus) 가문의 저주를 아가멤논 살해로 끝내고 싶었다. 아이스킬로스의 비극 『아가멤논』 처음에 등장하는 원로들의 노래는 미래 일을 암시하는 듯하지만, 사건을 정확하게 파악할 지혜가 없다. 그들은 제우스의 선함을 찬양한다. 제우스신에게는 용서와 화해뿐만 아니라 형벌과 불행을 일으키는 악함도 있다는 사실을 망각한다. 제우스는 분노의 여신들과 합세하여 불의한 자를 가차 없이 처단할 것이다. 이 비극 작품의 처음은 호메로스의 '일리아스' 내용처럼, 아가멤논의 용맹성을 찬양할 것이다. 이 찬양은 호메로스의 '오디세우스'처럼, 아가멤논의 목을 겨눌 복수의 칼을 가지고 기다리고 있는 클리템네스트라에 대한 암울한 전조일 뿐이다.

정의와 복수의 갈등은 아가멤논의 클리템네스트라의 정면대결에서 극적으로 표현된다. 아가멤논은 여느 인간처럼 모순덩어리다. 정의와 대의를 위해 목숨을 바치면서도, 자신에게 소중한, 자신의 분신인 딸 이피게니아(Iphigeneia)를 희생 제물로 신에게 바친다. 전쟁에서는 수천 명을 거느리는 대장이지만, 집안에서는 아내의 존경을 받지 못하고 오히려 혐오의 대상이다. 전쟁터에서 적들의 수를 읽는 전략가이지만, 10년 만에 아내를 만나러 가면서 전쟁 포로를 첩으로 데려가는 바보다. 오리엔트의 가장 부유한 도시인 트로이를 함락하여 수많은 재화를 획득하였지만, 정작 자신은 그 부를 누릴 수 있는 마음 수련을 하지 못해 자신의 모습을 직시하지 못하는 장님이 되었다.

▷ 클리템네스트라

아가멤논과 대결하는 자는 트로이의 프리아모스 왕이나 헥토르가 아니다. 10년 만에 돌아가는 집에서 자신을 환영할 것이라고 믿은 사랑하는 아내 클리템네스트라다. 클리템네스트라는 영국 시인 밀턴의 서사시 『실락원』에 등장하는 사탄과 같다. 천재적이며, 치밀하고 실수가 없으며, 거만하다. 『실락원』의 사탄은 시간이 지나면서 점점 나약해지는 반면, 아이스킬로스의 클리템네스트라는 점점 강해져 아가멤논마저 압도하는 영웅이다. 그녀는 자신의 딸인 이피게니아를 신에게 희생제물로 바친, 자신의 남편에게 복수할 권리를 당당히 가진다. 클리템네스트라는 지난 2,400년 동안 서양 드라마 역사에서 가장 악마적이면서도, 이중성과 아이러니로 묘하게 매력적인, 가장 영웅적인 여인이다. 그녀는 말한다. "내가 그를 얼마나 사랑했는지." 이 문장에서 말하는 '그'는 현재의 정부인 아이기스토스인지 아니면 과거의 사랑이었던 아가멤논인지 알 수가 없다.(⋯)

▷ 레드카펫: 아내인 클리템네스트라가 아가멤논에게 선언하는 유죄선고다!

클리템네스트라는 아직 마차에서 내리지 않은 아가멤논을 위해 레드카펫을 깔아놓았다. 레드카펫은 클리템네스트라가 아가멤논에게 선언하는 유죄선고다. 레드카펫은 신들을 위해 구별된 거룩한 물건이다. 그 위에 올라가 레드카펫을 밟는 행위는 오리엔트의 오만한 왕이나 하는 건방진 행동이다. 자기 스스로 신이라고 착각하여 한 치의 앞을 보지 못하는 정신적인 맹인 상태에 들어갈 때 하는 짓이다. 아가멤논과 같은 인간에겐 놓칠 수 없는 유혹이며 시험이다. 레드카펫은 은으로 수놓아져 있고, 선홍 자줏빛으로 염색한 실을 엮어 만들었다. 그것 자체가 파라다이스이며 신들만이 좌정할 수 있는 터부의 공간이다. 자줏빛 염료는 지중해 앞바다에서 채집한 '무렉스(murex)'라는 진귀한 조개에서 축출한다. 고대사회에서 이 염료는 금보다 귀했다. 그런 염료로 만든 카펫은 신적이다. 레드카펫은 오리엔트의 부의 상징이면서 동시에 복수의 피의 상징이다.

처음에는 아가멤논이 거절한다. 그는 이런 의식은 신에게나 어울리기 때문에, 자신과 같은 인간이 레드카펫을 밟을 수 없다고 말한다. 그는 말한다. "나는 두려워서도 감히 그런 짓을 못하겠소. 나는 신이 아니라, 인간으로 존경을 받고 싶소." 클리템네스트라는 아가멤논의 말이 진심이 아니라는 것을 알고 있었다. 그리고 아가멤논의 자존심을 건드린다. "사람들이 욕할까 두려워하지 마십시오. 당신은 부러움의 대상이자, 경쟁상대가 아닙니다." 클리템네스트라가 이렇게 몰아붙이자, 아가멤논은 말한다. "이렇게 시비를 거는 것이 여자에겐 어울리지 않아요. 그만두세요." 그러자 클리템네스트라는 "행운을 누리는 자는 때때로 져주는 것도 어울려요." 그리고 마지막으로 간청이자 명령한다. "양보하세요."(944행)(…)

▷ 오만한 아가멤논

아가멤논은 그 순간에 자신이 과거에 저질렀던 잘못을 까맣게 잊어버렸다. 자신이 10년 전 아울리스에서 딸을 희생제물로 바쳐 명성을 쟁취하려던 마음이 서서히 일어났다. 그는 10년 후 고향 아르고스로 돌아와, 자신의 오만을 자극하는 클리템네스트라의 감언이설에 속아 다시 한 번 오만의 노예가 된다. 그는 말한다. "당신 뜻이 정 그렇다면 좋소. 내 발을 위해 노예처럼 봉사해온 이 신발의 끈을 누가 지체 없이 풀도록 하라. 그래야만 신들에게 어울릴 이 자줏빛 천을 밟는 나에게 멀리서 누가 시기의 눈길을 보내지 않을 테니까."(944~947행) 아가멤논이 레드카펫을 밟고 침실로 들어가자, 클리템네스트라가 바로 뒤따라 들어간다. 궁궐 안에서 죽음의 비명소리가 흘러나왔다. 레드카펫은 인간에게 명성을 주기도 하지만 동시에 치명을 선사한다. 자신의 위치를 매 순간 섬세하게 살피지 못하고 주위의 칭찬에 도취되어 선택한 행위가 죽음으로 이어진다.)[67]

---

67) 「한국일보」, 2017.8.5. 배철현 서울대 종교학과 교수.

그런데 결혼식장에서 신부가 밟는 레드카펫의 유래는 좀 다르다고 한다. "결혼식장에서 신부는 레드카펫을 밟고 입장한다. 이 레드카펫의 기원은 고대 중동 지방이다. 즉, 신들에게 맹세하는 절대적인 서약을 할 때, 흰색 천 위에 동물을 반으로 양분한 후 그 피로 붉게 물든 카펫 위를 걸어가며 서약에 대한 맹세를 했다는 데서 유래된 것이다."[68]

68) EBS 2014.4.19. 방송 '가족의 발견' 〈결혼의 시작은 약속이다〉
　　김요셉: 수원중앙기독학교 목사. 한국인 김장환 목사(극동방송 사장)와 미국인 어머니 사이의 장남, 1961~.

프랑스 칼레

　영국 도버에서 페리 보트를 타고 한 시간 반쯤 달리면 프랑스의 북부 항구도시 칼레(Calais)에 이른다. 영국과 프랑스를 잇는 가장 짧은 직선거리, 그것이 도버와 칼레 사이의 거리다. 칼레는 그 지정학적 위치로 바람 잘 날 없는 역사의 도시였다.

　칼레에는 오귀스트 로댕(Auguste Rodin, 1840~1917)의 유명한 걸작 「칼레의 시민(The Burghers of Calais)」이 있다. 로댕이 칼레시로부터 「칼레의 시민」 제작 주문을 받은 것이 1884년. 작품을 완성해 칼레 시청 앞에 설치한 것이 1895년이니, 10년이 넘는 세월을 이 작품에 바쳤다. 워낙 끈덕지게 매달려 작품을 하는 스타일이라 「지옥의 문」 같은 경우 30년이 넘게 공을 들이고도 끝내 완성을 하지 못했지만, 그래도 10년이 넘는 세월을 투자한 데서 로댕이 이 작품에 얼마나 많은 애착을 갖고 있었는지 미뤄 짐작할 수 있다. 이야기의 전개는 이렇다.

　"어떤 조건도 받아들일 수 없다. 무조건 항복하라!"

"자비를 구합니다. 부디 시민들의 안위만큼은 보장해 주십시오."

"글쎄, 그 어떤 조건도 요구하지 말라니까! 지금 너희가 해야 할 일은 나에게 무조건 항복하는 것이다. 항복하지 않는다면, 칼레시는 철저히 쑥대밭이 될 것이다."

1347년, 영국왕 에드워드 3세 앞에서 프랑스 북부도시 칼레의 사절이 간절히 자비를 구하고 있었다. 프랑스와 영국 사이에 벌어진 백년전쟁(1337~1453), 그 초기에 칼레시는 기근에도 불구하고 11개월이나 영국인들의 공격을 영웅적으로 잘 막아냈다. 그러나 프랑스 왕 필리프 6세가 영국군의 군사력에 자신감을 상실한 나머지 칼레시로 향하던 군사들의 발길을 돌리자, 칼레시는 고립무원의 상태에 빠져들고 말았다. 결국 영국에 항복하는 것 외에 다른 대안이 없음을 깨달은 칼레의 시민들은 자신들의 구명을 위해 필사의 노력을 다했다. 그러나 칼레의 사자를 접한 영국왕 에드워드 3세의 태도는 전혀 누그러질 줄 몰랐다.

이때 왕의 측근 월터 머네이 경이 앞에 나섰다.

"폐하, 이들이 비록 1년 가까이 강고하게 저항하면서 우리에게 애를 먹였으나 지금 간절히 자비를 구하고 있습니다. 정복 이후의 일도 생각하시어 긍휼을 베풀어주심이 좋을 것 같습니다." "(……)"

측근까지 자비를 구하자 잠시 생각에 잠긴 에드워드 3세는 마침내 마음을 고쳐먹은 듯 입을 열었다.

"좋다. 자비를 베풀겠노라. 모든 칼레 시민의 생명을 보장하겠다. 그러나 지체 높은 사람들 가운데 여섯 명만은 예외다. 그것이 나의 조건이다. 누군가는 그동안의 어리석은 반항에 책임을 져야 할 것 아닌가? 모든 칼레의 시민들을 대표하여 그들은 머리에 아무것도 쓰지 말고 맨발로 나에게 걸어와야 할 것이며, 목에는 교수형에 쓸 밧줄을 매고 있어야 한다. 물론 그 가운데 한 사람은 내가 성문을 열고 들어갈 열쇠 꾸러미를 손에 들고 있어야 하겠지."

당시 여섯 명의 영웅들은 시장통에서 에드워드 3세의 진지를 향해 출발했다. 시장통에 모인 사람들은 슬픔과 절망감에 싸여 통곡을 하며 그들의 이름을 불렀다. 생각해보라. 동포를 위해 목숨을 버리기로 한 여섯 명의 시민이 지금 목에 밧줄을 걸고 맨발로 그들의 정든 땅을 떠나고 있다.(…)

이 여섯 명 시민들 중 대표격은 외스타슈 드 생 피에르(Eustache de Saint Pierre)라는 사람이다. 그는 당시 칼레시에서 가장 부유한 사람이었다. 에드워드 3세의 조건을 미련 없이 받아들인 그의 용단으로 그와 같이 고귀한 영혼을 지닌 다른 다섯 명의 시민들이 분연히 따라나설 수 있었다.

로댕은 그를 지도자다운 덕성과 오랜 경험에서 우러나오는 지혜가 충만한 사람으로 묘사했다. 비록 여섯 명의 시민들이 제각각 움직이는 것 같지만 군상 전체에서 그는 확실한 중심점의 역할을 하고 있다. 로댕의 위대한 천재성은 「칼레의 시민」 여섯 명 중 한 사람 한 사람에게 진정 살아있는 영혼을 불어넣었다는 데 있다. 그의 작품들은 모두 영혼을 지니고 있다. 얼굴 표정은 두말할 것도 없고 손동작 하나에도 세밀한 곳까지 영혼을 불어넣었다.

칼레의 시민 6명의 운명은 어떻게 되었을까? 의외로 이야기는 해피엔딩으로 끝난다. 당시 임신 중이었던 에드워드 3세의 아내 필리파 드 에노 왕비가 막판에 왕을 설득해 그 용감한 시민들을 죽이지 않게끔 조처한 것이다. 생명을 잉태한 이의 거룩한 본능이 작용한 탓이었을까? 어쨌거나 '죽고자 하는 자는 살 것"이라는 금언을 다시금 생각하게 하는 극적인 결말이 아닐 수 없다. '노블레스 오블리주(Noblesse Oblige)', '높은 신분에 따르는 도덕상의 의무'를 뜻하는 이 말의 가치를 칼레의 영웅들은 몸소 실천해 보였고, 그 순수한 희생정신에 걸맞게 목숨을 돌려받았다.

「칼레의 시민」이 세계 여러 곳곳에 설치되어 있는 것은(칼레 시청, 파리의 로댕 미술관, 바젤 미술관, 로스앤젤레스 근교의 한 미술관, 서울의 로댕 미술관 등), 이 작품이 브론즈이기 때문이다. 점토로 형상을 만든 뒤 거푸집을 뜨고 거푸집에다 청동 주물을 부어 만드는 작품은 같은 형을 여러 번 뜰 수 있다. 이는 석조나 목조처럼 돌이나 나무를 깎아 오리지널을 단 한 작품만 만들 수 있는 조각과 구별된다. 프랑스는 주물 작품의 원작이 너무 남발되는 것을 막기 위해 법으로 12점까지만 오리지널로 친다. 서울 로댕 미술관의 「칼레의 시민」은 12번째 에디션이므로 오리지널에 속한다.」[69]

그러나 '칼레의 시민' 이야기는 후대에 왜곡 및 과장된 것이라는 설도 파다하나. 칼레 항복을 기록한 당대의 문건들은 모두 약 20여 개가 있는데, 여기서는 모두 시민 대표들의 행위가 항복을 나타내는 연극과도 같은 의식이었다고 적고 있다. 에드워드 3세는 당초부터 이들을 처형하려는 의도가 없었으며, 시민 대표들 또한 생명의 위협을 느끼지 않은 상태에서 항복 의례의 일부로 연출한 상면이라는 이야기이다. 특히 19세기로 접어들어 민족주의가 발호하자 역사 교과서들은 칼레의 시민 대표들을 외세에 저항하며 동료 시민들의 목숨을 구하고자 한 애국적인 민족 영웅으로 부각시켰다는 것이다.

"게오르크 카이저(Georg Kaiser, 독일 극작가, 1878~1945)는 『칼레의 시민』이라는 희곡도 썼다. '칼레의 시민'이 사실인지 여부에 관하여는 논란이 있다. 참회의 종교의식이 고귀한 시민정신으로 미화된 것이라든가 또는 보불전쟁(프랑스–프로이센 전쟁)에서 패한 프랑스가 국민의 분발을 촉구하는 과정에서 부풀려진 이야기라는 주장도 있다. 1853년 영국의 찰스 디킨스(Charles Dickens, 1812~1870)가 발표한 『어린이 영국사(A Child's History

---

69) 『이주헌의 프랑스 미술관 순례』, 이주헌, 랜덤하우스, 2006, p.72~84.

of England)」에서 좀 더 구체적으로 확인할 수 있다. 로댕의 조각상이나 카이저의 희곡이 나오기 훨씬 전에 나온 이 책은 '칼레의 시민' 이야기가 영국에서 먼저 나왔다는 것을 추론할 수 있는 중요한 자료이다."[70]

70) 「공인의 품격: 세상을 감동시킨 노블레스 오블리주 이야기」, 김종성, 유아이북스, 2017, p.206~207.

영국 남부 윌트셔의 스톤헨지

영국의 남부지역 윌트셔(Wiltshire, 런던에서 남서쪽 145km)의 굴곡이 심한 구릉에는 선사시대의 기록들이 산재해 있다. 솔즈베리(Salisbury) 평원에 있는 스톤헨지(Stonehenge)는 신석기와 청동기시대에 걸쳐 건립됐는데, 종교의례와 관련이 있으며 제작된 지 대략 4,500년 정도로 추정된다. 이의 건축기간은 약 500년인데 조화를 잃지 않은 30개의 입석이 미스터리이다.

"바깥 도랑과 제방은 기원전 19~18세기에 건조되었고, 중간의 입석들은 기원전 18~17세기, 중앙의 석조물은 기원전 16~15세기에 완공된 것으로 추정된다. 그렇다면 최대 500년 동안 바깥에서부터 안쪽으로 구조물을 만들어왔다는 이야기다. 스톤헨지는 드루이드족이 경건하게 여기는 종교의식의 핵심적인 장소이다. 그들은 오늘날까지도 여기서 하지(夏至)의식과 기타 개별적인 의식을 거행하고 있다."[71]

---

71) 『숫자로 풀어가는 세계 역사 이야기』, 남도현, 로터스, 2012, p.62~65.

"거석문화는 괴베클리 테페(Göbekli Tepe, 기원전 10000, 터키)→지구라트 (Ziggurat, 기원전 4000, 이라크)→피라미드(Pyramid, 기원전 3500, 이집트) →스톤헨지(Stonehenge, 기원전 2500~3000, 영국) 등 유구한 역사를 가지고 있다. 인류 역사상 최초인 괴베클리 테페('배 모양의 언덕(belly hill)'이라는 뜻)는 터키 동남부 아나톨리아 지역의 산맥 능선 꼭대기에 있는 유적지다. 시리아와의 경계 근처에 있는데, T자 모양의 석회암 거석들이 원형을 이루고 있다. 그 거석들 중 일부는 높이가 5m가 넘고 무게가 50t 이상 나간다. 스톤헨지보다 시기적으로 6,000년가량 앞서는 괴베클리 테페는 1960년대에 처음 조사가 시작되었으나, 당시에는 중세 묘지로 간주되었다. 1990년대에 다시 발굴이 시작되어, 마침내 축조 시기가 제대로 밝혀졌다. 클라우스 슈미트가 이끄는 독일 발굴진이 1996년부터 슈미트가 사망한 2014년까지 발굴을 진행했다. 그러나 쓰레기 구덩이나 난로, 기타의 다른 주거생활의 흔적들이 없는 것으로 보아 이곳은 거주지역이 아니었을 것으로 추측된다. 대부분의 전문가들은 이곳을 제식용 장소로 파악하고 있으며, 멀리서부터 참배자들이 찾아왔을 것으로 추측한다."[72]

"영국의 솔즈베리 평원에 잘 보존되어 있는 스톤헨지는 원형의 바위 유적인데 해의 운동에 맞춰 배치된 것으로 널리 알려져 있다. 그중 외따로 배치된 통바위 하나는 힐 스톤(Heel Stone)이라 하는데 하지 무렵에 해가 이 위로 떠오른다. 애초에 스톤헨지는 태양신을 섬기는 사원으로 여겨졌다. 하지만 몇몇 연구자들이 달과 바위들 사이의 배치 관계를 찾아내면서 이것이 주로 일식과 월식을 예측하는 데에 쓰인 선사시대의 천문대라는 견해도 제기되었다."[73]

72) EBS 1TV 2018.6.27. '다큐프라임'(5부작) 〈5원소 문명의 기원(5부): 불, 문명과 야만의 두 얼굴〉

"스톤헨지를 위에서 내려다보면 작은 원 하나가 넓은 벌판 위에 그려져 있는데, 이 장면 하나로 인간의 손에 의해 이루어진 건축의 위대함을 절감하게 된다. 고대인들은 하짓날 떠오르는 일출에 맞추어 해와 대지 사이에 돌을 세웠다. 스톤헨지는 해와 달의 배치를 모방한 것이며, 하늘의 운행을 적은 달력이었다. 그것은 하늘에서 일어나는 사건과 땅에 사는 인간의 의식이 함께 어우러진 구조물이었고, 지붕이 없는 천문대였다.

스톤헨지의 기둥 한 개는 무려 5톤이나 되는데 이 돌들은 웨일스(Wales)의 대서양 쪽에 있는 프레슬리(Preseli) 산맥에서만 나왔다. 그들은 이 돌을 빙하로 밀퍼드 해븐(Milford Haven)까지 끌고 가서 해로를 이용하여 브리스톨 아븐(Bristol Avon)강까지 운반한 다음 마지막으로 이곳까지 끌고 왔다. 가장 짧은 경로만 해도 500km였다. 온 부족이 돌 하나를 끌고 와서 세우면, 또 그곳까지 가서 다른 돌 하나를 끌고 오기를 수십 차례 되풀이했다. 그 경로가 평지도 아니고 숲과 언덕을 지나왔으므로 당연히 수많은 사람의 희생이 뒤따랐을 터였다."[74]

---

73) 『우주를 낳은 위대한 질문들(Big Question: The Universe, 2010)』, 스튜어트 클라크, 휴먼사이언스, 2010, p.13~15.

74) 『건축이 우리에게 가르쳐주는 것들』, 김광현, 뜨인돌, 2018, p.134~137.

영국(스코틀랜드) 에든버러

영국연방(Great Britain)은 영국을 이루는 4지방(잉글랜드, 웨일스, 스코틀랜드, 북아일랜드)으로 구성되어 있다. 스코틀랜드(Scotland)는 유럽의 북서쪽에 위치하며 그레이트브리튼 섬의 북쪽 1/3을 차지하는 규모로 수도는 에든버러이다. 남쪽으로는 잉글랜드와 마주하고 있고, 동쪽에는 북해에 면해 있으며, 북쪽과 서쪽은 대서양에, 남서쪽은 노스 해협과 아일랜드해와 마주한다. 스코틀랜드와 잉글랜드는 1707년 연합법을 통해 합병할 당시 서로의 자치권을 보장하며 합병하였다. 교육 제도를 비롯하여 많은 행정적인 면에서 스코틀랜드와 잉글랜드는 분명히 분리되어 있다.

스코틀랜드는 역사적으로 학문의 고장이었다. 칸트가 『순수이성비판』(1781)을 쓰는 데 결정적인 영향을 준 『인성론(A Treaoise of Human Nature)』(1738)의 저자 데이비드 흄(David Hume, 1711~1766)이 이곳 출신인데 에든버러 시내에는 그의 동상이 서 있다. 그는 철학뿐만 아니라 역사·정치·경제에도 해박했고, 실무로는 국무대신 차관을 역임했다.

『국부론(The Wealth of the Nations)』(1776)의 저자인 애덤 스미스(Adam Smith, 1723~1790)도 이 고장 출신이며 그의 동상도 에든버러(Edinburgh) 시내 흄 동상 인근에 있다.

이들뿐만 아니라 존 스튜어트 밀(John Stuart Mill, 영국 철학자·정치경제학자, 1806~1873)은 런던에서 태어났지만, 그에게 학문과 인성을 가르친 아버지가 이 고장 출신이다. 밀은 스코틀랜드 출신의 영국 철학자·역사학자인 제임스 밀의 6남매 중 장남이었다. 존 스튜어트의 교육은 그의 아버지에 의해서 주로 이뤄졌고, 때로 제러미 벤담(Jeremy Bentham, 런던 출신, 1748~1832)과 프란시스 플레이스(Francis Place, 1771~1854)에게 도움을 받았다. "밀은 질적 공리주의자로 불린다. '배부른 돼지보다는 배고픈 인간이 더 낫다. 배부른 바보보다는 배고픈 소크라테스인 것이 더 낫다. 즉, 바보나 돼지가 덜떨어진 이유는 그들은 (상대방에 대한 배려 없이) 자신들의 입장에서만 생각하기 때문이다'는 그의 말은 양적 공리주의자인 제러미 벤담을 뛰어넘으려는 것이다. 즉 쾌락은 질적 차이가 있다는 거다. 벤담과 달리 밀은 쾌락을 수치화할 수 없다고 말한다."[75]

호르헤 루이스 보르헤스(Jorge Luis Borges, 아르헨티나 소설가, 1899~1986)는 아르헨티나 부에노스아이레스에서 태어났다. 『브리태니커 백과사전』(초판이 1768년에 스코틀랜드에서 발행되었다)을 즐겨 읽던 소년은 9세에 『행복한 왕자(The Happy Prince)』(1888, 오스카 와일드)를 스페인어로 번역할 정도로 총명했다. 스위스 제네바에서 학창시절을 보내며 영어·스페인어뿐

---

75) 『정의: 세상이 정의로워지면 우리는 행복해질까』, 최진기, 휴먼큐브, 2015, p.40.

아니라 라틴어·프랑스어·독일어·이탈리아어를 구사할 수 있는 기반을 닦았다. 보르헤스는 영국인 할머니의 영향으로 영국, 특히 스코틀랜드 문학에 매료돼 고대 영어·노르딕어까지 섭렵한 언어 천재였다.[76]

스코틀랜드와 영국은 역사적으로 애증의 관계였고 지금도 여전히 진행형이다. 우선 이들의 건국신화부터 살펴보자.

〔〈스코틀랜드와 잉글랜드의 건국신화〉

잉글랜드의 건국신화는 다음과 같다. 엘리(Eli)와 그를 키운 예언자 사무엘 시대에 트로이 시가 파괴된 후, 브루투스(Brutus)라고 불린 트로이 종족 중에 뛰어난 사람이 종족들과 함께 알비온(Albion)이라고 불린 섬에 상륙했다. 그곳에 살던 거인들을 물리친 후, 그는 그곳을 브리튼(Britain)이라 부르고, 오늘날 런던으로 알려진 트리노반트라는 도시를 세웠다. 후에 그는 왕국을 세 아들에게 상속시켰는데, 첫째 아들인 로크린(Locrine)에게는 오늘날 잉글랜드로 불리는 브리튼의 일부를, 둘째 아들인 알바넥트(Albanact)에게는 오늘날 스코틀랜드인 알바니(Albany)를, 셋째 아들인 캠버(Camber)에게는 오늘날 웨일즈인 캠브리아(Cambria)를 상속시켰다. 왕권은 장남인 로크린에게 넘겨주었다. 이러한 건국신화에 근거하여 스코틀랜드가 잉글랜드에 종속되었다고 주장한다.

그러나 잉글랜드 건국신화와는 다른 스코틀랜드의 건국신화가 있다. 스코틀랜드의 건국신화에 따르면, 이집트 파라오의 딸인 스코타(Scota)가 대군과 함대를 이끌고 에스파냐를 거쳐 하이버니어(Hibernia), 즉 대양 한가운데 있는 섬인 아일랜드를 점령한 다음, 픽트족(Picts)이 지배한 알바니를 정복하였다. 이때부터 그녀의 이름을 딴 스코틀랜드인

76) 「동아일보」, 2018.5.28. 김이재 지리학자, 경인교대 교수.

(Scots)과 스코틀랜드가 유행하였다. 그러므로 이때부터 스코틀랜드인과 스코틀랜드는 잉글랜드와는 관계가 없게 되었다는 것이다.)[77]

"스코틀랜드가 왕국으로 성립한 해는 1034년이다. 스코틀랜드는 많은 역사적인 아픔을 지닌 나라이다. '그래, 맥베드(Macbeth)야, 픽트인의 후손들이 843년 알바 왕국을 건설하였고, 이후 덩컨(Duncan) 1세가 즉위하면서 스코틀랜드 왕국이 건설된 거야. 그리고 스코틀랜드의 초대 왕 덩컨은 맥베드에게 살해되었지. 그리고 맥베드 역시 덩컨의 아들 말콤(Malkom) 3세에 의해 물러났고.' 셰익스피어의 『맥베드』는 이런 스코틀랜드의 역사적인 사실을 비극으로 다룬 작품이다."[78]

중세부터의 영국사를 개략적으로 살펴보자. 프랑스계의 노르망디 왕조 (1066년 윌리엄 1세~1216년 존 왕)⇒플랜태저넷 왕조(1216~1485년: 백년 전쟁의 시대)⇒튜더 왕조(1485년 헨리 7세~1625년 제임스 1세까지: 헨리 8세, 엘리자베스 1세 여왕, 셰익스피어 등의 시대)⇒스튜어트 왕조(청교도혁명과 명예혁명의 시대)⇒하노버 왕조(1775~78년의 미국 독립전쟁의 시대)⇒빅토리아(Victoria) 여왕(세계 최고의 제국, 세계 영토의 1/4 확보)⇒(⋯) ⇒ 엘리자베스 2세(1952~현재, 1926년생)로 연결되고 있다. "엘리자베스 1세(1559~1603)가 1603년 봄 그녀를 이을 후사 없이 사망하여 튜더 왕조 (1485~1603)가 단절되자, 메리 스튜어트(Mary Stuart, 1542~1587, 향년 45세)의 아들인 스코틀랜드 왕 제임스 6세가 1603년 7월 25일 웨스트민스터 대

77) 『스코틀랜드 분리 독립운동의 역사적 기원』, 홍성표, 충북대출판부, 2010, p.26~28.
78) 『필로소피컬 저니』, 서정욱, 함께읽는책, 2008, p.343.

수도원에서 잉글랜드 왕 제임스 1세(1603~1625 재위)로 즉위하면서 스튜어트 왕조(1603~1688)를 개창하였다.[79] 이를 계기로 스코틀랜드 왕국의 왕실과 잉글랜드 왕국의 왕실이 하나로 통합되게 되었다."[80] 1707년의 연합법(Act of Union)에 따라 스코틀랜드는 잉글랜드(웨일스 포함)에 병합되었다. 그때까지 스코틀랜드는 독립된 왕국이었다. 현대에 와서는 2014년 9월 18일 시행된 스코틀랜드 독립에 대한 찬반을 묻는 주민투표에서 55%로 잔류 결정이 내려졌다.

조국을 위해, 정의를 위해, 사람다운 삶을 살기 위해, 피 흘리며 쓰러져간 수많은 선혈들의 희생이 헛되지 않게 우리는 각성하고 매진해야 한다. 그분들이 저승에서 뿌듯함이라도 느끼며 웃게 해드려야 한다. 에든버러에 세워져 있는 넬슨 동상을 보고, 송복 교수(경남 김해 출생, 1937~)가 책『특혜와 책임: 한국 상층의 노블레스 오블리주』(2016)에 소회를 쓴 글을 소개한다. 가슴이 찡하다.

[진정한 애국자는 국가가 의무를 요구할 때 정말 하나뿐인 생명까지도 바치며 그 임무를 수행한다. 우리나라 이순신 제독처럼 넬슨[81]은 그런 사람이었다. 죽기 12년 전 프랑스 해군과 이 바다 저 바다에서 싸우다 오른쪽 눈을 잃어 외눈이 되기도 했고, 오른팔을 잃어 외팔이 되기도 했다. 1805년 프랑스·에스파냐 연합함대를 트라팔가(Trafalgar) 앞

---

79) 에든버러의 왕실건물(Royal Palace, 스코틀랜드 전쟁기념관과 붙어 있다)에는 메리 스튜어트가 아들 제임스 1세를 낳은 방이 있다.
80) 「스코틀랜드 분리 독립운동의 역사적 기원」, 홍성표, 충북대출판부, 2010, p.285~287.
81) 이순신: 1545.4.28.(음 3.8.) 서울 중구 신당동~1598.12.16.(음 11.19.) 53세, 노량해전에서 사망.
   넬슨: Horatio Nelson, 1758~1805.10.21. 47세, 스페인 트라팔가 곳에서 사망.

바다에서 격멸시키고 자신은 죽었다. 그때 그의 나이 47세였다.

넬슨 동상은 런던 중심가 트라팔가 광장에 우뚝 서 있다. 유럽 어디를 다녀도 정말 그렇게 '우뚝' 서 있는 동상은 없다 할 정도로 트라팔가 광장의 넬슨 동상은 우뚝하다. 영국 북부 스코틀랜드의 중심지 에든버러에도 넬슨 동상이 있다. 에든버러의 넬슨 동상은 꽤 높은 언덕 위(칼튼 힐·Calton Hill)에 서 있어서, 오히려 트라팔가 광장의 그것보다 훨씬 더 우뚝하게 보였다.

동상에는 으레 비명(碑銘)이 있다. 비명은 비석에 새겨놓은 글이다. 특히 영국 동상들의 비명들은 읽을 만하다. 우리나라 비명과 달리 멀리 조상까지 거슬러 올라가지도 않고, 그 사람 당대(當代)만을 말해도 과장이 없다. 꾸밈도 없지만, 꾸며도 거짓이 없다. 그래서 영국 동상들은 우리의 그것과 달리 읽는 사람들에게 감동을 준다. 나(송복)는 수년 전 에든버러에 들렀다 산책 도중 넬슨 동상의 비명을 읽게 되었는데 전율을 느꼈다. 가슴이 너무 떨리고, 그 떨리는 가슴으로 눈물이 났다. 눈에서 눈물이 흐르지 않고 가슴으로 눈물이 흘렀다.

"여기에 우리 에든버러 시민이 넬슨 동상을 세우는 것은 그의 죽음을 애도하기 위해서가 아니다. 더구나 살아생전 그의 영광을 기리기 위해서도 아니다. 오직 국가가 의무를 요구할 때, 죽음으로써 그 임무를 다하는 그 삶을 자식들에게 가르쳐준, 그 교훈을 널리 알리기 위해서다."[82][83]

---

82) 『특혜와 책임: 한국 상층의 노블레스 오블리주』 송복, 가디언, 2016, p.87~89.

83) 동상에 새겨져 있는 원문은 이렇다.(스코틀랜드 에든버러 칼튼 힐: 넬슨 제독 기념탑)
   〈Horatio Lord Viscount Nelson, and the Great Victory of Trafalga(…)〉
   -호레이쇼 넬슨 남작 경, 트라팔가의 위대한 승리(…)-
   "Not to express their unavailing sorrow for his death; Nor yet to celebrate the matchless glories of his life;
   But, by his noble example, to teach their sons
   To emulate what they admire, and like him, when duty requires it, To die for their country."
   넬슨 제독은 영국 잉글랜드 지방의 동부 노퍽(Norfolk)의 북부 농촌 버넘소프(Burnham Thorpe)에서 목사의 아들로 태어났다.

북아일랜드 벨파스트

　북아일랜드(Northern Ireland)는 영국과 서로 얽혀 있는 아픔으로 점철된 역사를 가지고 있으며 현재진행형이다. 북아일랜드 분쟁의 역사는 1170년 영국군이 아일랜드 북부 얼스터(Ulster) 지방을 침략하면서 시작된다. 아일랜드를 손아귀에 넣은 영국은 영국과 스코틀랜드의 신교도들을 대거 이주시켰다. 이 과정에서 그곳의 원주민인 가톨릭교도들과 크고 작은 충돌이 이어졌다. 텃새가 철새의 공격을 이겨내기는 어려운 법이다. 일방적으로 당하던 민족주의자들이 급기야 총을 들었고, 이에 맞서 영국군이 북아일랜드에 주둔하면서 피해가 급속도로 커졌다. 결국 폭력으로는 상대방을 제압하기 어렵다는 점을 깨닫고 나서야 양측은 협상 테이블에 앉았다. 여러 차례 고비를 넘긴 끝에 마침내 1998년 4월 '성(聖)금요일의 합의'를 이뤄냈다. 어느 한쪽이 이기거나 지는 게임이 아닌 서로 상생하는 길을 선택했다. 서로 조금씩 이득을 얻음과 동시에 양보함으로써 가능했다.

　"애당초 아일랜드는 대다수가 가톨릭이었으나 스페인이 잉글랜드를 공격하는 거점으로 아일랜드를 이용하면서 잉글랜드가 아일랜드 단속에 나섰으며, 나중에는 프로테스탄트가 아일랜드에 정착하게 되었다. 나아가 17세기에는 잉글랜드 내전에서 승리한 올리버 크롬웰(Oliver Cromwell, 1599~1658)이 아일랜드를 침공해 4만 명의 아일랜드인을 농장에서 내쫓고 그들의 토지를 병사들에게 나누어주었다. 19세기가 되자 아일랜드는 영국의 정식 식민지가 되었다. 19세기 중반에 아일랜드를 덮친 기근으로 약 100만 명이 굶어 죽었지만, 영국 정부는 냉담한 태도를 보였을 따름이다. 1845~1852년 7년간 100만 명 이상이 굶어죽었다. 이러한 경위 속에서 아일랜드는 간헐적으로 저항을 거듭했으며, 1921년 북부 아일랜드(얼스터 6주, 수도는 벨파스트)는 영국의 일부로 잔류하고, 나머지 26주 지역은 아일랜드자유국(1949년에 아일랜드공화국으로 개칭, 수도는 더블린)으로 독립했다."[84]

2017년 말 현재 영국령인 북아일랜드 인구는 약 170만 명, (남쪽)아일랜드공화국 인구는 470만 명으로 아일랜드 남북을 합친 섬의 전체 인구는 약 640만 명이다. 북아일랜드는 1969년부터 30년 동안 민족주의자(가톨릭교도)와 연합주의자(신교도) 간 분쟁으로 3,200여 명이 죽고 3만 명 넘게 부상을 입었다. 33,200여 명에 이르는 사상자의 가족까지 감안하면 이는 엄청난 비중이다. 〈삼엄했던 벨파스트(Belfast)-안정과 평화 찾아〉라는 제목의 글을 보자.

〖북아일랜드는 〈오 대니 보이〉의 평화로움을 잃고 한동안 유혈충돌의 근대사를 기록했었다. 북아일랜드의 수도 벨파스트는 근세사에서 우리의 입에 자주 오르내렸던 도시

---

84) 「흐름을 꿰뚫는 세계사 독해(2015)」, 사토 마사루, 역사의 아침, 2016, p.143.

다. 영국에게 빼앗긴 땅 북아일랜드를 찾으려는 아일랜드 사람들의 독립운동 때문이었다. 12세기(헨리 2세 시기) 이래 영국의 식민지였던 아일랜드는 오랜 투쟁 끝에 1921년 독립을 쟁취하였으나 북아일랜드는 영국의 일부로 남겨둠으로써 문화가 서로 다른 신교와 구교가 대립하는 종교분쟁의 불씨를 안아 왔다.

아일랜드인들은 기원전부터 유럽에서 건너온 켈트족과 8세기부터 해협을 건너와 연안에 정부한 노르만인들(바이킹)의 혼형 후예다. 아일랜드에 스코틀랜드 출신 성 패트릭이 가톨릭을 전파한 것은 5세기 때였다. 그러나 12세기 후반 영국의 귀족과 영주들이 침입하여 점차 영국의 속국이 되었으며 17세기 이후는 영국국교 신교가 강요되자 섬사람들은 저항했다.

영국 왕실은 이들의 저항을 무력으로 진압하고 특히 완강하게 저항하는 북부 얼스터(오늘의 북아일랜드) 지방에서는 토지를 몰수하여 본토로부터 영국인들을 대거 이주 정착시켰다. 이는 마치 팔레스타인 땅에 이스라엘 정착촌을 건설한 것과 비유된다. 땅을 빼앗긴 아일랜드인들은 영국인 지주 아래 소작농으로 전락하였으며 소위 '아일랜드의 빈곤'이 시작되었다. 19세기에 들어와 고조된 아일랜드인들의 민족주의적 종교적 저항은 최근까지 지속되었다.

아일랜드가 독립한 이후 영국령으로 남은 북아일랜드는 소수 가톨릭계 주민에게 심한 차별정책을 취하여 신·구 교파간 분쟁이 일어났다. 1969년 7월 런던데리에서 두 교파 간 큰 충돌이 일어난 것을 계기로 양측의 분쟁은 북아일랜드, 아일랜드, 영국 전역으로 확대됐다. 북아일랜드 분쟁은 남북 아일랜드의 통일을 주장하는 아일랜드 공화국군(IRA, Irish Republic Army)의 활동으로 유혈사태가 계속되었다. 1994년 9월 IRA가 휴전을 선언할 때까지 북아일랜드에서는 25년 동안 모두 3,200여 명이 사망했다.

1996년부터 시작된 평화협상 노력은 1998년 4월 북아일랜드 자치정부 구성 등을 내용으로 하는 평화협정에 합의하여 IRA가 2002년 4월 무장해제를 하면서 현재 잠정적 평화를 이루게 되었다. 그러나 벨파스트를 떠나 남쪽의 아일랜드 수도 더블린(Dublin)으로 내려가는 버스에 올라 여권을 조사하는 국경관리들의 표정에서 아직 아일랜드 섬에는 영국과 아일랜드 두 나라가 존재하는구나 하는 지각을 하게 해주었다.」[85]

---

85) 『역사의 맥박을 찾아서: 세계 역사 · 문화 · 풍물 배낭기행』 최영하, 맑은샘, 2015, p.16~18.

아일랜드 더블린

　더블린(Dublin)은 아일랜드(Republic of Ireland) 인구의 약 1/10(55만 명)이 사는 아일랜드 최대의 도시이자 수도다. 2017년 말 기준으로 아일랜드 섬 전체 인구는 약 640만 명이다(영국령인 북아일랜드 170만 명, 아일랜드공화국 470만 명).

　감자 대기근과 영국의 수탈 등으로 삶이 궁핍해지자 수많은 아일랜드인들이 이민을 떠났기 때문에, 지금 미국 등 세계 곳곳에 아일랜드계 후손들이 약 4,000만 명 정도 살고 있다. 버락 오바마 미국 대통령의 외가도 아일랜드계이고 케네디 전 미국 대통령은 뼛속까지 아일랜드인이었다.

　그러나 이들의 삶이 그렇게 녹록지는 않았다. 일례로 J.D. 밴스가 2016년에 쓴 소설 『힐빌리의 노래: 위기의 가정과 문화에 대한 회고(Hillbilly Elegy)』(번역판은 2017)는 미국 「뉴욕타임스」 논픽션 1위였고, 빌 게이츠와 소설가 김훈이 추천한 화제의 책이다. 빈곤과 무너져가는 가족, 그 어둠 속에서 일어선 한 청년의 진솔한 성장기다. '힐빌리(Hillbillies)'는 '백인 쓰레기'라는 뜻이며 '레드넥(Rednecks)' 또는 '화이트 트래쉬(White Trssh)'로도 불리는데, 주로 아일랜드계 이민자의 후손들이라고 한다.

아일랜드에서 1845~1852년 동안 발생한 감자 대기근으로 7년간 100만 명 이상이 굶어죽었다. 당시 인구 800만 명 중 10년 이내에 굶어죽은 사람이 약 100만 명, 그 이후에도 약 200만 명이 더 아사(餓死)했다. 목숨을 위협하는 굶주림에 아일랜드인은 신대륙인 미국행을 결심했고, 이때 미국으로 간 사람은 약 200만 명이다(영화 「타이타닉」에서 3등 칸에 탄 대부분의 사람들도 이일랜드 출신 미국 이민자들이었다). 감자 대기근 발생 직전 800만이던 아일랜드(1921년 남북이 분리되었으므로 이 당시는 섬 전체를 합친 숫자이다) 인구는 감자 대기근으로 죽거나 이민을 떠나 1/2인 약 400만 명으로 줄어들었다. 그러면 감자 이외에 밀 등 밭작물과 어업으로 연명할 수는 없었는가? 그러나 이것도 사실상 불가능했다.

첫째, 당신 아일랜드를 지배하던 영국인들은 감자를 악마의 식물로 취급했다. 조그만 뿌리에서 수많은 감자가 수확되는 것을 마치 악의 화신이 번져나가는 것으로 생각했다. 이런 이유 등으로 당시 아일랜드 농장을 대부분 소유하고 있던 점령국 영국인들은 감자 이외에 모든 작물을 수탈하여 영국으로 가져가 버렸으므로 감자 이외에 아일랜드 국민이 먹을 수 있는 것은 사실상 없었다.

둘째, 어업은 당시 아일랜드에서 발달하지 못했다. 아일랜드 바다 쪽 지형이 완만한 경사가 아니고 대부분 급한 절벽으로 이루어져 있어 근해어업이 발달할 수 없었고, 북대서양 난바다에 위치해 있어 급한 조류까지 밀어닥치므로 어업이라고 해본들 홍합 등이나 채취하는 정도였다.

더블린에는 아일랜드인의 아픈 이민사를 상징하는 '몰리 말론(Molly Mallone)의 동상'이 있다. 이를 설명하는 내용을 살펴보자.

[더블린의 트리니티 칼리지 부근에는 젖가슴을 거의 드러내고 수레를 밀고 있는 '몰리 말론의 동상'이 서있다. 실존 인물인지는 확인되지 않았지만 더블린 사람들은 이 여인을 자기네를 대표하는 인물로 삼고 매년 6월 13일을 '몰리 말론의 날'로 지정해 기념한다.

이 여인은 아일랜드가 영국의 지배 아래 있던 17세기 어느 시기를 살았던 것으로 추정된다. 예쁘장한 얼굴을 한 몰리는 어릴 때 부모를 잃고 어린 나이에 부모에게서 물려받은 수레를 끌고 어물 장사에 나섰다. 그러나 형편이 나아지지 않자 밤에는 몸을 팔아 생계를 유지했다. 밤낮으로 몸을 혹사한 몰리는 열병에 걸려 젊은 나이에 세상을 등졌다. 죽은 뒤에도 그녀의 한 맺힌 영혼이 더블린 시내를 배회했다고 한다. 그녀의 이야기를 담은 노래 가사는 다음과 같다.

"예쁜 소녀들이 많은 더블린 장터에서 아름다운 몰리 말론을 보고 첫눈에 반했네. 바퀴 달린 수레를 끌며 좁고 넓은 거리를 누비며 외치네. '새조개랑 홍합 있어요. 싱싱해요, 싱싱해!'(1절)

그녀는 어물장수, 물론 놀랄 일이 아니지. 그녀의 부모가 예전에 그 수레를 끌었던 것처럼 좁고 넓은 거리를 누비며 외치네. '새조개랑 홍합 있어요. 싱싱해요, 싱싱해!'(2절)

그녀는 열병으로 죽었지. 아무도 구해줄 수 없었어. 그것이 아름다운 몰리 말론의 마지막이었어. 지금은 그녀의 유령이 수레를 끌면서 좁고 넓은 거리를 누비며 외치네. '새조개랑 홍합 있어요. 싱싱해요, 싱싱해!'(3절)"

몰리 말론은 실존 인물도, 대단한 업적을 세운 영웅도 아니지만 더블린을 대표하는 인물로 기억되고 있다. 그녀의 불쌍하고 한 많은 사연이 오랫동안 영국 지배를 받은 아일랜드 사람들의 정서를 대변한다고 여겼기 때문이다. 그녀를 기린 이 노래는 영국과의 전쟁이 한창일 때 아일랜드공화국군(IRA)의 대표적인 군가로 사용됐고, 오늘날 더블린의 비공식 대표곡으로, 또 더블린에 연고를 둔 스포츠팀의 응원가로 널리 불리고 있다.

한편 아일랜드 남쪽 해안에 있는 코브항에 가면 어린 남동생 2명을 이끌고 배를 기다리고 있는 애니무어(Annie Moore)의 3남매 동상이 있다. 애니무어의 또 다른 동상은 미국 뉴욕의 엘리스 섬에도 있다. 애니무어는 실존했던 인물로 1892년 1월 1일 미국 뉴욕 엘리스 섬에 세워진 이민자관리소를 처음 통과한 15살짜리 소녀였다.

19세기 말 수많은 아일랜드인들이 백만 명 가까이 굶어죽은 대기근을 피해 미국이라는 신대륙으로 목숨 건 이민을 떠나고 있었다. 아일랜드인뿐만 아니라 새로운 삶의 기회를 찾아서 유럽의 이민자들이 뉴욕항으로 몰려들고 있었다. 효과적인 관리가 필요하다고 느낀 미국정부는 뉴욕 초입에 있는 엘리스 섬에 이민자관리소를 세우고 이민자의 신분과 숫자를 통제하기 시작했다. 그 첫 번째 대상자가 먼저 미국으로 떠나 자리를 잡은 부모님을 찾아 2명의 남동생을 이끌고 배를 탄 애니무어였던 것이다. 아일랜드 사람들은 소녀 애니무어를 기리며 〈희망의 섬, 눈물의 섬(Isle of Hope Isle of Tears)〉이라는 노래를 지어 오늘날까지 부르고 있다. 여기서 희망의 섬은 물론 뉴욕의 엘리스 섬이고, 눈물의 섬은 떠날 수밖에 없었던 고국 아일랜드를 가리킨다. 노래 후렴구는 이렇다.

"희망의 섬, 눈물의 섬, 자유의 섬, 두려움의 섬. 그러나 거긴 당신이 떠나온 곳과 다릅니다. 그 굶주림의 섬, 고통의 섬, 다시는 당신이 보지 않을 섬. 하지만 고향의 섬은 항상 당신 마음속에 있습니다."][86]

영국의 타이타닉호는 1912년 4월 15일(현지시간) 영국 사우샘프턴을 출항

---

86) 『시민을 위한 도시 스토리텔링: 행복한 공동체를 만드는 담론』, 김태훈, 도서출판피플파워, 2017, p.99~103.

87) 『하인리히 법칙(재앙을 예고하는 300번의 징후와 29번의 경고)』, 김민주, 미래의창, 2014, p.59~60. 〈타이타닉 음모론〉
흥미롭게도, 타이타닉호의 침몰은 여러 문학작품에서 이미 예견되었다. 1898년 미국 작가 모건 로버트슨 의 소설 『퓨틸리티(Futility, 무용지물)』가 있고, 타이타닉호의 침몰을 예견한 소설이 또 있었다. 윌리엄 스테드(William T. Stead)가 1892년에 출간한 단편소설인데, 심지어 이 작가는 실제로 타이타닉호에 탑승하여 목숨을 잃었다.

해 뉴욕으로 가던 중 북대서양에서 빙산과 충돌해 침몰했다. 이 사고로 1,513명이 사망했다(2,224명 승선).[87] 이 타이타닉호와 아일랜드는 남과 북 모두 밀접한 관련이 있다. 타이타닉의 사고 일지는 다음과 같다. 벨파스트(북아일랜드의 수도)에서 건조⇒영국 사우샘프턴(Southampton·사우스햄턴, 1912년 4월 10일 출항)→리버풀(Liverpool, 중서부 항구)→아일랜드 코브(Cobh, 남부 항구)→출항 4일 만인 14일 밤 11시 40분경 빙산 충돌→약 3시간 만에 침몰! 승선자 2,224명 중 1,513명이 사망하고, 711명(승무원 5명 포함)이 구조됐다. 생존자의 분포는 아동 50%, 성인여성 75%, 성인남성 17%다. 구명정에 탄 사람들은 대부분 1등실 손님이었고, 이민자가 많았던 3등실 손님은 대부분 탈출하지 못하고 사망했다.

"제임스 카메론의 영화 「타이타닉(Titanic)」(1997 제작, 2018.2.1. 재개봉, 출연: 레오나르도 디카프리오, 케이트 윈슬렛, 빌리 제인 등) 이후로 핼리팩스(Halifax, 영국 잉글랜드 웨스트요크셔 주 칼더데일 지역)에 안치되어 있는 23세의 타이타닉호 희생자 잭 도슨의 무덤에는 신선한 꽃이 계속해서 놓여 있다. 'J.'는 타이타닉호 승무원 제임스를 나타낸다. 그러나 (레오나르도 디카프리오가 연기한) 잭 도슨(Jack Dawson)은 실제 인물이 아니었고, (케이트 윈슬렛이 연기한) 로즈 디워트 버케이트(Rose Bucater)도 실제 인물 페이트가 아니었

타이타닉호의 침몰 사고는 1997년 제임스 카메론 감독에 의해 영화로 만들어지면서 더욱 유명해졌다. 레오나르도 디카프리오와 케이트 윈슬렛이 주연한 영화 「타이타닉」은 비극적인 실제 사건에 남녀 간의 안타까운 로맨스가 가미되어 폭발적인 인기를 모았으며, 더불어 셀린 디온(Celine Dion, 캐나다, 1968~)이 부른 영화 주제가 〈마이 하트 윌 고 온(My Heart Will Go On)〉도 수많은 이들에게 큰 사랑을 받았다. 그 결과 「타이타닉」은 역대 영화 중에서 2위(1위도 제임스 카메론 감독의 2009년 영화 「아바타(Avatar)」)의 흥행 성적을 거두었다. 전 세계적으로 21억8000만 달러를 벌어들였고, 제작사 입장에서 보더라도 제작비 2억 달러를 제외하고 순수익이 7억1700만 달러나 되었다.
그러나 우리가 아는 것은 영화적 지식일 뿐, 타이타닉호의 진짜 침몰 원인은 아직까지도 구체적으로는 알려지지 않은 듯하다.

다. 두 사람의 전기는 허구이며 영화 속 사랑 이야기의 비극에 맞게 형상화되었다. 영화 속으로 들어가 보자. '치프와 폴스 출신의 20살의 예술가 잭은 15살 때 양친을 잃었고 벌목꾼 일이 끝나면 초상화를 그려주는 일로 근근이 생활한다. 그는 세계를 돌아다니는 여행객으로 파리로 가서 그곳에서 예술가가 된다. 3등칸 여행객 잭과 1등칸의 젊은 여성 사이의 간극은 엄청나다.(…)"[88] 이와 관련한 다음의 글을 보자.

[〈이곳이 타이타닉의 마지막 항구였다〉

아일랜드의 수도 더블린(Dublin)에서 남서쪽으로 3시간가량 차로 달리면 아일랜드 제2의 도시인 코크(Cork)가 나온다. 코크를 여행하는 사람들이라면 빼놓지 않고 들르는 코스가 있는데 바로 코크 옆의 작은 마을 코브(Cobh)다. 코크 시내에서 차로 30분 정도 달리면 퀸즈타운(Queen's Town)으로 불렸던 아름다운 항구 도시 코브항을 만날 수 있다.

코브항은 19세기 감자 기근 당시 250만 명의 아이리시(아일랜드인)들이 미국 이민을 떠나야 했던 슬픈 역사를 안은 항구 마을이다. 코브는 게일 어로 '항구'를 뜻하며, 세계에서 두 번째로 큰 천연의 항구로 수심이 깊어 미국으로 가기 위해 대서양을 횡단하는 큰 배가 정박하는 곳이었다고 한다. 작은 항구 마을이라 소박하지만 아름답고 아련하다는 수식어가 생각나는 마을이다. 코브가 너무 아름다워서 그곳을 찾은 빅토리아 여왕이 선상에서 눈물을 훔쳤다는 이야기도 있고, 이국의 수많은 명사들도 하나같이 코브의 아름다움에 눈이 멀어 잠을 이루지 못했다고 한다.

여름에 방문한 코브항은 따스한 햇살 아래 타이타닉 워킹 투어(walking tour)를 하

---

88) 「커플: 클라시커 50 시리즈(50 Klassiker Paare, 2000)」 바르바라 지히터만, 해냄, 2001, p.311.

는 사람들로 분주해 보였다. 여행자 센터라고 할 수 있는 코브 헤리티지 센터(Cobh Heritage Centre) 안에는 일상을 보내며 현재를 살아가는 코브 주민들과 타이타닉호 전시를 관람하며 과거를 추억하고 되새기려는 관광객들이 묘한 조화를 이루고 있었다. 코브 헤리티지 센터를 나오면 작은 동상 앞에 관광객들이 모여 있는 것을 볼 수 있다. 두 동생들과 함께 처음 미국으로 이민을 떠난 애니무어(Annie Moore)의 동상으로, 여기서부터 코브가 시작된다는 것을 암시해 준다.

1948년에서 1950년 사이에 6만 명이 이민을 떠났고, 그 절반이 이곳 코브를 통해 대서양을 건너 미국으로 향했다. 우리에게 영화로 잘 알려진 타이타닉호는 실제 1912년 영국의 리버풀(Liverpool)을 출발해 뉴욕으로 가는 길이었고, 이곳 코브가 마지막 항구였다고 한다.

영화 속 잭 도슨처럼 당시 수많은 아이리시 청년들은 타이타닉호가 그들에게 새로운 인생을 열어줄 것이라고 믿었을 것이다. 그들의 희망은 돌이킬 수 없는 슬픔으로 바뀌었고 그렇게 소박하고 평온한 항구 마을은 과거의 아픔을 간직한 채 오늘을 꿋꿋하게 살아가고 있다.)[89]

더블린은 유명한 문학도를 배출한 도시답게 '더블린 작가 박물관(Dublin Writers Museum)'이 있다. 1991년 설립된 더블린 작가 박물관은 4명의 노벨 문학 수상자와 세계적 명성으로 이름을 날린 많은 작가들을 배출한 아일랜드 문학의 오랜 역사와 전통을 기념하기 위한 것이다. 더블린 시내 중심지, 18세기 대저택에 자리하고 있는 이곳 박물관은 지난 300년 동안 더블린과 아

89) 「오마이뉴스」 2014.9.17. 김현지 기자.

일랜드를 빛낸 유명 작가들의 인생과 작품 등에 관한 정보를 제공하는 전시물을 소장하고 있다. 대표적인 작가들로 조나단 스위프트(Jonathan Swift, 1667~1745)와 리처드 세리던(Richard Brinsley Sheridan, 1751~1816), 오스카 와일드(Oscar Wilde, 1854~1900), 조지 버나드 쇼(George Bernard Shaw, 1856~1950), 윌리엄 예이츠(William Butler Yeats, 1865~1939), 제임스 조이스(James Joyce, 1882~1941), 사무엘 베케트(Samuel Beckett, 1906~1989) 등 쟁쟁한 시인·소설가·작가들을 들 수 있다. 그들의 작품은 물론, 서한·초상화·개인 집기와 물품들이 전시되고 있다.

이들 중에서도 더블린 하면 가장 먼저 떠오르는 작가는 제임스 조이스다. 그는 조국 아일랜드를 떠나 유럽을 방랑하며 살았지만 『더블린 사람들(Dubliners)』(1914) 『젊은 예술가의 초상(A Portrait of the Artist as a Young Man)』(1916) 『율리시스(Ulysses)』(1922) 등 '더블린 3부작'을 통해 더블린을 문학사의 위대한 도시로 만들었다. 제임스 조이스는 더블린에 대해 이렇게까지 말했다. "더블린은 수천 년 동안 유럽의 수도 가운데 하나였고, 대영제국 제2의 도시이고 베네치아보다는 거의 3배나 큰 도시이다. 그럼에도 불구하고 여태까지 어떤 예술가도 이를 세상에 제시한 적이 없었다는 것은 이상한 일이다."[90] 그러나 제임스 조이스가 더블린을 대단하게 찬양한 것은 아니었다. 그는 더블린을 사실대로 썼을 뿐이다. 아래 글을 보자.

[매년 6월 16일이면 아일랜드 수도 더블린 거리는 20세기 초 복장을 하고 무리 지어 걸어 다니는 사람들로 북적인다. 어떤 건널목 앞에 모여선 그들 앞에 가이드로 보이는 이

---

90) 『강신주의 감정수업』, 강신주, 민음사, 2013, p.497.

가 서서 한 대사를 읊조리고 해설한다.

"그들은 소설에서 서로 간격을 두고 바로 이 길을 건너갔습니다. 스티븐이 지나가고 난 다음에 빨간불이 켜졌지요."

6월 16일은 아일랜드의 대문호이자 20세기 영문학의 혁명을 이끌었다고 평가 받는 제임스 조이스의 대표작 『율리시스』의 배경이 된 날짜다. 『율리시스』는 헝가리 출신 유대인 레오폴드 블룸이 1904년 6월 16일 오전 8시부터 이튿날 새벽 2시까지 더블린 시내 구석구석을 방황한 행적을 상세하게 그린 작품이다. 율리시스(Ulysses)가 오딧세우스(Odysseus)의 라틴어 발음인 'Ulixes'인 것에서 알 수 있듯이 이 작품은 서양 문화의 뿌리라고 할 수 있는 호메로스의 『오딧세이아』를 패러디한 것이다. 등장인물의 구색도 그렇고, 18장으로 구성된 형식에서도 그렇다.

전 세계의 조이스 애호가들은 바로 이날을 기념해 더블린에 모여들어 하루 종일 축제를 즐긴다. 이날을 주인공의 이름을 따 '블룸스데이(Bloomsday)'라고 부른다(블룸스데이는 'Doomsday(최후의 심판날)'와 'Bloom'을 짜 맞춘 말이다). 축제는 작품의 내용과 같이 오전 8시 더블린 시내 제임스 조이스 센터에서 시작된다. 작품 속 블룸이 그 시각에 아침 식사로 먹었던 돼지 콩팥 요리가 제공되고 조이스 애호가들은 돼지 오줌 지린내를 참아가며 마치 중요한 의식을 치르듯 꾸역꾸역 그 음식을 먹는다. 그렇게 사람들은 오감을 총동원해 조이스가 묘사한 더블린을 체험한다.

'더블린 3부작'을 썼을 정도로 더블린은 조이스에게 영감 그 자체였다고 말할 수 있다. 그렇다고 조이스가 더블린을 대단히 찬양한 것은 아니었다. 그는 20세기 초 아일랜드에 팽배했던 민족주의 성향의 문예부흥운동을 국수주의적이고 시대착오적이라고 비판하며 1904년 아일랜드를 떠나 유럽을 떠돌았다.[91] 더블린을 그린 그의 작품들도 고국 아일랜

---

91) 「매일경제」, 2017.5.13. 허연 기자. 문법 질서를 파괴했다며 소설 『율리시스』를 비판하는 사람들에게 조이스는 이렇게 말하곤 했다. "천재는 실수하지 않는다. 발전을 위해 의도적으로 저지를 뿐이다."

드는 물론이고 영어권 문학시장에서 철저하게 배격 당했다. 그의 데뷔작 『더블린 사람들』은 영어권이 아닌 프랑스에서 겨우 출판될 수 있었고, 『율리시스』는 영국과 미국에서 음란 출판물로 판정받는 수모를 당하기도 했다.[92] 그에게 더블린은 지긋지긋해서 떠났지만 결코 잊을 수 없는 고향 같은 존재였다.[93]

『율리시스』가 영국에서 정식으로 출판된 건 프랑스 파리에서 최초로 출간된 지 14년 만인 1936년이었고, 공공도서관에 비치된 건 그보나 34년이 더 흐른 1970년이었다. 그마저도 소설 내용이 자극적이라는 이유로 일반인 열람은 금지됐고 사서들만 볼 수 있었다.

격세지감이라고 할까. 1904년에 아일랜드를 떠나 1941년 취리히에서 죽을 때까지 더블린을 다시는 찾지 않은 조이스였고,[94] 아일랜드 문단 또한 조이스의 더블린 묘사를 불온하게 여겨 상당 기간 백안시했지만, 오늘날의 더블린은 조이스 없이는 설명이 안 될 정

---

92) 「100권의 금서(100 Banned Books, 1999)」 니컬러스 캐롤리드스, 예담, 2006, p.151~156.
　　『율리시스』는 육체적·성적 쾌락을 노골적으로 묘사하고, 메스꺼운 것을 언급하고, 성교를 있는 그대로 서술했다. 성교·질·음낭·음경·처녀막 등 직접적인 표현 외에도 성기를 완곡하게 표현한 것 등 여러 가지 문제가 제기되었다.
　　선정적인 표현은 블룸과 매리언이 등장하는 부분에서 주로 나온다. 하루 종일 더블린 시내를 돌아다니며 여러 술집을 전전하는 블룸의 모습은 가족이 있는 집으로 돌아가기까지 10년(트로이 전쟁 10년을 합하면 20년)을 방황한 영웅 율리시스의 모습을 보여준다. 블룸은 육체적 쾌락에 집착하는 사람으로, 여기저기 돌아다니면서 자신의 성경험을 회상한다.
93) 「한국작가가 읽어주는 세계문학」(문학동네, 2013) 중, 김경욱의 글 「더블린 사람들」 재인용.
　　조이스 작품에 대한 영국·아일랜드 문단의 무시와 냉대는 그가 비판하고 떠난 당사자여서이기도 했지만, 그가 그리는 더블린 사람들의 이야기가 매우 적나라하기 때문이기도 했다. 특히 15편의 단편으로 이루어진 『더블린 사람들』에서는 더블린 중산층의 삶을 통해 더블린 전역에 퍼져 있는 정신적·문화적·사회적 병폐를 적나라하게 보여준다.
94) 「문학의 명장면: 현대 영미 문학 40」 김성곤, 에피파니, 2017, p.67~68.
　　제임스 조이스는 22세 때 아일랜드를 떠나 이탈리아의 트리에스테에서 10년 정도 살다가 스위스의 취리히로 옮겼고, 다시 파리로 가서 살다가 죽어서는 스위스에 묻혔다. 조이스는 평생을 망명 작가로 살았지만, 그가 남긴 작품의 배경은 마지막 작품인 「피네간의 경야(Finnegan's Wake)」(1939)까지도 언제나 더블린이었다. 그 이유에 대해 그는 이렇게 말했다.
　　"나는 언제나 더블린에 대해서 쓴다. 내가 더블린을 잘 알게 되면, 세계의 모든 도시도 잘 알 수 있기 때문이다."
　　조이스 외에도 위대한 작품을 남긴 망명 작가들은 많다. 예컨대 에즈라 파운드, 블라디미르 나보코프, 알렉산드르 솔제니친은 자기 나라를 떠난 망명 작가였고, 20세기 초에 파리에 모였던 "길 잃은 세대" 작가들은 모두 정신적 망명 작가였다.

도로 도시 구석구석에 조이스의 흔적을 표시하고 있다.[95] 조이스와 관련된 장소와 이벤트가 얼마나 많은지 '조이스 산업'이라는 말이 나올 정도다. 19세기 말 20세기 초의 더블린이 조이스의 작품을 빚어내는 토양이 됐다면, 오늘날의 더블린은 조이스의 작품 덕을 톡톡히 보고 있는 셈이다.)[96]

더블린의 또 하나의 명물은 기네스 맥주다. 『기네스북』[97]도 이 회사에서 만든다. 기네스 맥주를 경험하기 위해 더블린을 찾는 관광객만 1년에 100만 명이 넘는다. 20유로의 '비싼' 입장료까지 내고 들어가서 공장 견학과 기네스 한 잔의 서비스를 받는다. 더블린 지방정부가 직접 걷는 세금은 없지만 간접적 경제효과는 어마어마하다. 이들의 소비에서 파생된 연관산업과 고용효과는 지방정부로서는 축복일 것이다.

더블린 외곽에는 옛날 기네스 본사와 기네스 생산 공장이 과거 모습을 거의 그대로 간직한 채 홍보실로 둔갑해있다. 더블린 공장의 연면적은 도시 전체의 10% 이상일 만큼 웅장하다. 전 세계에서 매일 생산되는 기네스 맥주가 1000

---

95) 『사람이 읽어야 할 모든 것, 책(Bücher, Alles, Was Man Lesen Muss, 2002)』, 크리스티아네 취른트, 들녘, 2003, p.69~70.
제임스 조이스는 50년이 지나도 자신의 소설 『피네간의 경야』(1939)를 해석하려면 문학 연구자들이 쩔쩔맬 것이라고 말한 적이 있다. 그의 예상은 굉장히 정확했다. 『율리시스』는 그 정도는 아니라고 해도 많은 독자들이 이 복잡한 소설을 이해하지 못해 얼마 읽지 못하고 포기하고 말 것이다.
조이스는 『율리시스』를 자신이 스스로 선택한 망명지인 파리 · 취리히 · 트리에스테를 거치면서 집필했다. 그런데도 더블린 시가지의 지리를 아주 정확하게 묘사했기 때문에, 사람들은 『율리시스』를 도시 안내 지도로 사용해도 될 것이라고 말할 정도였다.
96) 『시민을 위한 도시 스토리텔링』, 김태훈, 도서출판피플파워, 2017, p.121~124.
97) 『나의 서양사 편력(1): 고대에서 근대까지』, 박상익, 푸른역사, 2014, p.151.
『기네스북(Guinness book of world records)』을 발간하는 맥주회사 기네스는 1932년에 본사를 아일랜드 더블린에서 런던으로 옮겨 사실상 영국 회사다. 『기네스북』은 세계 최고 기록만을 모아 해마다 발행하는 세계 기록집이다. 맥주를 누가 많이 마시는지, 누가 가장 무거운 기관차를 끌 수 있는지, 맨손으로 1분 동안 콘크리트 벽돌을 몇 개나 격파할 수 있는지 따위를 다룬다.

만 잔을 넘는다.

　그러나 불행히도 기네스는 지금 영국 주류회사인 디아지오 소유다. 기네스 맥주는 뼛속까지 매국노 기업이다. 2000년에 원조 더블린 공장의 일부를 관광 명소로 개조한 기네스 스토어하우스에서 관광객들에게 기네스를 또다시 아일랜드 맥주라고 홍보하고 있을 뿐이다. 더블린 시 당국도 관광산업에 지대한 공헌을 하는 더블린 공장을 굳이 매국노 기업이라고 홍보하지는 않는다. 그러니 이곳을 방문하더라도 그 진실을 알고는 있어야 한다. 아일랜드와 대한민국은 이웃 강대국에게 지배당하는 뼈아픈 역사를 공유하고 있다. 앞서 감자 대기근에서도 보았듯이 아일랜드 사람들이 영국에 대해 가지는 악감정은 일본에 대한 우리의 것보다 더 강하다. 이런 역사적 아픔을 무시하고 돈만 좇은 기업이 기네스다. 기네스는 후손의 무리한 사업 확장으로 절체절명의 위기를 맞은 적도 있다. 전모를 보자.

〔〈기네스가 생각만큼 아일랜드 맥주가 아닌 이유〉

　3월 17일의 세인트 패트릭 데이(St. Patrick's Day)는 아일랜드적인 모든 것을 기념하는 연례행사인데, 한 가지를 더 기념한다. 아일랜드 전역에서 그리고 전 세계에서 사람들은 아일랜드의 비공식 국민 맥주인 기네스를 한두 잔(또는 서너 잔)씩 들고 이날을 기념한다. 술집 주인들은 세인트 패트릭 데이를 손꼽아 기다리고, 너무 그렇다 보니 때로는 이날이 아일랜드 문화를 기념한다기보다는 기네스 제조사인 디아지오(Diageo)의 마케팅 이벤트처럼 느껴질 정도다. 이제 120개국 이상으로 수출되는 이 흑맥주는 아일랜드의 대표적인 상징이 되어 가고 있다. 그런데 기네스가 정말 아일랜드 맥주일까?

　1759년 아일랜드 더블린에 맥주 양조장을 세운 아서 기네스(Arthur Guinness, 1725~1803)는 그의 맥주가 훗날 이렇게 강력한 국가적 상징이 된 것을 알면 아마 놀랄 것이다. 그는 아일랜드 민족주의에 반대하고 영국과 아일랜드의 통일을 주장했던 통합주의자로서, 1798년 아일랜드 반란 이전에는 영국 정부의 스파이로 고발당한 적도 있었다. 회사를 물려받은 후손들도 통일주의를 열정적으로 지지했고, 1913년에는 아일랜드의 자치 법안을 저지하려는 준군사 작전을 후원하기 위해 얼스터 의용군에게 1만 파운드(오늘날의 가치로 약 100만 파운드=140만 달러=15억 원)를 기부했다. 이 회사는 또 1916년 부활절 봉기 때는 아일랜드 반란군 진압을 돕기 위해 영국군에게 군인과 군사 장비를 지원했고, 나중에는 아일랜드 민족주의에 동조한다고 판단되는 직원들을 해고한 것으로 알려졌다.

기네스를 가장 유명하게 만든 맥주인 포터 스타우트(Porter Stout)는 런던 코벤트 가든(Covent Garden)과 빌링스게이트 어시장(Billingsgate Market)의 거리 짐꾼들이 즐겨 마시던 런던 에일(Ale)에서 비롯된 술이다. 기네스는 1886년에 런던 증권거래소에 상장했고, 1932년에 본사를 런던으로 옮겨 줄곧 그곳에 기반을 두고 있다{그리고 1997년에 그랜드메트로폴리탄(Grand Metropolitan)과 합병하여 디아지오로 사명을 변경했다}. 1980년대에는 심지어 아일랜드의 유산이란 이미지를 버리는 방안까지 고려했다. 북아일랜드 분쟁{1960년대 말부터 1990년대 말까지 북아일랜드 독립을 요구해 온 소수파 가톨릭 북아일랜드공화국군(IRA)과 영국의 무력 충돌} 중에는 아일랜드 공화국군의 테러 활동이 맥주 판매에 미칠 악영향을 염려하여 1982년에는 런던 서부에서 양조되는 영국 맥주로 브랜드를 재정립할 계획을 세우기도 했다. 그러나 1990년대에 북아일랜드의 사태가 진정되면서 이 회사의 마케팅 전략은 다시 아일랜드 맥주로 포지셔닝하여 아일랜드의 관광객과 전 세계에 흩어져 있는 약 7,000만(4,000만?) 명의 아일랜드계 후손을 공략하는 쪽으로 선회했다. 이제는 2000년에 원조 더블린 공장의 일부를 관광 명소로 개조한 기네스 스토어하우스에서 관광객들에게 기네스를 또다시 아일랜드 맥주라고 홍보하고 있다.

매출을 늘리기 위해 출신 국가를 감추거나 조작하는 기업은 비단 기네스뿐이 아니다. 제이콥스(Jacob's) 비스킷도 본래는 워터포드(Waterford) 출신의 아일랜드 기업이지만 일부 상점들은 영국 기업이라고 마케팅 한다. 립톤(Lipton)도 100여 개 국가에서 전통 영국 기업의 이미지를 내세워 홍차를 판매하지만, 정작 영국 내에서는 그다지 인기가 없다. 다국적 기업이 전 세계 식품 공급망을 상당 부분 통제하는 요즘 세상에서는 국가 정체성이 적어도 브랜딩 차원에서는 과거 어느 때 못지않게 중요한 것이다.]98)

---

98) 「(이코노미스트가 팩트체크한) 세계의 이면에 눈뜨는 지식인들(Go Figure: The Economist Explains, 2016)」 톰 스탠디지, 바다출판사, 2018, p.215~217.
저자 Tom Standage: 영국 경제 주간지 「이코노미스트」 부편집장, 1969~.

노벨상과 스웨덴

스웨덴 사업가였던 알프레드 노벨(Alfred Nobel, 1833~1896)은 17살에 5개 국어를 유창하게 구사한 뛰어난 두뇌의 소유자이자 발명가였다. 그의 이름을 빛낸 최대 역작은 두 가지, 즉 다이너마이트와 노벨상이다. 노벨은 유산의 94%인 당시기준으로 약 440만 달러(60억 원)를 기부해 '노벨상'을 제정했다. 상금은 900만 크로나(약 12억 원).

355개의 특허권을 가지고 여러 나라에 87개나 되는 회사를 세워 엄청난 부와 명예 그리고 권력을 누렸던 노벨은 자신의 유언장(1895년 11월 27일 서명)에 재산의 대부분을 인류에 가장 큰 공헌을 한 사람에게 쓰라고 적었다. 그의 유지에 따라 노벨 재단이 설립돼 1901년 첫 노벨상이 시상된 이래 물리학·화학·생리의학·문학·평화·경제학 분야까지 총 6개의 분야로 나뉘어 수여되고 있다.[99]

특히 노벨경제학상은 노벨상이 제정된 1901년보다 67년 뒤인 1968년에 제정되어 1969년에 첫 수상자를 배출했다. 제1회 수상자는 계량경제 모델을 발전시킨 공로로 얀 틴베르헨(Jan Tinbergen, 네덜란드 경제학자, 1903~1994) 과 R. 프리슈(Ragnar Frisch, 노르웨이 경제학자, 1895~1973)의 공동수상이 었다.

노벨상 시상식은 알프레드 노벨의 기일인 12월 10일 스웨덴 스톡홀름과 노르웨이 오슬로(평화상)에서 열린다. 특히 노벨평화상은 스웨덴이 아니라 노르웨이에서 선정하고 노르웨이 시청사에서 시상식을 가진다(물론 스웨덴의 공식 축하행사에는 참석한다). 왜 그럴까? 향후 스웨덴에 실질적으로 큰 이익이 될 기초학문 분야가 아니라서 그랬던 건 아닐까?

〔〈왜 노벨평화상을 노르웨이 오슬로에서 수여하는가?〉

처음 노벨상은 5개 분야(물리학·화학·생리학 또는 의학·문학·평화)로 구성되었으나, 1968년 스웨덴 국립은행 창립 300주년을 기념해 경제학 분야가 추가되었다. 다른 노벨상을 스웨덴에서 주관하는 것과 달리 평화상은 노르웨이의 노벨위원회에서 선정한다. 왜 유독 평화상만 스웨덴이 아닌 노르웨이에 위임했는지에 대해서 노벨은 아무 말도 남기지 않았기에 이 또한 추측만이 가능하다. 대략 이렇다.

첫째, 당시 스웨덴과 노르웨이는 연합국 상태였기에 5개 중 1개 정도는 노르웨이에 위임하는 것이 양국 간 긴장 완화에 도움된다.

둘째, 실질적 스웨덴 지배하의 노르웨이는 독립적인 외교정책을 펼 수 없었기에 오히

---

99) 〈일본 노벨상 수상자 24번째, 27명〉 2018년을 포함 5년 연속 노벨상 수상자 나와. 과학 분야로만 23명째(공동수상 포함) 배출.
일례로 2018년까지 일본인이 수상한 노벨상은 24개이며(공동수상자가 있어 인원은 27명) 분야별로는 화학상 7명, 물리학상 11명, 생리의학상 5명, 문학상 3명, 평화상 1명이다. 일본은 압도적 1위인 미국(271명)과 영국, 독일, 프랑스에 이어 전체 5위를 달리고 있다. 하지만 2000년 이후 자연과학 분야만 따지면 미국에 이어 2위다.
물론 한국은 김대중 대통령(1998.2~2003.2 재임)이 2000년 수상한 노벨평화상 1개뿐인데, 기초과학 분야보다는 실용과학 분야에 초점을 맞춘 요인도 있다.

려 평화상 선정에 보다 객관적일 수 있다.

셋째, 노르웨이 의회는 국제의원연맹에 적극 참여하고, 갈등 해결에 있어 조정과 중재를 중시하는 등, 당시 어느 나라보다 민주적이다(…) 라고 노벨이 생각했기 때문이라는 설이다.

그 이외 노벨이 '사랑에 빠졌다'고 표현할 정도로 좋아했던 작가 비에른손(B. Bjørnson, 1832~1910)이 노르웨이 출신의 평화운동가이기도 했다는 점도 자주 거론된다. 실제 이후 비에른손은 최초의 노벨위원회 위원으로 평화상 선정에 직접 참여했고, 1903년에는 노벨문학상을 받았다.(p.24~25)

〈노벨평화상 비판〉

김대중 전 대통령은 노벨평화상을 받았다. 그러나 노벨평화상에 대한 의견은 분분하다.

'세계에서 가장 권위 있는 상' '상금이 가장 많은 평화상' 등 노벨평화상을 따라다녔던 명성에 비해 그에 대한 비판 역시 매우 거셌다. 그간 논란이 되었던 노벨평화상 비판의 주된 논지는 아래와 같이 세 가지다. 1) 백인·남성·서구중심성 2) 평화 개념의 확장성 3) 정치성(p.41~42)〗[100]

〖〈스웨덴이 노벨상으로 얻는 것은 엄청나다〉

많은 이가 가장 영예로운 상으로 노벨상을 꼽는다. 노벨상이 유독 유명한 이유가 뭘까? 아마도 어마어마한 상금 때문일 것이다. 각 분야의 수상자는 상금으로 9백만 스웨덴 크로나를 받는다(스웨덴 한림원에서 수여한다). 한화 12억 원 정도다.

---

100) 『평화를 만든 사람들: 노벨평화상 21』 이무영 등, 진인진, 2017.

노벨은 의도했든 아니든 노벨상을 제정해 조국인 스웨덴에 지대한 공헌을 했다. 나가는 상금이야 어마어마하지만 스웨덴 입장에서는 전 세계의 가장 앞선 연구물을 앉은 자리에서 받아볼 수 있지 않은가! 노벨상 후보로 추천하기 위해 매년 연구자들이 해당 연구의 성과와 진행과정, 의의가 담긴 상세 자료를 노벨 위원회로 보낸다. 생리의학은 캐롤린스카 의대, 물리학과 화학은 스웨덴 한림원, 문학은 스톡홀름 아카데미다. 심사위원으로 스웨덴 주요 대학의 해당 분야 교수가 포진해 있다. 각 심사 기관은 그 분야의 연구 기관이니 선정하는 데 수고해도 얻는 게 훨씬 많을 것이다. 심사 과정을 통해 세계 각지에서 어떤 연구가 어느 정도로 진척됐는지 한눈에 볼 수 있다. 물리·화학·생리의학 등 주요 기초 학문 분야의 패러다임을 바꿀 만한 연구 내용과, 평화상과 물리학상의 후보를 보면 세계가 어떤 방향으로 움직일지 그 동향을 알 수 있을 것이다.)[101]

그리고 '엽기 노벨상'인 '이그노벨상'이라는 것도 있다. 이그노벨상(Ig Nobel Prize)은 'Ignoble('품위가 없다'는 뜻)'과 'Nobel Prize'의 합성어다. 이 상은 하버드대학교에서 발간하는 과학유머잡지 「별난연구연보(AIR, Annals Improbable Research)」가 1991년에 노벨상을 패러디해 제정했다. 상식에 반하는 엉뚱한 연구를 수행했거나 발상 전환을 돕는 이색적인 연구 업적을 남겼을 때 이를 기념해 상을 주는 하버드대의 연례행사로 총 10개 부문에 걸쳐 수상자를 선정한다. 연구의 내용만큼이나 기이한 수상자들의 시상식 퍼포먼스로 인해 '엽기 노벨상'으로도 불린다.[102]

---

101) 「북유럽 비즈니스 산책」, 하수정, 한빛비즈, 2017, p.215~221.

102) 「염소가 된 인간(Goatman: How I Took a Holiday from Being Human, 2016)」 토머스 트웨이스, 책세상, 2016, p.뒷표지.
이 책의 저자 Thomas Thwaites(영국 생물학도·디자이너, TED 강연, 1983~)도 2016년 이그노벨상 중 생물학상을 수상했다.

북유럽은 과연 천국일까?

'세계행복보고서' 순위에서 핀란드·노르웨이·스웨덴·아이슬란드·덴마크·네덜란드와 같은 북유럽 국가와 스위스 등이 항상 상위에 오르는 것과 대조적으로, 한국은 전체 155개국 중 57위(2017년은 56위) 정도다. GDP기준 한국의 경제순위는 세계 12위이며,[103] 1인당 GDP기준으로는 32,774달러로 세계 27위이고(2017년까지는 29위였다), 아시아(중동 포함)에서는 7위다.[104] 한국은 경제적 풍요에 비해 행복지수는 훨씬 못 미친다. 행복지수 상위국일수록 생애 선택 자유, 기부 실천, 부패 인식 등의 영향 요인의 값이 크다. 한국도 개인의 개성과 장점에 기인한 생애 선택이 보장되는 활력 사회와 서로 돕는 협력 사회, 투명하고 청렴한 사회를 만들어야 행복감이 높아질 수 있음을 시사한다.

그런데 영국의 베스트셀러 작가이자 저널리스트인 마이클 부스(Michael

---

103) 「브릿지경제」, 2018.7.13. 박종준 기자.
104) IMF 2018년 자료(카타르, 싱가포르, 이스라엘, 일본, UAE, 브루나이, 대한민국 순)

Booth)는 저서 『거의 완벽에 가까운 사람들: 거의 미친 듯이 웃긴 북유럽 탐방기』(2014)에서 '북유럽의 환상'에서 벗어날 것을 강조한다.[105] 그는 덴마크인 아내의 나라에 대해 "덴마크는 과연 1등으로 행복한 나라일까?"라는 의문에서 출발했다. 저자는 '행복지수'의 허와 실을 강조하며 덴마크는 알려진 것보다 행복한 나라가 아니라고 반론을 강력하게 제기한다(p.9~11). 그가 주장한 근거는 이렇다.

첫째, 벨기에에 이어 두 번째인 나태지수(p.31~32),

둘째, 세계에서 암 발병률이 가장 높고, 북유럽 국가 중에서 수명이 가장 낮으며 알코올 소비량이 가장 높은 나라 덴마크(p.54),

셋째, 최고 72%까지 부담하는 세금(p.86~89),

넷째, 평등을 위해 자유가 제한된다는 점(p.92~96),

다섯째, '얀테의 법칙(Law of Jante; Janteloven, 낭신이 특별하다고 생각하지 마라)'과 평등만 추구하는 교육 현실(p.163~164),

마지막으로, 행복하다는 망상에 사로잡혀 있다는 이유 등을 들고 있다(p.153).

그리고 덴마크의 '얀테의 법칙'과 유사한 스웨덴의 '라곰(lagom)', 즉 자발적인 절제가 있으며, 휘게(Hygge)는 웰빙(Wellbeing)을 의미하는 덴마크어다(p.422~426).

그리고 '계절성 우울증'도 위도가 높은 나라일수록 더 심해지는 바, 영국이 24%, 더 위쪽에 있는 노르웨이가 26%를 넘는 것으로 조사됐다.[106] '남의 밥에 있는 콩이 더 커 보인다'는 말도 있듯이, 너무 동경만 하는 것은 금물이다. 색

---

105) 『거의 완벽에 가까운 사람들: 거의 미친 듯이 웃긴 북유럽 탐방기(The Almost Nearly Perfect People, 2014)』 마이클 부스, 글항아리, 2018.

다른 세상을 경험하고 느끼는 것도 중요하지만, 지금 이 순간 내가 사는 이곳의 소중함은 늘 간직해야 한다. 신천지를 개척하는 것보다 내가 속해 있는 이 세상을 더 아름답게 만드는 게 효율적이지 않을까. 다 일장일단이 있는 법이다.

당나라의 문인 한유와 프랑스 철학자 루소는 "모든 것이 나의 스승이다"는 명언을 남겼다. 즉, 스승 아닌 것이 없다는 뜻이다. 미국 제2대 대통령 애덤스는 "자연이 만든 인간과 동물의 간격보다 교육이 만드는 인간과 인간의 간격이 훨씬 더 크다"는 말까지 했다. 다방면의 지식으로 무장하여 당당하게 세상에 맞서보자. 향기다운 향기가 나는 세상을 꾸며보자!

---

106) 「더팩트」, 2015.8.31. 〈계절성 우울증이란? 6명 중 1명(16.1%) 발생…영국 · 노르웨이는?〉
     계절성 우울증은 우리 국민 800만 명이 앓고 있는 질병이다. 겨울이 되면 원인 모르게 우울해지고 기운도 빠지며 군것질이 잦아져 체중이 늘어난다. 계절성 우울증은 특히 겨울에 많이 발생하며 피로감과 무기력을 느끼는 건 일반 우울증과 비슷하지만 많이 자고, 많이 먹는 게 다른 점이다.(…)
     적도에 가까운 필리핀은 아예 없고, 우리나라보다 위도가 높은 영국이 24%, 더 위쪽에 있는 노르웨이가 26%를 넘는 것으로 조사됐다. 햇빛이 약한 고위도로 갈수록 계절성 우울증을 더 많이 겪는 셈이다. 미국 안에서도 남쪽 휴양지인 플로리다와 북쪽 알래스카의 계절성 우울증 발병 차이는 무려 7배나 난다. 결국 부족한 햇빛이 문제인 셈이다.